河南大学文学院院史丛书

我在河大读中文 卷二

武新军 主编

中国社会科学出版社

目 录

卷 二

401　生命从这里起航
　　　——记父亲和河南大学的同学们／张致玉
410　激情岁月火热的心／张永江
425　难忘我们的1956级／王　芸　赵怀让
441　河南大学求学记／屈春山
444　春晖曲／祝仲铨
457　我与河南大学
　　　——传灯／鲁枢元
462　我的大学老师／李晓飞
472　铁塔情缘文学梦／孙青艾
480　铁塔下的"恋情"／赵洪山
486　王文金教授传统吟诵采录／陈江风　杜红亮　刘振卫
497　我的治学之路／张大新
503　为大不易，厚道有加
　　　——且说大师兄关爱和／解志熙
515　我的大学诗意生活／吴建设
536　一次作业，一生记忆／韩爱平
545　一个寝室里的河大七七级／孙钦良
553　在河南大学读书的日子里／王增文
563　圆梦之启航／张国臣

588	我的文论之路上的领路人	/ 金惠敏
594	恩师	/ 杨清喜
600	里仁弦歌敬畏心	
	——我心目中的河大中文	/ 霍清廉
602	大河大	/ 高有鹏
607	1981—1985：我与师友们的铁塔情缘	/ 于　洪
625	铃铎虚悬谁解语，天风浩荡自来去	/ 范恪劼
631	忆往	
	——我与大师点点情	/ 王文科
636	求索与收获	/ 李伟昉
650	文学院学习记趣	/ 王利锁
654	202 寝室萌又猛	/ 吴元成
658	踏着夕阳归去	/ 程　云
671	我在河大读中文	/ 周全星
675	看那满天繁星	/ 贾利亚
689	难忘田径场，难忘摄影部	/ 程相喜
693	河大好，最忆是师恩	/ 于淑敏
702	我在河南大学中文系旁听	/ 李　频
709	我的河大老师	/ 陈国振
715	河大记忆	/ 王玉杰
722	作家梦的起点	/ 王　剑
728	学兄杜振宇	/ 张舟子
732	学海传灯	
	——张豫林先生纪事	/ 张政法
737	灯塔	
	——记我的恩师张豫林	/ 韩　娇
741	回望母校，发现母校	/ 刘光耀
750	我在河大读中文	/ 武新军

- 756 中文九二七班记 / 杨萌芽
- 761 耿占春老师印象记 / 刘　军
- 767 纸短情长:关于95中文广电班的大学记忆 / 段晓华
- 773 我的留学生活
　　——感谢老师和朋友 / [日]黑田绫子
- 778 悠悠岁月,谆谆师恩 / 燕　俊
- 784 回忆过往,行进在路上 / 杨芳芳
- 788 波潋滟,时光清浅 / 谷怡然
- 797 树影 / 南　黛
- 803 结缘河大学无涯 / 张慧琼
- 807 十年,你总在我灵魂的某处 / 王晓阳
- 811 故梦犹存地,求志达道所 / 苏　添
- 814 却话方圆与短长 / 王少帅
- 819 那时我们有梦,关于文学的梦 / 张明月
- 825 河大文院在我心 / 王丽云

卷 二

生命从这里起航

——记父亲和河南大学的同学们

张致玉

我父亲是河南大学文学院 1945 年的毕业生。他和同学们虽然经历了人生坎坷，可是对母校，对老师，对同学却无一忘怀，直至终生——因为这是他们生命起航的地方；老师就是他们的父母亲，同学就是他们的兄弟姐妹。

千里考名校，年少遇名师

我父亲张绚，1921 年出生于安徽合肥西乡。幼年母亲（我奶奶）教他习字，上私塾，到省城合肥上小学、初中、高中直至考入安徽唯一的大学——安徽学院，他一直没有离开过原籍安徽。为什么突然从安徽学院来到中原古城开封呢？原因是开封有一所全国著名的大学——河南大学，而河大文学院在国内外知名度不亚于北京大学。父亲是 1942 年从安徽学院考入河南大学文学院（二年级）的，由于考试成绩优异，遂成为院长嵇文甫先生的高足。那时正值抗日战争，父亲先后随学校在潭头、荆紫关、宝鸡三地直至 1945 年 7 月毕业。

最近读到《郑州大学学报》（哲学社会科学版）1996 年增刊《纪

念嵇文甫诞辰100年专集》里父亲和李定中同学合写的一篇文章，得以了解抗战时期河大师生颠沛流离的教学生活实况。恰巧在父亲遗留的为数不多的文稿中，发现了这篇文章的草稿。从密密麻麻反复修改的几页稿纸上，我被深深打动了：1996年，正拼命想把被"耽误"的年华"找补"回来而忙于编著《汉语大词典》的75岁高龄的父亲，从词山字海中抽出身来钩沉半个世纪前母校、恩师、同学们的往事，该是倾注了他老人家多深沉的情思啊！父亲写的这篇文稿，基本上都排印在专集上，只有几句有关自己的事没有录入——可能是父亲本人修删掉的："笔者之一45年毕业时，学业成绩忝列全系之冠，本人也愿教学从事研究工作，按理可以留校担任助教。但主校政者因故不允。后经先生仗义执言、据理力争，方得成功。当时先生曾说：'我以去就力争，田伯苍（河大校长田培林之字）不得不点了头！'以先生的令名重望，竟为一个仅是师生关系的青年，而以自己的'去就'力争"。

1946年元月，父亲应聘到河大文学院任助教。与院长张邃青同在一个办公室，兼为院长跑跑腿（让学生在选课卡上签签字）；大部分时间是自己做研究工作。

1947年，身为教师的父亲参加了"5·28"学生运动，一些进步学生被捕入狱。当年暑假，他在安徽老家接到教育系助教武柏林的信，说已被河大辞聘，父亲被迫无奈离开了河大。

在河南大学，父亲不但受到文章中提到的王毅斋、李俊甫、陈仲凡、陈梓北等进步教师的影响，更聆听过冯友兰、嵇文甫、张长弓、任访秋等很多名师的教诲。名师的言传身教不只让父亲受益终身，更是影响了莘莘学子乃至他们的子孙后代。

同窗惜缘分，患难铸真情

虽然来自全国各地，可是与父亲交好的同学真不少！

光是文学院的同学就有赵天吏（1939 年毕业生）、邢治平（1940 年毕业生）、郭海长（1941 年毕业生）、时广源（1942 年毕业生）、牛永茂（庸懋）、史苏苑、张传芳（1943 年毕业生）、宋景昌、李光一、牛佩珍（1944 年毕业生），同班刘鹏荪、张尔琬（1945 年毕业生）、刘家骥、王珺、刘寿琰（珂珂）、何英杰（1946 年毕业生）、张四德、牛维鼎、朱伯福、姚瀛艇（1947 年毕业生）、赵祥麟（1948 年毕业生）等人。

在《河南大学学生名录》（2002 年高启明、伊秀芬编）上，我父亲的名字张绚列入第 45 页"1945 年文史学系 42 名毕业生名单"中。

其他院系与父亲交往颇多的有刘惟城（1940 年经济学系），赵敏政（1940 年教育学系），张新铭（1940 年农艺学系），扈康庭（1942 年化学系），李振华（1942 年经济学系），韩公超、武柏林（1943 年教育学系），崔进平、王秀溏、梁建堂（1943 年经济学系），徐邦敬（1944 年经济学系），牛运耀、阎希同、李定中、李妙彩、李妙霞、刘积煜（1945 年经济学系），蔡家琦（1945 年生物学系），朱萱（1945 年化学系），丁宝泉、张效房、郑效文、魏太星（1945 年医学院），张蕙英（1946 年教育学系），辛静云（1946 年化学系），刘朴（桂兰）（1946 年生物学系），王汉澜、詹家璘（1947 年教育学系），吴翼中、黄祖琬（1947 年化学系），司德修、李俊仙（1947 年医学院），李广溥（1948 年医学院），张青（1949 年教育学系），赵世常、庞兰亭（1949 年法律学系），张威（1949 年水利工程系），张中杰（1950 年经济学系），李秀珉（1950 年机械工程系）等人。

在战乱流亡中度过的四年大学生活，不仅使同学们结下深情厚谊，男女同学之间多产生互相倾慕之情。邢治平与刘朴（桂兰）、赵敏政与朱萱、郭海长与韩公超、张传芳与张蕙英、刘家骥与王珺、刘寿琰与吴翼中、何英杰与蔡家琦、牛维鼎与朱伯福、李振华与黄祖琬、武柏林与李俊仙、崔进平与徐邦敬、牛运耀与李妙霞、阎希同与李定中等十几对伉俪就是校园里绽放的爱情之花。

新旧两重天，二次进校园

1948年10月24日，开封解放。1949年6月，河南省人民政府以中原大学医学院、教育系师训班500余人和河南行政学院（原豫西行政干部学校）400多人为基础，接回迁徙到苏州的河南大学1200余名师生，重组河南大学，使河南大学的历史翻开了新的一页。1949年后，作为中原文化教育中心的河南大学为适应新中国的迫切需求，不但开设了水利工程、土木工程、机械工程等工科院系，还在行政学院和教育系广招学员，为全国培训了数以万计的政工干部和教育工作者。而父亲就是被招学员之一。

1947年被河大辞聘后，父亲曾经携妻带子辗转于安徽合肥、蚌埠、芜湖和江苏南京、苏州等地打工养家糊口，在内乱中过着动荡不安的生活。当父亲得知开封解放和河大重组的消息后，立即将妻子儿女安置在苏州岳父家里，于1949年8月回到开封。当父亲来到恩师嵇文甫先生（时任河大副校长）面前时，先生二话不说就安排父亲到河大师训三班入伍学习。时隔七年，父亲再次进入河大校园做学生。

和父亲一起再次踏入母校成为同班（师训三班）学员的有赵天吏、邢治平、刘桂兰、赵敏政、朱萱、牛庸懋、刘家骥、赵祥麟、张新铭、扈康庭、詹家璘、姚瀛艇、张威、张中杰、赵珠清、宋德蓉等老同学，还有司绍晞、孟华三（师训一班），王兆敏（师训二班），王文先、梁伯奇（师训四班），井其中、嵇道之、王象之、李熙耀、王文中（师训五班），范家宝、马柏源、常育生（师训六班）等新同学。尽管只是短短的几个月的培训，可是对于这批从旧社会走出来的同学来说，如同经历脱胎换骨的高温熔炼，以崭新的面貌奔赴新中国最需要的教师岗位。

在《河南大学学生名录》上，我父亲的名字张绚再次列入1950年师训班名单中。

宵旰勤耕耘，桃李满天下

从半封建、半殖民地的瓦砾中建立起来的新中国，满目疮痍、百废待兴、急需人才；而1950年元月毕业于师训班的学员正是全社会炙手可热的香饽饽。刚刚脱去戎装而接手开封女高的林恒校长，思维敏捷、目光敏锐，一下子从河南大学"抢"（遴选）过来十几位毕业生（包括师训班毕业生）。父亲和他的大学同学、师训班同学又聚在一道成为教育战线的战友。

女高541班48位学生参加高考，16人考到北京，4人考到天津，5人考到唐山，6人考到武汉，7人考到长沙，2人留学苏联，还有其他高校特招参军入伍的……五四届五个班，高考成绩都非常优秀。毕业于女高523班的杨汝芬（老校长杨子固的女儿）代表同学们说出对老师的感念："……各科老师，个个为人师表，人人敬业重教……使我们德智体美得以全面发展，为我们人生打下了坚实的基础。"

随着时光的推移，在送走了一批又一批的女生后，父亲和他的同学们大都"升迁"而离开了开封女高。史苏苑调任郑州大学历史系（副主任），刘家骥调郑州大学中文系，王珺调郑州九中任教，扈康庭调任河大化学系（主任），宋景昌调往河大中文系，梁建堂、崔进平、王文中均先后任女高校长……而父亲则调任开封四中教导主任。

赤诚为社稷，百折不回头

新中国成立初期，正值青壮年的父亲和同学们满怀激情、钻研业务、学习政治靠近党组织、全身心扑在教育事业上，且多成为省会城市开封教育界卓尔不群德才兼备的领军人物。然而，猝不及防的1957年反右派斗争扩大化让父亲和他的同学们几乎"全军覆没"。1940年就加入中国共产党的郭海长与妻子韩公超双双被划为右派，1956年入党的史苏苑因"反右"运动而被耽搁了副教授的晋升，梁建堂和父亲在座谈会上的发言登在《河南日报》的第一版，成为言之凿凿的"反党证据"。梁建堂、宋景昌等人到西华农场劳改，父亲和刘家骥、赵祥麟、詹家璘、张中杰、井其中、范家宝等人被降级使用。几年后，父亲和其他被划右派的同学"摘掉帽子"回到学校，依然毫无怨言勤勤恳恳地从事教学工作。

1966年，文化教育系统成为重灾区。父亲和同学们大多成为"棚友"，发生在他们身上的荒唐事比比皆是。从1969年中小学复课开始，学校的老师们就开始给学生们上课了。父亲和他的同学们头顶种种"帽子"、身背各种"包袱"，却义无反顾地投入教学工作之中。正如河大师训班毕业合影上每个学员签名的横幅所写："为建设人民的教育事业而奋斗"，他们不畏险途，饱受磨难，痴心不改，兑现承诺。

日暮续炳烛，老马仍奋蹄

时光荏苒，岁月沧桑。从读大学到改革开放，父亲的同学们都年届花甲。

1977年后，父亲被借调到开封市委宣传部参加《辞源》修订工作，思想敞亮多了。其他同学在恢复高考以后，也都到大专院校任教，位归原处了。1978年春节，父亲请时任女高教导主任的梁建堂、河南大学教师牛庸懋、师范学校大专班教师宋景昌、开封五中教导主任张中杰几位老同学来家聚谈。酒到酣处，宋景昌即席吟出"农场八年"七律诗，抒发在教育农场劳动以苦为乐的情景。

1979年3月7日，开封市委下发红头文件给父亲改正。距划为右派已经 22 年！

　　1979 年年初，父亲写给分别 30 多年初中同学的信中说："五七年以前，我先做教师，后做领导，工作、运动，一天工作十小时以上。只知道你分到山西运城任教，也不知确实地址。那时想到你，但觉得此生把晤难期了。五七年'鸣放'，我应邀参加了省党报、市委两个座谈会，无例外地陷到里面，撤职、降级——宽大了，留校监督使用，从这时起，直到'文革'，益以拉扯着五个子女，苦况不堪回首，除了'甜'字以外，什么滋味全尝遍了。……读词笺，一笔才气秀丽的字，如见其人。词意蕴藉亲切，读之，旧梦重温，陈影又现，总角种种，历历再现，儿时真挚感情，历三四十载而弥新。……今年二月占改正有感七律一首，可略见心情。我于诗词纯属外行，但于你我，也无庸藏拙，录以呈致：廿载风雨点数过，等闲岁月恨蹉跎。鬓衰敢有老骥志，醒醒惟闻击壤歌。华灯（邓）忽传张异彩，墨面顿兴起沉疴。梦里晏清眼前似，壮心磨销奈若何！"

　　1980 年，父亲调到安徽大学参加《汉语大词典》编纂工作，离开了他读书教书 38 年的开封，开启了他编书的工作。

　　而父亲的同学们卸下历史问题的沉重包袱后，全都投身于文化教育事业。郭海长任省民革主委，史苏苑任郑州大学历史系主任，刘家骥任郑州大学中文系教授，邢治平、宋景昌、牛庸懋等任河大教授，李一民任开封大学校长，梁建堂任女高（开封 25 中）副校长……他们老骥伏枥、兢兢业业奋斗在各自的工作岗位上，无不结出累累硕果。

聚散凭天命，青衿到白头

　　从事《汉语大词典》编纂工作的父亲，再忙也从不中断与老同学们的联系。

　　据父亲给我们的信中记载：1982 年 4 月，父亲去北京到李定中、阎希同夫妇家聚餐；1982年10月，李一民去合肥与父亲聚晤；1983年3月，刘惟城去合肥与父亲聚晤；1987年2月，吴翼中来安徽大学与父亲聚晤；1987年9月，常育生夫妇来安徽大学与父母亲聚餐；1991年5月，郭海长来安徽大学与父亲聚晤；1991年7月，林恒（丈夫王昭权来合肥开会）来安徽大学与父母亲聚晤……

父母亲经常与老同学书信往来，每逢春节都给各地的老同学寄上贺年卡。在整理父亲遗物时看到许多老同学的复信：郭海长、嵇道之（嵇文甫之子）、梁建堂、宋景昌、王象之、牛维鼎、李一民、张中杰、李定中、吴蓁（史苏苑之女）等，信中不乏诗作。

1986年，获准离休的牛维鼎寄给父亲《六州歌头》一词："如烟往事，永夜梦魂萦。辞乡里，向关陇，鬓发青，醉颜红。初意在勋名。吊秦宫，越灞陵，执长缨，事远征，气豪雄。休言路回，大雪满天穹，画角悲鸣。欲洗家国痛，尘旅自倥偬。志取边庭，戍龙城。归来步晚，霜风动，彤云重，黯刀弓。骐骥老，貂裘蔽，髀肉生，冷剑锋。日暮杖新筇，疏篱东，绕溪行。小苑中，黄花丛，秋色浓。兀然寒宵独坐，阶前月、似水空明。此情须莫问，渔唱起深更。天外惊鸿。"

刘惟城寄来了老同学合影照片。

王象之接到母亲小照后遂赋五言小诗："开函睹近影，久别觉弥亲。发绝半丝白，颜添双笑纹。家居饶静趣，庭步足强身。遥祝贤兄嫂，同歌幸福春。"

曹植诗云："天地无终极，人命若朝霜。"

1987年，牛维鼎辞世，终年六十五岁。同学们非常悲痛，宋景昌作"哭维鼎"哀悼："同门沐浴春风雨，一别天涯两不闻。汴市欣逢重话旧，亳都再会细论文。深研义理明幽隐，妙创词章吐馥芬。惊悉兰摧梁木折，遗编在手痛思君。"

1989年史苏苑去世。1992年李一民患脑瘤去世。1992年6月郭海长在郑州去世。1993年崔进平去世。1996年吴翼中在沪去世。

1997年牛庸懋去世时，宋景昌作悼诗"悼老友牛庸懋教授"："同窗同事又同心，六十年来友谊深。患难唯君能念旧，平生数我最知音。交流学术兼中外，赠答诗篇杂古今。此日案头遗著在，一经翻读泪沾襟。"1998年王象之去世。

父亲每发一份唁电或唁函之后，总会悲伤得吃不下、睡不着，他痛惜这些情同兄弟才华四溢的同学走得太早了！

2001年年底，父亲走完了他80年的人生路程，随他的同学们去了。

如今，起航于河南大学的父亲的同学们多已作古。而他们不以物喜、不以己悲，一辈子为国家社稷所作的奉献无愧于母校和恩师对他们的哺育，他们至死不渝的同窗情怀无疑是留给世间的动人佳话。

作者简介：张致玉，张绚之女。

激情岁月火热的心

张永江

青春嘉年华。考大学就是鲤鱼跳龙门，分数过了线一朝被录取，便一步登天，海阔凭鱼跃，长空任鸟飞，做梦都想笑。

1956年在我国历史上璀璨明丽，熠熠生辉。毛泽东主席在庆祝元旦的爆竹声中和周总理研究：迎接社会主义建设高潮的到来，首先要解决知识分子问题。毛主席说：我国经济落后，科学技术不发达，其原因就是文化落后，要改变这种状况尽快达到世界先进水平，决定一切的就是要有适应社会发展的科学技术干部。中央领导闻风而动，元月十四日至二十日就召开最高国务会议，集中讨论发挥知识分子作用问题，决议当年高校就扩大招生。当时我在开封市文教系统"肃反"办公室工作，春节过后先是传闻："肃反"运动结束，我国疾风骤雨式的大规模的阶级斗争就要过去，尔后全党全力开展经济建设，首先发展教育。很快党中央又明确提出"向科学进军"的口号，并立即号召一切有条件的青年都要报考大学，这是国家的需要、党的召唤，任何人不得阻拦。调干学生工龄3年以上者享受调干助学金，其他学生发就餐券票每人每月10元。享受公费医疗待遇。临时发生困难的学生由本人提出申请适当补助。当年8月我们年级360位青年学子肩背行囊，手提书包从四面八方跨进开封师范学院中国语言文学系。全年级编为两个大班，每个大班又分为6个小班,每班30人,年级成立1个党支部,总共24名党员平均分编到12个小班。全年级年龄最大的黄殿钰1927年生,年龄最小的张锡燕1939年生,相差12岁同坐在一条凳子上听老师讲课。入校时全年级同学平均年龄23岁,绝大多数出生在1934年至1936年。调干生中有从朝鲜刚刚归国的志愿军英雄,有在中央组织部门做机要工作的骨干,有在小学担任过八年校长的优秀教师,有在北京海军司令部工作的职员,还有在周总理身边做过警卫工作的战士……由此可以看出,党和国家领导为适应大规模经济建设高潮的到来和繁荣文化科学事业的需要,多么渴望尽快培养出大批优秀人才,投入祖国各项建设中去。

我读中学时就热爱文学,发表过几篇散文和小说,其中《团结》在省文联主办的《翻身文艺》上发表后,反响较大,编辑部编入优秀短篇小说集《南瓜王》由湖北人民出版社出版。1954年应邀参加了省第一届文代会。在中学读书时,图书室里总共也不过几百本书,三间屋还摆不满。有许多想读的书找不到。入校后正式上课的前一天,系主任带领我们参观校园和图书馆。六号楼、七号楼里放的全是书,让我们觉得不可思议。脚一踏进图书馆就像《红楼梦》里的刘姥姥初进大观园一样,眼花缭乱目不暇接。上上下下左左右右前前后后全是书,如同掉进书的海洋,用琳琅满目形容一点都不过分。文史分馆开设在大礼堂后边排房中的乙三排,就在中文系学生的宿舍区内,因为学校发展迅速,师生人数猛增,阅览室里座位少,因此日夜开放,同学们自己协商两个或三个人一个座位轮流使用,谁轮到后半夜更为安静,服务员也有较多的时间帮我们查找资料,学习效果更佳。

我们班30位同学,来自河南本地的22人,从外地来的:北京市3人,天津市1人,河北省1人,山东省2人,沈阳市1人。第一次周末班会交流入校感想,谈到为什么要报考"开封师范学院"时,多数同学说是由老师介绍,也有的是家长指导。大家都知道这个学校的老底是"河南大学","开封"是个"读书的地方",闻名而来。有个同学的爸爸就是河南大学毕业的。他深知底细:现在的"开封师范学院"就是老"河大",抗战时期在战火纷飞动荡不安的情况下,学校领导仍能带领师生克服种种困难,坚守读书、科研,在极其艰苦的山区坚持教学,结合当地实际情况开展科学研究。经教育部实地考察,河南大学在全国名列第二,上课总时数为全国之冠。1944年,经国民政府教育部综合评估,"河南大学"被评为全国国立大学第六名,和北大、清华、南开等著名大学齐名。开封又是七朝古都,地处中原,是中华民族文化的发源地。他说进到学校一看:"果然不凡,校舍建设古色古香,巍峨典雅,图书馆藏书几十万册。选报这个学校选对了,不后悔。"多数同学都同意他的看法。我是开封本地人,在初中和中师上学时班主任和教语文课的任课老师多数是河大毕业的。他们知识渊博,教育有方,师德高尚,在学生中享有崇高威信。当时我想:将来如果能有机会到老师的母校学习多好。今天理想变成了现实,真是"梦想成真"了。

正式开学之后,各门课程都是名师主讲:干巴巴的汉语语法,高耀墀老师诙谐幽默,讲得声情并茂,教室里不断发出阵阵笑声;王宽行教授(当时还是讲师)赏析《桃花源记》,像高明的导游带领我们沐浴在美的世界里,赏心悦目、流连忘返;赵宜人老师讲授文学概论,旁征博引,古今中外文学规律融会贯通,生动有趣,人人爱听。因为当时我们学校还不招研究生,李嘉言教授专为高年级开设的提高课"楚辞专题"带有研究性质,地址就在假山前的阶梯教室(明伦校区现在教学综合楼那个位置)。我们低年级生只要有机会就去偷听,时间短了趴在窗外听,时间长了就偷偷在教室后面空缺座位上听,每次听后回到宿舍就议论李教授的知识渊博和讲课艺术。正如著名文艺理论家也是我们的校友孙苏回忆的那样:"李嘉言教授讲《楚辞》,旁征博引而归结到一字一句。一字一句几乎就是一部文字史、家族史,诗人个人一生的奋斗史、情感史与心灵史,讲解者不仅对作品的内涵意蕴乃至产生背景烂熟于胸，对诸家见解也如数家珍，更可贵者在许多重要之处都有自己独到的看法。"（孙荪《根基——我在大学时代的读书生活》）学校里学术空气、学习气氛很浓。早早晚晚，角角落落到处都能听到读书声。许多中外名著我都是在那个时段阅读的。星期天和节假日时间较为集中、完整，就找一个安静的地方阅读名著或写小说。1957年春天我的小说《星期日》《花朵永不败》等先后在《青海湖》杂志上发表，在同学中引起反响。听到读者夸赞，我心里也甜滋滋的，产生一种丰收感。学生自办的文艺刊物《青春》，每期出版后都受到读者的欢迎，被争相传阅。

没有料到的是："大一"学段尚未结束，政治风暴突然而至，反右派、"大跃进"、大批判、大辩论、上山下乡劳动锻炼改造思想。浮夸风愈演愈烈。一直发展到读书即"白专道路"，"创作"成为"名利思想""个人主义"的代名词。停课搞运动，参加体力劳动成为告别"白专"道路，走"又红又专道路"，突出政治，积极进步的标志。

同届同学刘思谦在《我与河南大学》一文中说："到了二年级，政治运动便接踵而至，顺之者昌，逆之者亡，没有任何商量的余地，连正式的排在课表上的课也时上时停，时而停课闹革命，时而复课闹革命，同学们就在这名目繁多的'革命'的夹缝中读书学习。"也是同届同学王兴家在《铁塔下的回忆》一文中说："我们这一届在校的四年中，劳动时间几乎占去了三分之二，回忆那段生活，如果缺少了劳动，就像回忆解放战争而不提三大战役一样。"这个比喻实际、确当。在"劳动是知识分子改造的唯一道路"思想指导下，不仅劳动的时间长，而且项目多、种类全，学校在校外建了两个农场，耕地面积达830亩，在校内建了14个校办工厂，学工、学农、收麦、收秋，上太行山采矿，赴三门峡修坝，参加建校活动，拉砖、运沙到黄河社修堤、挖河，等等。似乎条件愈差，任务愈重才对改造思想更有利。因此"挖东湖"开工时间选定在一个大雪天的下午。女作家也是我们的校友张清平在《河南大学的青青子衿》一书中，对"挖东湖"的场面曾有一段特写：

> 那个雪天，大学生开始挖东湖。
>
> 东湖就是铁塔湖。在"大跃进"的热潮中，学校决定开挖一个堪与杭州西湖媲美的湖泊，故名之为东湖。
>
> 挖湖工地上，一排红旗在白雪的映衬下，红得惊心动魄。
>
> 高音喇叭架起来了，不时有锣鼓敲响，那是挖土抬筐放出的"卫星"。
>
> 汽灯安装上了，到了夜晚，灯火通明，亮如白昼。
>
> 一开工便是四天四夜连轴转。"一天等于二十年"，是那个时代的口号。

这次劳动我曾亲身经历，而且记忆犹新。当时，我们班的任务分在东湖的东岸偏北，靠近城墙那个部位，我是班长正在考虑我们班的两个病号不适宜干重活，是否找个理由让他们去厨房帮忙洗菜。此话尚未出口，这时院文工团团长，也是我们同届的同学张豫林站在湖的西岸，手拿一个铁皮大喇叭筒，高喊：

"看！共产党员张永江带头下水了！"

我没有思考的余地，闻声而动脱下棉裤跳进水里，刹那间，同学们争先恐后都跟着往水里跳，立即掀起劳动高潮，欢呼声，挑战声，加油声，鼓掌声，响彻云霄。整个东湖沸腾起来了……

收工之后我们班回到宿舍，找些干树枝拢起来烤火，烤衣服，有同学竖起大拇指夸赞我带头带得好，立即有同学反对，说这个头带得不好。朱志仁同学乘机把我摁到床上，掀起棉袄让我替他暖手。螳螂捕蝉，黄雀在后，立即又有同学把朱志仁掀翻，不仅让朱志仁给他暖手，还带抓痒。无疑是为我解围。吵吵闹闹，乱作一团。这个头带得好，还是不好，一直没有结论，可是劳动结束后座谈总结时，全班还是全票推举我为"劳动积极分子"。后来河南大学出版社出版的《河南大学作家群》一书中《前言》里说"张永江等一批在入学前就出版小说集的学生，于此时被改造成劳动积极分子"。这句话不知是否指的就是这一节。

当时认为"劳动"就是"红专"，读书就是"白专"。因此劳动任务，劳动时间可以随意延长，劳动指标往往层层加码，读书时间越来越少，原来小班30人的课全部改为大班180人。有时甚至全年级300多人集中在大礼堂上课。在太行山上采矿时，经常是一早就到山上打炮眼、放炮、运矿石下山，劳动一天晚上回到窑洞，再听老师讲"大跃进"新民歌创作。算是劳动读书两不误，因此有"大雨不停工，小雨当晴天，月亮当太阳，黑夜当白天"的新歌，有"腿跑断，爬着干；眼熬烂，摸着干"的豪言壮语（见同届同学李启仁《太行山是个好地方》），还有上课时学生眼睛都睁不开，鼾声此起彼伏，教师也同样白天劳动，晚上给学生讲课，面对困倦的学生不好意思把他们叫醒，自嘲地说："大家困倦瞌睡，我也瞌睡。"（张清平《河南大学的青青子衿》）

当时认为："左"是革命者，"右"是敌人；"左"比"右"好，宁"左"勿"右"。只有体力劳动才是劳动，一切读书人、科研人员、文化战线的干部都要到生产劳动第一线，参加体力劳动和工农群众"三同"改造世界观。读书、写作就"白专"，就是追名逐利；参加体力劳动和工农群众"三同"，就是"红专"。

全校师生到三门峡参加劳动时，原计划上午劳动，下午读书学习，由于劳动指标不断加码、翻番，很快就变成全天劳动。劳动时同学之间开玩笑、讲笑话，我觉得可以利用这些时间背点古诗文，开始在劳动之前写好几张卡片放在口袋里，后来觉得劳动时间紧张，抬筐、挖土时掏卡片看不方便，就把古诗写在手心里，边劳动边背诵，想不起来了看看手心，既方便又省事。不料很快被同学发现了，当场捉住我的手，高高举起来，呼吁同学"都往这里瞧"："班长手心里是什么？是古诗！"这一发现，一呼喊，立刻全工地乱了阵脚，轰动了全年级，说我在劳动"掩盖下"继续走"白专"道路，成了走"白专"道路的"典型"。有的义愤填膺进行批判，有的指手画脚地看热闹。年级宣传队里的"快板能手"马荣连，很快编出快板进行"战地"宣传：

> 劳动工地炼丹心，
> 班长偷背古诗文；
> 还是留恋白专路，
> 改造思想心不真。

其他班级的同学也要求宣传队到他们的劳动场地表演。这时我们班级的张峻峰同学站出来发言，他力排众议说："班长背古诗也没有影响劳动嘛，我看这不能算'白专'，一定要说这就是'白专'，我看'白专'并不臭。一定硬要说臭也是'臭豆腐'，后味挺香哩，餐桌上还有人专爱吃'臭豆腐'这道名菜哩。"他的发言冲淡了批判气氛，有的"气"，有的笑，最后在混乱中结束了批判会。这场风波也不了了之。几天后我发现有人在劳动中也默默地背诗文，想不起来的时候还有人提醒，背错了有人纠正，名副其实的劳动、读书两不误。

然而"臭豆腐"这个词，却逐渐成了同学中使用率最高的"流行语"，"贬"用它，"褒"也用它。谁做了件好事立刻有人竖起大拇指赞："好，臭豆腐"；谁做了件错事，立刻就会听到有人斥责："真臭豆腐！"甚至同学分别时握手致意："再见，臭豆腐！"对方立刻回应："臭豆腐，再见！"相互表达的全是真诚、友善，一点贬损的意思都没有了。

张峻峰同学当年30岁，入学前担任过小学校长，在"那时"他敢于站出来仗义执言秉公说话，几十年来一直站在我的面前提醒我：

说真话办实事，遇事要敢于担当。那时他还不是共产党员，我作为共产党员自愧弗如，应当向他学习。

1959年暑假后，我们进入四年级，系领导和同学都意识到我们这届学生在校期间缺课太多，计划查漏、补缺，应该学习而没有学好的课程一定要补上。正要安排补课，忽然传达"庐山"会议精神，领导闻风而动改变原定计划。年级党支部听说学校的计划变了，要继续反"右"，立马紧跟不掉队。在那时所谓"右"，就是抓业务学习时间多，向"左"转，就是加强劳动锻炼改造世界观。

恰巧当时校领导正在酝酿学校发展规划准备招收研究生，当时全国招收研究生的高校还很少，我们学校有此殊荣，欢欣鼓舞，各班表态争取到北郊砖瓦窑厂拉红砖建红楼（地址为大礼堂北边东西走向的三层楼，即现在的中心园区学五楼公寓），以实际行动支持学校的发展，承包建"研究生楼"的"拉砖"任务，作为毕业向母校的献礼，也算"毕业留念"。

与此同时另有一个任务：全市组织大规模义务劳动到黄河农业合作社帮助社员挖灌溉渠、修桥，要求各单位组织干部深入基层到农村，在劳动中实现思想革命化。校领导争取参加这项活动，组织师生到农村和农民"三同"改造世界观，叫作"开门办学"。年级党支部认为这是我们在大学期间，锻炼改造思想，走革命化道路的最好机会。这两项活动都要争取参加不能错过。经校领导批准，我们年级同学兵分两路：一是留在学校拉红砖建"红楼"，为学校发展做贡献；二是代表学校参加全市组织的义务劳动到黄河社锻炼，"开门办学"建设新农村。

两朵红花并蒂开。

在校内劳动，拉"红砖"建"红楼"的同学激情满怀，日夜奋战。对此刘思谦同学曾有过具体的回忆，她在《我与河南大学》一文中说：

> 当时到北郊砖瓦厂拉红砖成了又红又专的象征符号。运红

砖，每班一辆胶皮轱辘的马拉大车，只是没有马，由班上个大体壮的同学驾辕，其他男女同学分成小组，一人肩上套一根绳子去红砖瓦厂拉砖，叫作"拉红色砖走红专路"。一驾马车一天24小时轮班倒，常常深更半夜哨声一响便爬起来去拉砖，一趟来回好几十里地，要连续拉两三回才能换班。课，当然还是要上的，因为拉不拉砖关系到"红"不"红"，而上课与否表现"专"还是"不专"，只有既拉砖又上课才是"又红又专"。学校重新排了课表，把小班上课改为大班上课，大礼堂便成为我们十二个班三百多人的大课堂。教古典文学的老师华锺彦、宋景昌在讲台上讲李清照，陶渊明的诗歌，岳飞的《满江红》，文天祥的《正气歌》，讲台下面拉红砖拉得筋疲力尽的同学们鼾声一片此起彼伏，交织成一曲奇妙的交响曲……

同学王兴家，是8班负责劳动的班长，对于当时拉砖的情况也曾有生动的记述，他说："我们到北郊砖瓦厂拉砖，每一次任务下来，不是三天三夜就是四天四夜的连续奋战。累得我们中的很多人都学会了一面走路一面睡觉，用来拉砖的工具都是从北郊农民那里借来的。有一次我们借到的是拖斗，这种运输工具载重量大，没有安全闸，人拉起来存在危险性。有一回，是夜里一点左右，路上几乎没有行人，我们拉着一拖斗砖走到北城门的门洞里，这里是北高南低坡度虽然不大，但距离较长一百多米。就在这里一幕惊心动魄的事发生了。在正中间位置拉车的萧月贤，忽然一个趔趄倒在了路中央，尽管大家惊叫着，可拖斗车丝毫无法减速，眼看着车子从她身上碾了过去，大家都吓坏了。直到走过去四五十米外，到了平路上，车子才停下来。大家一窝蜂似的转了回来，月贤竟然自己从地下爬了起来，安然无恙，原来拖斗的四个轮子不偏不倚正好从她的两边越了过去，这真是不幸之中的大幸，不要多说，只要错十几厘米，可怜的月贤不是残废就是死于非命，这时我才真正体会到了什么叫后怕。"（摘自《五味人生》，第 106 页）领导劳动的级长问萧月贤："谁让你拉中套？身壮膀粗的男同学才能干的活，你一个身体瘦弱的女学生去冒险？"萧月贤反问道："这还用问吗？为母校做贡献，希望母校招研究生，再上一个档次，谁肯落后呢？既为母校做贡献自己又经受锻炼，谁不抢着干？"

是的，我们这一届学生都是出生在 20 世纪 30 年代初，亲身经历过旧中国的苦难。了解旧中国从 1840 年鸦片战争开始，中华民族积贫积弱在世界上抬不起头来，小小的日本可以侵占大半个中国，烧杀淫掠肆意横行。这是大家亲眼看到的。同时又看到中华民族在中国共产党的领导下推翻旧世界赶走帝国主义，"没有共产党就没有新中国"的历史事实。我们是新中国成立后在党领导下成长起来的青年，爱国、爱党、爱母校，进取向上争取入党入团是我们这一代青年学生思想的主旋律。只要是党召唤就无条件响应，在党的事业中甘当一个螺丝钉。开始拉砖劳动的第二天，我被抽调出来协助系办公室组建赴黄河农业合作社劳动锻炼小分队，名曰"开门办学"。这次劳动锻炼的特点是参加的单位多：除我们学校部分师生外，还有市里的一些单位和当地的干部、群众参加。因此校领导决定参加小分队的人要精干，体力弱的、病的和女同学原则上不参加。消息传出后议论纷纷。身强力壮，体质好的同学龙腾虎跃，优越感大增，决心到劳动工地甩开膀子干出名堂为学校争光。体质弱的和女同学个个垂头丧气，一遍一遍地找领导申请参加"小分队"。有一个绰号"林黛玉"的女学生，出生在大城市从来没有到过农村而且体质弱，她串联几个女生找系办公室、找党支部多次申述理由要参加小分队。当她感到没有希望时，就自己先跑到黄河社调查劳动任务情况，以及农村干部和群众对于女学生参加劳动的态度，不料当地干部和群众不仅欢迎她们去，而且立即派人来学校联系，说希望多派大学生参加。在劳动锻炼的同时也帮助他们提高文化。农村夜校没有老师，生产队的会计仅是小学毕业不会记账，迫切需要大学生帮助民校教师办好夜校，协助生产队的会计厘清账目提高管理能力。看到这种情况我心里一闪，一亮，用现在的语言表达，就是觉得有"创意"。这样就拓宽了"开门办学"的内容，学生可以经受多方面的锻炼。我向系办公室主任向克明同志汇报后，他立即找有关领导商量，最后又添增50人到黄河社锻炼。同学们热情高，干劲大，开工当天鞭炮锣鼓齐鸣，挑战，应战，呼声震天，空中雪花漫天飞舞，地上人流涌动如潮，挥汗如雨，人山人海，个个抢干重活，女的单布衫，男的光脊梁。收工之后走门串户访贫问苦，今昔对比回忆旧社会的苦，对比新社会的甜，在实际对比中深受教育，进一步体会到只有在共产党领导下才能有今日的幸福生活。通过这次"开门办学"，大家经受了锻炼，校领导也悟到一些"开门办学"的新思路。结束时受到市劳动办公室的嘉奖，为学校争得了荣誉，涌现一大批劳动积极分子，评功摆好人人有话说，新人、新事、新故事，工地笑话一箩筐。

劳动结束返校后休整几天，准备迎接新的战斗任务。我趁着这段休整时间写小说，内容是根据这次"开门办学"涌现的先进人物和典型事例写了一篇《在渡口工地上》。市劳动办公室编印的《丰收文艺作品选》很快印出。同学发现后议论纷纷，有人大段大段地朗诵，夸赞小说里的主人翁乖巧、能干，同时也有人指责我又在走"白专"道路，成名成家思想重新抬头。这时，突然有人惊叫：这篇小说是为知识分子评功摆好唱赞歌，创作方向有问题，不歌颂工农大众，歌颂"小资"。立即对我、对小说展开了批判，而且批判之火愈烧愈旺，大字报不仅贴在我的住室门口，还贴到我的床头边。"班长是个创作迷，埋头拉车不看旗；工农大众你不写，热情洋溢颂'小资'。方向大错再不改，戴上帽子后悔迟；猛击一拳快回首，齐奔'红专'莫犹豫。"这张大字报正击中我的"疼"处。因为我曾经写过一篇小说，出版社已经准备出版，并且向我发了采用通知，后来考虑因为内容不是写的工农群众又将原稿退还给我了。

张永江同志:

  因为我们来稿较多。审阅小说《夏天的战斗》不够及时特向你致歉。这部小说文字是通顺的题材也较好。目前我社主要是面对广大工农读者,你如有这类作品,欢迎你寄来。稿另寄退回。请查收。

  想到我有这样的"前科",真怕戴上"帽子"。那个时候给谁戴上"帽子",都是像《西游记》里孙悟空头上的紧箍儿,随时可以拉紧、收缩、批斗,休想脱掉。我们年级的党支部书记就被戴上"右派"帽子,不仅对其进行触及皮肉的斗争,还停止学籍对其进行劳动改造。在1958年反"潘、杨、王"(省委书记潘复生、省委副书记杨珏、省委秘书长王庭栋的简称)的右倾机会主义集团斗争中又有一批被戴上"帽子"的同学,虽不是"右派"也和对待"右派"一样对他们进行了残酷斗争,头上的紧箍儿收得很紧,停止学籍进行劳动改造。静夜深思,大家对我的批判无论是口诛,还是笔伐,还都留有余地,停留在"警告"和"规劝"阶段。"再"不改悔才"戴帽";"猛击拳"是希望我快回首,同大家一道奔"红专"。就征服人心而言,这种善意"警告"效果更佳。实际上当时即使没有这次批判,我的创作道路也已被堵死:一是知识分子题材不能写,而我只熟悉知识分子;二是实际上紧张的政治斗争和高强度的劳动再也没有构思小说的思想空间。记得著名诗人雷抒雁说过:"文学,有时也会像鸦片一样,会上瘾的。一旦你爱上了它,就会结下终生不解之缘。任怎样也难甩脱。"我这次创作小说"惹祸",纯是因为热爱文学"上瘾"引起的。因此,面对同学的批判,我心悦诚服。因为开封师范学院的办学宗旨是培养中学教师,这是祖国发展建设的需要,是党的统筹安排。我是党员,应该根据学校的办学宗旨,脚踏实地在教育战线上坚守教师岗位发热发光。

  春节过后很快就分班,分组到各中学进行教育实习,准备迎接毕业分配工作。系领导根据上级分配给的指标，动员大家填报个人的"意愿要求"，同学们异口同声"无条件服从组织分配"。有的填"党叫干啥就干啥"，有的填"我是一块砖哪里需要往哪儿搬"。没有谁提出自己的具体要求。九班有个女同学张瀛填的志愿表是：

> 我们——60年代第一批大学生，
> 天之骄子，党的儿女
> 人类灵魂的工程师。
> 背起行装，
> 走，到祖国最需要的地方去！
> 不管是农村小镇还是穷乡山区
> 祖国的需要就是我的需要。
> 祖国的期望才是第一
> 不管到哪里，我都乐意
> 辛勤的劳动。刻苦的努力，
> 让教育之花开遍大地。
> 党啊，请放心你的儿女。

她填报的"志愿"，实际上说出了大多数同学的"共同心声"。我们于1956年8月入校，到1960年8月整整四年在铁塔脚下，学习、劳动、斗争、改造，日日夜夜，风风雨雨在火热的生活中锻炼，造就一批爱党、爱国、爱校，忠于教育事业，以"铁塔牌"为荣的教育工作者。8月26日系党总支在十号楼宣布毕业分配方案，具体名单公布后，激情满怀的帅男倩女们热烈鼓掌相互握手祝贺，高唱着《青年进行曲》，踏着矫健的步伐走出校门，在一片欢呼"再见！""臭豆腐再见！"的声浪中，斗志昂扬地奔向祖国各地。

历史一瞬过了半个世纪。2010年10月，在一个天清气朗，菊香满城的秋天，20世纪60年代首届从开封师范学院中文系毕业的学子们，激情满怀地从祖国的四面八方回到母校，年长的已 83 岁，最小的弟弟也已年过 70 岁。当年生龙活虎般的小伙子，花枝招展的小姑娘都在自己的岗位上尽心尽力作出了自己应有的贡献，如今已是女的白发稀，男的胡须长。解甲归隐把岗位让位给新一代。为了回母校聚会，千里百行不怕远，翻山越岭不畏难。有的子女搀，有的拄拐杖。当年批我讴歌"小资"的申光亚，一下火车就紧紧抱着我的脖子不松手，激情地说："你写的小说里那个'林黛玉'，是咱年级在文教战线上飞得最高的一只鹰——广西某高校的党委副书记、副校长、副教授，她不是'小资'，是坚定的共产主义战士！是共和国自己培养的学者、专家。"说着深深地向我鞠了一个躬。我紧紧握住他的手，他疼得龇牙咧嘴叫"放松"。我说："老兄啊，是你提醒我，埋头拉车还要抬头看路，十字路口的红绿灯一定要看清。"他竖起大拇指连声说："好，好！我就是那个意思。"

分班座谈时粗略统计出几个数字：当年实际毕业 307 人，在岗时厅级 3 人，处级 36 人；在高校当教师的 76 人，正高 24 人，副高 46 人，讲师 6 人；一直坚持在中学教书的获高级职称的 115 人；另有一些人跳槽出彩当了研究员、副研究员、经济师、剧团里的作家，《市志》《县志》《传奇文学选刊》等的主编、编审、高级记者，还有人在联合国工业发展组织中国投资处当了高级顾问……。无论走到哪里，做什么工作，都亮明自己是从开封师范学院中文系走出的"铁塔牌"。

年级首届党支部书记王芸在聚会的日子里写了一首长诗《献给我的同窗》。诗中赞颂当年学习时，在"铁塔下"经常听到"琅琅的书声"，深夜里"十号楼"里看到"不灭的灯"；上山下乡劳动"应举社里挥镰刀，太行山里炼钢忙"。也有当年"在那风风雨雨的岁月里"，曾经有过的"迷惑，痛苦和彷徨"，在误会中"朋友成了敌人""教室变成战场"。然而，我们今天从四面八方返回母校，都能正确对待年轻时代的幼稚、摩擦、误解造成的不应有的"伤害"。今天兄弟姐妹从战场归来，又回到"铁塔脚下"握手联欢：

这里是你：教授、作家、主编，
这里是他：学者、书记、局长……
啊，这里是我们——
四十年未离讲台，
把生命化作了支支烛光。
这是你的著作，
这是他的奖状，
别遗憾你什么也没有带来，
看，你培育的满园桃李，
已成了共和国的栋梁。

  河南大学和文学院领导以及当年的授课老师对我们这次聚会十分重视，热情接待，看到大家都以积极的心态回顾当年的学习、劳动和锻炼，以真诚的感情畅谈友谊，对当年的偏颇见解、不当言论都以宽厚的心胸谅解，表现出相互之间的友善、和谐、诚信，由衷感到高兴。同学之间以心换心深入交流，师生之间夜以继日促膝长谈。杜心汗同学以《回娘家》为题写诗表达回母校聚会的亲情："刮一刮脸上的胡须，理一理头上的苍发，穿上舍不得穿的'礼服'，朝着奔娘家的大道进发。"当年的"小伙子已成老翁"，那时的"小姑娘变成老妈"，今天我们回到母校，如同扑向"母亲的怀抱，嬉戏，撒娇，拥抱，玩耍——人人脸上挂满欣喜的泪花。忆当年十号楼、七号楼曾留下我们的身影，战太行、战水坡、战斗在三门峡大坝；我们这代人只知道奉献，奉献，奉献……如今仍在用我们的余热映照晚霞"。

  在这次聚会期间，集体又编著了一部厚重的大书《五味人生》，每位同学都能在书中找到自己的身影。

  作者简介：张永江，1956级本科生，河南大学文学院教授。

难忘我们的 1956 级

王 芸　赵怀让

文学院建院百年，献上十首诗歌和十幅题词，心情十分矛盾：一是在文学院辉煌的历史长河中，不甘心 1956 级成为空白；二是我们已进入暮年，书写回忆文章力不从心，汇编旧作，不得已使然。

但说句心里话，1956 年级与文学院其他年级相比，的的确确具有独特之处：

独特的学生群体。1956 年，中央号召向科学进军，许多梦寐以求读大学的在职人员，与应届高中毕业生一起参加高考。1956 年级 360 多位同学中，大约四成是在职人员。他们当中有的是中组部、外交部、公安部和省市县党政部门的干部，有的是中央新闻单位的编辑，有的是中、小学教师，有的是海陆空部队的军官，有的是工厂的工人，其余是河南城乡的高中毕业生。同学之间年龄相差较大，最大的入学时已有 30 来岁；阅历极为悬殊，有几位是中共地下党员；学习基础也参差不齐，有的只有小学、初中学历，有的甚至没进过学校，自学成才。可喜的是大家都具有强烈的求知欲望，在当时的图书馆、马路上、路灯下，均可以看到他们读书的身影。

老师中专家名人荟萃。百年文学院代代均有名师涌现，但 1956 年的中文系更为突出，在全国文史院系中赫赫有名。如古典文学界的李嘉言、华锺彦、高文、万曼、王梦隐，语言学界的钱天起、赵天吏、吕景先，现代文学界的任访秋等。1956年级同学在这种令人羡慕的氛围里读书学习，觉得异常自豪；而且恩师们不辞辛苦，循循善诱，既传授渊博知识，又传授严谨的治学之道。

经历了频繁的政治运动和繁重的体力劳动。1957—1959年，政治运动持续不断，对我们1956级学生影响很大：学生党员经常对照检查，深挖右倾思想。全年级开展拔"白旗"，斗私批修，有些同学因主动汇报思想，而遭遇不公正的对待，为此付出很大的代价。至于繁重的体力劳动，更是数不胜数。先是在太行山上开采运输铁矿石，后来在开封市北郊挖沙植树，再后是在农村公社不分昼夜地劳动，还有天寒地冻时在校内破冰挖东湖，等等。经历着时代的风雨，伴随着挫折与喜悦，1956级的同学们逐渐成长、成熟起来，承担起建设社会的使命。

永远铭刻在我们心间的，还有那毕业四十周年后的相聚。相比文学院的其他年级，我们这一次相聚显得特别难得，特别珍贵。因为我们的大学四年，风风雨雨，坎坎坷坷。鉴于当时的政治气候，同学之间难免磕磕碰碰，伤了感情。有些同学因为不堪其苦，先后退学，还有几位同学因受到处分，未能随年级完成学业，毕业时，全年级仅剩下300来人。随着岁月流逝，同学们历经沧桑，怀念母校、感念恩师、思念同学之情越来越浓，希望毕业四十周年时能在母校重新相聚。为了这次可贵的重逢，我们费了九牛二虎之力寻找失散的伙伴，编纂了《同学录》，为同学之间的联系提供了方便；与此同时，还在同学中广泛征集大学生活回忆录。2000年，鬓发皆已斑白的100多位同学，从全国各地陆续返回母校，有的子女作陪，有的手持拐杖，相见不相识，在互告姓名后，相拥而泣。聚会期间，大家畅叙离别之苦、重逢之喜，消除上学期间的恩恩怨怨，汇报在不同岗位做出的巨大贡献；同时，我们还请健在的9位老师和当时的学校领导人为我们留下了极其珍贵的题词。聚会后，我们又克服重重困难，把聚会期间的题词和有关诗文，与过去征集的回忆录一起编印成《五味人生》，分别寄给在世的近200位同学留念。

见到文学院为纪念建院百年而发起的"我在河大读中文"的征稿函后，心里犹豫了很久很久。我们和20世纪70年代以来学友们的求学经历大不相同，相比于文学院近半个世纪的飞速发展和辉煌成就，我们经历的那个年代可以说是一段曲折。要不要参加征文？写些什么？一直是心里的问号。2020年暑假是我们年级毕业六十周年，不少同学参加了母校组织的"云返校"，热心地提供当年在校学习时的一些资料，李忠文同学还写了《大学生活回顾》多首，对母校和文学院的深情又一次在我们心间涌动；而文学院也再一次发函征稿，希望20世纪五六十年代的毕业生能提供一些实录。终于下定了决心，汇编了一些诗歌和当年恩师们的教诲，争取能在文学院的史册上留下一些痕迹。

耄耋之年，疾病缠身，回忆往事，感慨万千，聊作《代序》，以陈心迹。

赵怀让

2021年1月12日

一　大学生活剪影

忆往昔

一九五六年，八大刚开完。经济为中心，教育要领先。我级三百人，汇集铁塔南。专心攻学问，发愤苦登攀。著名古铁塔，近在咫尺间。塔影伴我读，塔铃助我眠。河大美名传，贵在恩师贤。中文系主任，学者李嘉言。一句《离骚》经，讲解整半天。胸有大学问，无人可并肩。教授华锺彦，博学如神仙。开讲《长恨歌》，魂魄能为牵。高文大专家，词曲曾精研。能讲又能唱，无人可比攀。老师王梦隐，擅长讲陶潜。陶诗经吟诵，终生印象鲜。老师宋景昌，激情如喷泉。讲述不换气，妙语句句连。老师赵天吏，专攻《说文》篇。倒背如流水，都知此功艰。老师牛庸懋，鹤发配童颜。娓娓讲故事，生动使人癫。名师出高徒，学生得真传。

五七五八年，气候骤转寒。先搞反右派，接着反杨潘。一场大风暴，撞上即麻烦。年级党支部，处在阵地前。王瑛有经验，一走便不还。王芸太单纯，写信进忠言。引火烧自身，被斗诚难免。桂珍死脑筋，不会急转弯。忠骨与热血，惹来体伤残。党员尚如此，同学难保全。才子李惟微，因父受牵连。不知何缘故，累及张锡燕。伤害数十人，余者也心寒。幸开十三大，铁案被推翻。

五八五九年，要过劳动关。为了炼钢铁，奔赴太行山。日战不喝水，夜战不睡眠。一人抡大锤，一人扶钢钎。抡锤眼难睁，扶钎常打鼾。未出大事故，真要谢苍天。接着去李封，钻进矿里边。一阵如夏热，一阵如冬寒。所幸馒头多，吃个肚儿圆。又到三门峡，筑坝上高巅。及至返学校，又战东湖边。严冬流大汗，冰凌使脚残。劳动寻常事，强度难承担。今日忆往事，权当红军爬雪山。万水千山何足道，三军过后开心颜。

一九六〇年，毕业散中原。少数离教育，多数执教鞭。奋斗四十载，个个成中坚。一生多曲折，晚年尚圆满。今日忆往昔，应遵李白言："人生得意须尽欢"，莫让往事惹心烦。

姚效先
2000 年 5 月

回顾六则

（一）

大学录取五六年，
迢迢千里到中原。
就读师院中文系，

十号楼内诵诗篇。
铁塔之畔平房住,
三百学子结新缘。
邮局书店常光顾,
吃饭住宿不掏钱。

(二)
高文万曼李嘉言,
声望高高学识渊。
万曼授课讲话慢,
笔记不停手臂酸。
魏晋学者王梦隐,
带我悠悠见南山。
开初学习情振奋,
五七春后难乐观。

(三)
入校未满一周年,
暖暖初夏突变寒。
整风"反右"掀巨浪,
无知学子左右难。
太行山上挖铁矿,
校园高炉冒浓烟。
白天校内上大课,
夜晚郊外去拉砖。

(四)
忆昔校园五八年,
跃进口号震破天。
火炉砸碎炼钢铁,
严冬挖湖铁塔边。

寝室开起批斗会，
校园大种"试验田"。
心有疑惑欲讲理，
挚友劝我莫开言。

（五）
系里成立文工团，
自编自演受锻炼。
礼堂台上献歌舞，
水波乡里唱麦田。
朱仙镇内银镰闪，
黄河社里战犹酣。
三门大坝曾留影，
工地号子声震天。

（六）
六〇天灾粮菜减，
体力难支劲耗干。
睡眠不足人困倦，
课堂呼噜声声传。
教育实习商丘地，
育人重任始担肩。
毕业之期匆匆至，
不知再会是何年？

李忠文

2020年7月

二　相聚在毕业四十周年

回母校

受诗人贺敬之《回延安》的启发，
我也以信天游形式写了一首诗，题为《回母校》。

（一）梦游开封

心口呀，莫要这么厉害地跳，
亲人呀，莫要把我忘记了。
树上的喜鹊喳喳叫，
远飞的大雁要还巢。
自从决定来河大，
我睡不稳来吃不下。
几回回梦里回开封，
我爬过铁塔又上龙亭。
潘杨湖里游过泳，
包公祠里拜包公，
逛御街，访宋城，
大相国寺觅高僧。

河大校院转一转，
拜见了高文、万曼、李嘉言。
教授们精神矍铄体康健，
还要为河大的发展做贡献。
老师的表态令我好感动，
待要深谈却又无影踪。
一觉醒来天已明，

水中望月月朦胧。
心酸楚啊，泪纵横，
何日开封得重逢？

（二）回归路上
好容易盼到出发令，
我跳上火车往东行。
车轮飞快不住地转，
不觉来到了开封站。

走出车站放眼瞧，
车站广场变样了。
十路汽车跑得快，
一溜烟直往东北开。
我坐在车上不住地瞧，
宽宽的马路林荫道，
一座座高楼一排排店，
昔日的开封我找不见。
"嘀嘀"一声到了站，
眼前一座大宾馆。
左端详，右打量，
这地方原来是个大水塘，
水塘边就是校医院，
当年流感我住里边。

（三）亲人相见
突然间，一位白发老头拉住了我，
硬让我跟他家里坐。

"老同志你认错了人",
"哎，没错，你不是九班的李忠文？"
"那么你又是何人？"
"我就是当年的文工团长张豫林。"
没想到，这么巧来这么寸，
刚下汽车就见了亲人。
亲人见了亲人面，
欢喜的眼泪眶眶里转，
满心话登时说不出来，
一头扑在亲人怀。

时光一晃四十载，
眼变花来头变白，
当年的小伙已年迈，
大姑娘变成老太太。
四十年的离别想死了我，
四十年心曲对谁说，
四十年经历多坎坷，
四十年道路多曲折，
四十年日月没白过，
四十年奋斗结硕果。
三尺讲台一支笔，
传播知识和真理，
曾经著书写文章，
当上了学科领头羊。

四十年汗水浇新芽，
换来了芬芳桃李满天下。

四十年前的单身汉，
到如今妻儿孙女满屋子转。
四十年的话题堆成了山，
说不尽这一万四千六百天。

（四）校园观光
说话间王芸大姐到跟前，
笑嘻嘻地把话谈：
"手续简单快去办，
休息一会儿就开饭。"
我不想休息不吃饭，
只想到校园里面去转转。
学校大门还是老模样，
往北直通大礼堂。
当年的平房早拆除，
学生住进公寓楼。
高楼耸天非昔比，
处处鲜花处处绿。
新建的楼房亮闪闪，
简直叫我看花了眼。
艺术大厦体育学院，
图书大楼科技馆……
文学院，理学院，
新兴学科一串串，
这新鲜，那新鲜，
母校旧貌换新颜。
院系林立育英才，
母校的声名传四海，

领导教师同协力，
取得了享誉中外的好成绩！

（五）师恩难忘
饮水思源情不改，
师恩永远记心怀。
同学携手去看老师，
没料到有些老师已谢世。
老师逝世我哀伤，
音容笑貌永难忘。
有些老师仍康泰，
祝他们寿比南山春长在。
长江后浪推前浪，
河大越办越兴旺。

（六）衷心祝愿
回开封，收获大，
多年的愿望实现啦。
咱相聚时间实在短，
恨不得聚会延长一百天。
同学相聚终有散，
天各一方常挂念。
勤打电话多写信，
报个平安也放心。
我就在九朝古都洛阳住，
欢迎大家来光顾。
愿大家多多保重勤锻炼，
争取再活它六十年。

愿开封民用机场早建好，

坐着飞机再来看母校。

李忠文

2000 年 5 月

献给我的同窗

还记得吗？

背着简单的行囊，

走进这陌生的校园。

一切都是新的：

新的教室，新的课本，

新的老师，新的伙伴。

新的生活开始了，

新的友谊开始了，

开始在"向科学进军"的号角中，

开始在难忘的 1956 年！

还记得吗？

铁塔下琅琅的书声，

十号楼不灭的灯光。

应举社里挥镰刀，

太行山麓炼钢忙。

锅碗瓢勺听到过我们的激烈争论，

东操场上留下了我们的足迹行行。

轻骑兵报激扬文字，

文工团内百花齐放。

同学少年意气风发，

难忘我们的1956级

青春的友谊随着年轮增长。

还记得吗?
在那风风雨雨的岁月,
我们的迷惑、痛苦和彷徨:
为什么朋友成了敌人?
为什么教室变成战场?
为什么我们的毕业照,
缺少了那么多亲密的伙伴?
啊,同窗四年,四年同窗,
几多欢乐,几多辛酸!
那时候我们还太年轻啊,
虽有红心一颗,却还难辨风向!

应和着时代的召唤,
我们告别了难忘的校园。
四十年春华秋实,
四十年雨露风霜。
如今我们在当年的教室相聚,
你白发斑斑,我两鬓苍苍。
也许,你一直沐浴着灿烂的阳光,
征途宽阔坦荡;
也许,你经历了坎坷的人生,
分担着共和国的忧伤。
今天我们又从四面八方走到一起,
畅叙友谊,共话沧桑。

这里是你:教授、作家、主编,

这里是他：学者、书记、处长……
啊，这里是我们——
四十年未离讲台，
把生命化作了支支烛光。
这是你的著作，
这是他的奖状，
别遗憾你什么也没有带来，
看，你培育的满园桃李，
已成了共和国的栋梁。

时代不会忘记我们，
历史不会忘记我们，
60年代最早的知识分子，
回首往事，豪情激荡。
顺利时没有偏离航道，
危难中更显得意志如钢。
困厄中曾传出我们的浩歌：
"亦余心之所善兮，虽九死其犹未悔！"
"牛棚"中我们曾含着热泪长吟：
"苟余心其端直兮，虽僻远之何伤！"

啊，我们经历的人生如此丰富，
甜酸苦辣都令人难忘。
如今虽已进入暮年，
我们依然在夕照中铸造辉煌。
离退的不忘发挥余热，
在岗的正奋力追赶流光。
往昔我们曾经在风雨中互相扶持，

如今更需要在桑榆下彼此依傍。
让真挚的同窗情永远伴随我们，
　　一直延续到地老天荒！

王芸
2000 年 5 月

三　从序曲到尾声

　　五月夏交春，河大树森森。月季开正艳，校院满芳芬。五六级校友，络绎入校门。当年大学生，今日变老人。鬓发皆斑白，脸上刻皱纹。妻儿作陪护，显见病缠身。有人扶拐杖，应知伤骨筋。缘何来相聚，只因感情深。身为情支配，无人怕艰辛。少小围双亲，老大爱寻根。根即在河大，难忘是师恩。当年风华茂，河大受陶熏。师长授我业，校风铸我魂。毕业听分配，专心事耕耘。一干四十年，成绩可人心。思谦当博导，母校视如珍。慧修写小说，名著获奖金。烛非成专家，著述可等身。镇北搞教改，事迹九州闻。总理赞龙周，龙周受人尊。其余数百人，足迹遍八垠。人人成中坚，表现都超群。回校报师长，含羞来献芹。师长多作古，提起泪纷纷。至今长寿者，仅剩八九人。捧花献景昌，举尊敬高文。祝师寿百载，定来贺寿辰。五六级同门，成长多艰辛。正遇反"右派"，同学左右分。滥用斗争术，无端伤好人。伤害一大批，累累留斑痕。时过四十年，事变翻乾坤。当年是与非，中央下结论。人人思相聚，一笑泯仇恩。不斗不相识，相识更相亲。几句掏心话，往事化埃尘。昔时存疙瘩，今日等烟云。聚会收获大，人人得欢欣。聚会好气氛，要谢发起人。新老两支书，怀让与王芸。筹办费思量，言行可人心。贵翘有义气，慷慨助钱银。桂轮不顾病，踪迹广搜寻。编成《同学录》，赖他好精神。为了游园事，志强四处奔。为了联欢会，忙煞张豫林。妻女齐上场，献艺一家人。更有远方客，闻讯即先行。不畏路程苦，冒暑返汴京。如今风气变，交往论钱金。我们这班人，还把理想存。不计名与利，舍死为人民。一生重情义，相交感情纯。两日聚何短，转眼又离分。但愿人长久，天涯若比邻。

姚效先
2000 年 5 月

作者简介：王芸，1956 级，河南大学文学院教授；赵怀让，1956 级，河南省社科联副主席。

河南大学求学记

屈春山

2012年9月25日，是河南大学建校100周年纪念日。百年华诞，百年薪火相传，几经风雨，几度变迁，但"明德新民、止于至善"的办学薪火流传至今。作为河南大学的学子，在母校百年华诞来临之际，激起我对往事的许多美好回忆。也许是上了年纪，缅怀往事，常常给我带来愉悦和幸福，这就是我对河南大学的怀旧情结。

1960年，正值我国"大跃进"后出现的三年经济困难时期，供应紧缺，饥荒严重，是新中国成立后最难熬的一个时期。这时我正在许昌高中读二年级，由于家境贫寒，我决定提前参加高考，以减轻家中负担。于是，我报考了开封师范学院（即现在的河南大学）。我很幸运，1960年8月，我接到了开封师范学院的大学录取通知书，我母亲、哥哥、姐姐以及全村的人都为我考上大学感到高兴。母亲说："咱家祖辈都不识字，你是咱家出的第一个'秀才'，要好好学习，报答国家。"9月初，我带着母亲的期望来到了开封师范学院。

学校坐落在开封市明伦街，背靠巍巍千年铁塔，古香古色的学校大门，以及青砖红瓦、飞檐斗阁、气势恢宏的大礼堂、七号楼、十号楼、东斋楼等建筑群，令人肃然起敬。它确实是一所驰名中外的高等学府。著名学者范文澜、冯友兰、楚图南、华锺彦、任访秋、于安澜等都在此任教；知名作家姚雪垠、邓拓、周而复、吴强以及袁宝华、王国权、白寿彝、马可等名人均毕业于此。

我们这一届为中文系60级，共6个班，180人，年级辅导员是赵怀让老师，党支部书记是岳光鑫。我被分到了三班，班长是王守训，我是团支部书记。大学生活对我来说是陌生的，也是神秘的，更是新鲜的。在组建中文系60级团分总支的时候，何爱勤被选为团分总支书记，逯祖毅为组织委员，我为宣传委员。这些都为我创造了一个学习和锻炼的好机会。

经济困难时期，党中央号召全党全民"大办钢铁、大办粮食"，共渡难关。这对于每一位大学生来说，是一个考验。一方面要把课程学习好，李嘉言、任访秋、华锺彦、高文、万曼、于安澜、王宽行、何望贤、周鸿俊、刘彦钊等老师都亲自给我们授课，师资力量群星荟萃，是我们一个难得的学习机会。另一方面，还要勤工俭学，开荒种地，为国家分忧，共渡难关。当时大学生每人每月口粮31斤，食油3两，粗粮多细粮少，肉蛋类几乎没有，很多人吃不饱，营养不良，两腿都浮肿了。面对困难怎么办？党团员带头，开荒种地，采摘野菜。有一次，我带领我们班的同学到东郊采野菜，有几位同学确实太饿了，采到的小茄瓜、小萝卜，生着就往嘴里填，现在想起来还有些心酸。尽管生活很苦，同学们没有怨言，也没有消极，课照样上，宣传队文艺节目照样演。艰苦的生活，可以锻炼人的意志，也可催人奋进。应该说，我们这一代大学生经受起了艰难岁月的考验。

在年级党支部的领导下，年级团分总支创办了一个《东风报》，我任主编，王元明、冠成文任编辑。《东风报》并不是一张铅印小报，而是一块黑板报。尽管如此，版面设计却十分讲究，从内容到形式，从报头到标题，从内文到插图，全部用广告色精心书写，在校园内显得光彩夺目。其内容有时事消息、诗歌、散文、曲艺等，每办一期都招徕许多读者，深受师生们的赞赏。中文系以文学课为主，我和许多同学都非常喜爱文学。我的处女作和不少同学的处女作就是在这里发表的,有不少同学后来成为著名的作家、学者、编辑、记者。可以说,河南大学是培养我们这一代大学生成长的摇篮。

1964年,党中央提出"培养红色接班人",我很荣幸,或许是我在上大学期间当过宣传委员,办过报,大学毕业后就分配到广州中共中央中南局机关报《羊城晚报》工作,后又到《南方日报》工作,当了一名编辑和记者。1974年,中南局撤销,我调回开封地委工作,任开封地区群艺馆副馆长、开封地区文联副主席。其间,周鸿俊老师很关心我,他是我大学期间的授课老师,在他的支持、关心下,创办了《遍地红花》文艺杂志,全省公开发行,后改为《中岳》文艺杂志,全国发行。1983年,我调到中共开封市委宣传部工作,任副部长,主管新闻、文化艺术、对外宣传等工作。

回顾走出河南大学之后的几十年,我一直工作在思想宣传战线。工作之余,我还长年不懈地坚持写作。当我创作的一篇篇小说、散文等文学作品在报刊登载,一部部文学专著在出版社出版,我都按捺不住激动喜悦的心情。我深深感谢河南大学老师们对我的谆谆教导与培育之恩。

嵩山巍巍,黄河泱泱,铁塔耸立,簧宇堂皇,母校之寿,山高水长,如天地久,似日月光,千秋万世,永放光芒。在河南大学建校100周年来临之际,我衷心地祝愿母校河南大学继往开来,与时俱进,再铸辉煌!

作者简介:屈春山,1960级本科生。

春晖曲

祝仲铨

五十年前入校学习的时候,母校的名字叫"开封师范学院",响亮的"河南大学",是她曾经的辉煌和以后的"光复"。那是新中国教育史上最为惨淡的一年。全国所有高校的专业和招生规模都大大地压缩了,不少院校被撤销或将主要专业并入其他院校。

在高等教育的惨淡与不幸之中,我还算是一个幸运儿。

几十年来,我一直认为,我的幸运,在于我踏入了开封师范学院的门槛。

开封师范学院就是赋予我百折不挠、拼搏向上的精神,教给我做人、做事、做事业本领的伟大的母亲。她给了我太多太多的、终生享用不尽的恩惠。

刻骨铭心的"训话"

一入学,便是院长助理、系主任钱天起教授的"训话"。

钱主任认为,中文系62级是本校十几年来录取分数最高的一届,比以往北京大学的录取分数线还要高。踌躇满志的钱主任表示说,他对这一届学生充满信心。他设想从这一届开始,在教学上,要求教授给我们授课;在教研上,要求所有讲师在指定的教授指导下，完成既定的业务进修计划，提高教学水平。钱主任说，有科研任务的老师要在规定的时间内，优质完成科研项目，并在系里公之于众。钱主任兴奋地对我们讲，从这一届开始，他要实现提升中文系整体水平、振兴中文系的愿望。他告诫我们，大学的学习，完全不同于中学阶段。学生自己支配的时间多，自学的时间充足。他说，业精于勤而荒于嬉。希望大家珍惜四年的学习时间，勤学好问，刻苦、努力，不要虚度光阴。钱主任说，我们虽然是师范院校，但从这一届起，还是决定参考北京大学中文系的课程设置安排教学，还决定，在这一届毕业时，要通过毕业论文进行毕业答辩。

钱先生说，国家的经济正在好转，但目前还很困难。尽管如此，还是抽出一定资金，每月供给每位同学十二元五角的伙食费和一定的医疗费。学校会努力把食堂、校医院办好，尽可能地保障同学们的健康。但是也希望大家积极参加适当的体育锻炼，在刻苦学习的同时，注意劳逸结合，保证以一个健康的体魄完成学业。

几十年后，一次和钱天起主任的公子钱大梁聊天，说到钱主任的"入学训话"不仅让我，也让我那一届同学刻骨铭心，享用一生。大梁先生感慨地说，老爷子（指其父钱天起教授）一生说话、做事谨慎，对你们还有这么一段讲话！他对你们这一届太偏爱了。

是的。钱主任的偏爱溢于话间。那天，他是在62级全体新生面前，在全系教职工面前，以系主任的身份，严肃地、诚恳地、认认真真地讲的。

"训话"没有讲稿，现场谁也没做记录。但几十年来，每当我和同届同学说起"入学训话"，大家差不多都能把"要点"说得比较详尽——无论是后来做了厅、处级领导干部的，当了教授、研究员的，还是成为基层业务骨干、拔尖人才的。

因为，那"训话"体现了一位领导、一位长者、一位导师、一位学者对莘莘学子殷殷的期望、深深的眷顾与满腔的热忱。

现在看来，那"训话"似乎并没有大师级的高屋建瓴的那种警世名言。但是，那是讲在"以阶级斗争为纲"的号角奏响之时，讲在强调"政治挂帅""又红又专"的年代里。钱主任没有直接地、正面地教导新生们"报效祖国""报效人民"，却能一直激励着一百二十几个学子在人生道路上奋勇直前，使半数以上的人成为领导干部、学界精英，其他也多为基层或某些方面的砥柱！

五十年来，当学生时，我曾在职工夜校给学校的职工讲语文课；后来在农村参加"四清"，之后又到洛宁山区学校搞教育实习、当代课教师；参加工作后，被上级组织调动多次。当过记者，做过文化局、文联的干部，还当过期刊编辑；退休前十几年，又做高校的党务工作，其间又有不少的社会兼职。尽管随着岗位的不断调整，工作对象的不断变化，但是，对待工作对象的基本态度，那种"殷殷""深深""悁悁"，都是钱天起教授一番"训话"的传授；无论在何岗位做何种工作，认认真真地做好，做出成绩的基本态度，也都是钱天起主任"训话"精神的继承。

所以，"文革"初始，当听说受到冲击的钱天起主任去世时，我躲在东工字楼与西工字楼之间的小道上，朝着钱主任家所在的南边的平房院方向，深深地鞠了一躬。

富有生命力的近代建筑

学校正门，大礼堂，六号楼，七号楼，东、西斋房……这一组中西合璧、风格独特的近代建筑，是曾经亲近过她们的河大学子的骄傲。五十年来，采访、调研、会议、旅游，走南闯北地参观，以及报刊影视媒体的推介，展示在眼前的林林总总、气象万千的各色建筑，都曾令我艳羡、惊叹过。但是，我总是禁不住将其与母校的这组卓绝的建筑群相比照。比照的结果，便是"叠印"；"叠印"之后，这组建筑群更加铁打钢铸般嵌在心底，而其余建筑的印象，则随着流逝的岁月，从脑海里淡出了。

每次去学校，我总是喜欢多走上几步路，从庄严肃穆的学校正门进去。跨进校门的那一刻，"我是河大人，我要刻苦、勤奋地学习，继承、弘扬河大精神"的人生态度与责任感，油然而生，仿佛有师长在身前身后耳提面命地训教一般。

　　河大图书馆的馆藏，无论是种类还是数量，在全国图书馆中是出了名的。她还以所藏古籍书刊的珍贵价值和库藏量被国务院命名为"全国古籍重点保护单位"。六号楼是我就读时的图书馆。我总觉得，她和七号楼就是母亲那对奶汁无尽的乳房，供我们充分地吮吸。我曾从六号楼借出许多喜爱的书。除了老师开列的参阅书，还尽可能借来课堂上老师提到的书刊；除了学习参考书，还凭着爱好，去借感兴趣的书。比如，《二胡曲集》《高松竹谱》《芥子园画谱》《宋人画册》及浙、皖篆刻家作品选与著名碑帖。

　　一个细节令我至今难忘。有一天，我从六号楼借了书回十号楼教室，我边走边翻看着，途经七号楼时，索性就坐在其东门的石头台阶上看了起来。一位四十多岁的老师问我为什么不到二楼的学生参考室（阅览室）里去看书。经这位老师指引，我找到了此后几乎天天来"泡"的学生阅览室。在这个理想的场所，我发现儿童文学作家余辰正在500格大稿纸上写着小说，高我两年级的学长拿着笔记本往稿纸上誊着诗作，外系的一个同学正从一本精装的外文书上摘抄着什么……这真是个"世外桃源"！在这里，我可以"不务正业"地抄记《良宵》《二泉映月》《江河水》以及《春江花月夜》等带有弓法、指法的二胡名曲谱子，可以从从容容地用拷贝纸双勾《兰谱》《竹谱》和篆刻佳作。当我把这个欣喜的发现告诉写诗入迷的杨子江、王怀让同学时，两人相视一笑。我这才知道，他们早就在那儿"悄悄地干活"了。

　　那天晚饭后，我早早来到学生阅览室，那儿已经是座无虚席了——一两把空椅子上，放着占座位的流行标志：坐垫。余辰拿开他附近的一个占位坐垫，说，先坐下来干活，人家来了，让给人家。但是，那天晚上，占座位的同学竟然没去，让我稳稳地在那儿读了两三个小时的书。那正是槐花儿飘香的季节，四周充盈着洋槐花儿所独有的甜丝丝、香喷喷的芬芳，沁人心脾。我走下七号楼，看月光从树间泻下，照着石阶下的小道。仰首望去，只见几棵粗壮的老槐树花开正盛，一团团、一簇簇白色的花儿随风摇曳，恣意地将芳香向四下里撒播着。我不禁张大口、贪婪地呼吸着，尽情享受天赐的这一切……

七号楼北边的大礼堂像泰山一样，安然地坐在学校心脏的位置。在那里，我们听时事与政治的报告，听杨尚奎等学者的学术演讲，看中央乐团、湖北歌舞剧院的演出和学校文工团的文艺节目，参观师生书法绘画作品展览……在那里，我们得以净化灵魂、启迪心智、开阔视野、提升素质……我爱这个地方。但是，我还独独钟爱大礼堂里那宽阔的壁镜。那是在河南大学工作过的著名教授对母校的一种纪念。他们的名字就镌刻在壁镜下端镶嵌于镜框里的铜板上：张长弓、范文澜、冯友兰、姚雪垠……每次到大礼堂，我都会来这里瞻仰一遍。每次瞻仰，都会使全身补足了精、气、神。这些著名教授虽然未曾授业于我，但我却真真切切地感受到从他们名字里折射出来的成就学问、成就事业的力量。几十年来，每次忆起这壁镜，这壁镜上先师们的名字，都会为我人生的旅途加足一次燃料、使我调整一次步伐，更加顽强、不倦地前行。

说到东斋房，就得说说我们系的青年讲师。他们之中，被我们年级同学追捧的前几位是何望贤、周鸿俊、何权衡等先生。他们和其他讲师就住在东三斋、东四斋的阁楼里。我有几次是被老师叫去接受"耳提面命"的"辅导"，也有几次是"立雪程门"，主动地讨教。小阁楼里的格局挺有意思。一套房子住两位老师。中间部分背靠背放着的各自的书架和共用物品，将房间分为东、西两个居室。每个居室有一堆满了书报杂志的小书桌。印象最深的是小书桌上的灯，虽说不足以耀眼，但远比我们宿舍的照明要亮得多。

何望贤老师给我们讲文艺理论。他引用中国古典文学名著的片段时，既不看卡片，也不看教案，而是用他特有的湖南腔，滔滔不绝地给我们援引着、津津有味地赏析着，讲到动情处，甚至还会飞溅出一些唾星。周鸿俊老师则是慢条斯理，缓缓而言。他讲课时常要引用毛主席《在延安文艺座谈会上的讲话》和其他作家的作品。同何望贤老师一样，他也不使用卡片，不看教案。但他是把所援引的内容一一写在黑板上。他的字，清丽俊秀，非常漂亮。所以，许多时候，我们常常不是看所引何文，而是在欣赏他的书法。何权衡老师课堂上总是旁征博引、侃侃而谈。但他却时时习惯地瞥一眼讲桌上的卡片或教案，略显一些拘谨，令人感觉还有许多更为精辟的东西没有完全讲出来。后来，温绎之老师讲《张衡》，说到张衡"博闻强记，娴于辞令"时，我便很快联想到这几位斋房里挑灯备课的老师。确实，不少同学也都把这几位老师当作可以接近、值得效法的"师"与"范"。每当我黄昏时分奔向七号楼，抑或深夜走出七号楼赶回宿舍时，总是情不自禁地将眼光瞥向灯火闪烁的东斋房，心里默默念道：我们尊崇的老师一定还在备着课，他们就像这不熄的灯火，燃烧着自己，为我们的事业、人生引航。

这一组近代建筑，如今都成为国家级文物保护单位了。近百年来，她们身上的一砖一瓦都有着诉说不尽的故事，也给一届一届走出校门的学子带来永无穷尽的回忆。她们都是极富生命力的老人，辛勤地把河大精神深深种植在一届又一届学子们的心田。

大师级教授的风范

中文系教授中，李嘉言先生的名字是早被同学们熟知的。我们都知道他是分管教学工作的副系主任。他兼任《光明日报》《文学遗产》专栏的编委，还领衔国家级项目《全唐诗》的编纂，当时，又要给我们讲授《楚辞》。工作、教学、科研三副重担一肩挑，实在是辛苦。第一次给我们上课时，李先生刚一走进教室，全班同学就以热烈的掌声表示欢迎。那段时间，李先生有些劳累，讲课都是坐在藤椅子上，偶尔站起来板书。他声音不大，但却能送到教室后排同学的耳朵里。有一天晚自习，是孙先方老师的辅导，李先生突然来了。他说他感到今天课堂上有个地方讲得不太透，可能会影响同学们的理解。说着，就讲了起来。也就是十几分钟的时间，他就讲完了。他站起身，朝讲台下摆摆手，径自走了。就为了这十几分钟的补充，李先生摸着黑，从远在校外的家里颠颠地跑来。同学们感动得许久都没说出话。李先生早年在西南联大时，曾随著名学者闻一多、朱自清研究国学。《楚辞》是他师从闻一多先生研究的长项。但他的《楚辞》教学从不以专家、权威自居。在串讲《楚辞》章句时，李先生总是先把其他学者的观点——相近的、相左的给大家一一介绍，然后讲自己的观点。比如讲《离骚》，他甚至还把同是著名《楚辞》研究专家的历史系教授孙作云先生的一些重要文章介绍给大家。但在课下，同学们议论时，还都是采用"李说"。

于安澜教授没给我们年级教过课，但是，他给我上课无数。一次，我在北土街的古董铺里买到一方有狮纽的寿山石印章，磨去原刻后，请于先生给我刻方姓名印。于先生看了石头，有些不高兴。他惋惜地说，石头一侧尚未磨去的边款上有"小松"二字，说明原刻为清代西泠八家中著名篆刻家黄易。"你好大胆子，黄易的印你都敢磨掉。可惜了！可惜了！"又说，你磨掉黄易的作品，让我刻。我哪能比上黄易啊！于先生告诫，再遇此事，要先看边款，了解刻家，再看印面，进行欣赏。无论谁刻的印，人家都付出了劳动，倾注了心血，不可随意磨去。后来，听两位篆刻家——王启贤师兄和王海师弟讲，于先生也都曾对他们进行过此类训教。那起因，想必就源于我的磨印。

我在开封地委工作时，有一次，被于先生唤去做陪客，接待参加书法大赛却名落孙山的雷云霆等三位书法家。固始的雷云霆先生写得一手小楷，新乡的一位先生写魏碑。看他们展示的作品，都足见深厚的功力，但不知何故落选。三个人都颇显沮丧。于先生说，他们（组委会）叫我写（书法作品），我就写了送去。后来啥结果，也不问。"我是只讲耕耘，不问收获啊！"说完大笑，频频敬酒。于先生鼓励说，看了几位的作品，觉得很规整，底子扎实。于先生说，他曾建议，参加书法大赛的，无论所写何体，都应交一件楷书作品，以观其基础。他说，他对书法基础还欠功夫就急着进行行书、草书创作的做法很不赞同，但是据说这些人有的还居然得了奖，真叫人大惑不解。席间，于先生多次宽慰三位书法家："做好自己的事儿，别太介意别人的评价。"

"做好自己的事，不介意他人的褒贬。"这是于先生多次给我讲的"哲学"。他一生就奉行这种"哲学"。于先生一生没有在书画组织里担任什么要职，也不计较给他评几级教授，只是坐在"冷板凳"上，认认真真地做他的学问，写他的小篆，刻他喜欢的印章。他在燕京大学读书时写的《汉魏六朝韵谱》，由国学大师钱玄同、刘盼遂为之作序，王力撰文写书评，称之为填补学术空白之作，至今仍被学术界认为是鲜有超越的扛鼎著述。先生的《画论丛刊》（白石老人署签，郑午昌先生作序，黄宾虹先生写书评）、《画史丛书》、《画品丛书》在全球影响更大，被研究中国美学史、中国美学思想史、中国美术史、中国绘画艺术史、中国文化史、中国文论史者列为必读书，甚至还被研究西方文论史的学者如伍蠡甫先生等，选为重要参阅书。于先生的主要著作还有《古书文字易解》《诗学辑要》《书学名著选》《书法源流表》等。这些书著，在学术界都产生了重要影响。在河大同时期教授中，写出那么多而厚重、那么大的影响而难以企及的著作者，唯于先生。我时常想，倘若有十位于先生，北大中文系就会被超越；有五十位于先生，河南大学的排名一定会越过北京大学而跃入世界名校之列。

但是，长久以来，于先生一直是三级教授。对此，我很为其不平。我同时为之不平的，还有任访秋、王梦隐教授。那时候可能是"政治"包袱太沉重的缘故，任先生总是微驼着背，戴着一副深度近视镜给我们上课。他曾给别的年级讲古代文学史，给我们则是讲篇子——古代文学作品选，也给我们讲专题"龚定庵文学略论"。我就是弄不明白，为什么老是让任先生"打杂"，而不是提供条件，让他去做他的近代文学教学与研究？但是，无论什么课，任先生都是认认真真地备课，仔仔细细地讲授，勤勤恳恳地在三尺讲台上耕耘着，固守着"倾其所知，以飨学子"的心态。

入校时，王梦隐先生还是学校图书馆的副馆长。馆长张邃青教授会议、公务、杂务事情太多，图书馆工作就由王先生主持。后来才知道，我那时受益最多的最佳去处学生参考室（我们惯称阅览室）、文科阅览室（又称文科分馆，在十号楼。十号楼二楼大厅还设文科报刊阅览室），都是王先生建议设置的。王先生讲课是有板有眼，慢慢道来。我印象最深的是听他讲《某公三哭》。那是著名书法家、诗人、宗教界名人赵朴初先生"反帝反修"的新作，近似小令散曲的形式。王先生慢慢地念着，有些像吟诵。同学们很感新鲜，真希望王先生能放开喉咙，纵情吟唱一番。王先生也很投入，讲到激动处，他用左手摘掉眼镜，三个指头搓着镜架、镜框结合部，随着慢慢地吟诵，慢慢地画着圈儿；头，也微微地摇着，摇着……但后来却让他到艺术系讲语文课去了。艺术系的语文课，其实比高中的课深不了多少，讲是好讲，要命的是批改作文，那么多的学生，那么多的作文本，真不知王先生熬了多少个夜啊！这种课，其实是普通讲师就可以胜任的。但对着美术专业、音乐专业的学生，王先生依旧是认认真真地备课，慢慢地给他们讲解着。又后来，不知怎么回事，听说又让王先生去对口县，给那里进修的教师讲课去了。评定正高级职称时，评审组认为王先生的著作不够丰富。所以，正教授的帽子就长久地在他头上悬着。而王先生，依然是在给他指定的临时岗位上，认认真真地备课，慢慢地讲着……

还有一位没给我们上过课，甚至已经从学校教师花名册中清除的教授，原名叫李象贤，那时叫李白凤，又自称李逢。他那时在学校西边的土地庙街（"文革"时改称铁塔二街）住，负责扫附近街道的"马路"，接受街道上革命老太太和红色退休工人们的监督、改造。正像他的一方自用印的印文所说，他本是"三十年代新诗人"。在20世纪30年代，他写作了大量的新诗，成为与他的文友叶圣陶、茅盾、郭沫若、柳亚子、臧克家、施蛰存、端木蕻良等齐名的作家。20世纪70年代，香港某大学选编出版的《"五四"以来新诗选》一书中，李先生入选诗作的数量在郭沫若之上。他还是书法家、篆刻家。他的金文体、楷体书法和篆刻，绝对是国家一流水平。郭沫若、柳亚子、臧克家对他的书法篆刻都有极高的评价。但在我们上大学之前，他早已经被划为"右派"，潦倒得"十年不制衣"（李先生自用印）了。他没有被难以抗争的逆境压垮。每天拖着疲惫的身子回到家，他一边读书学习，一边督促下班回来、同样是疲惫不堪的儿子完成当天的学习计划。他还要为前来求印、索字、学字的朋友们刻着、写着、辅导着。即便如此，他还是开出单子，让在河大工作的校友佟培基到河大图书馆替他借书。他每天都在艰难地挤时间写作，最终完成了《东夷杂考》《古铜韵语》的著述。他去世后，他的夫人刘朱樱老师唤我去整理《李白凤印谱》，准备出版。看到李先生在逆境中刻制的那么多篆刻作品，我的灵魂受到了强烈的震撼。

这些教授，辛苦一生，勤勉一生，为我国的文化和教育事业做出了卓绝的贡献，是我们尊崇的文化艺术大师和教育大师。他们修身、治学、授业的点点滴滴，都展示出大师的高尚风范，体现出可供我们效法、继承的煌煌灿灿的河大精神。

党务工作者的本色

退休前，我再次被评为优秀党务工作者。后来，以党务工作者的身份在高校退休。在岗位上时，我常常忆起母校的韩倩之书记、赵文山副书记等党务工作者的工作作风，并且时时效法。

　　至今，我对"文革"时所有派别强加给韩书记、赵书记的污言秽语持不屑的态度。我相信自己的亲身经历。我记得，那是1965年的春季，我在韩倩之书记带队的"四清"工作队参加"四清"运动时，突然得了急性喉炎，高烧不退，汤水不进。韩书记很着急，紧急联系中牟县"四清"总团要车。不巧的是，仅有的一部汽车在外出差。韩书记立即派他的高个子勤务员张有发背着我，去十余里以外的火车站，送我上车，回学校治病。到开封车站一下火车，我看到赵书记和校医院的大夫、护士在站台上接我。当时，我不能说话，却激动得大哭起来。赵书记安慰我说，韩书记给他打了电话，要他带着医生、护士火速赶到车站来接我。先安排在学校医院治疗，如果不行，就转市医院。在学校医院打上针，很快就退烧了。护士取笑我："大男人，在火车站当着那么多人哭，还哭那么痛！"我说，我的母亲刚刚去世，还不到半年……一天后，学校党委办公室一位老师来病房看我，询问病情。他说，韩书记打来电话，问你的治疗情况，让你安心治病，不要急着回去。

　　"四清"结束，我们年级又接着进行军事训练。那时，我已经病愈半年，身体恢复得很不错了。一天，学校领导慰问参训官兵和学生。赵书记和学校武装部的张銎部长走到我面前，仔细查问身体和训练情况。赵书记说，不怕吃苦，这很好。但是，也要量力而行。实在坚持不住，就对我说。你身体素质不太好，别硬撑。他对围上来的同学说，你们也一样啊！

　　那时候，为了加强思想政治工作，每个年级都选配了辅导员。刚入校的时候，辅导员还有一项特殊的任务，就是在熄灯铃响之后，将滞留在教室、阅览室及路灯下读书的学生劝回宿舍休息。因为当时口粮供应不足，学生身体素质普遍偏低，学校要求学生停止剧烈的运动，注意劳逸结合，保证休养生息。我就曾数次在不同地方被劝回过。

我们年级派来的辅导员是邹同庆老师和上届留校的李善修老师。邹老师原来在《全唐诗》项目组，从那里抽调出来，足见对思想政治工作的重视。两位辅导员一到职，就搬来我们的乙排房宿舍。这便于他们随时发现情况，解决问题。他们不搞说教那一套，也没有以上对下的那种凌人盛气。他们对同学和气、亲切，关怀备至。同学们谁也没对他们"外气"，对他们如兄长一般，无话不谈。学生们的家庭困难、思想压力、入党要求、恋爱风波、学习困难，都在他们平时的宿舍聊天中，了解得一清二楚。后来，"阶级斗争"的弦越拉越紧，"文革"将近，"山雨欲来风满楼"，同学们的心情紧张起来，但这也没影响与辅导员之间的互信关系。大家对两位辅导员依然是没有猜忌与戒备，辅导员仍亲切地和大家一起谈学"毛著"心得，评苏共中央的"公开信"，谈一位留苏学生痛批肖洛霍夫《静静的顿河》……即便是"文革"中彼此观点、派别不同，双方也没出现横眉怒目、拳拳相向的局面，也仅止于直接对话、交换意见而已。

长期以来，不少人一直认为，高等院校从党委书记到辅导员执行了"修正主义教育路线"，又说执行了极"左"路线，整了不少人，迫害了不少的有才能的教师。我不全苟同。学校的党务工作者工作做得如何，看看毕业的学生也就知道了。中国特色的高等教育是一个庞大的系统工程。它既包括高等教育时期，也包括高等教育前时期；既包括高校内的若干系统，也包括高校外的许多系统。在高校内部，教授们是尽可能多地让学生掌握知识，获得技能；党务工作者则除了保障教学，重要的是要以高尚的精神引导人、以科学的理论武装人、以光辉的榜样影响人，还要防微杜渐，尽可能防止青年学生在思想上、行为上初露的不良根芽。他们异曲同工，都是呕心沥血地教给学子做人、做事、做事业的准则与方法，传授继承、弘扬河大精神，为国效力的本领。

……

写到这里，母校的人，母校的物，母校的事，一个个、一件件、一幕幕涌向心间，令人不禁心潮澎湃、热泪滚涌：母校啊，我这一生，最为骄傲、最感荣幸的，就是您用百折不挠、拼搏向上的河大精神铸造了我的灵魂！值此母校百年华诞之际，我要打心底高喊一声：

感谢你，我亲爱的母校！我亲爱的河南大学！

作者简介：祝仲铨，1962级本科生，曾任郑州大学宣传部副部长，《郑州大学报》主编，郑州大学机关党总支书记。

我与河南大学

——传灯

鲁枢元

在苏州大学的课堂上，我曾经给学生们讲：胡适、钱玄同、闻一多、朱自清这些学术大师、文学巨匠早已经进入历史的长河，但距离你们也还并不遥远。究竟多远？我在河南大学中文系读书时，我的老师任访秋先生是钱玄同、胡适的学生，李嘉言先生是闻一多的学生、朱自清的助教，而我现在又是你们的老师，所以在你们与胡适、朱自清们之间也就隔了两个人——我与我的老师！

我的这番话，近乎"忽悠"，但其中倒也表露出学界历来暗藏的一点玄机，那就是治学应该是有传承的。

河南大学首任文学院院长冯友兰曾有诗云，"智山慧海传真火，愿随前薪作后薪"，这"薪火相传"，形容的就是学术上的因袭与传承。

我更偏爱佛家的一种说法："传灯"。宋真宗年间释道原所撰《传灯录》自前七佛及历代禅宗诸祖五家五十二世一千七百零一人，祖祖相授，以法传人，犹如传灯。稍后由杭州灵隐寺普济和尚编著的《五灯会元》，讲佛家派别枝分却灯灯相续，联芳续焰而千古光明，更是尽显"传灯"之风采。

佛界如此，学界也大抵如此。

在开封古城东北一隅的河南大学，以任访秋先生为轴心、为主线的近现代文学史研究便是传承的代表。

任访秋（1909—2000），原名维焜，字仿樵，笔名访秋，新中国成立后以笔名为名，1909年农历八月出生在河南南召县祁仪镇，1940年到河南大学任教。父亲为乡间塾师，父任尚贤，号象斋，清末廪生。任访秋自幼熟读五经四书兼读小说野史奠定了传统文化的底蕴。青少年时代在开封第一师范求学期间接受了五四新文学运动的熏陶，30年代到北京求学，先是在北京师范大学师从钱玄同，后又考入北京大学研究生院，导师为周作人，同时选修胡适的"中国哲学史"课程。1936年暑假，完成了十余万字的毕业论文《袁中郎研究》。论文答辩委员会由五人组成，主任委员胡适，成员周作人、罗常培、陈寅恪、俞平伯。任访秋的论文《袁中郎研究》在无记名投票中以全票获得通过。

任访秋生前曾经谈到他与钱玄同、胡适、周作人的师生情谊。

在北师大的头两年里，任访秋先后选修了钱玄同的"国音沿革""经学史"和"说文研究"等课程。钱玄同个性独立，学问渊博，有名士风范。钱氏承继乃师章太炎的家法，推崇清代朴学大师实事求是、无征不信，以及独立思考的精神，兼取古今文经学之长，同时借鉴西方学术资源，从而形成自己独特而严谨的治学方法。任访秋听他的课感觉"茅塞顿开"，眼界为之一扩，他一生的治学生涯遂由此打下根基。

在北京大学研究院，任访秋直接师从周作人，成为周氏登堂入室的弟子、西直门内八道湾周宅的常客。正是在周作人那里，他发现胡适的文学改良主张，与晚明公安派十分相近，便以公安派的领袖袁中郎为研究方向。周作人不但悉心加以指导，还将自己珍藏的明刻本袁中道《游居柿录》借他参阅。20世纪90年代，自己已经风烛残年的任访秋听说《读书》杂志刊载了一篇关于周作人凄凉晚景的文章，便立马让学生找来，用近乎失明的双目仔细读过。尽管世事沧桑，埋藏心底的这份师生情谊仍在。

任访秋不但选修过胡适开设的课程，课下还与胡适有书信来往。他从胡适那里接受更多的是他的治学方法：思想史、文学史的研究与撰著应以明变、求因、评判为目的。在古今接续、中外会通中"明变"；从社会思潮变迁、学术思想传承中"求因"；在五四新文学精神的感召下加以"评判"。从青衿学子到耄耋老翁，任访秋的治学路径一以贯之，几乎成为宿命，无法改变。

章太炎、钱玄同、胡适、周作人、任访秋，是这条学灯传递路径的"上线"，在河南大学，任访秋无疑是这条线上的"初祖"。

"初祖"的家法表现在"学术界域""治学方法""学者风范"三个方面。

学术界域为立足"五四"，探源晚清，上溯晚明，打通近现代，并举思想革命与文学革命。在机械唯物论盛行的时代，这种近乎怀特海"有机论""过程论"哲学的学术眼光，实在是不啻高人一等！

治学方法乃遵循清代朴学大师实事求是、无征不信，力求科学严谨的治学态度。考据务求其真，重史料收集不惧繁难；文献力争其全，辨伪辑佚独具慧眼；致用务求其实，拓展学术以服务社会。

学者风范犹存民国遗风：勤谨自律、平易待人、温良儒雅、仁厚宽和；凡事只有勉力以求，不敢稍存懈怠取巧之心。对学生循循善诱，不以威权压人，力争以理想的魅力，人格的魅力，知识的魅力感召青年。

任访秋先生以下，学灯的传递有一支强大的队伍，被国内学界称作文学研究的"河大兵团"。仅我能够数得出来的，就有刘增杰、赵明、刘思谦、张如法、王文金、关爱和、沈卫威、解志熙、孙先科等。其中，不但受到过任先生的亲炙，且始终坚守近现代文学研究基地、深得先生真传的，我想，该是刘增杰、关爱和、沈卫威与解志熙。

刘增杰，河南滑县人，1956年7月毕业于河南大学中文系，留校任教至今已经半个多世纪。他著述甚丰，在宏观的文学思潮研究与精细的文本研究结合方面与任访秋一脉相承，并在此基础上拓展了文学思潮研究的范围，深化了文学思潮研究的境界。他的抗日战争时期民主根据地文学研究与解放区文学研究，在国内独树一帜。从他治学中倡导的"链条意识"中，也不难看出任访秋治文学史"上溯明清、下联近现"的初衷。最近，他精心构建的《中国现代文学史料学》即将出版问世，或可看作这一学统的传递点燃起又一盏明灯。

关爱和，1982年本科毕业后即考取河南大学硕士研究生，成为任访秋先生的嫡亲弟子。他以中国近代文学史为主攻方向，长期以来协助导师做了大量工作，同时在鸦片战争时期至五四时期文学思潮、流派的研究方面取得了丰硕成果。不久前，他为即将付梓的《任访秋文集》撰写了长篇序言《从同适斋到不舍斋》，深入、系统地阐述了乃师的治学道路与学术贡献，其视野之宏阔、文理之周至、言辞之恳切令人感慨不已。对此，同为任先生弟子的王文金教授特意吟诗为志："同适更名不舍斋，先师笃志最高阶。酬勤著述千秋在，玉树云山永仰怀。"

解志熙，这是一位极重情义的人，在河南大学获取现代文学方向硕士学位后即到北京大学深造，在严家炎先生门下获博士学位，原本可以留京工作，却毅然返回河大，在继承任访秋先生学术传统的基础上，及时总结现代文学研究的新经验，陆续出版了《考文叙事录》等一批厚重的研究成果。任访秋先生去世后，他致力于先生遗著的整理工作，为《任访秋文集》校订考释付出辛勤劳动。十年后，他方才接受清华大学的邀请，将中原学灯继而传递到清华园。

还有一位是沈卫威，任访秋先生1985招收的硕士研究生，原本也是一个地道的河南"土著"，后来却跑到南京大学中文系当教授、博导去了。当年，刚跨进师门的沈卫威就向乃师提出，"我要研究胡适，想为他写本传记"，把老师吓了一跳，也勾起老师的百感交集。

此后，老师仍然给予这位初生牛犊全力支持，为他提供资料，帮他联系胡适的旧人，书稿写出后又为他撰写序言、联系出版。多年来沈卫威一直在胡适、茅盾、吴宓、学衡派、东北流亡文学史等学术领域辛勤耕耘，影响远播港台。

我虽然也曾聆听过任访秋先生开设的中国现代文学史课程，同时还听过刘增杰先生讲授的现代文选与写作。我自知完全不配厕身上述学灯传递的序列。这倒不完全是我后来从事的教学领域是文艺理论，还因为我在河大读书期间没能好好学习，不但没有登堂窥奥，甚至也未能跨进门槛。

在河大中文系的传灯录中，从目前看来成就最为辉煌的自然是任访秋一脉，但在以往的岁月中，还有像张长弓、于安澜、于赓虞、万曼、李嘉言、李白凤、华锺彦、高文诸位各立门户的"大和尚"，我却全都未能寄名门下，这已是说不尽的遗憾。拉一下客观原因，我在1963年秋天入学，不久便走出校门，先是"小四清""大四清"，接下来是"文化大革命"，四年大学，上课时间不足一年。实话实说，我不过是河南大学"抛荒"时代的一根杂草，别说传灯，连做"灯草"的资格也不具备。

尽管属于"杂草"，但我毕竟还是自幼生长在开封古城东北一隅这块风雅宝地之上，从孩童时代，就已经开始受到河南大学人文气息的熏染。况且毕业离校后，往昔的师长们总也不弃不离，竟也使我沾得些许河大学统的慧光。

记得《五灯会元》中还有着"世尊拈花，迦叶微笑。实相无相，微妙法门"的说法，在河南大学中文学科的学灯传递中，我也许该属于"不立文字，教外别传"的一类。

当然，我也够不上正经的"别传"，或许只是"野狐禅"。

作者简介：鲁枢元，1963级本科生，河南大学文学院讲座教授，中国文艺理论学会副会长。

我的大学老师

李晓飞

　　1972年2月中下旬的一天，邮递员响着自行车铃铛，把来自开封师院的"录取通知书"送到我手上，我成为开封师院中文系的首届工农兵学员之一。我打起包裹上路了。火车到达开封已经是深夜两点了，下了火车又上汽车。来到学校，先前到达的同学们热情接应，高音喇叭一遍又一遍地播放着"热烈欢迎工农兵学员"的歌曲。雄伟的古典建筑大礼堂，正对着学校大门口，参差错落的教学楼、宿舍楼布满校园，古朴典雅的斋房一排十个，叫不上名堂的各种花木，美化着道路和园地，夜景下的大学校园，对没见过世面的农村孩子来说，真如梦幻仙境，海市蜃楼。

　　开封师院，就是老字号的河南大学。我们的使命是"上管改"，但是学员们的心里却只有"上"，大多是背着麻袋来装知识的。我们"管"谁？老师管学生是天经地义，哪个学生想过或管过老师？老师安排我们上什么课，我们就上什么课，老师以什么方式传授知识，我们就以什么方式接受。我们"改"什么？以前的大学是怎么教学的，我们一无所知，无从谈改。中文系，开设的课程有文艺理论、现代文学、古典文学、外国文学、文选、写作、文学史等，"文革"前中文系所开课程也是这些。要说有教学改革，譬如"开门办学"，到工厂、农村搞调查研究和写作，譬如让学员公开评价老师的讲课等，也完全是系领导和老师们主动想到的。学员基础参差不齐是事实，但极少有人以差为荣。有个"白卷英雄"指责我走"白专道路"，我在校刊《五七通讯》上发表了第一篇文章《为革命刻苦钻研业务不是走白专道路》与之针锋相对，毫不隐讳地表明自己的学习观。我以过来人的身份证明，绝大多数工农兵学员学习都是很刻苦的。

1974年，号召"批林批孔""批儒评法"，系领导和教师们把"批儒评法"变成了全系学员深入学习古典文学的课堂。1972级中文系学员共分为六个班，在老师们的带领下，每个班主攻一样古典文学，如《离骚》《红楼梦》等，我所在的班级六班主攻《诗经》。说实话，要不是有组织，我对《诗经》一点也不感兴趣，更不可能去系统研读。在李博老师的带领下，我们除了必须通读《诗经》，还要查阅大量文献，寻找历代文人对《诗经》的解释与评论，一张张地摘录卡片，汇集成册，最后进行研究。我们的研究成果，化作一篇由我执笔撰写、署名"开封塑料厂工人理论组、开封师院中文系七二级六班"的长篇论文《在诗经问题上的儒法斗争》，刊登在《开封师院学报》（社会科学版）1975年第1期上。这篇论文打着鲜明的时代烙印，有着"法家好，儒家坏"的明显偏见，但它同时也证明着我们对古典文学研究之深入，证明着我们在学校学会了"治学"的方法，并非虚度光阴。

最让我们遗憾的是，在三年的学习中，我们没有通用课本，我们的课本，全是老师自编自印、临时装订的油印材料。在教学内容上，打着"文革"烙印的主要是文艺理论课中批判所谓"文艺黑线专政"的部分，以及"三突出"的文艺创作思想。粉碎"四人帮"后，拨乱反正，正本清源，我们所接受的文艺理论，自然也得到了清理。

工农兵学员招生延续到1976年，是我国特定时期的特定产物。时代变了，一些人讥讽、非议，我向来坦然，从来没有觉得"不光彩"和"耻辱"。恰恰相反，我自豪得很，在那个年代，党和国家选择了我们，历史选择了我们。工农兵学员不是几个人，而是上千万，是不可忽视的一个时代的中国知识分子。任何时代都有精英、普通人、糟粕，无论以什么方式上的大学，概莫能外。人才不可能隔代选择，工农兵大学生毕业后，在各自的工作单位起到了承上启下的作用，许多人后来还跻身社会中坚，像贾平凹、梁晓声们于作家队伍，敬一丹们于电视节目主持人，侯凡凡、王志新们于中国科学院院士，丁健、欧进萍们于中国工程院院士一样，有的从政，被选拔到各级领导岗位担任要职，为国家的改革开放大业做出了自己的贡献。工农兵大学生在各条战线、各个领域中作为一个时代的"脊梁"，其作用是无法替代的。党的十八大当选的中央政治局常委中，有三位有过工农兵学员的经历。据2012年3月下旬的《华商报》统计，中国46名省级正职官员中，有工农兵学员经历者高达30人。"知青""工农兵学员"成为他们履历中的时代特色。他们熟知国情，与底层有着天然联系，走上历史舞台的这辈人，必然赋予执政党新的改革动力和活力。这是历史唯物主义的态度。

老师给我们传授知识，老师让我们得到能力，老师教我们如何做人，每个老师都尽其所能，使我们受益，老师的情义我终生难忘。将回忆起来的点滴记录于下。

任访秋：给我们授课的老师中，只有任访秋和华锺彦两人有教授职称，显然，他们的教授职称是"文革"前评定的，两人均被列入《百年河大名人录》。任访秋先生是我国著名的文学史专家和教育家，于1929年入北京师范大学国文系学习，1935年入北京大学国学研究院读研究生。深受钱玄同、周作人、胡适影响。1940年3月起，在河南大学文学院任教，主要开设中国文学史、国学概论、现代文学、古代散文选、文艺学等课程。他在中国古典文学、中国现代文学、中国近代文学的各个领域，都取得了令人瞩目的成就。任访秋先生是中国现代文学史研究的开拓者，他于1947年完成的《中国现代文学史》是我国最早专门研究五四以来新文学的著述之一，获教育部优秀教材奖，是教育部向中文专业推荐的5种文学史著作之一。20世纪50年代至70年代，任访秋先生对中国现代文学研究投入了较大的精力，其有关著作有《鲁迅散论》《中国新文学渊源》《中国现代文学史论稿》等。任教授给我们讲鲁迅，他个头挺高，但已经有些驼背，天庭高耸，疏发后背，戴着几个圈的高度近视眼镜，看教案的时候，眼睛几乎贴着纸面，他是我心目中的"孔夫子"。他讲课"自讲自乐"。我们觉得并不可笑的内容，他却兴致勃勃，讲讲笑笑，笑笑讲讲。同学们也跟着笑，是笑他的笑。任先生开朗豁达、博学多识，深受学生爱戴。他的治学精神和突出成就对我们的熏染，远远大于他讲课带给我们的教益。任先生晚年致力于近代作家研究，著有《中国近代作家论》《中国近现代文学研究论集》，主编了《中国近代文学大系·散文卷》。他是河南省第四届政协常委，第五届、第六届政协副主席，第六届全国政协委员。于2000年去世，享年91岁，留下了数百万字的宝贵精神财富。

华锺彦：不高不低，不胖不瘦，头发已白但精神矍铄，一口东北口音，讲屈原的《离骚》《天问》。"离，就是离开，离开哪儿？离开朝廷。为什么要离开朝廷呢？因为他施美政而遭谗贬。骚，忧愁幽思，怨愤之言，忠怨之情，也可以理解成'发牢骚'"，这就是华教授对《离骚》的题解。他读起来会摇头晃脑，"帝高阳之苗裔兮，朕皇考曰伯庸……"讲解时，会时不时闭上眼睛，如痴如醉。讲《天问》时，他时常仰起脸，把目光扫向天花板，仿佛他就是那个仰望苍穹、连连发问的屈原。我们的思绪，会随着他一起穿越，回到两千多年前的楚国，如梦如幻。华教授1933年毕业于北京大学国文系，1955年到河大中文系任教。长期从事诗词创作和研究，著有《华锺彦诗词选》《东京梦华至馆论稿》《诗歌精选》等。

张中义：个子高高，笑容可掬，和蔼谦恭，是我心目中的"世事洞明"和"人情练达"者。记得刚入校时，他到我们寝室，和学员们一起讨论如何自学的问题，学员们有的缄默不语，有的答非所问。通常，老师该说"大家没弄明白我的意思"，然后重申问题。而张老师却说，"我先前说得不够清楚"，"我还是没有给大家讲明白"。最后，他谈了自己的看法："是不是由浅入深，循序渐进的学习，才符合认识论规律？"他的本意是想让大家别就事论事，要从哲学的高度，寻找自学的规律。这不是刚进校门的我们所能理解的。他不埋怨别人，只责怪自己，为师之"德"，可见一斑。他讲"写作"课，深入浅出，善用比喻解释概念，如"主题就是满架葡萄一根藤"之类。如此使我们懂得了"素材""题材""情节""结构""构思""虚构""想象""灵感""人物形象""人物性格""新闻报道""调查报告""评论"等。理论联系实际，每讲一个概念，就布置相应的作业，让学员们在实践中学会写作，是张中义老师的基本教学方法。讲散文写作，他带我们去参观开封烈士陵园；讲调查报告写作，他带我们远赴郑州花园口调查；讲新闻写作，他带我们分赴几个大工厂采访；讲评论写作，他先发给大家一篇人物通讯，让大家就此各抒己见。在花园口开门办学的时候，不少学员早早就交了作业。张老师碰见我，问："写得怎么样了？"我说："正挠头呢！"张老师没催我加快，反而表扬我"学风好"，鼓励我"要弄扎实"。德艺双馨，德尤高尚，是我对张中义老师的突出印象。

张如法：个子高挑，皮肤白皙，满面春风，极富磁力，是我心目中的"潘安在世"。他操着一口略带浙江味的普通话，讲课声若洪钟。他和王宽行老师同讲"毛主席诗词"，但王宽行老师给一、二、三班授课，张如法老师给四、五、六班授课。张如法老师讲授"毛主席诗词"，声情并茂，激情四射。每首诗词产生的时代背景，所写的题材内容，反映的思想情感，采取的艺术手法，都讲得清清楚楚，明明白白。我们的思绪会不由自主地被他带进毛主席诗词的意境之中，使我们领略了毛泽东从风华正茂，激扬文字，粪土当年万户侯，经过反"围剿"、二万五千里长征，到指挥百万雄师过大江的领袖风采。我认为，把张如法老师的讲稿系统起来，就是一部诗情画意、别具特色的"毛泽东传记"。张如法老师习惯在他开讲之前，先让学生朗读，在讲《采桑子·重阳》的时候，让我先朗读，第一句"人生易老天难老"，竟然被我鬼使神差地读成了"人生易老天易老"，引起哄堂大笑。我不好意思地看了看张老师，张老师微笑着点点头说："没关系，镇静点，重来！"我读过后，张老师又朗诵一遍，在读"战地黄花分外香"一句的时候，"分外"两字特别加重了语气。"分"字被我读成了第一声，张老师读的是第四声。不知大家意识到没有，这是在刻意纠正我的读音错误，我心里很清楚。接着，他又领读一遍，大家自然就知道"分外"二字该怎么读了。他没有说"你读错了"，既纠正了我的错误，又顾全了我的面子。一滴水能映出太阳的光辉，一个"声"反映着张如法老师深谙身教重于言教的为师之道。张如法老师喜欢打乒乓球，而且水平超高。我也喜欢打乒乓球，可惜水平不入流。我没有和张如法老师对过阵，但是我经常在一旁欣赏他的精湛球艺，他的老对手是解放军学员武键和外语系学员、万里的大公子万伯翱。张如法老师还有摄影的雅好，与时俱进，打字上网，样样在行。据我所知，他是教过我的老师中唯一没有"博客"的老师。张如法老师后来调到了学报编辑部工作，对编辑学研究颇有造诣，著有《编辑的选择与组构》《编辑社会学》两部专著。他是对工农兵学员不怀偏见的老师，他一直和工农兵学员保持着联系，而且专门发过一篇《我的几位工农兵大学生》的博文，表明他的态度。

王宽行：他在给一、二、三班讲"毛主席诗词"的同时，穿插着给四、五、六班讲授乐府诗《焦仲卿妻》，人们也称之为《孔雀东南飞》。我对王宽行老师的讲课风格印象特别深，这首一千七百多字的长诗，他给我们讲了两星期，当然不是全天都讲，主要在每天上午讲。他每讲一句，都要旁征博引，似乎要把他知道的一切都灌输给学生。他读起诗来，时而低吟，时而咆哮；时而大雨滂沱，时而艳阳高照；抑扬顿挫，激情澎湃，句句落口似大锤锻铁，火星四溅，整体风格如大海波涛，汪洋恣肆。听他的课，像在听评书一般，真是一种艺术享受。在同事们的眼中，他是"只认理不认人的雄辩家"；在学生们的眼中，他是"极富感染力的演说家"。他既有"狂放"的一面，又有"细腻"的一面。他要求学生"细读文本"，不可囫囵吞枣、想当然。通过央视"百家讲坛"而名满天下的王立群，是王宽行导师带出的第一位研究生。他在《纪念王宽行师》的博文中，也特别提到这一点。他说："宽行师做研究的最大特点是非常看重细读文本。记得有一次我问及，《焦仲卿妻》一诗中'十三学织素，十四能裁衣，十五弹箜篌，十六诵诗书'该怎么理解，宽行师告诉我：一定不能理解成为这是写刘兰芝能干！这是封建礼教的教育！下面兰芝回家，就将'十六诵诗书'改为'十六知礼仪'。可见，'诵诗书'是为了'知礼仪'。宽行师此类耳提面命，给我留下了极为深刻的印象。"我和王立群师出同门，有过一年半"校友"的经历。1974年搞"批儒评法"，学校和工厂联合批注古文，中文系六班和开封塑料厂联合搞《诗经批注》，开封塑料厂派出一位姓卜的女师傅，经常骑着自行车到我们班的宿舍区来，因为学校这边的批注由我执笔，卜师傅主要就是来找我。开封空分设备厂派出他们的笔杆子王立群，经常到我校历史系的学生宿舍区去，他们搞《王安石文选批注》。中文系和历史系的学生宿舍区紧挨着，共用一个厕所，学生彼此都比较熟悉。那时候，王立群不是学校的正式学生，他也不认识王宽行。1978年恢复研究生考试，我参加了王宽行导师的研究生考试，当年他只招一名研究生，我没考上。后来得知，是和历史系学员共同搞《王安石文选批注》的那个空分厂的王师傅考上了。王立群比我大四岁，却比我晚六年成为王宽行老师的学生，他毕业后留校任教，后来居上，一举成名，实在让我羡慕。

　　王钦韶：中文系的主要负责人，是那种跟学生打成一片，没有一点"架子"的亲和型领导，是中文系的每个学生都熟知并热爱的师长。他总是那么风风火火，走起路来像刮风，讲起话来像打机枪，这是他注重快节奏、雷厉风行作风的外在表现。他中等身材，留着短发，磊磊落落，活力四射；他讲话妙语连珠又逻辑缜密，理论性、思想性、政策性、艺术性俱佳，自然富有感染力和号召力。他是我人生中接触到的第一位让我钦佩的有水平的领导。参加工作后，我在县委机关工作，接触了一茬又一茬的县级干部，我总是自觉不自觉地拿他们和王钦绍作比较，使我看到了地方领导干部中处处弥漫着的粗鲁和霸道。王钦绍老师上课给我们讲《文学概论》。那时候，我们没有正规课本，因为还在"文革"期间嘛，旧的破了，新的又没有立起来，学生能够看到的"课本"，全是老师们自己编写的油印教材，有些课程，连油印材料都没有，学生全凭听和记。王钦绍老师的《文学概论》，是没有教材的。从他口里飞出的"文学现象""文学流派""文学思潮""文学批评"等，让我们听得如痴如醉。尽管也有一些现在看来被否定的东西，比如所谓从三四十年代就开始的"文艺黑线专政"，比如"三突出"创作理论。我认为，任课老师是不该承担什么责任的，那是时代和社会所决定的，换了谁都得那么讲。我斗胆妄言一句：全国所有大学里讲《文学概论》的老师，还没有谁敢不那么讲。取其精华，弃其糟粕，《文学概论》无论对文学研究还是对文学创作，都是必备的知识素养。

宋应离：矮矮胖胖，和蔼可亲的文艺理论教师。后调到学报编辑部工作，曾任《河南大学学报》编辑部主任、河南大学出版社社长。又为河南大学教授、河南大学新闻与传播学院兼职研究员、黄河科技学院兼职教授、中国编辑学会会员、编辑学硕士研究生导师、国家重点课题《中国出版通史》编委，是我国当代最早从事编辑学研究的学者之一。宋应离老师从事教学、编辑工作四十多年，坚持教学、编辑、科研三结合，在编辑学理论、编辑学史料以及学报的研究上有很深的造诣。他曾考证出中国最早的大学学报是1906年东吴大学创办的学术性刊物——《东吴月报》（创刊号名曰《学桴》）。

这一考证结果一经提出，便得到学术界的普遍认同。他发表了三十多篇论文论著。"编辑学家"是中国编辑学学科发展史的新词汇，这个词的首创者就是宋应离老师，他也是中国编辑出版学学科发展史上第一个被称为"编辑学家"的人。

张豫林：文艺理论教师，讲述俄国沙皇时代的资产阶级文艺评论家别林斯基、车尔尼雪夫斯基、杜勃罗留波夫、斯坦尼斯拉夫斯基的文艺思想。指出其历史进步性和资产阶级性质及其对我国20世纪30年代文艺思想的影响，属于所谓"文艺黑线专政论"的思想渊源。在我的印象中，张豫林老师还喜欢文艺创作和文艺表演，他和讲授文选的马荣连老师合作，在学校大礼堂数次表演他们自己创作的对口快板。他是《河南大学新校歌》的词作者。我和张豫林老师还有私人交情。他的妹妹娄英男，是我中学时期的音乐老师，住在修武县城。我1975年毕业后在修武县委机关工作，张豫林老师带领下一届的学员到修武县的小纸坊大队开门办学，曾数次到县城，看望他妹妹的同时也不忘去看望我。恩师教诲，我终生难忘。

马荣连：个头不高，留着短发，说一口标准普通话，给我们讲授作品赏析。一篇好作品，好在哪里？怎么欣赏？怎么分析？总体怎么把握？谋篇布局、艺术特色、遣词造句、语法修辞等如何把握重点？这些就是马荣连老师讲授的内容。我清楚记得，他布置的作业是：任写一篇作品赏析文章。我写的是对鲁迅一篇杂文的赏析。马老师在我的作业后面，作了高度赞赏性的批语。还在其他同学的作业批语中，建议他们去看看我的作业，显然是把我的作业当范文了。马老师还特地到我们的寝室看望我、鼓励我，他的音容笑貌，至今历历在目。他和张豫林老师每每合作表演对口快板的情景，同样给我留下了深刻印象。

王文金：是当时最年轻的教师，担文选课，面庞清癯，豫南信阳口音。他讲课给我的印象不深，但他和我们闲聊的时候说过一句我印象特别深的话："在大学里的提高，主要不是听课听出来的，主要是大学的环境氛围对你的影响和熏染。大学就是个大染缸，进来刷一刷就会变色。"当时，我真没有觉得王文金老师是个"帅才"，后来听说他进步很快，成为1996年至2001年的河南大学校长，我甚觉惊奇，真是"士别三日当刮目相看"。他确立的八大治学理念是：一是一个中心三大职能的办学理念。一个中心即培养人才，三大职能即教学、科研、社会服务。二是依靠教师，特别是名师办学理念。教师要有先进的教学理念，要了解所从事学科最前沿的情况，应有本学科领域的个性的创新性的成果等。三是学科建设的办学理念。四是综合质量观的人才理念。五是创新的办学理念。六是学校自身个性特色的办学理念。即学科专业特色，培养人才特色，管理特色（制度文化、精神文化、环境文化、行为文化），校风、学风、教风特色。七是学术自由和学术自律的办学理念。八是大学开放的国际化的办学理念。要对国际开放，对港澳台开放，对内地开放。这不正是他当年所说的"大染缸"吗？

给我们讲鲁迅小说的刘增杰老师，后来成为河南大学文学院博士生导师、国务院政府特殊津贴获得者。给我们讲写作的张仲良老师，后来成为河南大学文学院副院长、新闻与传播学院教授、硕士生导师。给我们讲文艺学的王振铎老师，后来成为《河南大学学报》的主编，新闻与传播学院的教授、硕士生导师。给我们讲古代文学的王芸、王宗堂，讲现代文学的赵明、岳耀钦，讲外国文学的牛庸懋、卢永茂、严铮，讲现代汉语的陈信春、杨择令等老师，后来都成为河南大学文学院或新闻与传播学院的著名教授。

作者简介：李晓飞，1972级本科生。

铁塔情缘文学梦

孙青艾

打开河大网,每每看到"我在河大读中文"的字样,心里总是一阵激动,纷繁的思绪总会带着我回到40多年前,回到那个风华正茂、朝气蓬勃的青春岁月。

47年前,怀揣着对文学的向往和梦想,我们来到了铁塔脚下。那一届中文系六个班,教室都在十号楼,宿舍都在平房宿舍区,男生住在甲排房,女生住乙排房。我们三班共36人,其中20个是女生,住在乙排房中间对面的两个宿舍里。16个男生,住在甲排房最后一排,与千年铁塔仅一墙之隔。夜晚,我们伴着铁塔的铃声进入梦乡,星期天,我们登上铁塔去触摸历史的风云,铁塔那伟岸的身影成了我们心中永恒的记忆。在这里,36个同学如同36个兄弟姐妹,朝夕相处,心心相连,1000多个日日夜夜,伴着铁塔的铃声,幸福地吮吸着这座古老学府的深厚营养,也演绎了许多青春的故事。那一个个镜头至今仍历历在目,如在昨天,那一个个熟悉的面容,如在眼前。

20个姐妹中,大多是鼠、牛、虎、兔四个属相,对面住的10个人清一色属兔,其中就有胡永霞。这个来自大别山的姑娘,扎着两个小辫儿,细白的脸庞,一笑起来有两个酒窝,煞是惹人爱,大家都叫她"小白兔"。"小白兔"很早没了娘,勤奋、吃苦、爱学习、乐于助人，大家都很喜欢她。后来她找到了一个才貌双全的白马王子，如今一家三口在瑞典工作，生活幸福。谈起大学时代，我们真有说不完的话题，若不是顾及国际长途，我真不想放下话筒。

记得小兔中有一个信阳姑娘叫王红星，不高的个子，浑身上下都充满了活力，她是我们的副年级长，负责生活。每天清晨五点多，她准时在院子里吹响起床的哨子，十分钟后，此起彼伏的口令声、整齐的脚步声，便吵醒了整个校园。列队出操是每天的第一课，而且坚持得最好、最整齐的便是我们三班了。红星对工作恪尽职守，不出早操的日子，她清脆的哨声仍按时响起在院子里，大家都按时起床，三五成群地沿着操场的跑道跑步，一早上能跑5—6圈呢！最多时，我们跑过10圈。即使是北风呼啸的冬天，我们戴着手套跑步，也没停过。功夫不负有心人，后来学校组织全校越野赛，我们三班全体参加，女子前20名中，我们三班竟占了8名。记得刚出发时，我的一只鞋子就被后边的人踩掉，我干脆甩了另一只鞋子，穿着袜子跑完了全程，还得了个第16名，现在想起那个狼狈相来还感到可笑呢。

我们的班长叫程淬，是个安阳姑娘，也是只"兔子"，写得一手娟秀好字，很爱学习，读过很多书，也爱写诗，很有文采。我是副班长，听报告的时候我俩总坐在一起，台上讲的什么没听进去多少，倒是你一首我一首地传递着古诗词，有时候还即兴写上几句互相勉励。

那时班里有党小组，算是班里的最高领导机构，书记是程二芬，一个属兔的郏县姑娘。二芬年龄不大，却很老练，说话声音不高，常常是一面带笑，却能在笑谈中把各种矛盾处理得很好。毕业后留校任教。伴着铁塔的身影和铃声，我们都曾经历了几年牛郎织女般夫妇两地分居的生活。刚为人师为人母的我们，像亲姐妹一样互相帮助，互相鼓励，度过了成家后困难重重的最初岁月。不久她还是回到老家从政了，后来成了许昌市的广电局局长，一个很有影响力的女干部。

那时团的活动非常活跃，团支书谢玉娥是个武陟姑娘，高高的个子，不爱说话，总爱不声不响地看书、做事、思考问题，不爱张扬，不爱凑热闹，团支部工作却做得很有思路。毕业时报名去援藏，她却在体检时被查出患了严重肺结核，不得已住进了医院，右肺被摘除了一叶。其实，在大别山开门办学时，她就有了感觉，但却没有吱声，她是个很坚强的姑娘。她最终没去成西藏而留校工作，后来，致力于女性文学和性别文化研究，成果丰硕，成了国内这方面颇有影响的专家。

团支部还有个杨凌，来自周口，喜欢绘画，每次班里、团支部要出板报，我写字，她插图，寥寥几笔，一束花、一个人像便跃然纸上，很是让大家羡慕。毕业后回到周口，由教师而从政，成了市政府法制工作战线上的骨干，业余喜欢文学创作。散文、小说都写得很有味道。

女同学中最漂亮的要算李雪芹了，长长的辫子，姣好的身材，总是浅浅地笑着。她谦虚好学，写了文章总是诚恳地拿来让我提意见，我把她当小妹妹一样看待。她毕业后到了邢台工作，成了公安局的骨干力量。

还有一个活跃分子"乔儿"，一位来自天津的姑娘——乔桂清，因插队在河南而来到开封师院。乔儿一口标准的普通话，高高的个子，心直口快，颇有点大侠的样子，也是篮球场上的主力。虽是城市姑娘，与我们这些农村姑娘们也相处得很好，"乔儿"便是大家对她的昵称。

还有我们二组的王继平，方方的脸盘，总是面带微笑，上学前是一个工厂的职工，还是一名党员，文章写得好，政治上也似乎比我们成熟，后来担任年级长。她性格豪爽，生活上却大大咧咧，很喜欢运动，篮球打得不错，球场上辗转腾挪，很是自如，引得我们这些小个子们也跟着凑热闹。去尉氏农场收麦子，我们还特地带了个篮球，因为恰好住在农场小学，学校里有一个沙土地的篮球场。记得我们割麦、捆麦、装车、上垛，什么活儿都和男同学一样干，劳动回来，大家竟不顾劳累脱掉鞋子，赤着脚打上几个回合，真不知那时哪儿来那么大的劲儿，老师和男生们看了，都笑我们是一群假小子。后来学校里组织篮球比赛，三班女队还拿了个中文系冠军呢！

我们宿舍里的徐仲英是信阳光山的姑娘，说起话来叽里呱啦像外语，常惹得大家发笑。仲英家里姊妹多，比较困难，班里发助学金，每个月都是她最多。仲英很有文艺细胞，歌唱得很好听，也很有表演天赋。停电的晚上，无法看书，大家便天南地北地聊，无拘无束地唱，我吹笛子，三组的周新英唱起歌，她嗓子很好，唱得很好听，红星拉一个花床单披在身上跳起了民族舞，仲英便在腰间勒一根绳子，拿一把尺子当烟袋，演起了老汉，那神态、那走步，惟妙惟肖！常把大家笑得前仰后合。笑声和着铁塔的风铃声在排房间飘荡，给无电的夜晚增添了不少乐趣。

睡在我下铺的刘华荣，又名刘杰，很爱干净，父亲在扶沟县银行工作，大家都说她是"金融寡头"的小姐，她总爱睁着两只黑亮的大眼睛，笑着不说话。许是继承了父亲的经济头脑，毕业后进了工商局，一扫学生时代的腼腆，成了大胆泼辣的工商管理干部。

还有那个来自白云山的李爱英，小小的个子，白净的瓜子脸，一口方言，总爱引人发笑。有一次摸黑起来出操，她把袜子的脚后跟穿在了脚背上，过了一天竟没发现。晚饭后大家坐着闲聊，她把脚高高地翘起来，旁边的人发现了，都哈哈大笑，她却不知所为何事，我一指她的脚背，她也跟着大笑："妈呀，穿了一天了！"接着便羞红了脸。

还有赵素云、王久焕、熊丙秀、王从荣、苏秀枝、张银梅……一个个鲜活的面容如在眼前，仍然是那样生动活泼，但不知她们都生活得可好？

让人受益终身的还是所学的课程。第一年开的都是基础课，汉语、写作、当代文学、文艺理论，老师们的课讲得都很好。程仪、丁恒顺老师的汉语课精练理性，让我们进一步认识了我们民族语言的结构规律；刘溶老师的写作课注重实践，在写作实践中讲授理论；张振犁、刘文田老师的当代诗歌讲得极富情趣；张仲良老师的当代文选，注重课堂讨论；王绍令老师的文艺理论更带给人理性的思考……这些都使我们受益匪浅，初步领略了大学课堂的深邃。后来开的课程越来越多，刘增杰老师的现代文学，任访秋先生的鲁迅研究，高文、华锺彦、王梦隐等教授的古代文学，张中义先生的俄罗斯文学……还有很多选修课，例如，李春祥先生讲的《红楼梦》、邢治平先生讲的《水浒》、严铮先生讲的《人间喜剧》《红与黑》……这些教授级的老师以他们渊博的知识带领我们走进汉语言文学和中外文学的宝库，令我们大开眼界。

老师们讲课都各有特色，同学们一边学知识，还一边学老师们的讲课艺术。记得王文金老师讲"毛主席诗词赏析"，总与伟大的中国革命有机结合，充满了革命英雄主义激情，虽然操着浓重的信阳口音，听起来却也别有情趣。而王宽行老师的"楚辞、乐府诗赏析"，更堪称声情并茂。他讲课总爱走来走去，讲台似乎都显得太小，他常常从台上走到台下，再从台下走上台去。他的板书龙飞凤舞，没有1、2、3，讲到兴奋处，只把一两个关键词刷刷刷写出来，偌大的黑板也写不了几个词，常常是写满了一板，大手一抹又接着写。一节课下来，说他是满身的粉笔屑，一点也不夸张。一讲起课来，他总是忘记了下课，误了开饭时间是常有的事。台上，老师讲得出神入化，台下，我们也听得如痴如醉，为中国诗词的美所陶醉，为老师的激情所陶醉。男生中的赵炳耀常模仿两位老师讲课，因惟妙惟肖而得名"赵文行"。

和我同桌的孔令更也常受其感染，总是在课堂上即兴写诗让我看，我偶尔也诌那么几句。毕业后，孔令更真的成了小有名气的诗人，我想也是受了那时的熏陶和滋养吧。

读书的岁月真好，我们无忧无虑地徜徉在知识的海洋里。可是干扰也真的不少，老师和学生都很无奈。不过也没有放弃学习，只能是"相机而学"。如出去"开门办学"，老师规定每人写两篇调查报告，不合格者不给分。带我们的丁恒顺老师就把我的调查报告《清水冲水不清》改了又改，给我留下了深刻的印象。赵宗宪、焦仁峰两位同学很喜欢写作，就写了很多小说、诗歌、曲艺习作，被大家戏称为"作家"；张保振同学还有论文发表在学报上。后来"批林批孔""批儒评法"，老师让我们借了很多古典书籍，《左传》《史记》《资治通鉴》《荀子》《韩非子》《水浒传》……让自己读，从中找法家观点，批判儒家，批判"投降派"。老师们大多很消极，带我们的邹同庆老师说："不管批什么，先把这些书好好读读！"我们于是把这些大部头的书带回宿舍，边读边作笔记边讨论，不懂的就去问老师，倒是长了不少历史和文学知识。对于"批儒评法"，大家都糊里糊涂，老师们也说不出个所以然来。

特殊的年代考验着每一个人，大浪淘沙，泥沙俱下。有的人投机钻营，到头来害人害己；有的人坚守着道德和良心，做着自己该做的事。

那是一个风云多变的年代，也是个多灾多难的岁月。就在那个阴云密布的1月8日，正是大家拿着碗筷去食堂吃饭的时候，校园的广播里传出了低沉的哀乐，一种不祥的预感笼罩在大家心头，同学们不由得停住了脚步，站在路边听起来，不一会儿播音员沉痛地播报了周总理逝世的噩耗。顿时，一切停止了，空气也似乎凝固了，巨大的震惊和悲痛压得大家喘不过气来，谁也无心再去吃饭。那一早，食堂里的饭全剩下了。校园里一片哭声，"周总理啊，你不能走！"大家在心里呼喊着，谁都明白，党的命运，中国的前途已经到了十分危险的境地，我们不能不为此担心。痛哭之后，没有人号召，没有人组织，同学们自觉拿起了笔，有的写标语，有的写诗词，不一会儿，校园里贴满了悼念周总理的文章、标语、诗词。可恨的是，传来消息说"上边"不让开追悼会。为什么？为什么会这样？总理一生革命，鞠躬尽瘁，万民爱戴，举世叹服，到头来却连个追悼会都不让开。痛，痛在心里，怒，怒不敢言，恨，都不知该恨谁！大家一合计，学校不开，我们自己开，不让公开开，我们暗地里开。我们决定不和老师说，也不和党、团支部，班长说，从报纸上找来了周总理的遗像，自己写了悼词、挽联，做了小白花，在我们的宿舍里布置了灵堂。那天晚上，我们插紧了房门，全室10个人在宿舍开起了追悼会，对门屋里有知道的还来了几个。宣读完悼词，大家还一齐向总理宣誓："努力学习，当好社会主义接班人，把无产阶级革命事业进行到底！"悲痛、激动、热血沸腾，发自内心，没有丝毫的做作，那感觉就像是在战场上，在做地下工作一样庄严神圣，一样的秘密，不敢让男生们知道，更不敢让外班人知道。半年多后，"文革"结束了，终于真相大白。

  时光流逝，40多年过去了，那压在箱底的挽联、悼词和誓词还记录着当时那声泪俱下的场景，如今看到仍然叫人体会到那时的热血和激情。

  就在那一年的7月，我们毕业了，大家收拾行装，告别了姐妹们，告别了乙排房，告别了亲爱的母校，告别了中文系，告别了亲爱的老师，告别了飞机楼，告别了铁塔的铃声，像绕塔而行的悠悠白云一样，飞向了四面八方。成家立业，生儿育女，在各自的岗位上勤勤恳恳地努力工作。我和全年级另外七名同学留校当了教师。但初出茅庐的我并没有停止学习的脚步。系里为我们每人都指定了导师，继续在学业上、教学上进行悉心指导。我的导师就是高文先生。他在古典文学上的深厚学养和孜孜不倦的探寻研究，更让我毕业后仍然继续吸取着文学的营养，一步步接近文学的梦想。先生在学业上要求很严，我记得最清楚的是"搞学问没有任何捷径，搞文学就是要多读多记多背，你至少要熟读熟背八百篇古文，才能说入门"。遵循先生的教导，我每天早早起床，带着朱东润的《古代文学作品选》，一路跑步来到小礼堂前的小花园中，打开书本，一篇篇地朗读背诵。晨风朝阳加上火红的榴花，伴着醇厚的书香，滋养着我，丰盈着心灵，充实着头脑，愉悦着身体，我甚至感受到了自己的成长。难忘的岁月呀！如此坚持了一年多，直到后来有了孩子，时间无法保证才中断了。真感谢先生的严格要求，让我多背了那么多东西，让我终身受益。如今想来，不觉已40多年了，40多年，为人师、为人母，如今早已退休。但是不管干什么，不管生活怎么变化，我们的同学情不会变，师生情、母校情不会变，同学们心中烙下的铁塔印不会变！祝福你，我的河大！祝福你，我的母系！百多年风雨沧桑，您更是老树繁花又逢春，祝愿您更加兴旺发达，在迈向一流大学的征程中稳步前进！

作者简介：孙青艾，1973级本科生。曾任河南大学工会副主席。

铁塔下的"恋情"

赵洪山

古都开封,有一处铁塔,据河南大学教授魏千志考证,神宗熙宁四年(1071年)王惯撰写一部《北道刊误志》,此书对京师(开封)名胜,记载颇丰,而唯独缄口不言开宝寺塔。然而,我却对这座铁塔有着恋恋之情,这是因为,铁塔的南隅,就是我魂牵梦绕的河南大学。是铁塔的铃声伴我度过了三年的大学中文系生活。

回忆是含泪的微笑。一日,我漫步在北京颐和园的"苏堤"上,初春刚过,2020年疫情防控期间的名苑,居然冷风飕飕,我路过树下,一只鸟飞过,被打落的树叶飘落下来,落在地上,顿时使我回想起我的大学生活。这时候,寂静的春末,使我开始感慨时光的流逝,才开始明白时间的冷酷无情。1970年的9月,大学时期的老师和同学的面孔一个个从我的眼前闪过——恩师王文金、张仲良、岳耀钦、刘增杰,同学张怀真、屈文梅、魏清源、汪雪梅等一个个熟悉的面孔好像就在我的眼前,他们就像颐和园中的桃花在我的眼前绽放。

我陡然想到,留给我的时间已经不允许自己再迟疑,应该拿起我手中的笔作个回忆。想到这里,三年的大学生活一幕幕地浮现在眼前,仿佛铁塔的铃声又响在耳边,校园里的每一个角落,花儿的绽放、凋零、草儿的发芽、枯萎历历在目。教室的气息,图书馆的寂静,大礼堂的歌声,校园古朴的大门,一切的一切都给我留下了美好的记忆。

我是 1970 年 6 月参加工作，先在安阳地区第二招待所做服务员，1971 年 7 月调安阳地委当通讯员。这期间，正值"文革""风起云涌"之时，社会动荡不安，安阳接二连三地发生了一系列"大事件"。由于我在领导身边工作，耳濡目染了领导的工作环境和毅力。从那时起，我感到了知识的重要。1974 年 9 月，夏去秋来，正是第三届"工农兵学员"招生的季节。一天，原安阳地委书记董莲池把我叫到他的面前问我："小赵，想不想上大学呀？"我不假思索地答了一个字："想！"董书记接着说："好，你准备去上大学吧，回来当秘书。"董书记拿起电话给时任地委常委、宣传部部长的黎炎打电话作了安排，于是我有了上大学的机会。

我被安阳地委办公室保送到原开封师范学院（今河南大学）读中文。我睁大懵懂、好奇的眼睛走进了河大校园。

可想而知，我的学习难度是非常大的，实际只上过一年初中的我，参加工作的四年来，连一篇报纸都读不下来，现在要读大学，谈何容易。入校后，这要感谢岳耀钦老师，他给我定下了学习目标："努力努力再努力，学习学习再学习。"从那时起，我牢记岳老师的教诲，发奋学习，首先从"扫盲"开始，刻苦学拼音，然后练"速记"。我小心翼翼地开始了我的"爬行"，参加各种活动，拼命地上自习、早读、听课。那个时候，我明确的目标就是毕业后当"秘书"。怀着这样一个梦想，我满怀一腔热血，坚信未来掌握在自己手中。和我同寝室的同学有八位，何瑞和我是同桌，床头对床头。晚上，我有开灯夜读的习惯，翻书的响动常常影响他休息。

在我们宿舍的东墙边有一个游泳池，每天下课后，我就搬个小方凳，屁股下面坐几块砖，在那里面对照墙练拼音、摹字帖，几个月下来，我总算可以读文章、写笔记了。我高兴地给岳老师说："我可以了。""我可以"三个字来之不易。有一天，我竟然忘记了是在水池边上，一边背课文，不小心跌下了游泳池，好在池子里没有水，但把我吓出了一身冷汗。

我没有忘记校园西门外的小巷，那安静沉稳的小路上留下的是淡淡的一串串脚印。

时光已经使我记不起当时学习的模样，但我不会忘记王文金老师操着浓重的"信阳"话给我们讲解"毛主席诗词"；张仲良老师用风趣的语言给我们上写作课；刘增杰老师用饱含深沉、铿锵有力的语调给我们讲解现代文学……

时间，改变一切，带走一切，更可留下一切，那些年轻的岁月缥缈得彻底，在十号楼那个大教室里，充满着学习的氛围，尽管我面临着"文革"后期的各种运动，我不管这些，依然坚持我的"努力努力再努力，学习学习再学习"。一年后，我就开始在我们的学刊上发表文章。当我拥有时并无察觉，没有辜负时光对我的恩赐，没有大把地挥霍年华。

一转眼，大一入学时如雨后阳光般灿烂的笑容不知不觉间离我而去，我怀着一种奋发向上的心态进入了第二个学年。这一年，"开门办学"接踵而至，基础课转入专业课，对我来说，学习的难度进一步加大，一种特有的沧桑和惆怅涌上了我的心头。我开始在"书山文海"里寻找着、迷茫着，校图书馆成了我寻觅知识的宝库。在图书馆里，我感觉就像一片浮萍，漂浮在"书海"上随波游荡。这时候，我选定了三个目标：政论文，新闻报道，文艺创作。我每写一篇文章都会送给魏清源同学帮我修改，吴向东同学帮我抄写。在以后的"开门办学"过程中，我努力实践着我的"目标"，坚定地留下了自己大学生涯中的脚印，稳健而清晰。

我不会忘记王文金老师带我们去桐柏县革命老区榨楼村"开门办学"的那段日子。榨楼村位于回龙乡9公里处，属深山区。原党和国家领导人刘少奇、李先念、仝中玉、王国华等老一辈无产阶级革命家都曾在这里战斗和生活过，是红色革命纪念地和青少年德育教育基地，现留存有鄂豫边省委、信桐确县委革命旧址。榨楼人民在民主革命时期和抗日战争时期、解放战争时期为中国革命做出了巨大的贡献。我在这里，撰写了首篇短篇小说《智取回龙镇》，拉开了我从事文艺创作的序幕。这以后我发表了《一把卷刃的刀》《夜半警堤》等多篇文艺作品，成为河南省作家协会会员。

随着时间的推移，转眼间即将迎来毕业的日子。老师说：这是你们开始两极分化的时期。果不其然，由于学校处于"文革"后期，班上36名同学的学习心态开始有了小小的变化。我注意到，除了学习外，同学之间好像多了几分温情。我记得我们到鹤壁市第四煤矿"开门办学"期间，在一场球赛中，魏清源同学的胳膊不慎摔伤，我和张夏芷同学赶紧把魏清源送到医院，一拍片——骨折。在魏清源住院期间，张夏芷同学一直在医院照顾魏清源，这也成就了魏清源和张夏芷的一段佳话，二人结成了终身伴侣。

在我的记忆中，汪雪梅同学低矮的个子，在她圆圆的脸盘上一双明亮的大眼睛总给人一种温柔善良的感觉。我不会忘记在三年的大学生活里，她给了我多少帮助，她像我的大姐姐一样呵护我的生活。那个时代，我们每个月只有28斤粮食13元5角钱的生活费，每天只有4个馒头，一个星期吃两顿白菜炒肉。每到这个时候，我都会找雪梅同学借饭票，从她的碗里挑肉吃。有一次中午吃包子，每人两个，我实在吃不饱，就找雪梅"借"包子，雪梅看在眼里，顺手把一个包子塞到我手里。衣服脏了，不会洗，抱着脏衣服送给雪梅帮我洗。在郑州荥阳邙岭公社"开门办学"时，我的被子不慎撕破了一个洞，雪梅看到后，不声不响地拿到她的宿舍里一针针一线线帮我缝补。

在我们毕业20年后的1997年10月，74级同学们第一次聚会，当时，各位同学风华正茂，同学之间有说不尽的情怀，叙不完的悄悄话。2017年10月10日同学们再次相聚，此时，大都白发苍苍，一道道满含沧桑的脸庞上布满了当年的记忆。

见面会上，看到王文金老师和文学院党委书记葛本成坐在主席台上，顿时一股暖流涌上心头。一位位老师满含深情地坐在第一排，郭学军代表在座的同学们发表了热情洋溢的报告,我边听边回忆老师当年对我的学习付出的艰辛。王文金老师是河南大学的校长,在我每次回校时,无论工作多忙,都抽出时间和我见面,在他的办公室里,我不止一次听王老师给我讲述人生的哲理,鼓励我好好工作,并且每次都安排陪我餐叙,这哪里是吃饭,是王文金老师对我的恩爱有加。还有岳耀钦老师,我每次到他居住的老"三楼"拜访他,他都满含深情地拉住我的手,问长问短,临别时把我送到楼下,久久不愿离去。在这次聚会上,我拿着我手中的相机,为每一位老师留下了影像。

2012年,为纪念河南大学建校100周年,5月8日上午,在河南大学艺术学院大楼举行了我的摄影展《江山多娇——赵洪山地质风光摄影展》。展览期间,王文金老师亲自观展,高度赞扬了这个展览,说它给建校100周年增了光添了彩。

2012年,赵洪山(左)和魏清源(右)陪同王文金老师观看展览

魏清源同学在整个展览过程中,从策划到布展都精心操持,张怀真、屈文梅,她们自始至终都为我这个展览亲自"站台"。

在我撰写这篇文章时，收到了汪雪梅同学发给我的短信，在这里，我把汪雪梅发给我的微信转发给同学们：

> 洪山，恰同学少年，风华正茂。现老态龙钟，日落西山。忆当年，邙岭窑洞，鹤壁煤矿，桐柏老区，各具特色。邙岭红米饭南瓜汤，又香又甜。鹤壁小姑娘玲玲历历在目，咱攀井上、下井底，工人老大哥在前开路，我们一步一屈往前爬行。好一副煤矿工人的英姿。啊！我们是多么豪爽。再看革命老区，那些前辈们，对我们是多么亲切，嘘寒问暖。讲述老区先烈事迹栩栩如生，感人至深。曾记否，咱采访过后，回校咱俩在图书馆共写老区的故事。哎，忆往昔，吐不尽的同学情，道不尽的同学爱。同窗共读三载，将别五十周年。余年不多要珍惜，晚年生活要灿烂！

三年的大学生活，就像一张白纸上的素描，没有激流险滩的冲撞，静默战胜了嬉闹；像一艘触礁的航船，再无溅起的浪花肆意撒欢，涟漪疲乏于静安。是岁月硬生生扯断了我的回忆，致使往事遗忘在杂草丛生里。光阴似箭，漂泊在外的我应了贺知章的"少小离家老大回，乡音无改鬓毛衰。儿童相见不相识，笑问客从何处来"的感叹！四十余载弹指间，愕然而视，哑然失笑。网络之神速，联络四面八方的老同学相约重逢，面面相觑，没有了当年的容颜，重拾旧事，侃侃而谈，笑腹仰天。在北京的这十几年，我受聘为河南大学兼职教授，成为中国地质摄影家，河南大学出版社出版了我的《美丽中国——赵洪山世界地质公园行摄游记》等著作，无数次的起起伏伏成为人生的宝贵经验，醉了的时候才会去感叹，时间真是个神奇的东西，总能让你有一种什么都不可割舍的相思。

作者简介：赵洪山，1974级本科生。

王文金教授传统吟诵采录

陈江风　杜红亮　刘振卫

　　去年的 7 月 15 日，我和 88 级的杜红亮，耿纪平的研究生刘振卫一起，三个"河大牌"，代表河南吟诵学会专程去河南大学，采访王文金校长对吟诵事业的贡献。其间，他和我们聊起，1982 年唐代文学学会在西安开会，中文系华锺彦先生率先提出对吟诵形式的保护，并受会议委托，率领唐代文学研究小组在全国开展吟诵调查，材料一直保存到全国吟诵学会成立。这是一件有影响的事。1982 年，我刚好从河大中文系毕业，和华锋一同留校，在古代文学教研室任教，对此事曾有耳闻。以后，河大校园留有与学习吟诵相关的苦乐故事。华锺彦先生去世后，华锋自觉扛起了吟诵的事业，在王文金校长大力支持与参与下，2012 年成立了全国第一个省级吟诵学会。它完整地从另一个角度展现了河南大学的学术贡献。而吟诵在学术史上几属空白，我们要做好补白和对前辈的口述的学术史的工作。于是，我们写成了一篇《启蒙私塾的信阳调——王文金传统吟诵采录》算作开始。

　　河南地处中原，是中华文明的滥觞之地和传统文化的核心区域，历史积淀丰厚。吟诵作为一种负载着文化使命的传统读书方式，起于斯，兴于斯，盛于斯。就传播方式而言，吟诵是一种典型的口传文化和非物质文化遗产，被称为"汉民族语言活化石"。河南的吟诵传承和保护工程，自 2012 年成立了第一家省级学术性研究机构——河南省吟诵学会之后，即已起步。在大家的共同努力下，吟诵的推广和展示工作不断深入。当今河南的吟诵，呈现出信阳腔调（王文金为代表）、华氏腔调（华锋为代表）、陈氏字调（陈江风为代表）、豫剧套调（葛景春为代表）等不同调式各有传承的局面。河南省吟诵学会，为了深入研究吟诵，专门成立了项目组。项目组的第一步工作，就是尽快着手搜索资料，建立吟诵名家数据库。为此，我们于 2021 年 7 月 15 日，驱车前往开封对河南省吟诵学会名誉会长、河南大学原校长王文金教授进行了采录访谈。现依采录问题的顺序，择其要者，整理成文。

一　吟诵是读古诗文的一种传统方法

我们采录一开始，即请王文金先生谈谈他吟诵的启蒙情况。

王文金先生说：吟诵是读古诗文的一种传统方法，我的吟诵启蒙于私塾。我于 1939 年 12 月生于河南省罗山县南部一个崇山环绕的小乡村。这里与湖北相邻，也可能受楚文化的影响，这里的多数农家讲究"耕读"二字，尽管艰难，也总要让其子弟读几年私塾。民间还流传着这样两句话："教儿早起勤耕亩，诲子迟眠夜读书。"我们那一带乡村，自我懂事以来就知道设立了许多私塾学校，大约相距十里的村庄，就有一所。私塾的设施很简单，就是某户农民腾出来的几间茅草屋或瓦屋，一般通体三间。学生入学自带桌凳，自备书本笔砚等。私塾先生多是在附近乡村请来的。他们可能因幼年、青年时期家庭比较富裕，读了很多书，因无法入仕，便主要以教书为生，如无人请，也短期内在家从事农桑。这些私塾先生虽然收入不高，却比在家种田地强得多。私塾先生年收入多少，要看他收的学生有多少，每个学生每年秋后交先生一些稻谷，没有其他收费项目，所以先生的收入也是比较微薄的。

我于 1947 年秋入本村私塾。先生年过半百，多数时间从事教书，偶也农耕，是我村一位长者从外村请来的。这位先生于 1960 年去世，我们学生都很怀念他。我于 2005 年返乡时，曾写了一首《忆启蒙师》的七律：

> 腹有经论耕麓东，又怜童子启开蒙。
> 呕心设馆茅篷里，沥血育人端砚中。
> 半世尘霜显面老，一身土气隐儒风。
> 同窗共道先生好，子曰诗云一善翁。

我入私塾之后，先读《三字经》，接着就读四书五经。读书，都是先生教一句，学生跟着读一句。先生教《三字经》或经书，都是拖着腔"诵"，学生也跟着学"诵"。先生教一个段落后，便让学生回到自己座位上大声诵读。先生还告诫学生说："文必诵，不准默读，大声诵读才能入脑，心无旁骛。"

每天上午大约 11 点，先生即让学生暂停读书，开始写毛笔字。才入学的学生先描红，学习时间较长的学生即临帖练字，这是学生每天必交的作业。到了下午四五点的时候，先生又让停止读《三字经》或经书，开始读课外读物。读什么，由学生自选并自备书本。学生选读的书，多是《教儿经》《女儿经》《百家姓》《弟子规》《名贤集》《幼学琼林》和《治家格言》等，但《千家诗》每人必读，没有自选的余地。

读《千家诗》也是先生教。先生说："文必诵，诗必吟。诗有平仄声韵，讲究抑扬顿挫，要吟诵出节奏与诗里所抒发的情感。"先生示范，学生就跟着模仿。先生吟诵《千家诗》的腔调神态，至今还留在我脑子里。他吟诵得徐疾适度，节奏感很鲜明，且饱含感情。声腔悦耳动听，听先生吟诵诗，好像享受一顿文化美食，令人回味无穷。我之吟诵，都是先生的口传心授，日久天长，便形成了一种习惯性的读古诗文的方法,并不觉得有什么故意与勉强。反之,如果不这样读,倒觉得不自然,也难以领略到诗文中的韵味。用吟诵的方法读古诗文,我体会到一种难以名状的乐趣,正如我在一首诗中所写的那样:"晨起临窗贪宋韵,夜来倚枕沐唐风。忧愁消尽尘嚣外,喜乐沉迷意境中。"

二 吟诵也是创作与欣赏古诗文的一种方法

我们采录组知道,王文金先生虽是从事中国现代文学教学、研究工作的,但他却曾讲授过多年的毛泽东诗词。当时是"文化大革命"后期,工农兵学员进校后,新版的现代文学教材尚未编写,教中国现代文学的老师,或讲毛泽东诗词,或讲鲁迅作品,或讲样板戏。王文金先生被分配讲授毛主席诗词。"文化大革命"后的1978年,他还参加过全国部分院校组织的《老一辈革命家诗词选注》教材编写工作。他自己在完成现代文学教学工作之余,还曾出版过《咏秋古诗百首》《咏冬古诗百首》和《咏花古诗百首》三本注释与赏析性的读物。他自己也从事旧体诗词的创作。2014年出版过《愧书庐吟草》诗选集。鉴于这个背景,我们采录组在交流谈话中,就问到先生关于吟诵的另一个问题,即吟诵与诗词创作、欣赏之间的关系。

王文金先生就此作答说:吟诵既是一种读古诗文的传统方法,也是一种创作方法,尤其是作诗。吟诵与诗词欣赏,也有着密不可分的关系。下面我只专就吟诵与近体诗创作的关系来简要谈谈。

"吟",本来指的是诗的创作与修改活动,就是一种创作方法。袁枚在《随园诗话》中说:"文曰作,诗曰吟。"诗是吟成的,如我们常说的"吟诗作对",不吟无以成诗。为什么?一者,因为格律诗是讲平仄的,只有按照一定的平仄声韵吟哼,作出的诗才能符合规范。我在学习作诗时深有体会:每有触发,欲写诗时,便开始用已习惯了的吟诵调轻声吟哼。在"吟"中，如觉得个别字吟起来拗口不畅，很可能是这个字不合平仄，一查韵书果然如此。而一经调适，便自上口。二者，因为作诗要进行反复推敲，吟的过程就是推敲的过程。吟时，字词之间，有个短暂间歇或拖腔的过程，这个过程空间，就是在琢磨字句，体悟韵味。正如卢延让在《苦吟》中所言："莫话诗中事，诗中难更无。吟安一个字，捻断数茎须。"袁枚也说："一诗千改始心安"。吟中改，改中吟，反反复复，直到安稳字句，才算一诗基本吟成。甚至诗写成后，放置几天，再拿出来吟，觉得不妥，再吟再改。这就是"吟"与作诗之关系的渊源。

将"吟"与"诵"连在一起构成一个词，就是指用吟的方法来诵读诗词。这种吟诵，既不同于朗诵，又不同于歌唱，而是按照平上去入的声调来读诗。

吟诵，一般指吟诵既成的诗，且多是指吟诵别人的诗作。如，《隋书·薛道衡传》说："道衡每有所作，南人无不吟诵焉。"当然，也包括吟诵自己的诗作。如，杜甫在《解闷》一诗中所言，"陶冶性灵存底物，新诗改罢自长吟"。又如，白居易在《酬元九对新栽竹有怀见寄》一诗中所写："分首今何处？君南我在北。吟我赠君诗，对之心恻恻。"总之，从事诗创作与欣赏既成的诗，都要采用吟诵的方法。

我初知作诗的知识，是从读私塾的第二年开始的。其经历的情况，大致有以下四个步骤：第一步，先生让背诵《声律启蒙》，要背得很熟。第二步，即先生教我们掌握读准平上去入四声。先生说，掌握读准四声，必先背诵与运用好明代真空和尚在《玉钥匙门法》中所说的四句要领：

平声平道莫高昂，上声高呼猛烈强。
去声分明哀远道，入声短促急收藏。

本着这四句话所指的要领，先生选了"江、讲、绛、角"四个字领着我们读念。"江"为平声，应该读成一个中平调；"讲"为上声，应该读成一个升调；"绛"为去声，应该读成一个降调；"角"为入声，应该读成一个短调。将"江、讲、绛、角"四个字的声调读准了，其他的字都可以套读。正如今天学习普通话一样，将"妈、麻、马、骂"四声读准了，其他均可套读一样。《平水韵常用字表》，就是按平上去入四声编排的。有了这两步基础之后，就进入第三步，即先生给我们讲律诗的粘对规则以及律诗、绝句的起承转合的技法要领，其间先生要拿许多唐诗作例子来解说。然后进入第四步，即先生让学生"对对子"，先生出上联，命学生对下联，对好后要作为作业交先生，请先生批讲校正。只有这四步经过了，练好了，才有可能练习学作诗。每个学生都要自备《佩文韵府》等类书，以备查考。

  以上这些步骤，我虽然都经历过，但觉得初始入门很难。1953年秋，我入新式小学（小学我是从五年级开始读的），1955年秋入中学，因课业很重，没有正式写过诗，偶尔也吟哼出几句，觉得不像诗，即随写随弃。1961年秋进入大学后，我很热爱诗歌和古文，中文系所举办的吟诵活动，虽是自愿参加，我却从来不缺席。如1962年河南大学（当时为开封师院）中文系请来了全国许多位教古典文学的名教授在学校大礼堂举办吟诵大会，我从始至终都坐在礼堂聆听。有一位教授吟诵唐代钱起的《归雁》："潇湘何事等闲回，水碧沙明两岸苔。二十五弦弹夜月，不胜清怨却飞来。"音韵与情感吟到了极致，真是余音袅袅，绕梁不绝，令我十分陶醉。上大学四年，偶尔也写诗，仍未保存，直到1965年留校任教后，我才将我写的诗稿保存下来，这就有了后来出版的《愧书庐吟草》。在这一过程中，我越来越深刻地体会到：吟诵也是从事诗创作的一种方法。有了这种体会之后，再去吟诵古典诗词，便有了深层次的、新的感觉。

  我上面谈了"吟诵是读古诗文的一种传统方法""吟诵也是创作与欣赏古诗文的一种方法"，但这些方法，在很长的一段时间内，都是我个人私下的活动，从没有在公开场合展示过吟诵，所写的诗在出版诗集之前，也从未示人。最早知道我懂得一些粗浅吟诵知识的人，即是我受业的恩师华锺彦先生。在"文化大革命"的后期，河大中文系师生下到河南尉氏县农村进行"斗、批、改"运动，我与华师分配住在某一农家的小屋子里。在与华师的交谈中，我曾谈到自己读过几年私塾的经历。大约到了1983年夏天的某一天中午，我与华师从河大十号楼中文系所在地同时出门回家。华师对我说："我正在研究唐诗吟诵，成立个研究小组。你读过私塾，吟诵几首诗我听听。"我遂从命，随口吟诵了程颢的《春日偶成》"云淡风轻近午天……"这首七绝。华师听后奖掖说："吟诵得很好，下午到我家去，我要录音，并邀你参加我所主持的唐诗吟诵研究小组。"下午我去到华师家，一下午我一直吟诵，华师录音。我除了吟诵《论语》的某些章节和《诗经》的某些诗歌外，主要吟诵的是格律诗词。此后，我虽与华师有一些交往，但因我已担任了中文系副主任代系主任刘增杰师主持系里行政工作（刘增杰师休学术假），无更多时间参加华师所领导的研究小组的活动。

华先生去世后，由于华先生的儿子华锋同志知道这些根底，于是2011年他准备成立河南省吟诵学会时便找到了我，并诚心而谦逊地对我说："请王老师任会长，我来做具体事。"我说："此想法很好，会长当然应由你来担任，以延续华先生研究吟诵的事业。"在筹备吟诵学会的过程中，经华锋介绍，中国诗歌研究中心主任赵敏俐、徐健顺曾派人到开封采录过我的吟诵。2012年10月，河南省吟诵学会在新乡市辉县旅游风景区百泉正式成立。在成立大会上，我吟诵了《出师表》开头几句和一首我所写的七律《退休后生活侧影》。此后，即有河南大学的华锋教授、北京语言大学的王恩保教授和江苏师大的李昌集教授所编写的几种吟诵教材，邀我为其吟诵所选的部分诗词。其间，于2015年6月，人民教育出版社为实施《国家中长期语言文字事业改革和发展规划纲要（2012—2020年）》所规定的任务，受教育部委托建立中华经典资源库，特邀请了国内的吟诵学者到京吟诵。所选共七人，有李昌集、陈少松、王恩保、张本义、魏嘉瓒、华锋和我，在京录制吟诵音频节目，为期十天。

三　关于吟诵的两个问题

在采录中王文金先生还谈了有关吟诵的三个问题：

第一，关于吟诵的行腔使调问题。

王文金先生说：我国历史悠久，自秦王朝统一中国之后，虽然实行了"车同轨""书同文"，但因地域广大，并未做到"语同音"。由于诗、文作者出生地各异，又由于他们早年受教与传承不同，因此他们在读书与创作中所采用的吟诵腔调就不同，可以说都带着自己出生地的方言或地方官方话的色彩，这就使吟诵在长期传播中形成了许多不同的腔调。吟诵腔调多样性的状况，在中国已存在了几千年，从没有人讲依哪种吟诵调才算正宗。即使编写出了一些吟诵方面的书籍，但也多是讲吟诵理论与基本方法的，没有在腔调上强求一律。正如朱光潜先生所言："写几本专门研究吟诵诗的方法和理论的书，以备一般读诗的人参考。"朱先生在这里并未提"调式"问题，且所说的"方法和理论"问题，也只是"备一般读诗的人参考"。当然，我们也必须承认，有的吟诵调式影响比较大，如唐文治先生的"唐调"。据魏嘉瓒先生说，"唐调"一词并非出自唐文治先生之口，而是"当年唐文治的学生和文化、教育界"的人士对唐先生吟诵调"自发的称誉"。魏嘉瓒先生还说："'唐调'用的是太仓官话……以太仓和江南传统读书调为基础，加上唐文治独特的发展和创造，更有他本人的嗓音特色，便形成了洪亮、高亢、激越、浑厚、大气、豪气、慷慨之气的'唐调'风格。"（魏嘉瓒《谈谈"唐调"的吟诵》）即使如此，"唐调"也是众多吟诵调式中的一种，由于他授徒较多，传承他调式的人也就多，特别是在苏州江南一带。由此可见吟诵的腔调存在多样性，是不可认定的事实。但是我们必须指出，不管采用何种调式吟诵都有其节奏，其节奏的共同特点，一般来说都是华锺彦先生所总结的"平长仄短"。另外一个共同点，即因为存在着平上去入四声，就必须有抑扬顿挫以及声腔的高低。当然"平长"长到什么程度，"仄短"短到什么程度，抑扬顿挫以及声腔高低掌握到一个什么程度，不同地方人的行腔使调以及根据诗所抒发的不同情感，不同吟调之间又是存在着一定差异的。

不论采用哪一种吟诵调式，把握好节奏与诗的情感是两个最基本的要点，也就是说节奏声调要与诗的情感相兼顾。平上去入四声，除了入声字必须短促，其他三声的长短，要根据诗所抒发的情感可以适当灵活调整。

第二，关于不同文体吟诵之间的差异问题。

首先，说说近体诗与古体诗吟诵之不同。近体诗的吟诵有严谨的格律，在吟诵时必须遵循吟诵律诗的基本规则；而古体诗，诗人在创作时只讲押韵，不讲平仄。如将吟诵近体诗的规则套在古体诗上是行不通的，但是吟诵古体诗仍要有节奏感与音乐美。那么怎么把握呢？那就要根据诗的句子长短与所抒发的情感来斟酌把握。吟诵古体诗要特别注意气韵，以气韵来把控声腔与节奏。力争做到该刚则刚，该柔则柔，刚柔相济，声腔浑厚，顿挫有致，气到声随，吟诵情感与诗的内容相融，悦耳动听。

其次，说说词的吟诵。吟诵词与吟诵格律诗有相同点，也有不同点。相同点，都要讲究平仄声调，都要渗透吟诵者的情感。不同点，一是格律诗与词的句式节奏不同。格律诗五、七言的句式与节奏点是固定的，而词是长短句构成的，且不同词牌构成的句式也不一样，自然节奏也不一样。基于此，吟诵词必须特别讲究句中词语以及句与句之间的节奏与流转。这一点把握不好，不但吟诵的韵味出不来，反而会破坏词的内在情感与节奏变化逻辑。二是词较之于格律诗更富音乐性。词谱在唐宋时期为音乐谱，音乐谱虽失传了，但后来研究形成的格律谱，仍具有可唱的音乐成分。因此，吟诵词就要借助一点歌曲的腔（《正字通》曰："俗谓歌曲词曰腔。"）但又不能变成纯粹的歌唱，一咏三叹可也！词，如谱上曲是可以歌唱的，而歌唱已超出了吟诵的范畴。

词分豪放词与婉约词。吟诵这两派的调，除上面所说的应注意吟诵词的共同点外，还要注意吟诵豪放词与婉约词是有差别的。吟诵豪放词，在声腔上或厚重深沉，或昂扬超拔，都要做到奔放、激越与苍劲。吟诵婉约词，声腔要绕指缠梁，柔媚舒缓，如"莺吭燕舌间"发出的柔曼之声。

第三，说说一般散文与骈体文的吟诵问题。

关于散文，从大概念上来说，仍称为吟诵是没有问题的，但"吟"的成分减少了，"诵"的成分增多了，所以我在不反对称"吟诵"的同时，更倾向于称之为"诵读"。关于散文的吟诵问题，黄仲苏先生谈得特别好，窃人之美，我就直接借用黄先生的说法。他说："散文本无规定之格律。篇之大小，章之长短，句之繁简，字之多寡，初无准则可循；至于平仄之协调，声韵之应和，尤为自由，不守绳墨。凡是种种皆一任作者之措置，读者但取原文，审察其旨趣，体会其感情思想，揣度其神韵气味，依据文法，识别句读，分辨音节，而平铺直叙，琅琅诵之，则腔调自见矣。如'四书''诸子'《左传》'四史'以及专家文集中之议论说辩序跋传记表奏书札等等皆属于诵读之类也。"黄先生所言与我当年塾师所言观点相类。如塾师曾对我们说："诵读散文必须诵出文之情感与神韵，如读《出师表》不哭不忠，读《陈情表》不哭不孝，读《祭十二郎文》不哭不慈。"接着他便示范起来。我从他示范中悟出，这个"哭"，不是真的流眼泪，而是微带悲腔。就以上三篇文章来说，先生所表现的悲情也不一样。读《出师表》，情含悲壮；读《陈情表》，情含悲诉；读《祭十二郎文》，情含悲惋。我在新中国成立后，读中学和大学时，也听许多老先生在讲课时示范过诵读文。不同的老师，调式虽然不同，但把握其情感与神韵都甚精妙。我曾请教过我的业师王宽行先生吟诵散文的经验。他答曰："我也是跟我老师学的，但我又不是完全模仿老师，要靠自己悟，审度其情意，揣摩其神韵，还要懂得一些吟诗和诵文的知识。"由此使我想到：不管是吟诵诗、词，还是诵读散文，不管是师从何人，皆非一味模仿，而应有自己的感悟或发挥在其内。如感悟、发挥得好，定会青出于蓝而胜于蓝；反之，则很可能是徒出于师而不如师。

骈体文，从文体上分，仍属散文类。但它又与一般散文有别。骈体文结构严整，全篇以双句为主，讲究对偶、对仗、声律和藻饰等。因此，吟诵骈体文较之吟诵一般散文，难度要大得多。比如速度的疾徐问题、四六句的节奏与行腔使调问题等，都要细细斟酌。如《滕王阁序》，开头的"豫章故郡，洪都新府。星分翼轸，地接衡庐"是两个四字的对句。我在吟诵的节奏和行腔上，就吸收运用了吟诵诗的一些方法。"襟三江而带五湖，控蛮荆而引瓯越"，我又在节奏和行腔上用了吟诵词的一些方法。"襟""带""控""引"四个动词都要强调，并且中间要稍作停顿。当然，还有许多细微的变化，都要依文法、声律和情感来处理。总之，吟诵一般散文与骈体文不像吟诵近体诗一样有固定的声腔、节奏，要依文而谐和处之。

以上是我们采录王文金先生关于谈吟诵问题的主要内容。采录进行了三个小时，其间王文金先生还乘兴对各种文体的吟诵做了一些示范。王文金先生的所谈所吟，都使我们受益匪浅。先生还认为，建河南省吟诵数据库很重要，要多调查访谈，多搜集吟诵录音，不仅要采录老年人，也要采录中青年，各种调式都应采录。他还鼓励说，现在学会的工作做得很扎实，希望我们积极推行吟诵，研究吟诵，培养年轻人，继续提高吟诵质量，百尺竿头再进一步！

作者简介：陈江风，1978级本科生，曾任河南大学中文系副主任，郑州轻工业大学副校长；杜红亮，1988级本科生；刘振卫，2010级硕士生。

我的治学之路

张大新

每次回到乡下的老家，总会碰上几位多年不见的发小，关切地问我"在外边干啥？"我都直白地说"教书"。"教啥书？""教语文。"若遇到像我一样"吃公家饭"的，也可能会很专业地追问："你学的是啥专业？"我也会很诚恳地作答："中文。"不管在哪种场合，我都不会说"在做戏曲"，因为心里明白，像我这样相貌平平、五音不全的人，与"戏曲"结缘，不免有些滑稽。倘若斗胆说出口，同我一块儿光屁股长大的"小伙伴儿"们，要么吃惊得张大嘴巴合不上，要么就当面撇嘴嘲笑："就你这当年在大队宣传队，有好戏没好腔的，也能搞戏曲呀？"说来也蹊跷，阴差阳错也罢，因缘际会也好，一次天赐的良机，在我即将步入不惑之年时，著名戏剧史家、古典文献专家李修生先生将我招入门下，确立以元杂剧为逻辑起点的古典戏曲史研究方向，屈指三十六载，从不懈怠，至今不悔。

回想当日情景，历历在目，情不自已：那是1987年盛夏的一个傍晚，我拿着匆匆凑成的学位课程作业《"亡国之音哀以思"——从〈哀江南赋〉到〈桃花扇·余韵·哀江南〉》，惴惴不安地去先生家呈交，时任北京师范大学中文系主任的李修生先生因忙于公务，还没下班，主讲"中国小说史"课程的师母王立言先生接待了我，很温和地鼓励我今后从事戏曲小说研究。次日晚饭后，我专程去师大招待所看望河南大学中文系古代文学教研室主任李春祥先生，他是应李修生先生之邀前来北师大主持研究生论文答辩。刚进门就看见李、王二师正在和春祥师愉快交谈，心里不免有些紧张。王老师看着我，微笑着对李先生说："你不是要见大新吗？他就是啊！"我顿时紧张起来，脊背上汗都冒出来了，以为是作业太草率，先生要批评我呢。修生师看看我，示意我坐下，热忱恳切地对春祥先生说："大新是你们培养的高才生，他读书多，古文底子好，文章写得有深度。"稍稍停顿一下，先生爽朗言道："大新啊，明年秋天我开始招收访问学者，你做第一个，来跟我学戏曲吧。"我激动得不知如何是好，连连说"好，好！"

与先生这一次简短的会面，竟神奇地把我引向了古典戏曲的堂奥，在恩师殷切具体的指导下，由懵懂到自觉地在戏曲艺苑中探索耕耘，逐渐有所领悟，有所收获。先后在《文学评论》《文艺研究》《文学遗产》《戏曲研究》《新华文摘》《北京师范大学学报》等处发表的习作，大多是在业师督促指导下修改完成的，注满了恩师的心血和智慧，后来结集为《二十世纪元代戏剧研究》。著名文学史家、文献学家、德高望重的郭预衡先生亲笔题写书名，于2007年4月由人民文学出版社出版发行。2005年秋，受修生师重托，承担国家"十一五"重大社科规划项目《中华大典·艺术典·戏曲艺术分典》演习分部的编撰工作，历时八个春秋，与学生一起，检索搜集各类丛书、方志中的戏曲文献条目，以竭泽而渔为求，累积达800多万字，为其后从事地方戏研究，储备了弥足珍贵的第一手史料，也为保存祖国优秀的戏曲文化遗产，尽到了一份责任。2015年春，专程赴京谒见恩师，呈交耗费多年心血草拟的《中国戏剧演进史》书稿，年逾八秩的修生师不惮辛劳，审阅批点，亲赐书序，对我个人和戏曲学发展前景，寄予殷殷厚望。该书于2016年初春由《中华书局》出版发行，许多高校将其作为考研参考书和研究生必读书目。

在感恩李修生先生引导我走上戏曲治学道路的同时，我铭心刻骨的是我的历尽沧桑、百折不挠的母校河南大学给了我自信和底气，引为自豪的是我就读的河大中文系有那么深厚璀璨的学术积淀、那么多在近现代文学史和教育史上举足轻重的学术大师，单就戏曲而言，陈治策、卢前、华锺彦、孙作云、李春祥皆在这个领域辛勤耕耘，功勋卓著，影响深远。深感荣幸的是，早在20世纪30年代就以《戏曲丛谭》《花间集注》享誉学界的华锺彦先生，亲自为我们七七级同学吟诵讲授《离骚》，声情抑扬，直透肺腑。在20世纪80年代推出国内戏曲界第一部戏曲断代史《元杂剧史稿》的李春祥先生主讲元明清戏曲小说课程，他那富有磁性的巴蜀口音，严谨中时有幽默诙谐的话语，为我们打开了通俗文学的新视野。我以听课笔记为基础草拟的《试析〈窦娥冤〉第三折》短文，经李老师指导修改并推荐在当时的《河南师范大学学报》发表，引发了我对元杂剧的浓厚兴趣。就在上文谈及的北师大促膝夜话时，业师一再鼓励我早下决心，调回母校，与他一起担负起戏曲学科的教学科研任务。令人痛伤的是，就在时任河南大学校长的王文金催促我申请调动的1995年春夏间，春祥师猝然离世，未能等到我回到他身边，聆听教导，读书治学，但先生生前的重托，我铭刻心底，矢志不移。

感佩我的桑梓乡贤，荣膺"地方戏改革与创新四大家"称号，被誉为"现代豫剧之父"的河南大学杰出校友樊粹庭先生，受其感染熏陶，我把整理樊粹庭戏曲遗产、发掘归纳其豫剧改革的业绩和贡献，作为后半生读书治学的主攻方向之一。言及此，不免勾起一段难以忘怀的记忆：2004年岁尾，开封市文化局委派专人来校协商筹办豫剧作家樊粹庭先生百年诞辰纪念活动，河大党委宣传部委托文学院承担此项活动的筹备工作，时任文学院院长的张生汉教授把具体事宜郑重交付给我："樊粹庭先生是咱文学院的首届毕业生，是你的老乡，你也是搞戏曲的，交给你最合适。"从儿时起，包括我母亲在内的长辈都知道有个很有本事的老乡叫樊粹庭，他编的戏《麻风女》《柳绿云》村里人都能唱几句。我欣然接受任务后，就和在读研究生一起，一面多方搜集相关的戏曲史料，另一面与樊粹庭家人和门生取得联系，草拟参会单位和个人名单，春节假日也毫不懈怠。春季开学后，校方与文学院沟通，考虑到时间紧迫，初步商定由文学院牵头组织一个小型研讨会。三月初一天的早上，我和校长办公室许绍康主任在电梯上碰上校党委张秉义书记，许主任当即把筹备召开樊粹庭百年诞辰纪念会的情况做了简要汇报，张书记的神情立马变得很严肃："这么重要的会议，你们怎么没有告诉我呀？"他要我们去他办公室详细汇报，郑重言道："樊粹庭是豫剧的开山祖师，没有他，就没有豫剧的今天。我们有这样一位杰出的校友，是巨大的财富啊！"他当即决定，把会议提高到省级规格，尽快向省委宣传部递交报告，与河南省文联协商，共同主办这次纪念研讨会。张书记一番话，真的是醍醐灌顶啊！会议规格的顿然提升，要在一周之内修订会议方案，发布会议公告并与省市各有关单位及个人联系，确定参会和发言名单，邀约省内各大媒体莅会，距离商定的会期只剩下几天时间了。

在豫、陕两省文化艺术界，开封市总商会及企业界人士鼎力支持和积极配合下，由河南大学、河南省文联共同主办的"樊粹庭先生百年诞辰纪念暨豫剧发展学术研讨会暨'樊戏'与祥符调精品演唱会"，于2005年3月15日在河南大学隆重举行。来自北京、陕西和河南各地的五十余位戏曲专家、樊粹庭先生的子女和20多位豫剧名角儿应邀赴会。演唱会荟萃了10多位国家一级演员、"中国戏剧梅花奖"得主和"梨园春"历届擂主，演出火爆热烈、盛况空前，博得与会专家、河大师生和广大戏迷的阵阵喝彩；研讨会气氛活跃，火花四射，高潮迭起。中央和省内外30多家媒体滚动式报道了研讨会和演唱会的盛况和桥段、花絮，樊粹庭从长期隐身的历史中走向舆论的前台，一场超过预期的"樊粹庭和樊戏热"迅速升温。会后，河南大学申报获批了戏曲学硕士点和戏剧与影视学本科专业，筹建了河南地方戏研究所，将整理出版《樊粹庭文集》列入河南大学百年庆典出版规划。2007年，文学院古代文学博士点开始招收戏曲方向博士研究生；2011年，以河南地方戏研究所和戏曲学硕士点为依托的戏剧与影视学被国家学位办审定为国家一级学科，2013年遴选为河南高校唯一的戏剧与影视学一级重点学科；经过长达七年的寻访搜集、整理编校，《樊粹庭文集》作为河南大学百年学术丛书之一出版发行，国家出版基金和河南豫剧文化促进会为文集出版提供了丰厚的资金支持。2013年7月21日，由省委宣传部、省文化厅、省文联、中华豫剧文化促进会、河南大学等单位联合主办的大型戏剧文献《樊粹庭文集》出版座谈会在郑州举行。河南省政协原主席、中华豫剧文化促进会会长王全书称《樊粹庭文集》的出版"无疑是中华豫剧文化史上，具有里程碑意义的一大盛事"。《光明日报》2013年9月13日以《樊粹庭文集：从河南梆子到现代豫剧的伟大变革》为题，以专版形式摘要发表了来自全国各地的戏剧文化学者的精彩发言。专家学者认为，文集的编校出版，不仅填补了河南梆子向现代豫剧变革进程中的文献空白，也让樊粹庭献身艺术事业的担当意识和牺牲精神，光照史册，泽被后人。

《樊粹庭文集》的出版发行，为学界重新认识评价现代豫剧提供了文献依据和时空窗口，中山大学教授康保成撰文称，樊粹庭是与黄吉安、成兆才、范紫东齐名的"地方戏改革与创新四大家"，文艺评论家傅谨在其新著《20世纪中国戏剧史》中强调指出："像樊粹庭（豫剧）、翁偶虹（京剧）这些剧作家，都非常了不起，他们的文学才华、创作成就和影响力，其实没有几个话剧作家可与之相提并论。"学界对拓展樊粹庭研究视野，确立其在中国近现代戏剧变革进程中应有的地位寄予厚望。十余年来，我组织门下的博、硕士研究生围绕樊粹庭和近现代豫剧变革完成了2项国家社科基金项目，撰写发表了20多篇专题论文，近期将结集为《樊粹庭戏剧改革论》一书。受"樊戏"大众化戏剧观的启迪，地方戏研究所师生热切关注河南戏剧的发展繁荣，积极参与黄河戏剧节展演和研讨活动，撰写高质量的优秀剧目鉴赏评介文章，从学理性认知的层面分析"唱得响、留得住"剧目的成败得失，凸显了高校戏剧研究机构的理论属性和务实学风。

"夕阳无限好，只是近黄昏。"回想将及而立之年，为母校不弃，招入中文系，受名师教诲，进德修业，由懵懂到自觉地走上戏曲治学之路，感戴之忱，由衷而生。四十年来，沉潜英华，流连菊部，虽偶有一孔之见，却常感学海茫茫，不辨涯涘，屡有望洋之叹。尽管岁月无情，年在桑榆，但筋骨尚健，神智未衰。逝者去不返，来者犹可追，"驽马十驾，功在不舍"。今生既然选定以读书治学为业，定当居敬持志，循序致精，非至善而莫止。在母校百年庆典前夕，我曾赋《满庭芳》词明志并与学生共勉，附赘于此，以见吾心吾愿：

> 铁塔凌云，黄河入海，玉楼瑶殿名城。百年书苑，桃李郁青青。追步先贤圣迹，游经史、茹苦含英。披荆棘，和衷共济，一步一峥嵘。豪情！效祖逖，闻鸡起舞，溟渤掣鲸。沥胆植芳菲，告慰平生。豆蔻年华易逝，莫延宕，风雨兼程。长空里，群莺颉颃，振翼相和鸣。

作者简介：张大新，1977级本科生，河南大学二级教授，博士生导师。

为大不易,厚道有加

——且说大师兄关爱和

解志熙

去年5月是五四运动一百周年纪念,我也未能漏网,被逼着写了一篇小文《蒙冤的"大哥"及其他——〈狂人日记〉的偏颇与新文化的问题》,乃借机对鲁迅过甚其词的反传统论调和自以为是的立人之道有所反思。随后的8月,母校河南大学文学院召集高校近代文学研究生开办"中国近代文学第一届暑期青年讲习班",也要我讲一次课。我对近代文学毫无研究,能讲什么呢?可是母校之命、师兄之令,不能不去。于是便拿这篇关于《狂人日记》的小文做引子胡乱敷衍一通。其中为"大哥"鸣冤时,却不由自主地提到了我的大师兄关爱和——

《狂人日记》那种写实与象征的分裂描写,那种宏大的新人学主题,尤其是对仁义道德的凌厉攻击,就把那个狂人的大哥给丑化了。其实我们看看,狂人的大哥并没有多少问题是吧?一个弟弟出了心理上的毛病,大哥还是尽心尽意地照顾他。可是小说却借助象征的写法,把那个大哥漫画化以至丑化了,隐含作者最后跟读者达成一种共谋,把那个大哥变成一个莫须有的吃人者,一个没有人味的封建家长,这真让大哥蒙冤了!其实,以我对中国传统家族和礼教的了解,包括我个人的生活经验,我知道这些描写并不具备普遍的真实性。中国传统文化尤其是儒学礼教,其实是很讲人情、很有人情味的,并不是人吃人的,比西方要好多了,有人情味多了,所以鲁迅对"大哥"的描写其实是不公道也不人道的。鲁迅自己也是封建大家庭长大的,他从小为什么那么孝敬,对弟弟们那么友爱呢?那都是传统文化教育出来的。可是,恰恰在鲁迅和周作人获得新观念、成为新人学的鼓吹者之后,两兄弟却闹得不可开交了,以至成为不相谋面的长庚启明、从此分道扬镳了。……其实,在中国大家庭里大哥最难当,大哥是要仁义的,我自己都能体会到啊。我常对关爱和老师开玩笑说,谁让你是觉新呢?我就是觉慧,我是师弟我就可以耍赖呀。他就一直让着我,一直照顾我,那是很有人情味的。你们能相信关爱和老师是一个吃人的封建大哥吗?绝不能那么说吧?我自己的亲哥哥也是一个仁义的大哥。鲁迅当然也是传统的人文观念培养出来的嘛!他是那么好的一个长孙长子长兄,那么负责任,那么孝敬,那么照顾弟弟,这不挺好嘛!你怎么在小说里把大哥写成那样呢?以莫须有的罪名与读者共谋,最后把这大哥糊弄成了一个吃人恶魔。我所谓"蒙冤的大哥",广义上是说整个传统文化都是蒙冤的,新文化人的批判是不公道的。同时他们提倡的那种新人学太简单化了,是缺乏道德灵魂的新人学,那是有问题的。这是我借着评论《狂人日记》进而对"五四"新文化提出的一点小小的质疑。(《关于鲁迅、〈狂人日记〉与新文化的反思》,2019 年 8 月 19 日晚在河南大学讲,许萌据录音整理、解志熙订正)

在讲鲁迅和新文化的严肃场合,我却说起自己的大师兄关爱和,这委实有点唐突。推究起来,我这样说,一则大概因为讲习班上要么是关师兄的学生，要么是读过他论著的外校研究生，便拿关师兄作为好大哥的典范，与苛严的鲁迅开个玩笑，活跃一下课堂气氛；二则关师兄刚从领导岗上退下就召集研究生开班论学，我们老哥俩因此得以重聚开封，真是分外亲切，而窃念鲁迅的仁义吃人、兄弟相害之论，或许是他当大哥当累了、想卸担子也未可知也。

关师兄则是永不言累的大哥，遇到他是我一生的幸运。我们初识是1983年。那年"五一"节，正在家乡中学工作的我，突然接到河南大学的研究生复试通知，到校后接待我的就是关师兄。关师兄言语不多，却体贴地安排我寄居在研究生宿舍，省去了住宿费，每天带我去吃饭、领我去参加复试……我跟在他后面，对厚道的他很自然地信任，像在异乡遇到了大哥。复试完了，我不大自信，心想也许再无机会来开封了，默默准备回乡。关兄前来送别，不爱言语的他似乎无意地说了一句："任先生说小解基础不错"，那其实是让我放心。不久，果然接到了录取通知书，9月到开封报到，又与关兄聚在一起，从此成为永远的师兄弟。

说来，关师兄与我都是77级的大学生，只是他在河南读本科，我在甘肃读本科，真是有缘千里来相会啊。关师兄大我五岁，在77级同学中也不算大的，但他天生一副大哥心肠，并且家教又好，为人仁义谦和、稳重厚道，所以读本科时就是他们那个班的班长大哥。1981年年底毕业时，关师兄考上了任访秋先生的近代文学研究生，以后两年再没招生，所以任访秋、赵明、刘增杰三先生门下就他一个"独苗"。到我们这一届四个人，1983年秋天入学后，同门多了，任先生才开起了专业课"中国新文学的渊源"。于是关师兄也便与我们四个师弟，加上从天津社科院文学所来进修的张宜雷兄和任先生的助手李慈健兄，七个人一块儿上课，从此朝夕与共。关师兄和李慈健、袁凯声三个原本就是本科的同班同学，加上我这个外省来的77级小兄弟，四个人尤其要好，稳重厚道的关师兄是当然的大哥。我是外地人，三位师兄对我绝不见外，尤其是关师兄与我性情颇为相契，很谈得来，他一直把我当弟弟看待。关师兄毕业留校后在校西门外分到一小套房子，他的小家在郑州，此间就他一人独居，我便常常去聊天、顺便也蹭蹭饭，有时晚了便联床夜话，谈论学术和人生，早晨则跟着他到西门外喝羊肉汤。不待说，每次都是关师兄买单，我是只管吃的吃货，至今依然。此后多年来，小到衣食住行，大到恋爱结婚，关师兄都像长兄一样对我关怀备至，给我留下了难忘的记忆。

关师兄人如其名，是个特别温厚的暖男，从不摆师兄架子，偶尔的严厉，我也只经见过一次，那还是为了我的婚恋问题。我是个家乡观念很重的人，1990年读博结束后回到开封，想着工作几年略报河大和老师的恩情，就回甘肃兰州工作，好就近照顾老家，所以便回避婚恋，不想惹麻烦。这样拖了两年多，三十过头了，老师们不免着急，好性子的关师兄也看不下去了。有一天傍晚，他敲开了我的屋门，虎着个脸严厉地说："托人给你找了一个，已经在某某女老师家里等着了，你去也得去，不去也得去，再要推托，我叫了师兄弟们在门外伺候着，拉着打着也得让你去，你到底去不去？！"见师兄发威，我哪能不去呢，只好俯首帖耳地跟着他去，想着敷衍一下就回来，没料到倒是与对方很有眼缘，交往了一年多，准备着成家了。关师兄那时已经担任了中文系主任，对我说："知道你穷，就派你出去讲一个月的自学辅导吧，可以挣三千元，系里再借你五千元，凑合着结婚吧！婚礼的事就别操心啦，我和李慈健看着办！"于是在两位师兄的操持下，我终于有了自己的小家，至今已二十五年矣。

在学术上关师兄更是为我们一帮小兄弟树立了好榜样。他出生于教师家庭，是地道的读书种子，读书好学深思，一马当先地走在前面，为学又宁静致远，很有持久坚持的耐性。在那时——20世纪80年代中期，思想解放、学术解禁已成为不可阻挡的大势，许多在过去不能研究的问题可以研究了；同时，崇尚新思维、热衷新方法的创新冲动，也日甚一日地激荡着学术界。这种解放和创新的热潮也传到古都开封的河南大学，让我们一帮年轻学子跃跃欲试。关师兄在学术上起步甚早，本科时期就曾撰写发表过关于柳亚子的学术论文，毕业后师从任访秋先生，对近代文学以至于古典文学狠下功夫。他的硕士论文选择长期被否定的曾国藩及其影响下的中后期桐城派为研究课题，于是苦读桐城派古文、联系晚清时势演变和士人心态的变化，撰写出洞察中后期桐城派"文心""义法"与"辞章"之蜕变的出色论文，1984年年末答辩时深受诸先生的赞许，其核心部分《桐城派的中兴、改造与复归——试论曾国藩、吴汝纶的文学活动与作用》，随即投稿于著名的《文学遗产》杂志，次年第3期就刊出了。这在当年的河大中文系是非常振奋人心的大事。其实就我所知，整个80年代全国的文学硕士生能在《文学遗产》上发表文章的，关师兄即便不是绝无仅有之特例，也是凤毛麟角之少数。但谦和的关师兄并不自得，他默默不动声色地继续拓展，此后广泛而且深入地探讨近代新旧体文学诸面向、各文体之难题，不断有扎实厚重的论作发表，让我这个师弟敬佩不已。

一马当先的关师兄，也不忘鼓励我这个小师弟在学术上努力奋进，更及时提醒我沉潜自制。那时见关师兄知难而上，我也向他看齐，选了一个比较难的题目——中国现代散文化抒情小说的艺术优长问题——做硕士论文，凭着一点阅读感受和刚刚学得的新理论新方法，胡乱鼓捣出了一篇冗长的毕业论文，心里其实并不自信，关爱和及袁凯声两师兄却鼓励我大胆投稿给《文学评论》。我觉得自己一个无名小卒投稿，人家不会看啊。关、袁两师兄就"慨而慷"地激励我说："咱就是个无名小卒，投不中也不算丢人，你有什么好担心的！"于是，我在1986年6月末给《文学评论》投了稿，但估计人家不会看，所以只寄了简短的提要。随后，我也被留校工作，旋即又受刘增杰师之命北上参加博士生考试，于是借机在北图看了一个月的旧刊物，而将投稿的事完全忘在了脑后。7月末返回河大、准备回乡探亲，打开房门却见门底下塞进一封信。信是《文学评论》的编辑邢少涛兄写来的，他说看了我的论文提要，对其中分析抒情小说艺术的部分"感兴趣"，希望"在《文评》上发表"。这完全出乎我的意料。信早已拆开了，是关师兄拆的——他知道我在外地，便替我收信，先我看到《文学评论》的薄薄回信，估计是用稿函，便拆开看了，信封的背面则是他谆谆的附函叮嘱——

小解：

不知何日归来，合作的文章前两部分在李慈健处，你务必将后一部分写好再回甘肃。我们八月中旬即回修改、打印，你不写好，前功尽弃，将失去一个好机会。务必不要被胜利冲昏头脑，写好后交给李慈健，我们回来后去取！

关　7月26日

所谓"合作的文章"，指的是关师兄、袁师兄和我三人6月间讨论合写的一篇关于中国近现代文学史分期问题的论文。那是因为1986年秋季中国社科院文学所要在北京召开中国近现代文学分期问题的学术研讨会，也接受了我们三个的选题，那对我们这样的外省青年学子的确是难得的"好机会"，而文章只缺我负责的最后一部分了，所以关师兄再三叮嘱，希望我"务必不要被胜利冲昏头脑"——所谓"胜利"云云指的是《文学评论》的用稿和北上读博之事。那时的我是很可能被这些"胜利"消息弄得沾沾自喜的，幸好关师兄及时发出告诫，让我清醒下来。我一直保存着这个有他附函的信，今日翻出来重看，仍感念师兄的苦心。

这样的好师兄、好大哥，也只有中国的人文传统才会有吧，这是中国人的福分。并且，像关师兄这样的好大哥，对所有师弟师妹都是尽心照拂的——从20世纪80年代以来，河大近现代文学学科点走出了多少学弟学妹啊，关师兄则是迄今唯一长年留守看家的辛苦大哥！

然而，"为大不易"。比如，当大哥的就得宽容无赖的小弟，甚至像《狂人日记》里的大哥那样还得百般宽待发狂的弟弟。所以我去年在河大讲《狂人日记》里"蒙冤的大哥"时，就举了我自己如何无赖地为难关师兄的事例，说明大哥是多么难为。这里再摘引一段吧——

> 我没想到那个关于近现代文学史分期的合作文章，还带来一个更严重的后遗症。到了1987年的冬天，我的大师兄关爱和，那时候他已经出任河大中文系的副主任了，他叫我赶快从北京回河大来，有紧急事情。我回来才发现面临一个严峻的任务——为一本文学史写绪论。那时河大中文系邀请全国的学者编了一本《中国近代文学史》，任访秋先生担任主编，1988年由河南大学出版社出版，后来由中华书局重版了，现在又由河大出版社修订重版，你们应该都看过吧？那书的前面有一个很长的绪论。那就是关爱和、袁凯声和我三个年轻人不知天高地厚、自作主张写出来的。当决定要联袂写作之初，我不想参与，再三抵抗。可架不住两位师兄的"大义"劝说，只得从命。三人在河大商量出一个大纲，然后从开封来到郑州关爱和老师的家里，准备分头写文章，然后合改。我当时想伺机撒腿回北京，可是没有跑脱——关爱和老师说不行，你得把它写完才能走，我就故意刁难他，说那我就得吃黄鳝才写。1987年的寒冬腊月天，郑州市场上黄鳝很少，关爱和老师骑着一个破自行车，在全郑州跑了大半天，终于买到几条黄鳝，回来气愤愤地说："给你个吃货，做了给你吃，吃完就写文章！"我吃了黄鳝就没办法了，只得硬着头皮写。……勉强地写了几页纸，就撇下不管啦。你们看，当师弟、当弟弟有个很大的好处，就是可以在师兄和哥哥面前耍赖。我撒腿就走，把任务丢给了两位师兄，随你们

怎么办吧！他们就辛苦地把这个文章完成，成为那个《中国近代文学史》的绪论。据出版后的反馈说，这个书受到好评，而最受好评的就是这个绪论。这侥幸得让我暗自惭愧，很不好意思啊，后来一直不敢提这个文章。（《关于鲁迅、〈狂人日记〉与新文化的反思》）

这其实还是小事。"为大不易"的更大难题是，作为当家大弟子、师门大师兄的关爱和，命定了不能像师弟一样自由任性而为，因为他上承着难违的师命当专业的"守家人"，必须始终坚守在学科点上"当家理事"，为此他不得不付出牺牲个人生活和个人学术的代价。关师兄读硕士期间成婚，妻子在郑州一所大学工作，不久就有了宝贝女儿。按说，硕士毕业的关师兄是理应也很想回郑州与妻女团聚的，那时郑州也有大学欢迎他去。可是，正因为关师兄在学术上过于出色，他又是河大学科点的大弟子、大师哥，导师们理所当然地命他留在本系工作。关师兄虽然不很情愿，可他是个非常尊重师长的弟子，只能委屈自己、接受导师的安排，从此与妻女两地分居至今，独自在郑州与开封之间来回奔波近四十年。并且，关师兄弟兄四人中也数他最孝顺，所以父母三十多年前退休后就来开封依靠着他，他无法独善其身。

于是，作为孝子仁兄的关师兄只能负重而行。为了学科点和中文系的发展，他不得不辅助着导师、带着学科点去做大项目……集体大项目一个接一个，他的个人研究被压缩，真是苦不堪言；并且他又接连被任命为中文系的副主任、主任，直至河南大学的副校长、校长和书记，学术研究被行政事务严重挤占，在"官位"上的他其实寝食难安、备受煎熬。自然，在有些"好上进"的学人看来，一个学者如此被重视、被重用岂非大佳事？可就我所知，关师兄实在无心于此，他最想当的乃是一个单纯的学者教授，可是为了保护本学科的发展，老师们命令他去做行政，他不得不如坐针毡地处在那些位置上，而且从此"仕途顺利"。三十年来我一直从旁看着他"步步高升"地负重而行。如此这般，先是中文系（文学院），后来是学校各系科，几乎把一切棘手的人事问题都推到"关主任""关校长""关书记"那里，让他备受各种"考验"、苦心"安抚"各种人物。其实，作为地方院校的河南大学资源有限、僧多粥少，关师兄无论如何尽力而为，也不可能让每个人都满意，更不可能把什么事都处理得宜。如此负重难歇，实在非常累人啊。到2017年关师兄终于退下来，我也为他松了口气。

最感念的是关师兄对我这个师弟的决然放行。我得老实招认，看着关师兄负重累累，给我深刻的教训，我因此一直谢绝老师和学校的好意安排，而那时河大也很缺现代文学原始文献，这让我非常苦恼，于是在1994年5月接受了清华人文学院的邀约，准备河大博士点申请过了就赴清华工作。可是，稍后河大申报博士单位的时候，省里却只保省会的一所大学，让河大不要报。在这种情况下我心不自安，难以一走了之，只得放弃调离之念，电告清华人文学院的徐葆耕先生："此间事未了，请另找贤能。歉甚。"北京的师友知道了不免着急，有一天我甚至收到了老前辈樊骏先生促行的长信，恰巧关师兄在旁，也看了樊先生的信，于是陪我到医院边的小摊上喝酒聊天。见我默然无语，关师兄说："为了学科点，坚持几年吧。"后来河大的博士点在1997年年末通过了，清华文学院又约我去工作，河大领导让我再等两年。如此等到1999年暑期，徐葆耕先生决意来开封与河大商量我的调动事宜，但此时河大的主要领导表示不便与徐先生见面。这让我很为难，不知怎么回答徐先生，只能求助于正在郑州度假的关师兄。他立刻回开封接待了徐葆耕先生一行。随后学校终于同意放行，让我在2000年年初顺利办理了调离手续。21世纪初的一天，我在清华园接待了前来开会的关师兄。他对我说："真希望也能像你一样，只当个老师和学者，安心做点自己想做的事。"我知道他说的是真心话，可此时的他已是河大校长，委实身不由己，所以我只能开玩笑说:"谁让我是觉慧,可以任性呀,还有大哥照顾,你是老大觉新,谁能放你呀,你总不能自己放自己吧!"

毫无疑问,学术才是关师兄的真心所爱。尽管多年来他一直庶务缠身,但此心从未动摇。记得 2001 年关师兄接任河大校长,我不免担心他从此疏远了学术,便建议严家炎师邀请他加入《二十世纪中国文学史》编写组,担任晚清民初文学史的主撰。严先生本来就很欣赏爱和兄的治学,欣然发出了邀请,关师兄高兴地接受了,说是借此可以不脱离学术。于是我们师兄弟又一起商略学术、斟酌文辞达八年之久,其间聚会讨论或互阅文稿,诚所谓疑义相与析、得意互欣赏,愉快与焦虑兼有,一如当年读研究生的时候。事实上,21 世纪以来的二十年,关师兄长期担任着校长书记的职务,却从未放弃个人的学术研究,其治学且更为沉稳从容,每一两年总有重要的学术专论发表。举其要者,如《守望艺术的壁垒——论桐城派对古文文体的价值定位》(刊于《文学评论》)、《嘉道之际的文学精神与创作主题》(刊于《中国社会科学》)、《二十世纪初文学变革中的新旧之争——以后期桐城派与"五四"新文学的冲突与交锋为例》(刊于《文学评论》)、《义法说:桐城派古文艺术论的起点和基石》(刊于《文艺研究》)、《别创诗界的黄遵宪》(刊于《文学遗产》)、《梁启超与文学界革命》(刊于《中国社会科学》)、《同光体诗人的诗学观与创作实践》(刊于《文艺研究》)、《但开风气不为师——龚自珍的诗文与嘉道文学精神》(刊于《文学评论》)、《眼底人才倏新旧,苍茫古意浩难收——晚清古文大师吴汝纶的文化文学选择》(刊于《文学评论》)、《甲午之诗与诗中甲午》(刊于《文学遗产》)、《中国文学的"世纪之变"——以严复、梁启超、王国维为中心》(刊于《文学评论》)、《梁启超"新民说"格局中的史学与文学革命》(刊于《文学评论》)以及《晚清与"五四":从改良文言到改良白话》(刊于《中国社会科学》)……足见关师兄不仅没有疏远学术,而且更进一步更深一层了。我过去一直以为"勤靡余劳"地从事管理工作，便很难"心有常闲"地从事学术。其实事在人为——看来师兄还是师兄，我由衷地感到钦佩和欣慰。

最近，读到人大复印报刊资料《中国古代、近代文学研究》2019年第12期，打头的栏目收录了中国文学研究的回顾与前瞻之论五六篇，其中也有关师兄的《中国近代文学研究七十年》。这一系列文章大概是2019年5月中国社会科学院文学所召开的"中国文学研究70年"学术研讨会组织的吧。文章作者都是各学科各时段研究的代表性学者，所以多是高瞻远瞩的议论，显现出指点江山的理论高度和提点学术范式的热情。相形之下，关师兄的《中国近代文学研究七十年》则如一个当家老大哥细数家底一样，亲切地叙述了近代文学学科在1949年以来的艰难历程、热忱地评点了近代文学学科在新中国各阶段取得的重要成果和代表学人，而后欣然推介业已形成的近代文学研究基地，如北京基地、苏州基地、上海基地、广州基地的情况，对各基地不惜浓墨重彩地宣讲之不迭，而对自己所在的河南大学开封基地则着墨甚少，对自个儿的学术贡献几乎不着一字；最后，则是对那些准备"接着讲"的年青一代学人语重心长的叮咛："在近代文学学科确立、思想藩篱不复存在的新时代，我们需要阅读史料，更需要独立思考，我们需要大开大合的宏大叙事，也需要步步为营的细心考证；我们需要与其他学科共有的价值取向，也呼唤中国近代文学独特的学术话语。"是的，近四十年辛勤不息的学术耕耘，已使关师兄成为近代文学研究界当之无愧的学术大哥，并且也众望所归地接任了近代文学学会的会长，但谦虚厚道的他不可能也没有必要高自标置，而推心置腹地向学科同行细数家底、叮咛周至地鼓励年轻学人黾勉从事——这才是一个学科的当家大哥应有的态度。

关师兄今年64岁，这还不算老，且已从领导岗位上退了下来，正所谓"无事一身轻"，而在学术上恰当成熟老练之时，则专心治学、一偿夙愿，是可以想见的。说来，以前的关师兄为了学科点的发展，一直领着大家做集体项目，个人的学术兴趣其实是自我压抑的，我常常为之惋惜。前不久，关师兄转来他的个人学术计划，决意集中精力探讨"晚清文学界革命与五四文学革命的历史关联"——这正是他的学术强项，而此前的集体研究往往让他难以尽兴，所以他如今打算尽一己之力来完成。对此，我举双手赞成。祝福关师兄，文章老更成！

2020 年 5 月 23 日于清华园之聊寄堂

作者简介：解志熙，1983 级硕士生，清华大学中文系教授，博士生导师。

我的大学诗意生活

吴建设

1976年，九月的秋风里，吹送着一阵阵哭声，在这哭声中一个时代结束了。

一个月后，10月22日前后，我离开家乡到开封报到了。我从大章车站坐上客车，五个多小时后来到洛阳，从东车站上了火车，到开封火车站已是晚上九点多了。夜色中的火车站很冷清，在站门口遇到了同去报到的一个女同学，学校还留有一辆三轮车在等人，听说我们是到开封师院报到的学生，便让我们上了车。那天晚上月光很好。车进入校园大门后，在朦胧的月色中，一种静谧、安详的气息弥漫开来，我几乎是屏住了呼吸，心也沉静了下来。三轮车悄无声息地走着，甬道两旁是齐人高的修剪得整齐的柏树墙，在月色中闪着绿莹莹的光，大礼堂静静地望着我。三轮车一直把我们带到铁塔下，卸下行李走了。那天晚上，我被临时安排在甬道边靠右的第二排房住下。

第二天，就开始分班，安排住宿。我们那一届中文系共招收一百六十多名学生，分了四个班，第一班是赴藏班，毕业后到西藏工作，我被分在二班。可能是因为我的报名表上填了"中共党员"，我还被指定为班长。另一个班干部是徐文章。我到辅导员那里领了一个月的饭票、菜票，领了碗筷等用品。那时国家规定一个大学生一个月补助二十九斤粮食，十五元伙食费。宿舍在甬路右边最后一排中间，我到那里一看，分在靠里间的下铺，可见有同学已住下了，便在外间门口的上铺住下了。

开学的那几天，由于学生尚未报到齐，还没有上课，我就到处走走熟悉熟悉环境。开封师院的校园真大，东边是城墙，城墙下面是湖水，尽管里面有淤泥，水质也不好，却有人游泳。夕阳西下时分，站在东边城墙上向北望去，铁塔倒映在湖中，倒也别有一番景致。我们宿舍是几排平瓦房，后面就是铁塔公园，在甬路尽头是铁塔公园的围墙，上面有个豁口，人可以翻过去。在第二排宿舍的山墙上，我看到了刚毕业同学办的墙报，是有关开门办学的内容，在一阵一阵的秋风中，被扯掉的纸张呼啦啦地响。几排学生宿舍南边是教师宿舍，我县的王绍令老师就住在靠南边的一排，再往南就是一大片空地。往北一点是游泳池，是干的，学生浴池每周开放一次，学生们可以凭澡票去洗澡。我们的教室在十号楼一楼。整个十号楼外观呈红色，全部用红砖垒成。十号楼紧邻西门，出西门就到校外了。图书馆在南大门的右侧，是一个有西洋风格的古朴的建筑。

第一堂课是在十号楼右侧的一个大教堂内上的。那是一个阴冷的天气，老师为了摸清我们这一届同学文化水平的底，便在黑板上写了几个单韵母、复韵母，让我们去认。有一个叫李善美的同学很快就认出来了，还有一个叫时玉花的同学好像还站起来读了读。我旁边的王光明说，这两个同学看来在家时是当过教师的。我们这一届同学程度参差不齐，从以后的接触中了解到有的入学前已是中师毕业，王光明洛阳师范毕业后已在学校教了几年学，多数是高中毕业，也有几个同学是初中毕业的。尽管那时候的高中也学不了多少东西，但在程度上还是有差别的，同学中有的已参加了工作，是带着工资来参加学习的。就我们住室来说，共七个人，有四个是带资来的。

中文系第一学年的主课是语文基础课。先讲汉语拼音，讲汉语拼音的老师姓黄，叫什么已忘记了，只记得他个子不高，黑红的脸，上身穿黄色的制服。他讲拼音从发音讲起，也就是从他那里我知道人的发音是拼音的合成。

程仪老师教我们现代汉语，是一个对汉语语法研究得很透彻的老师，当时他有五十多岁，花白的头发，向后背着，一年到头穿着一身洗得发白的蓝制服。他是江西人，课下我们交谈时，他说电影《闪闪的红星》中"小小竹排江中游，巍巍青山两岸走"就是他家乡的景色。对"的、地、得"的用法，他讲得很明白。"的"作定语，用在名词前；"地"作状语，用在形容词后面；"得"作补语，前面一般是动词。这些过去很容易混淆的概念，他讲得很明了。1977年夏天，我们班到郑州北站去开门办学，到铁路上去实习，我同程老师在一个组，我还向程老师借过几元钱，返校后我去还他执意不要。到现在我还记着这件事。1996年我回母校去找他，听说他已经退休，回江西老家了，没有找到他。

刘溶老师长得高大，他面色红润，慈祥而和蔼，已六十多岁的年纪，却精力充沛。他教我们毛主席诗词，常常眉飞色舞，激情澎湃，很有诗人气质。刘老师兴致来时，还写一些小诗，我还将自己的一些习作拿给他看，这样同他的接触就多了起来。记得我还去过他家。他就住在校门口外边一处土墙围起的小院内，那次去的时候，他正在给院内的花草浇水。

教我们古代文学的是任访秋老师。任老师是位饱学之士，清瘦的脸，讲课语气平缓，分析起来字斟句酌。由于年纪大了，上课时时常坐着讲。他给我们讲屈原的《离骚》。"帝高阳之苗裔兮，朕皇考曰伯庸"，这些诗句至今我还记得。为请教一些问题，我也曾到他家去过。

刘增杰老师教我们现代文学。他时常穿一件略显宽大的旧灰中山装，骑一辆旧自行车，自行车上挂一个旧黑皮包，他的讲义就放在里面。刘老师上课两手扶着课桌，讲课时很带感情，讲到关键处，他两眼紧盯着你，使你不得不提起精神。课间休息时，他时常走到我们中间，和我们交流对一些问题的看法。窗外飘着雪花，教室内却暖融融的。1996年夏天我返校时，在文学院见到了他，刘老师已是博士生导师，他仍然很热情，临别时送了他写的《迟到的探访》和《战火中的缪斯》。

管金麟老师永远是温文尔雅的样子，个子不高，微胖，他教我们写作课，缓慢、深沉的语调，一如他的步履。

王宽行老师讲课很有风格，他是讲古典文学欣赏课，上课时也不带讲义，有一次带了一把剑。他讲岳飞的《满江红》，把课堂当成了舞台，以手舞剑，时而怒发冲冠，时而驾长车踏破贺兰山缺！我们都看呆了，没想到教授还有这样上课的。他住在中文系学生宿舍南边临大操场的那一排，我就见他早上常常在门前练剑。

王文金老师是对我影响最大的老师。他教我的时间并不长，在大二的时候，他教我们现代文学诗歌欣赏与写作。我同王老师的接触早在一年级后半期就开始了。有一天上课时，和我坐在一起的王光明对我说"二年级正教诗歌，王文金老师课讲得很好，可以去听一听"，那时我对诗歌已有了很浓厚的兴趣，说"行"。一天上午，我和光明走进了二年级的教室。王文金老师正在讲李洪程的长诗《斗天图》。王老师是豫南信阳罗山人，正在以信阳口音朗诵着：

  太行山，壮丽似锦绣，
  愚公渠，逶迤盘山走。
  ……
  一渠水，一渠棉，一渠油，
  一渠社会主义蜜，
  一渠斗争胜利酒。
  滚滚流，滔滔流，
  红了山花，绿了云崖。

香了地球。

待朗诵到序曲最后几句时，王老师已是激情难捺：

携鼓登山奏，红旗展开斗天图！

王老师做了一个携鼓登山双手抖开红旗的姿势，把我们的情绪带到了高潮。下课后，王光明说，王老师和李洪程是大学同学，都是开封师院中文系毕业的，王老师对这首《斗天图》是比较欣赏的。我到图书馆借来《斗天图》，那段时间，早晨便到东边的湖水边、城墙上朗读。几年后，当我回到县城参加了工作，早上到伊河边晨练时，有时还忍不住朗诵："太行山，壮丽似锦绣。"眼前便出现王老师讲课时的情景，瘦瘦的时常穿一身蓝中山服、面带微笑的王老师便出现在脑海中。

那时候我已爱上了诗歌，当时图书馆能借阅到的现代诗集几乎都借出来阅读了，还抄录了不少。慢慢地有时灵感来了，也能写上几句。我便把这些很幼稚的东西拿给王老师看。当时，王老师的家住在十号楼前面的一排老式住宅区，有一个小院，王老师住在二层。晚上，我还到他家中去过几次，王老师热情地接待了我，对我写的小诗给予了热情的鼓励，并作了认真修改。1978年春天，党中央提出了向科学进军的号召，一天晚上，我们班同学集中起来听辅导员传达科学大会的精神，我望着在夜色中一排排端坐的同学，幻化出战士们攻占滩头阵地的形象。晚上，好长时间睡不着，便写了几句散文诗。送与王老师审改，王老师却用红笔勾勾画画，加写了一大段。

这里将我的原文与王老师改过的文字 并抄录如下：

我的日记一则：晚风徐徐吹来，轻拂着我炙热的脸，听着人大会议的广播，望着排房前端坐的同学们那高昂的头，我的眼前再现了一幕爸爸给我讲的渡江作战时部队在滩头阵地上听传达毛主席、朱总司令向全国进军的命令的场景……虽然我没有经受过战争年代血火的考验,但请党监督我吧,在新的长征途中,你的后辈,将是怎样的姿态!

　　王老师改后的日记:晚风徐徐,送来了春天的温暖。五届人大的胜利闭幕,各族人民奔走相告,跳跃狂欢。我与同学们交谈到深夜,睡在床上,我还是辗转难眠。我想到了红军不怕远征难,眼前耸起皑皑雪峰,红旗杆杆;我想到爸爸1949年渡江作战。我清楚地记得他跟我说那一夜他在滩头阵地上听传达毛主席、朱总司令向全国进军的命令,他激动,他高兴,磨刀擦枪,喜泪滚到腮边。我虽然没有经过战争年代血火的考验,但请党考验我吧,你的后辈,决心在新的长征途中,一往无前,把青春献给2000年!

当我接到王老师的修改稿后,我的心情久久不能平静,这份修改稿倾注了老师对一个初学写作者的多少心血与厚爱啊!我一直把它保存着,多少年来,几次搬家我清理了不少书籍杂物,这份底稿同一份在校时的读书笔记一直被保留了下来。二十多年过去了,今天打开稿件,纸张已被时光剥蚀得有些发黄,但我凝望着王老师的笔迹,却感到仍是那样的亲切。

1996年夏天,我回母校找王老师,那时他已是河南大学的校长。那天上午,在校长办公室,当王老师出现在门口时,我几乎认不出来他:将近二十年过去了,当年满头黑发略显消瘦的王老师,出现在我眼前时成了一位满头银发、走路腿有些不方便的长者。但我从他的口音、眼神中又找回了当年的王老师。那天他的兴致很高,问我有啥事,我说一来看看您,二来我整理编了一本小册子,反映嵩县文化的,想找您题个字。他说,"行,学生叫我干啥就干啥"。办公室人员拿来了宣纸和毛笔,他就挥毫写了"伏牛天下名山,云岩天下名刹"。中午，还安排办公室的人陪我和司机吃了饭。那次离校后我常常想：二十年的时光使人由中年变成老年，我多想有一张王老师二十年前的照片啊！从照片上我能重新看到中年王老师生机勃勃、神采飞扬的形象。有一段时间思念深了，梦中又回到当年的母校，又在聆听王老师讲课。醒来时常有遗憾：再也不能像当年一样听王老师讲课了！

在我的印象中，高文老师因年事已高，好像在二年级的时候给我们上过一课，讲的是先秦诸子的文章。他高高的个子，清瘦清瘦的。华锺彦老师胖乎乎的，已七十多岁的人了，时常骑一辆旧自行车，在十号楼前我们上课时经常碰见他。那时刚粉碎"四人帮"，这些老教授们心情很舒畅，他的脸上时常洋溢着笑容，他也只给我们上过一节课，内容也记不得了。在校园西门临小卖部的一条甬路两侧，时常见到一些声讨四人帮的文章，文章都是用毛笔抄在大白纸上，张贴在路两侧搭起的草席上。我还见到华老师填的一首声讨四人帮的词，记得有一句是："铲除魑魅魍魉，人们笑开颜。"

坐落在南大门里的图书馆是我经常去借书的地方。那时上课时间上午一般是两节课，到十点钟就结束了，下午、晚上都是自由支配的时间，我便一头扎进图书馆，三两天就要去借一回书，现代文学、古典文学、人物传记、外国文学都有涉猎，但更多的还是阅读诗歌。由于图书馆内有些书还未解禁，我把能借阅出来的现代诗歌几乎都借出来阅读了。李瑛、田间、郭小川这些1949年后我国诗歌界有名的诗人的作品，我都借来看了，有些诗篇能大段大段地背诵下来。李瑛的《一月的哀思》至今还能背出序言：

  我不相信，一九七六年的日历，
  会埋着这个苍白的日子；
  我不相信，即使把他交给火，

也不会垂下辛勤的双臂。
但千山默哀，万水波息。
微茫里传来无尽的哀乐，哽咽的汽笛，
报纸，披着黑纱，
电波滴着泪滴。
车队像一条河，
缓缓地流在深冬的风里……

我常常在铁塔湖边，古城墙上朗读郭小川的诗：

原无野老泪，
更有少年狂。
流言真笑料，
妙手著文章。
何时还北国，
把酒酹长江！

读着，读着，自己也会情不自禁地潸然泪下！

郭小川的《登九山》《秋歌》，我也能出口成诵，《登九山》如今还能背上一段：

一九六九年十二月二十二日，刚刚数九。
辉县革委会成立了，升起阵阵暖流！
九山上看辉县，目光一刻不离辉县四周。
他们的一派深情，好像城镇乡村的炊烟缕缕。
一个个心潮起伏，思绪万千，遐想悠悠。
……

郭小川的诗是我背诵最多的。他的《团泊洼的秋天》我常常一咏三叹：

秋风像一把柔韧的梳子梳理着静静的团泊洼，
秋光像发亮的汗珠飘飘扬扬地在平滩上挥洒。
高粱像一对对的红领巾悄悄地把周围的道路观察，
向日葵摇头微笑着望不尽太阳起处的红色天涯。
矮小而年高的垂柳用苍绿的叶子抚摸着快熟的庄稼，
密集的芦苇细心地卫护着脚下偷偷开放的野花。
大雁即将南去水上默默浮动着白净的野鸭，
秋凉刚刚在这里落脚，暑热还藏在好客的人家。
秋天的团泊洼，好像在香甜的梦中睡傻，
团泊洼的秋天啊像少女一般羞羞答答。
……

每当读起这段诗的时候，我的眼前便会出现发亮的秋光在原野上挥洒，早晨太阳升起照耀着一望无际的青纱帐，芦苇脚下开放的野花，水面上静静浮动的野鸭，多美的一幅秋景图啊！我最初对诗歌意境的理解、形象思维的概念是从读郭小川的诗获得的。郭小川的诗长于借物抒情，长于比兴，又有沉郁的情感寄托，我常常独自沉吟，以至于激情难抑，满眼含泪：

南方的甘蔗林啊，南方的甘蔗林！
你为什么这样香甜，又为什么那样严峻？
北方的青纱帐啊，北方的青纱帐！
你为什么那样遥远，又为什么这样亲近？
……

在朗诵这首诗时,我眼前出现了"脉脉情深"的青纱帐和"载着阳光的露珠",感受着"时光像泉水一般涌,生活像海浪一样推进"的意境。就在我写上述文字时,又朗读了一遍。在抒情方面,我认为写得情景交融的是《大海浩歌》:

> 厦门上空的烟火,又有两次掠大海。
> 正如十五的月亮,又有两度下山崖。
> 岛内的相思树,又有两番迎春开。
> 鲍排长啊,鲍排长,你为什么还不回来?

阮章竞也是我喜爱的一位诗人。他的长篇叙事诗《胡桃坡》的序言我也抄了下来,一些优美的诗句也能背下来:

> 黄河摆尾弯又弯,万马奔腾闯潼关,
> 黄龙山莽莽盘高原,羊群儿山顶添蓝天。
> 一条带子公路线,东牵大河西牵山。
> 秦空声声响秦川,五月风吹得花儿圆。
> ……
> 马兰开花路两边,胡桃园走出一少年。
> 喜鹊喳喳唤伙伴,花蝴蝶飘飘绕脚前。
> 放学回家到村头,一条小河风摆绸。
> ……

对战争年代战斗生活的怀念与追忆是新中国成立后诗歌创作的主题。在这一时期,我阅读了大量这方面题材的诗歌,留在记忆中印象比较深的有《遥远故乡》《我走过从前战场的地方》《墓志铭》《而今飘飘盖山河》。

一个初秋的早晨,我在古城墙上徘徊,望着城墙外落尽树叶的杨树枝，吟诵起了冠西的《遥寄故乡》：

  又是萧萧白杨。
  多么遥远的时光。
  我仰望秋空掠过的雁行。
  故乡！
  白云深处，妈妈是否安康？
  苦难的十二年，
  您老人家的鬓发，
  该又增添几何白霜？
  我倾听那秋林悲壮的呼啸，
  故乡！白云深处，
  山野里哥哥那支队伍，
  可曾又打了胜仗？

我的眼前出现的是秋风中奶奶晃着一头白发，在把我遥望。

李洪程的《红色的三月》，我读时也激情澎湃：

  正是太行山红色的三月，
  山腰水畔红花如火。
  我想重听父亲那支机枪的怒吼。
  却听见钻探机在那里响着。
  正是太行山红色的三月，
  山腰水畔红花如火。
  我登上山梁去寻找往日的战迹。
  找到却是果木成行，牛羊满坡。
  正是太行山红色的三月，
  山腰水畔红花如火。

莫不是当年的那杆红旗，
如今飘飘盖山啊！
登上山头，喊一声，我的太行！
太行山回应起雄壮的高歌……

毛主席、周总理逝世一周年后，对领袖的回忆与赞颂的诗大量涌现。1977年9月前后，一个薄阴的下午，我们的心情也因此变得悲哀起来。我们在陶有才住的大通间的屋内开纪念会，有一个叫石晶的同学朗读臧克家的一首诗，屋里人很多，我们的心情都沉浸在对主席的怀念之中了：

您离别我们一年已到，
没有一天将你忘却，
这绝不是因为我好哭泣，
也不是我的泪水特别多。
每当纪念会轮到我发言，
那深藏在心中的怀念深情，
一经触动便不禁泪雨滂沱。

石晶同学读到这里，我见她眼中已闪着泪花。

秋天的山城丹枫似火，
浓雾好似灰白的网络。
见到了您像见到了太阳，
曾献上一首真诚的颂歌。
每当看到飘飘飞雪，
谈诗的情景便来撩拨。
一地银光知道我归途的快乐。

你大手一挥,

把一个灾难重重的旧社会,

换成了生机勃勃的新中国。

您的遗爱如江河滔滔,五岳巍峨!

阅读现代诗歌的同时,我也把目光投向了古典诗词。唐代李白、杜甫、白居易的诗我读了不少,在我的印象中,宋词读得不多。杜甫的"三吏""三别"读过了,岑参的边塞诗读过了,曹操的"北上太行山"读过了,无名氏的《孔雀东南飞》读过了,白居易的《琵琶行》《长恨歌》读过了。一次读到了蔡文姬的《胡笳十八拍》,作者远嫁塞外的身世和生离死别的委婉诗意深深感动了我,一百多句的《胡笳十八拍》我几乎背了下来……诗人郭沫若的《重睹芳华》,也真切地表现了蔡文姬返回故乡时的悲喜交加之情。我也常常咏叹不已。在浩如烟海的古代诗歌中,写得情景交融,意境开阔,令我念念不忘,反复诵吟;面对落日的余晖,遥望悠悠白云,我时常在铁塔湖边吟诵李白的《送友人》:浮云有意,落日含情。与故人挥手作别。征马向着万里天涯路仰天长鸣。我时常读得眼闪泪花!而《江村》则使人看到一幅悠然恬静的图画。那时我已试图从辩证的角度分析古诗词中运用动、静、正、反、大、小的辩证关系进行情景描写。

图书馆有过的诗歌藏书我基本都有涉猎。有一天,我看到吴海峰到阅览室去阅读,便也去了。阅览室在图书馆的左侧,在校园甬路的西边,是一座古色古香的砖木结构的小楼。楼梯和地板都是木制的,走在上面发出咚咚的声音。阅览室分上、下两部分,楼上的部分是对学生开放的,好像可供阅读的刊物也有限,我记得在那里看到了《近代诗抄》,对秋瑾写的"满天风雨满天愁"印象较深。地下室是不对外开放的,主要用来存放资料,偶尔有老师到那里查阅资料。管理员是一个瘦瘦的老职员,一次我试着问能不能到里面找书看，他默认了。这样我便进去了。在一柜一柜书架上，我看的大多为各种期刊的合订本……那段时间，天天下午我是在地下阅览室度过的。有时候里面就我一人，除了管理员偶尔咳几声，室内静极了。我一边阅读，一边记笔记。真应该感谢那个不知名的老管理员，是他给我提供了一个进入知识殿堂的机会！要知道那时候"文革"刚结束，这些刊物还处在封闭状态，一般情况是不对外开放的。

除了阅览室，十号楼的阶梯教室、路灯下也成为我看书的地方。寝室由于同学多，常使人静不下心来，于是我便选择了十号楼的阶梯教室。星期天或是没课的时候，我常常带着书走进阶梯教室，找一个靠近窗户的地方，一个人在宽敞的教室看书，有时也会有三五个外系的同学来，互相之间谁也不干扰。那时窗户玻璃几乎都被打破，"文革"刚结束，学校尚没来得及更换，外面寒风呼啸，一股股冷风吹进来，我们就在那样的环境下学习。另一个看书的地方是路灯下。1978年夏天，我为了赶着把中国文学史看完，早上往往四点多就起床，掂个小凳子到阅览室楼前的路灯下看书，有时还遇到黎明时飘着的丝丝细雨，今天回忆起来，还很有诗意。我曾写了一篇《难忘的夏夜》，讲述了那一段的读书生活。

难忘的夏夜

我永远不会忘记1978年在开封师院度过的无数个夏夜。

开封的夏天比豫西山区要热得多。放在屋内的桌子，到晚上一摸都感到热腾腾的，晚上躺在蚊帐里，扇着扇子还要出汗。那里的蚊子既多又大，加上那时就寝纪律不好，要想十点以前睡觉是不可能的。有的同学就把电灯扯出来，围着打牌，往往一打就是十一二点，凉快了，才回去睡觉。

住室门前有一块水泥板，有一尺多宽，五尺多长，我把旁边的一根方形水泥柱子扳倒，找了几块砖，和原先那块水泥板并在一起，就作为床板了。每天晚上，九点左右，我便开始就寝了。微风吹来，前头那株白杨树，哗啦啦响。如果没有同学打搅，半个钟头便入睡了。大约到了三点，就醒了。银月在树梢上照着，把树叶的阴影洒在我的身上。有风的时候，像流水的波纹在晃动。书是早准备好的，我就从水泥板下的小凳子上拿起书，像拿起最好的宝贝一样，拎着小凳子，走到艺术系厨房前的路灯下，读了起来。

昆虫在草丛中浅浅地吟唱，灯光把柳条的枝叶投到墙上，像少女散开的头发，星星在闪着明亮的眼睛。

疲倦了，便站起来跺跺脚，伸伸懒腰，朗诵几遍毛主席"我们中华民族，有同自己的敌人血战到底的气概，有在自力更生的基础上光复旧物的决心，有自立于世界民族之林的能力"的语句，或轻轻地唱"进军号声阵阵吹"，又看下去，直到灯光熄了，起床哨响了。

下雨的天气，也没中断（我是有意培养自己的毅力）。黎明时飘着雨丝，直到飘落在书页上，我才换个避雨的地方。记得曾在教育研究室的走廊里学习过几次。那"当啷、当啷"的滴水声，听起来那么有诗意。

《海涅诗选》和《中国历代文学作品选》（其中一册）就是在那个夏夜读完的。

"文革"结束后，老一辈革命家的诗词大量发表。陈毅的诗词我读了不少。他和毛主席的《沁园春·雪》，描写了齐鲁解放区的雪景和对革命胜利的展望，读起来使人心情激荡，胸襟开阔。读了陈毅的诗集后，我曾写了一首《吟陈总》：

曾在梅岭吟三章，又踏皖南万里浪。
河湖港汊任飞梭，脱手暂得小楼王。
孟良崮上血气飞，稳操妙棋凯歌唱。
逐鹿中原气势雄，手攥捷报唱长江。

我记得朱老总曾写过一首《出太行》，读起来使人神思欲飞：

群峰壁立太行头，天险黄河一望收。
两岸烽烟红似火，此行可当慰同仇。

我曾看到一幅以此诗意所绘的画：朱老总背依巍巍太行，骑一匹战马，指点滔滔黄河，一脸浩气。我为这幅画中朱老总的形象所感染，写了一首《观朱老总太行浩气传千古画吟》：

群峰连天向天涌，老将血气盖势雄。
太行浩气传千古，万代盛颂不老松。

除了吟咏历史人物外，那一时期我也写了一些反映学生生活的小诗。1977年春天，学校对外语系前的排水系统进行改造，我们都参加了为期两周的劳动。那时候每天我们都背着铁锨到工地挖土，最紧张的时候，甚至干过通宵。我时不时被劳动场景打动，写了几首小诗：

挥锨干得欢，车轮似飞转。
小伙手指处，操队霞中现。

初见电灯如灯笼，后见点点如星星。
停锨仰看东方白，朝霞一缕入眼中。

红梅开在高山上，莲花长在河湖旁。
今日劳动洒汗雨，汗花衣角开得香。

上坡拉绳涨红腮，倒车双臂疼又麻。

劳动战场见英雄，谁说姑娘娇似花？

才停铁锹气喘喘，又帮车子推上山。
滴滴汗珠沿发落，对之我亦愧心间。

这些诗虽很幼稚，却真实地反映了同学们在挖渠中的劳动干劲，有的格式显然受民歌的影响，如"红梅开在高山上"那首，有的感受尚奇特，如"汗花衣角开得香"。后来劳动结束，我们班办墙报，我选了几首刊上去，贴在宿舍前的墙上，许多同学前来观看。

1978年春天，我写了一首《告别朝鲜》的小诗，反映的是一个志愿军战士告别朝鲜时的感受，我曾拿给王国伟看，他看了之后说："建设，很不错，很有诗意！"诗是这样的：

自从跨过鸭绿江到"三八"，
哪一天不把祖国牵挂？
从准星中探望祖国的眼睛，
从胸前的红花上查看钢城飞华。
瑞雪飘飘，是你的亲切笑容，
流水涓涓，是你的笑语喧哗。
而今，整整衣角要离开朝鲜，
祖国啊，我将给你带回点什么？

带一支倒下战友的钢枪给边卡，
捎一句战友嘱咐的话……
灌一壶房东大娘烧好的水，
把阿妈妮的深情传给妈妈。
采一枝血火中怒放的金达莱，

献给红领巾，愿快快长大。
用弹片做一把瓦刀手拿，
祖国啊！请告诉我打哪儿登上脚手架？

1978年的春天，校园是一派生机勃勃。早晨，到处是出操的学生队列，喇叭里播送着向"四化"进军的动人歌曲。出操过后，林荫道上、操场边、城墙上到处可见同学们捧读的身影。路边栽着不知名的树，叶子如芭蕉的形状，树不大，像槐树，但会开花，太阳升起的时候，朝霞映着红花，像一片彩霞飘落在校园内。到了夜晚，晶亮的电灯下，宿舍内到处静悄悄的，同学们都在灯下苦读。那时王文金老师已开始给我们上课，一天晚上他到我们后边那一排查看。我曾听他说，如今同学们的用功程度不亚于我们当年。

受这种昂扬向上的气氛的感染，我写了一首歌词《胸怀四化向前方》，那时我县孙雁白老师在艺术系教书，我便把歌词让他看了。他说："不错，有时间我给谱一下曲。"我倒不抱什么希望，大约一周后，他见到我说，下午你来一下，曲谱好了。下午到了他的钢琴房内，他说前天下午，我和同学们打扫完卫生，望着夕阳下挺立的铁塔，来了灵感，把曲谱好了，我试一下。说着便坐下来，边弹边唱：

巍巍铁塔迎朝阳，
中原大地披露光。
抓纲治国春潮急，
喜看革命新气象。

毛主席旗帜高高举，
铁拳砸碎"四人帮"。
团结战斗肩并肩，

除恶务尽斗志昂。

进军号角阵阵吹，
科技战线摆战场。
欢乐歌声震四海，
革命师生攻关忙。

战笔横扫层层雾，
革命传统大发扬。
紧跟领袖华主席，
胸怀四化向前方。

听着孙老师低沉浑厚的歌声，望着窗外夕阳落辉中的铁塔，我也很激动，心里说：孙老师唱出了词的意境。

那时，我的兴趣是多方面的，除了诗歌外，还尝试着写小说。5月18日早上，可能又是4点多钟起床，写了一篇小小说，题目是《兆老师的笑》。从改动的字迹看，原来是"赵"，后改为"兆"，可能昭示着粉碎"四人帮"之后教育春天的来临吧！这篇很不成熟的作品是我那一段对老师们"文革"前后两种心境的观察与体会的艺术反映。我心中的赵老师很可能是刘溶老师的形象。

那年4月，我已不局限于埋头读书了，写作的冲动常使我生出一种走向社会、考察社会的愿望。星期天，我有时会一个人登上龙亭，感受八百年前北宋的风云变幻，力图去触摸那段历史。我也曾绕着高高的古城墙，走上大半天，寻觅当年李自成攻打开封的战迹。兰考离开封不远，一天下午，我坐上火车，前往兰考，瞻仰了县城的焦裕禄墓，还到当年焦裕禄树立的典型韩村同大队干部座谈。回来后，于4月30日写了一篇纪行：《在焦裕禄战斗过的兰考大地上》。

学校的学习生活是值得回忆的。虽然只有短短的两年零三个月，但我在这所文化的殿堂里，吮吸着人类文明的知识乳汁，聆听教师的教诲，渐渐长大。毕业时，我特地在图书馆前照了一张相，并在背后写了一首小诗：

> 像婴儿脱离了娘怀，
> 嘴角尚留着乳汁的甜蜜；
> 像即将飞翔的小鸟，
> 遥望高远的天际。

母校，我是不能忘怀的。我的知识是她给予的，我至今保持的早上阅读的习惯是在母校养成的。在母校，我结识了那么多同学，结识了如王文金那样给予我一生影响的老师。母校常使我梦回萦绕。我几次回母校，在校园里徘徊，在宿舍前留恋，在十号楼教室门口伫立。2003年9月，我同妻子一起送女儿到母校上学，听着校歌……我对女儿说，我多想重回学校上学啊！9月8日早上，我吟诗一首：

> 依然是沧桑古楼，依然是花木扶疏。
> 二十年悠悠岁月，我与女儿在校园牵手。
> 铁塔下寻觅旧踪，十号楼难找旧友。
> 问遍天上的云，走遍地上的路，当年的足迹再也难留。

我曾写了两首诗，抄录于后：

伫立十号楼

> 二十年后我又来，十号楼前几徘徊。
> 推门偷窥当年桌，依稀师长又登台。
> 铁塔巍巍默无语，院中小树已成材。
> 老师校长直呼名，殷殷真情难尽白。

忆开封师院

却忆二十二年前，青春年少进师院。

铁塔湖边书声朗，古城墙上遐思远。

图书馆内勤采蜜，十号楼中春风暖。

更问潇潇晨雨灯，几回读书到夜阑？

作者简介：吴建设，1976级本科生。

一次作业，一生记忆

韩爱平

"我在河大读中文"，这是河南大学文学院为庆祝百年院庆给校友出的题目，很多校友纷纷响应，一篇篇饱含深情的文章，感人至深。而求学于斯、工作于斯已经40多年的我，却迟迟没有动笔，不是没话说，而是没有找到合适的"出口"，直到再次发现了它——

"分析得较好，但不深刻，有些地方你体会得不完全对。从稿子上看，你的学习态度较认真，希今后继续发扬这种精神。"（王阅14/12）这是45年前王文金老师给我作业的批语。这个作业是分析毛主席诗词，是王老师讲授《毛主席诗词选》后留下的，题目是：《〈水调歌头·重上井冈山〉内容试析》。

毛主席诗词，初中时已有接触，到了高中，课上、课下，老师分析、讲解了很多。而语文老师就是开封师院20世纪60年代的毕业生——响当当的"铁塔牌"。老师的讲解，让我对毛主席诗词产生了浓厚的兴趣，当时公开发表的几十首全部会背。高中毕业，回乡锻炼，两年后被推荐来到语文老师的母校，再次学习毛主席诗词，那个理解与两三年前完全不同。王文金老师给我们讲授《毛主席诗词选》。王老师一口信阳普通话，分析毛主席诗词，根据诗词内容，或激昂慷慨、感情奔放；或抑扬顿挫、娓娓道来。毛主席"指点江山，激扬文字，粪土当年万户侯"的少年意气、"可上九天揽月，可下五洋捉鳖，谈笑凯歌还"的豪迈气概，王老师都诠释得淋漓尽致，让我们听得如痴如醉，充分领略了毛主席诗词的博大精深、美轮美奂，并加深了对"诗品即人品"的理解。课堂上，我认真听讲，认真记笔记，把毛主席的几十首诗词又重新背完。课程结业，完成了一篇4000多字的作业，横格的稿纸写了6页多（稿纸还是好姐妹淑琴从她们厂带来的——河南省安阳市纺织厂革命委员会公用笺）。作业批改后发下来，我和我的同学都感动莫名。我的作业上王老师的改动、批注有10处之多，勾画的地方更多，批注、修改、批语多达100多字。比如作业第2段里在"'凌云志'就是'重上井冈山'的凌云壮志"这句话下边画了三条红线，旁边批一个"对"字，还加了感叹号；再比如，作业分析"千里来寻故地"解释"寻"："'寻'字衬托了变，昔日的井冈山，'百年魔怪舞翩跹'，但经过毛主席上井冈山开展武装斗争，取得了革命胜利，使井冈山'旧貌变新颜'"。这一句上画了两道红线，箭头拉出去修改为："这里的'寻'与'变'相辉映，一个'寻'字，加强了'旧貌'与'新颜'的对比，突出了井冈山的惊人变化。"修改后的文字比原文更精练，言简意赅，让我受益良多。这是较长的修改，字、词的修改还有多处。王老师一字一句地看，还要修改病句，批语则深中肯綮。要知道，我们年级4个班、160人，这样的批改，该是多大的工作量呀！其严谨认真、一丝不苟的工作态度，给我和我的同学留下了极其深刻的印象！

而这篇作业是1998年我们第一次搬家，在整理大学读书时的课堂笔记、作业时发现的。当时真的如获至宝，我把它放在书房（第一次拥有书房）写字台抽屉的"最保险处"，遇到老同学到家里就要拿出来"炫耀"一下，但却不好意思呈给当了校长的王老师。后来，王校长退休，想呈给他看，仍没机会。2009年我们再次搬家，仍然存放于书房的"最保险处"。2016年，我也退休了，被郑州商学院返聘，文学与新闻传播系系主任、我的同班同学彭燕彬（河南电大退休后被返聘）让我充当新闻学学科带头人（2002年我加入新闻与传播学院改教"中国新闻传播史")。还有同班的海梦莹同学（河南报业集团退休后被返聘），我们同在新传教研室。三个老同学退休后又在一起工作，这样的缘分也不多见。于是，我往来奔波于开封—巩义。2016年10月，我们年级入校40年聚会时，请来了王老师，我曾和他说起作业的事，想把作业呈给他看，但却找不到了。2020年，文学院为庆祝建院100周年发征文启事，为"我在河大读中文"栏目征稿。我也想写文章参与，就又翻箱倒柜找这篇作业，还是没找到，那个懊丧啊！所以，征文迟迟没有动笔。今年5月底，我决定从郑州商学院退休，在整理办公桌抽屉时，竟意外发现这篇作业夹在一些资料里。可真是"踏破铁鞋无觅处，得来全不费工夫"。这"失而复得"的宝贝啊……在完成了网课、考试、改卷子的任务后，就迫不及待地要完成"我在河大读中文"这篇作业了。

讲义，倾注老师心血

我是最后一届工农兵学员，1976年10月入校，学制两年，带临时户口，社来社去。我们的75级学长，学制还是三年。因此，我们入校后，所有的教学计划、教材都得修改。而那时正式出版的教材很少，我们用的教材都是老师们自编自印的"讲义"，有铅印的，但更多的是油印。比如现当代文学、古代文学的文选，大部分都是油印的。有时一次课一发：原文加注释加赏析。老师们边备课，边编印讲义，其工作量之大，可以想见。那些讲义，我都完整地保存着，搬了两次家都没舍得丢。因为那上边倾注了老师们的心血，也留下了时代的印痕，而且还有我听课时记下的点点滴滴。说实在的，我们绝大部分同学都非常珍惜来之不易的学习机会，尤其珍视老师们的倾心付出。当时，记课堂笔记是我们的自觉行动，而我可能更为认真。尤其是古代文学课，每节课后再整理笔记，并把学完的诗词、古文进行翻译，从中受益多多，既复习、巩固了所学课程，也锻炼了写作能力。

  说到油印"讲义",不光是学制缩短的问题。当时,书店里的图书很少,我们学校图书馆的很多图书还不外借。有同学从老师、朋友那里借来一些经典名著,我们不吃不睡地传着看。还有些书只能在阅览室借阅,"抄书"就成了一时风气。一本《古诗源》,我硬是在阅览室抄完的。当听说《唐诗选》(上、下册)出版、全国书店同时开售时,同学们都早早地去书店排队买,可我还是没买到。我就给在舞阳县城工作的父亲写信请他帮我买,还真买到了。当我收到这套书时,就用铅笔在扉页写下"七八年父亲购于舞阳"。这套书,成了我学习古代文学最好的老师。我和先生刚认识时,他看到了这套书,说他也有一套,在北京怀柔买的。这就是缘分吧——我们都是爱学习的好学生。《唐诗选》一直珍藏至今。2021年在郑州商学院的一次讲座中,我说《毛主席诗词选》《唐诗选》等是我最喜欢的书,并展示了这两种书。有学生说,这书比他父母年龄都大。

  其实,《毛主席诗词选》,我们当时用的也是讲义,铅印的,白纸封面,书名是红字,很醒目。在王老师的课上,这本讲义被我圈、画、写了很多,后来被低年级的同学借走,等还的时候说是弄丢了,还了一本从旧书摊上淘的红封皮、正规出版的《毛主席诗词选》,那上边很"干净"。很遗憾,也很无奈。

  大二下学期,学校接到通知,我们的学制要延长一年。本来有些课已经结业,比如现代汉语,那就要重新编写讲义,把以前压缩的内容再展开详细讲解,也是一次课发一次讲义。原来教我们现代汉语的有程仪老师、陈信春老师、陈天福老师、丁恒顺老师、王中安老师等。重新再讲,还是程仪老师主讲。讲义是新的,内容、案例都是新的,加上程老师一板一眼、不疾不徐的讲解,尽管程老师一口江西话,但结合条理清楚的板书,我们又学到了更多的现代汉语知识,收获满满。以至于留校后打算考研究生继续深造,而首选课程就是现代汉语。只可惜,由于某些原因,这个愿望没能实现。

一篇作文标准卷的幸运

1978年9月，大三一开学，我们被告知须参加全省招考中学教师考试。这其实是为1975级准备的，因为他们也是社来社去，毕业后回到了原地。但当时各地中学教师缺口很大，省里就决定组织考试，既解决75级的就业问题，又解决教师缺口问题。而考虑到我们这一届的情况，就多给了我们一次机会。可是，时间太紧了。于是，停课复习。老师们课堂讲解，课下耐心辅导，全力帮我们备考。考试科目有三种：政治、语文、专业课。考试结束自认为语文卷子做得不错。尤其是作文《自有后来人——读夏明翰〈就义诗〉有感》，可以说是激情澎湃、文不加点、一气呵成。这应该与出身和所受的家庭教育有关吧。因为，我的二伯父是烈士、大伯父和父母亲都是党员，从小耳濡目染，对革命先烈一直怀着崇敬之情。但有一个填空题"__至__来"，"沓"字却填错了。同学们对题时，说填空题就出自《写作文选》。紧翻看，还真是，我那个悔呀！《写作文选》是暑假前发的讲义，填空题就出自这本讲义的第一篇文章《我的心飞向毛主席纪念堂》的第一段。而这本讲义暑假时我还带回了家，但因为家里事情多，都没来得及打开。开学后，又忙于复习，心想《写作文选》留待以后再看。可没想到，偏偏就出了那上边的题。由此可见，老师们选文章、编讲义的确是独具慧眼！这次考试的语文卷子、专业卷子都由我们的老师来改。成绩还没出来，吕文源老师（他当时是我们的辅导员，就要去写作教研室当副主任）有一天问我，那两门考得怎么样？我说自我感觉还行。原来，我的作文被阅卷老师定为标准卷，得了最高分，吕老师有意留我到写作教研室当老师。等到成绩出来，我的单科、总分都不是最高分。但写作教研室需要老师，而我那篇考场作文让老师们，特别是吕老师认为我的写作能力还行。通过全面考察，我留在了写作教研室。

像做梦一样，我成了大学老师，也可以说是一篇作文决定了命运。但我心里很清楚，是两年的大学生活改变了我的命运。老师们的敬业、专注、认真负责，让我对各门功课的学习都怀有极大的兴趣，况且还有那么多的大师、名师给我们上课。他们要么全国知名，要么年富力强。比如教古代文学的有华锺彦、王宽行、何法周、王芸、李春祥、王宗堂、白本松、李博等老师，教现当代文学的有任访秋、刘增杰、张秀定、岳耀钦、刘文田、张俊山等老师，教文学概论、美学的有张豫林、何甦、王怀通、毕桂发、孟宪法、田连波等老师，教外国文学的有牛庸懋、严铮、冉国选、卢永茂等老师。严铮老师刚做过手术，身体还没完全恢复，很瘦弱，需要少食多餐，课间还要吃些饼干之类。另外，年富力强的张仲良、何琛、拜宝轩、董长纯等都是我们的任课老师……每一门课程都是名师荟萃、阵容豪华！老师们兢兢业业、认真负责，我们没理由不刻苦、努力地学。尽管我们只有短短两年的学习时间，但这么多名师教诲、熏陶，我们这"铁塔牌"也是名副其实的！比如我们3班，第一次考试后就有几位直接由省教委统分。张宪彬、吴建勋同学去了河大附中，还有一位去附中的是2班的陶有才同学；好朋友淑琴统分到当时的新乡师院附中。1979年毕业时，我们班的"带资生"杨文忠、范琪同学留校，和我成了同事。他们都很出色！

留校后，在关爱的氛围中成长

1978年11月，我报到上班。当时，中文系写作教研室的主任还是刘溶池老师。第一次来到写作教研室，见到和蔼可亲的刘老师，他负责和我谈话、安排具体工作。当问到我家里情况时，刘老师微笑着说："爸爸妈妈是干什么的？……"从来没有人这样问过我话，和风细雨娓娓道来，满是关爱。刘老师从生活、学习、工作各方面给了我具体指导，让我一下子明确了努力的方向。按照老师的指教，我制订了详细的计划。我深知自己先天不足——考试成绩出来，符合要求的被录用，我们就算毕业了，还是两年学制呀。没有被录用的，继续学习，备考下一年春季的招录。我呢，除了教研室集体活动、批改作文外（78级的作文批改没有固定班级，作文收上来，批改哪个班是随机的），继续和我的同学们一起学习，并经常去蹭77级、78级的课。

写作课里，议论文的写作、案例分析是难点。再次听吴君恒老师的议论文写作课，与第一次听的感觉截然不同，这次是有目的的听。吴老师分析议论文典型案例，条分缕析，把枯燥的议论文分析得生动有趣，同学们听得津津有味。在吴老师的耐心指导下，我也试着分析议论文，多次求教吴老师，获益良多。吴老师对我特别关照，把我视作好学生、乖乖女。一次偶然事件，让吴老师更是对我另眼相看。有一天下雨，我和吴老师都在教研室。我请吴老师和我一起回我宿舍吃饭，吴老师欣然接受。我和吴老师撑了一把小伞，走到半路，碰上同宿舍的好姐妹惠琴给我送伞。我们两个同年级，她是赴藏班，因为身体原因，不能赴藏，就留在了现代汉语教研室。我们一起住、一起吃，每个月拿出10元钱，放在抽屉里，谁买菜谁拿，一个月下来，往往还有节余。做饭呢，谁有时间谁做。惠琴是信阳人，做饭比我在行，我从她那里学到了不少炒菜技巧。听说我们这样的"组合"，吴老师欣欣然："你们是共产主义小社会呀！"回到宿舍，加炒两个菜，吴老师吃得赞不绝口，对我们这样的"组合"大加赞赏。

当时，写作教研室就我一个女孩，年龄又最小——留校时22岁，受到了全教研室老师的关爱、呵护，后来还当了工会小组长。尤其是吕老师，后来当了教研室主任，不只关心我的学习、工作，在生活上对我的要求也很"严格"。留校时，我年龄小、没对象是个先决条件。一年多后，当我向他汇报高我几届的青艾大姐给我介绍了对象并请他"定夺"时，他很严肃地说："孙老师，好人，他儿子肯定不差，又是部队干部。你要觉得可以，就给人家个准话，好让人家在部队安心。"还有住在甲二排、甲三排的王绍令老师、岳耀钦老师、贾占清老师、孙青艾学姐，不论是工作、生活，都给了我很大帮助。所有这些不是家长胜似家长、不是亲人胜似亲人的关爱，让我一直享受着大家庭的温暖。另外，还有我的同龄人、学妹们，刘老师的女公子77级的冬冰、吴老师的女公子77级的河清，我和她们一起听课、学习、探讨，她们学习古代汉语时还向我"请教"。因为我毕竟学过一遍了，滕画昌老师讲授的古代汉语，学起来并不感到吃力，自认为学得还可以。77级、78级的学弟、学妹，很多年龄都比我大，他们叫我爱平老师。像李汴霞、李建伟、王敏、党春直、马恒星等，我们成了好朋友。再见面，她们有的戏谑地叫我小妹学姐。

经过一年多的跟听课、备课、批改作文、评讲作文，我得上讲台了，但必须通过试讲。为了我试讲成功，全教研室老师都给我提供帮助。最难忘张锡智、管金麟两位老师，他们让我先给他俩讲，开个"小灶"，帮我找问题、找不足。经过两位老师的耐心讲解、示范，我自己又反复练习，之后在教研室试讲，一次通过。1980年可以登讲坛试讲了——在贾华锋老师的课中，加我两节课，授课对象是80级新生。我试讲那天，教研室老师还是全员听课。贾老师更是跑前跑后，先去教室看看同学们的到课情况，并提去开水瓶。当我走进教室时，老师们都给予我鼓励目光，这让我放松了紧张的心情、充满了信心，顺利完成了两节课的试讲，也得到了同学们的认可。十几年后，高有鹏同学辗转回到母校工作，我们成了好邻居、好同事，他曾不止一次地说起听我上那两节课的情景。

试讲后的第二年，我和管金麟等老师组成的教学组，为81级新生讲授写作课，我也正式站上了讲台。管老师先讲写作基础理论等，后8周由我讲通讯、报告文学等具体文体，并专门辅导、批改二、三班的作文。50后的我面对大不了几岁的60后，第一次上课，心中难免忐忑。但同学们对我这个年轻的女老师都非常配合，让我顺利完成了教学任务。我们这个教学组还被评为先进教学组，在全系介绍教学经验。而作文的批改，我一直秉持王老师批改我的作业的一丝不苟精神，一字一句批改每一篇作文，一个标点符号都不放过，有时还要找到学生面批面改。其中我负责第二次作文讲评，写了整整12页几千字的讲稿，深得学生好评。2015年，参加81级毕业30年聚会，有学生一见面就说："韩老师，还记得我吗？我几次去您家，您给我改作文。"和我同名的张爱萍、河南著名诗人萍子，我们互加了微信，现在经常在微信上"见面"。尤其是李世桥，那时不是太熟，自报家门后，赶紧加一句"我是李杜若的爸爸"。李杜若，我在新传院上课时，一次课间，一个小女孩告诉我，我教过他爸爸——文学院81级的。这真是神奇的缘分！在大学里能教父女两代，绝对是小概率。还有二班的学习委员王文科，收发作业，认真负责，作文写得很好。毕业留校，不断进步，后来成了我的主管领导——新闻与传播学院的党委书记。去年在郑州商学院的课堂上，督导来听课，听了满满一堂。课间，来到讲台前对我说："韩老师，我是您的学生刘慧韬，81级的。"原来他是81级的年级长，从河南财经政法大学会计学院党委书记的位置上退休后，被郑州商学院聘为教学督导。这真是奇妙的相遇，人生何处不相逢啊！

  回顾从上学到留校，从留校到站上讲台；从助教、讲师、副教授到教授，每一步都离不开老师的关爱、教导。文学院的人文底蕴、良好学风、学术氛围，是每一个学子、每一个青年教师成长的良好平台。百年正风华，开启新征程。祝愿文学院百尺竿头更进一步，让第二个百年更辉煌！

  作者简介：韩爱平，1976级本科生，河南大学新闻与传播学院教授。

一个寝室里的河大七七级

孙钦良

读书人都有文化 DNA，我的文化 DNA 是河大给的。

河大毕业生被称为"铁塔牌"。高耸的铁塔姿态向上，站得稳，挺得住，经得起风雨，正符合河大精神气质。我们七七级中文系有6个班，240名同学，数十间宿舍呈东西走向，分三排横陈于铁塔南侧。我在五班，班长廖奔，宿舍号初为乙8排8号（后为乙6排6号），挨近铁塔公园南墙，出门即见塔影，入夜能闻塔铃，如今40多年过去，往事历历，犹在心中。

一 十年一高考，产生七七级

1977年，20岁的我在家乡巩县（今巩义）当初一语文教师，10月21日，我突然从收音机里听到要恢复高考，惊讶、惊喜、报考、考试、考中，一个多月时间，我竟一气呵成，成了大学生。但其间填报志愿时，我差点与河大失之交臂。原来当年仓促应考，信息缺少，大学啥样子？专业哪个好？我还搞不清，只知道河南有郑州大学与开封师院，心想郑州离巩县近点，那就报考郑大吧，结果被教过我的两位老师发现了，他们很严肃地说："选大学，选两点，一选藏书丰富，二选教授有名。这样吧，你选开封师院吧！值！"就这样，我被开封师院（今河南大学，下文为叙述方便，统称"河大"）录取了。

那年全国考生570万，真正的"千军万马过独木桥"，加上应届高中毕业生，一共累积了11届，俺村5000余人口，就有两三百人报名。但，一无复习资料，二无招生简章，考生们纷纷托亲戚寻觅复习题，学校教导主任对我说："你高考可以，不能影响教学！"我只好白天教学，晚上复习，临开考前，总算给我了3天假！

录取通知书下来那天，下雪，天冷，但村子一下子热乎起来了，电杆上大喇叭回响着村干部的大嗓门："大好事！大好事！咱村考上仨！咱村考上仨！第11队（当年的生产队）孙大江的儿子孙鲜明，考上开封师院化学系！将来毕业，会做化肥！第4队孙桂标的儿子孙钦良，考上开封师院中文系！将来毕业，能当作家！油坊街北头的孙新民，考上郑州大学考古系，将来毕业，能……能……"村干部不明白考古是咋回事，卡了壳，但稍一停顿，略一思考，马上宣布："将来他毕业，能当揭墓贼！"哈哈，这句一知半解话，留下一个大笑话！但这是他的原话，说明当时农村人对大学既向往又陌生。

二 教室改寝室，一室十二人

考上大学，赶往开封，如沐春风，如幻如梦。自诗云："十年寒窗无开科，一夜春风送蹉跎。七七级定天骄子，七八年开梁园锁。"因为七七级是1977年12月中旬开考的，当年开考录取，当年到校上课，根本来不及。学校通知1978年3月3日到5日报到。我坐火车到达开封火车站，被学校派出的大卡车接到明伦街，只见学校大门是牌楼式建筑，古色古香，巍巍峨峨，心中大慰，顿消疲惫。进入大门北行，松柏夹道欢迎，东边矗立一排精致阁楼（东十斋），西边横卧一座华丽古建（7号楼阅览室），正北是学校大礼堂，体量很大，雕梁画栋，气势恢宏。然后向东，再向北折，就看见那座千年铁塔了。

5日黄昏，学生到齐，辅导员老师召集新生开会，中文系二百多人自带独凳，露天集合于铁塔正南的通道上。端坐在黄河城市开封特有的寒冷里，谁也不认识，只闻塔铃声。我那天身着农村常见的棉袄，外有罩衣，内无秋衣，一边聆听各班、各寝室同学名单，一边缩着脖子抵抗寒冷。突然，我感到双肩一沉，脊背一阵温暖，才知我身后一位不相识的同学，脱下他的军大衣，披在了我的身上！

感动与温暖，还有一份踏实，顿入我心。就这样，我对河大的好感，我的四年大学生活，从此开始。我明白上大学既要跟老师学习，也要从同学身上汲取长处。当晚同寝室同学见面会上，我记下了大家的名字：李建伟，安阳市人，我们的寝室长；李叶生，郑州市人，我们五班副班长；南中华，商丘县（今睢阳区）人，中文系七七级年级长；刘伯欣，偃师人，入校前小学校长，入校时31岁，两个孩子的父亲；马培中，新郑县（今新郑市）人，入学时也是31岁；还有辉县徐保合、太康王增文、沁阳李长起、济源史德祥、郑州魏亚洲、温县郑书磊。

同学城乡都有，有工人、农民、民办教师，还有返城知青，那届学生涵盖群体多，年龄悬殊，男生比女生多三成。宿舍内摆放的行李箱五花八门，有皮箱，有木箱，还有塞满衣服的大提包。12个人的样貌气质、衣帽穿戴，明显不同，一眼便可看出经济条件的悬殊。而且，这个寝室全是河南学生，看来"河大"那时起已经是河南考生的容器与靠山了。

寝室长李建伟，正是为我披军大衣的那位同学！他不到23岁，已经在安阳市燃料化工总厂工作了两年，月薪36元，为了上大学，放弃了工作。那一年，河南本科录取分数线240分，他考了270分。那一年，全国各地570万人参加了高考，录取了27万，不到5%。从这些数字和李建伟同学身上，可以看出当年河大录取的尺度与学生质量。

三　晨起早闻五更鸡，夜读迟熄三更灯

七七级学生特点，第一是知道感恩，感恩国家恢复高考。第二是知道读大学不容易，懂得抓住机会，珍惜时间。当时我班上课，固定在 10 号楼 124 教室，上午大多三节课，最后一节课结束时，离午饭还有点儿时间，同学们回到寝室，把这二十几分钟也用上，赶紧整理课堂笔记。我的好朋友徐保合，读书够狠，能下死功夫，翻烂了《红楼梦》，通认了《新华字典》。午饭时间，他不操心，一心看书，往往是人家吃完饭回来了，收拾碗筷的声音惊动了他，这才猛然抬头、猛然惊呼："啊呀！十二点半了！该吃饭了！"这几句短语，语速极快，语调极慌，声音极大，全是辉县方言，给人印象极深。然后，他一蹦，又一蹿，往食堂跑去了。

同寝室里，马培中、李建伟、王增文的课堂笔记好，各门功课优。李叶生英语课学得好，史德祥自由诗写得妙，刘伯欣古体诗意境新，我则被第一个免修作文（全年级首批免修作文课共 4 人）。十二个同学，甲乙丙丁，各有个性，甲同学五更天便起床，乙同学三更了还不睡；十二个同学，朝夕相处，奇文共赏，疑义相争，脸红脖子粗却同在一个屋檐下厮磨尽兴。

刘伯欣比我大 11 岁，人称"老刘"。我入校时 20 岁出头，搁现在算大龄了，但当时算"小龄"，于是都叫我"小良"，如今退休了，老同学来电话张口还叫"小良"。七七级的同班同学当中，年龄相差个十五六岁，根本不算稀奇，全国各大学皆然。当年老刘总带着小良打篮球，泡图书馆，暑假一起留校勤工俭学。忽一日，老刘悄对小良说："走！咱今天去华锺彦教授家里！"我不知道去干啥。老刘说："古诗吟唱方面，华教授是一绝，别的大学也羡慕咱有这老师，这很难得，咱去请教！"我这才想起华教授每于课堂上唱古诗，拖着长腔，音韵悠扬，陶醉其中的情景——当日，华教授不吝赐教，

我们学了半天，很有收获。后来毕业了，有了收音机，华教授还专门录了盒磁带，让人给老刘捎到洛阳——那时老刘已经参加工作几年了。

那时的河大，学生恨不得把知识都学了，老师恨不得把学问都传了，图书馆好书多，惜乎不能全读。白天学不够，恨天黑得早；晚上学不够，怨灯熄得急。熄灯后有人用手电在被窝里学习，被批评了，没办法了，就到其他院系"长明灯教室"学习，这边寝室给他留门，等待他夜读回屋。

四　同学们有苦中乐，寝室里有趣中趣

当时"河大"称"开封师院"，因有师范生属性，国家为每个大学生发放生活费、助学金，其中生活费13.5元，助学金平均4元，家庭经济稍好的给3元或2元，带薪上学的同学主动不领助学金，以济穷困。同学们团结互助，同窗情深。记得分班后的第一次午餐，吃的是份饭，每人半碗菜两个馍，女生都分出一个馒头给男生，食堂空荡荡，无餐桌座椅，男生就走出食堂蹲在地上吃饭，而把地上的一块水泥板让给女生置碗。我们五班，十个女生，每年都要为男生拆洗被子，某个星期天阳光好，我班的潘均茹、刘乡英、师桂兰、朱淑君等女同学，一起来到男生宿舍前，敲窗询问谁需要换洗被褥。

寝室长李建伟为人和善，尽心任事，秉性热情。有段时间，不知何因外班一郭姓同学暂住我寝室，此人很内向，平时很少说话。寝室长见他晚上睡不安稳，次日早起往他床板上一摸，光溜溜的，没有褥子，仅罩着一层床单。时值冬日，夜间很冷，建伟着急，马上动员全寝室同学伸出援手，当晚就让郭同学铺上了新褥子。不光郭同学，当时条件差，大家都节俭，大学四年，我每年只花家里100元钱。没钱买笔记本，就裁白纸，自制成本，见有同学使用稿纸，

很是羡慕。见别人买了砖头厚的《辞海》，便从牙缝里省出 20 多元钱，毕业前终于也买了一部。统而言之，七七级苦中有欢乐，乐中有辛酸，属于"上了大学就觉得幸福无比"的"那个群"。

寝室冬无暖气，夏无空调；教室没有课桌，只能坐排椅听讲。环境艰苦，教材也简，初为油印资料，渐有出版的教材，但即使这样，我们也非常幸运了，因为当时给我们授课的都是大教授：任访秋、华锺彦、高文、于安澜、龚依群、牛庸懋，副教授有宋景昌、陈信春、王宽行、何法周、刘增杰、李春祥等老师。大师云集，群星灿烂——中文系七七级真是"值"了。

中文系学生多，会写作，擅长自娱自乐。寝室里常有文学沙龙，雅的是《红楼梦》，俗的是顺口溜，其中一个段子说："中文系文里文气，体育系武里武气，"这两句对比鲜明；"历史系古里古气，外语系洋里洋气"，这两句抓住特征；"地理系土里土气，艺术系妖里妖气"，这两句贬中带褒。其他物理系、数学系、政教系等，也都有顺口溜，只是我已经忘记。这些顺口溜，尽管有点俗，但简洁生动，如简单素描，客观上为各院系做了广告。

《红楼梦》沙龙夜间举行，三五同学，寝室联诗，即兴出句，各骋才情。有一次内容是吟咏"十二钗"。寝室长李建伟主持，"红学家"徐保合起句，"今夕梁园地，"下接，"陋室处天骄。居以肃静名，"下又接，"光棍十二条！"引起哄堂大笑。然后继续："日里攻书忙，"道，"夜间闲情高。枕边论红楼，"下接道，"群芳尽妖娆。湘潇美若仙，"下接道，"玲珑心七窍。蘅芜丰且媚，"下接道，"蛾眉心机高。"这样一路联诗，气氛愉悦活跃，情形也很浪漫，很有点中文系大学生的特点。吟罢了小姐，又要吟丫鬟，诗云："侍婢岂凡品？寒门有俊鸟。俏丽平姑娘，虎穴舞飘飘。柔身伴辣主，曲意护弱小。刚烈鸳鸯女，投缳比高蹈。引颈成一快，奴身有风标！"联诗至此，便有人感伤。寝室长说罢了罢了，索性结句，都去睡觉！于是徐保合总结道："红颜迷人眼，褒贬费辞藻。高下难定夺，铁塔铃声绕。都去就枕衾，红楼一梦遥……"

五 回望人生路，河大最关情

俺寝室人有个习惯，星期天去逛街。必然要逛市中心的马道街，那条街当时很繁华，附近还有相国寺。还要逛书店街附近的字画店、书店，往往只看不买，过过眼瘾，原因简单，兜里缺钱。俺寝室人还有个习惯，天黑前要打篮球，当时与历史系合用一个篮球场，这边刘伯欣是队长，李建伟是主将，史德祥发球，马培中投篮，我跑来跑去满场飞，也不知自己啥角色。

打完篮球，出一身汗，痛快淋漓，回到寝室。窝在寝室读书的徐保合，见我们几个回屋，便从书本上抬起头，不问孙钦良，单问史德祥："你今天，发了几个球？"意思是你打篮球，向来只会站那里发球，还不如我在寝室看书呢。史德祥微笑不语，侧身来看保合的书，一瞧又是教材《中国历代文论选》，则说："一切理论都是灰色的，唯生命之树常青！"意思是徐同学只知道看书！却不知道锻炼身体。

同学各有才华，有的健谈，有的浪漫。有的不拘小节，有的却非常讲究。史德祥同学最重仪表：他有美发在头，乌黑发亮，纹丝不乱。他有皮鞋在足，永远锃亮，一尘不染。他腰杆笔挺，似岩上孤松；他两眼平视，大道直行。我行我素，特立独行。动笔写诗，挟雷带风。他最有个性，当时是校园诗人，后来成为知名诗人。王增文同学，举止稳重，白净书生，学习认真，谨言慎行。李长起同学与我住一个上下铺，瘦高个，亮眼睛，心有尺度分寸，脸上线条分明，四年间我和他每年换着睡上下铺，相处很好。

最后，这个寝室的同学无人考研，全部随河大七七级于1981年年底毕业，1982年元月分配。我被分配到洛阳地区人事局工作（后调到洛阳日报社工作）。李建伟留校后担任新闻与传播学院院长。刘伯欣分配到洛阳第二师范学校教书。徐保合分配到安阳第一高中成为很优秀的语文教师。其他同学，各有所成，有的当法官，有的当教授，有的下海经商，有的出国拓展，其间互通信息，时有谋面。但其中有一些同学，毕业至今再没见过！但相信他们和我一样，无论走到哪里还是一个"铁塔牌"——从一个寝室看河大七七级，看到的是一个时代，看到的是花繁果丰。

作者简介：孙钦良，1977级本科生。

在河南大学读书的日子里

王增文

我于1977年年底参加高考，1978年3月入开封师院中文系读书，不久学校更名为河南师范大学，1982年元月我从这里毕业，前后整整4个学年。毕业不久，学校又恢复河南大学校名，为了与现在的河南师范大学相区别，我们总是称母校为河南大学，因为这是她最标准的名称。河南大学校园北边有一座巍峨的铁塔，我们这些整天眼望铁塔、耳听塔铃声的河大学子，总称自己是"铁塔牌"，并为此而感到骄傲和自豪。河大四年的读书生活，给我留下了许多非常美好和终生难忘的记忆。

一 师恩难忘

河南大学是百年老校，1949年前是国立大学，师资力量特别雄厚。虽然经过1952年的院系调整，农学院、医学院、行政学院分别独立办学，水利、财经等院系也先后并入其他高校，学校降格更名为河南师范学院、开封师范学院，但文科院系并未伤筋动骨，所以实力犹存。

我所就读的河南大学中文系实力最强。当时教授有任访秋、华锺彦、高文、于安澜、龚依群、牛庸懋等先生，副教授有王梦隐、滕画昌、陈信春、王宽行、宋景昌、何法周、刘增杰、李春祥等老师，当然还有一大批优秀的中青年教师。由于"文革"十多年没有评职称，所以当时的老师职称都很低，有的三四十岁了还是助教，但是他们水平都很高，敬业精神强，特别是对学生非常热情。

河南大学中文系当时最著名的教授是任访秋先生。他年轻时肯定个子很高，但我们上学时他的腰弯得厉害，两只手也往后伸着。他当时是系主任，还是省政协的兼职副主席，中国现代文学学会的第一任副会长，可能是因为工作忙，所以给我们上课很少。我听过一次他讲的专题课，学术性很强，但说实在的不是很生动，可能是因为我水平低听不大懂的缘故。但我当时很喜欢看他的文章。当时的《河南师大学报》上经常刊登他的论文，主要是近代文学作家论，一篇论一个作家，如论龚自珍、魏源、黄遵宪、严复、康有为、谭嗣同等，这些文章写得旁征博引，深入浅出，同学们都很喜欢读。现在想来，正是任先生的文章给了我最初的学术启蒙。

当时给我们上课最多的老教授是华锺彦先生。华先生个头不高，但腰板很直，身体很健壮。他主要是讲先秦文学，很有激情，学术水平又高，所以讲课条分缕析，见解新颖，纵横捭阖，妙趣横生。他逐字逐句为我们讲解《离骚》，具体分析屈原的"美政"理想；他还擅长古诗吟唱，拖着长腔，音韵悠扬；他一手拿着板擦擦黑板，一手竖排板书，字体端庄遒劲。华先生还是一位诗人，当时学校主办文艺晚会时，经常可以见到他出场吟唱古诗或朗读自己的诗篇。

当时的副教授后来都成了知名的教授，为我们上课较多的是王宽行、宋景昌、李春祥老师。王宽行老师主要讲毛泽东诗词，他特别有激情，声音很高，在能容纳200多人的大教室里上课从来不用扩音话筒；他也讲《木兰诗》等古诗，分析很深入，往往有自己的独特见解；但他的板书比较潦草，写得也比较乱，往往仅是达意而已。宋景昌老师被错划过"右派"，经历过坎坷，也有人说宋老师落魄时曾当过说书艺人，不知真假，但宋老师给我们讲唐代文学，上课时确实有说书艺人的特点，手舞足蹈，语言特别生动，听他的课让人感到特别轻松愉快。李春祥老师主要讲元明清文学，他温文尔雅，治学很严谨，讲课也特别认真。给我们上课的老师还有很多，如陈天福老师讲现代汉语，毕桂发老师讲文学理论，吴君恒、马荣连老师讲文选与写作，王文金老师讲现代文学，滕画昌、魏清源老师讲古汉语，卢永茂、严铮老师讲外国文学，白本松、张家顺等老师讲古代文学，他们都非常认真。我从他们那里学到了很多知识，当然还有治学的精神和师德风范。

让我非常难忘的还有指导我写作毕业论文的李博老师。当时临毕业时每人都要写一篇毕业论文。我不知道毕业论文该怎么写，只是借来《国语》读了几遍，又把各种文学史上对《国语》的介绍收集起来，于是就以"试谈《国语》的思想和艺术"为题目，写出了一篇5000多字的初稿，送给李博老师批改。李博老师看后，说我的文章题目太大，内容太空泛，说《国语》的特点是长于记言，你就重点写写《国语》记言的特点吧。这一下子可把我难住了。本来我的文章谈《国语》长于记言只有一段话，现在让我把这一段话扩充为一篇不能少于5000字的论文，这该怎么办呢？于是李博老师启发我，让我再反复读《国语》原著，归纳出《国语》记言的几个特点来。我不能跟老师"叫板"，只好再去读《国语》原著，把《国语》中的人物对话都抄录下来，制成卡片，反复比对，历时一个多月，终于归纳出《国语》人物语言的逻辑性强、形象生动、个性化、口语化等几个特点，于是又以"试谈《国语》记言的特点"为题目，写出了一篇5000多字的文稿。我把这个文稿又交给李博老师审阅，这一次李老师看后基本满意，只是认为谈《国语》人物语言逻辑性强一段论述还不够深入和准确，于是又建议我向政教系一位专门教逻辑学的老师请教，并且给我写了推荐信。我拿着李博老师的推荐信找到那位逻辑学老师，这位老师非常热情，帮我详细分析了《国语》中的几段人物语言如何逻辑性强，从推理到判断，从大前提、小前提到结论,反复讲解,让我茅塞顿开,很受教益。我按照老师的指教又认真修改文稿,这第三稿交给李博老师,李博老师终于满意地笑了,给我的论文打了优秀。现在想来,正是李博老师对我的严格要求和认真指导,才使我初步懂得了应该怎样写作学术论文,才初步把我引向了学术之路。

我非常感谢河南大学中文系当年教过我的老师们!难忘恩师,师恩难忘!

二　我最喜欢的图书馆

河南大学有一个很好的图书馆,那是我最喜欢也是最常去的地方,几乎天天都去。

河南大学当时的图书馆是在六号楼和七号楼,六号楼是借书的地方,七号楼是阅览室。这两栋楼都是近代建筑,古色古香,特别是七号楼,雕梁画栋,叠檐飞阁,显得特别高贵典雅,温婉秀丽,所以又被人称为"河大美女楼"。到这里借书和读书,心里总有一种庄严和神圣的感觉。

河大图书馆藏书特别多,当时就有一百多万册,特别是还有十多万册线装古籍弥足珍贵,报纸杂志也比较齐全。河大图书馆应该是当时全国高校中,藏书最丰富特别是珍藏古籍最多的图书馆之一。

河大图书馆的管理也非常好,当时的馆长姓什么我忘记了,但他的音容笑貌给我印象很深,感觉他很有修养,非常负责任,我们经常看到他在图书馆里忙碌。有一次他还动员我写读书体会,因为图书馆里经常办有图书读后感之类的专栏。当时图书馆自动化水平低,管理员工作量很大,特别是书库负责借书找书的老师,往往里里外外找书抱书,很忙很累,但他们态度都很好,服务很热情。阅览室里是半开架式阅览,靠通道有很长很长一排书架,放有各学科的比较常用的很多书,书脊朝外,同学们在外边看中了哪本书,就让管理员从里面拿出来，把借书板插在那里，然后拿着书在几个阅览室里任意找个座位坐下阅览。阅览室里特别安静，坐在里面看书也是一种心灵境界的陶冶，有时不小心拉椅子什么的弄出点儿声响，就会感到很惭愧，因为整个阅览室里几十上百人都很安静，自己也自然会受到感染。河大图书馆开放时间也比较长，特别是阅览室，就是星期日也是开放的。

那时我们上课一般都是上午3节课，下午大多没有课，所以每天上午第4节和下午，还有星期天，我们总是喜欢结伴到阅览室里去，时间短就翻翻报纸杂志，时间稍长些就借本书安静地看书。我是特别喜欢到阅览室看书，因为这里想看什么书基本上都能借到，看书的效果也好，同时来这里好像还能净化心灵。

我的体会是，好的大学不仅要有优秀的老师，而且同等重要的是要有一个好的图书馆，因为大学生特别是文科生的主要任务就是读书。河大图书馆，正是我们河大学子阅览求知安放心灵的最佳去处，是一座文明和文化的圣殿。

三 当时的学风真好

河南大学一直有着良好的学风，我们1977级学生在校学习时学风尤其好。大家深深感到"文革"十年浪费了宝贵的青春年华，在高中毕业多年之后又考上了大学，学习机会难得，总想把过去浪费的时间补回来。可以说，当时大家一天到晚满脑子想的就是学习。

早晨起床的铃声一响，大家总是从床上一跃而起，先是洗脸、刷牙、跑步，接着是听着学校的广播做广播体操，然后就是晨读。至今我还忘不了当年晨读的情景，校园里到处都是捧着书本的学生，或坐或立或慢走，或背诵或朗读或默读，一片读书声呀！我喜欢在早晨背诵古文古诗，每天早晨总要背诵一两篇。屈原的《离骚》那么长，373句，当年我利用一周的晨读时间就背诵下来了。每天晨读的时间大约是 1 个小时，但总有一些同学到了早饭时间还不回去，他们生怕买饭排队浪费时间，所以总要错过买饭的高峰，以赢得 10 多分钟的宝贵时光。

吃过早饭，大家听着广播里的歌声往教室走，那是一天中最惬意的时光。到了教室，大家总想往前面坐，有些同学头天晚上就已经用书本或坐垫把前几排的位子占着啦。到了老师上课的时候，大家总是认真地记笔记，总想把老师所讲的每一句重要的话都记下来。课间的时候总有同学围着老师问问题，也有同学翻看别人的笔记补充自己的记录。上午多是 3 节课，大家下课后总是赶快往图书馆跑，或者是借书，或者是去阅览室翻翻报纸杂志。见缝插针呀！

吃过午饭，大家总是习惯睡会儿午觉，令人感动的是有些特别爱学习的同学很少在寝室床上睡午觉，而是要到教室里去看书，看累了就趴在教室课桌上睡一会儿，睡醒了就到外边水龙头下洗把脸再回教室里接着学。

下午课外活动时间或者晚饭后，也有不少同学要到外边活动活动，到铁塔公园里去散散步。但那时几个同学一块儿出去散步都是背着书包的，总是拿着书边走边看，很少并排走，总是一前一后，互不打搅。一起说话的时候也总是交流学习体会，或者朗读自己的诗作，抒发青春的梦想。

最难忘的是河大的晚自习，当时各系各班虽然都有固定的教室，但学生并没有固定的座位，我们上晚自习总爱到历史系、数学系的教室去，因为到外系的教室去大家都不认识，就免去了许多寒暄和打搅，况且到人家教室去肯定不能乱说话，学习效果自然就特别好。

还有一点，当时学校为了让学生按时作息，教室、寝室里都实行灯光管制，一到晚上 9 点 30 分，教室里就停电啦，一到 10 点多，寝室里也就灭灯啦，生怕学生过于劳累。这样一来，那些特别想多学一会儿的同学就有意见啦。意见还非常强烈，反映到学校，学校没有办法说服，只好在数学系里安排了一个长明灯教室，供全校那些有特殊需要的学生在里面学习。

现在想来,那时我们对学习真是如饥似渴,废寝忘食。学校管理者的任务不是要督促学生读书,反而是要督促学生多休息,别太累,这种学风,真是令人难忘和怀念呀!

四 乐在艰苦中

我在河南大学读书的时候,"文革"刚刚结束,百废待兴,物质条件非常差。

当时的开封绿化远远没有今天好,经常风沙弥漫,河大校园旁边古城墙残垣断壁,下半截多被风沙覆盖着。河大的学生宿舍是校园北半部的一排排平房。刚开始时我居住的寝室是乙8排最东头的一间,后来搬到乙6排6号。住在这里,冬天的时候特别冷,夏天的时候又特别热。房间里没有电扇,更没有空调,甚至连个窗帘布也没有。我记得当年夏天住在这里,床上铺个小蒲席,每天晚上都会被汗水浸透。

教室里条件也很差。我所在的中文系77级6个小班分两个大班上课,我们5班属于后大班,固定在10号楼的124教室上课。教室里没有课桌,而是一排排的木连椅,木连椅的后背上钉着一块长条的横木板,有七八寸宽,那就是我们写字的"课桌"。

我们上大一的时候,用的教材是油印的讲义,到了大二的时候才开始发铅印的教材。更可怜的是,那时候商店里连个笔记本也不容易买到,为了记课堂笔记,我曾经买不到笔记本,只好买了几本写毛笔字用的大字本来记笔记。

当时我们个人的生活条件就更困难啦。上大学4年,家里几乎没有给过我什么钱,我主要是靠国家资助的伙食费和助学金生活。伙食费每月14元,36斤粮票,并不发现金,只发饭菜票。助学金平均每生每月3元,家庭条件好的不发,农村来的家庭条件差的学生每月可领 4 元。这 4 元助学金供我用来买日常用品和衣服，实在不够用，所以我常常到伙食科将菜票换成现金来贴补。那时吃饭很艰苦，早饭常常是馒头加咸菜，偶尔吃个鸡蛋就是奢侈。学校每到周末都在大礼堂里放电影，电影票偏排位置是每张 5 分钱，位置较好的是 1 角，最好的是 1 角 5 分。每次电影票发下来，我们都是争着买 5 分钱的票。

记得让我最尴尬的一件事是在大一的时候，有一天早晨出去跑步，因为天还没有大亮，又刚下过雨，我的一位室友一脚踏在一个小水坑里，污水溅了我一身。等到上课的时候，我穿的深色裤子被风干了，上面显现出很多泥点。但没有办法，我没有别的裤子可更换，只好穿着这布满泥点的脏裤子上课，引来了不少同学关切和诧异的目光。中午回到寝室后，为了洗裤子，我只好暂借室友的裤子穿。

但是，那个时候虽然困难，我并没有感到艰苦，反而感到很快乐，很幸福。这一是因为当时我刚从农村来到城市，条件已经比在农村时好多啦；二是当时的同学多数都来自农村，都很困难，就是城市干部家庭出身的同学也是穿着补丁衣服，所以与周围同学比，反差也不是太大；三是当时我们一心扑在学习上，总是以学习上的收获作为最大的精神愉悦，所以很少有人讲究吃穿，很少考虑生活上的琐事，只要能够满足最低的生活需求，只要有教室可以上课，有图书馆丰富的藏书可以阅读，也就感到很快乐很幸福了。

五　难忘中文系 77 级 5 班

我在河南大学中文系读书时，所在的班级是 77 级 5 班。班里共有 40 位同学，其中有 10 位是女同学。

我们班有一位特别优秀的班长，他叫廖奔。他出身书香门第，长得高大英俊，是当时典型的"高富帅"。上大学之前，他就已经是一个知青农场的党总支副书记。这个人非常正派，其最大的特点是务实，不搞花架子。当时"文革"刚结束，人们的思想还很"左"，学校还经常让各班组织政治学习，但我们班很少开会，领导安排必须开的会也很少念报纸，而是有事说事，没事散会。廖奔特别关注的是让大家把精力都放在学习上。他自己就是一个刻苦学习的典范，每次考试他总是班级第一名，毕业当年就考取了中国艺术研究院的硕士研究生。后来他能够成为一位著名的戏曲史家、戏剧理论家和文化学者，中国文联和中国作协的副主席，绝不是偶然的，而是他特别踏实、刻苦的作风使然。

与廖奔同寝室的还有一位特别爱学习的同学叫何德功，上大学之前他好像是县广播站播音员，普通话特别好。他经常和廖奔在一起学习，特别刻苦用功。后来毕业后他考取了中国社科院的博士研究生，分配到新华社工作，曾经是新华社驻日本和美国的高级记者。

我们班当时特别爱学习的同学还有黄笑山和刘静。记得当年上课的时候，黄笑山的笔记记得最全，他当时用比较时髦的活页纸笔记本记笔记，让我特别羡慕。刘静是一位女同学，上大学前是高中语文教师，成绩特别好，学习也特别认真。后来黄笑山和刘静都成为古音韵学方面的知名专家和博士生导师。

我们第三组的男生住在乙6排6号，寝室里共有12位同学，彼此团结友爱，互相关心帮助，大家学习也都非常刻苦。李建伟是我们的寝室长，他为人特别和善，善于交际，人缘特别好。大学4年，我们一直是最好的朋友，经常一起去教室和图书馆学习。他学习也非常认真，字写得又好又快，我经常抄他的课堂笔记。建伟后来留校工作，成为新闻学方面的知名教授和专家，前几年刚从河南大学新闻与传播学院院长的岗位上退下来。还有徐保合、李长起、孙钦良等几位同学，我们也经常在一起学习。徐保合为人非常实在，学习特别认真，各门功课成绩都很好，后来他毕业后分到安阳一高，成为一位特别优秀的高中语文教师。我们寝室还有一位同学叫史德祥，他当时爱写朦胧诗，后来成了一位在地方上很著名的诗人。

我们班是一个非常友爱、敬业的优秀群体，毕业后40位同学或从教，或从政，或经商，或在新闻出版部门工作，都做出了非常突出的成绩。现在已经毕业30多年了，大家天各一方，但每一位同学的音容笑貌还如在目前，让我永志不忘。

六　遗憾英语没学

我在河南大学读书的时候，还算是一个比较认真的学生。专业课除了语言学概论听不大懂，其他课程学得还算比较扎实。至今感到特别遗憾的是英语没有学好。

我在农村上高中时没有学过英语课，所以读大学时上英语课实在跟不上。为了照顾像我这样的没有英语基础的学生，河大当时英语课分了快班和慢班，但我在慢班听课仍然很吃力。英语课是语言练习课，老师与学生互动较多，经常让学生站起来读课文，越是读不好老师就越是点名让读，搞得我每次都非常尴尬。过了一两周，我感到实在难受，一早晨背几个英语单词往往第二天就给忘了，听课像听天书一样，看到班上有几个同学都不再去听英语课，于是我也干脆放弃了。后来英语考试时，因为不少同学都没有学好，老师监考时睁只眼闭只眼，大家互相抄一抄，也都过关啦，没有影响毕业。

但后来我才感到了没有学好英语的遗憾。毕业后我在一所地方高校从事中国古代文学的教学和研究工作，说实在的在专业上也根本用不着英语，但是要想考研继续深造，英语是必考科目，所以看到别人读硕读博，而自己因为没有学好英语，从来没有进过研究生的考场，这大大影响了自己在学业上的进步，真是遗憾呀！如果时光能够倒流，再难我也应该咬牙坚持，决不轻言放弃。真是少壮不努力，老大徒伤悲呀！

作者简介：王增文，1977级本科生，商丘学院人文学院院长。

圆梦之启航

张国臣

人生，有一个目标叫梦想，有一种力量叫信仰。

我出生于中岳嵩山南麓的登封市宣化镇，小时候读书，老师问学生长大的愿望梦想，我回答："当作家，写好书！"

河南大学文学院，是我圆梦之启航地。

一　探讨掌握读书写作的密码

人生能量的发挥得益于机遇。机遇只偏爱那些有准备之人。

1977年党中央英明决策，恢复高考制度。河南高考作文题目是《我的心飞向毛主席纪念堂》，我参加高考获得登封市"文科状元"。1978年3月3日上午，兴致勃勃地到开封师范学院中文系（今河南大学文学院）报到。

师者，传道授业解惑也。我毕业于登封第一高中，语文老师吴应奎是开封师院中文系毕业，是位全市模范教师。他指导我报高考志愿时说：开封师院创办于辛亥革命第二年，校园古树参天，建筑高雅；校风严谨，朴实创新。范文澜、冯友兰、郭绍虞、姚雪垠等著名专家学者都曾在此教书育人，形成"明德新民，止于至善"的校训。要求学生通过学习实践，培养和发扬优良的品德，用自己所学启发民智，担当社会责任；要求学生实现全面健康发展，达到尽善尽美的最高境界。古老的师院培养出众多名人才俊，为中国教育和八朝古都开封增光添彩。

我崇拜热爱开封师院！报到的当天下午，登封老乡史凤英同学便带我参观了校图书馆，借了书。我的家乡当时很穷，缺食少书，我曾手抄《唐诗三百首》。当我看到学校那百万册藏书，竟高兴得跳了起来。同班同寝室的张大新同学见我抱书的高兴样儿，笑着说："哈哈，看把国臣喜的！"书啊，我是多么地喜爱！

书是人类进步的阶梯。举家全凭一支笔，立命仰靠四壁书！

"考上大学本科怎样读书？"中文系系主任任访秋教授在10号教学楼上第一课，教导我们：一是实事求是，"知之为知之，不知为不知，是知也"；二是"牛嚼"精读，要把中外名著认真分析记之，"不动笔墨不读书"；三是"鲸吞"泛读，要博学，扩大阅读量，对有的书重看前言、后记，知道即可。这是任先生半个多世纪的成功治学之道！

大学，即大学问家之学，是提供教学和研究的高等教育机关。环境可以教育人，可以改造人，可以成就人。与凤凰齐飞，必是俊鸟；与虎狼为伴，定为恶兽。看一个人能走多远，看他经常与谁在一起就知道了。我照任教授的话去做了。坚持每天读书，写下日记，养成了寝室—教室—图书馆三点一线的学习生活习惯。

习惯决定成败。世界上的任何一件事情，只要能坚定不移地持续加强之，就会形成习惯。四十多年来，我珍惜时光，读书写作成为工作生活的一部分。近几年来，我的《嵩山的流·箴言卷》《嵩山的记忆》两本专著，就是根据我的读书笔记和日记整理出版的。回读日记，我看到了自己成长路上的坎坷印记，也体会到自己思想认识的逐渐提高和成熟。评论家认为，该书"不仅仅是一部笔耕回忆，也是一部精神传记，更是一种存史之举！在一定程度上可以作为中国改革开放这部恢宏交响乐的一个生动的音符！"读书的方法是多么重要啊！

学习的目的在于创造。"写作的密码在哪里？"

实践出真知。1981年12月，我们开始写大学毕业论文。怎么写论文？我的导师岳耀钦教授，学识渊博，德高望重，教授"现当代文学课"，讲得条理清晰，生动感人，很受同学们欢迎。他待人和蔼可亲，几次邀我到他家中吃饭谈心，教导我怎么做学问，怎么提炼主题观点，怎么写好论文。我明白了写论文的"归纳法""演绎法""归纳演绎共用法"等论证方法，顿悟出在主论点、分论点的论证中，每一段的第一句是本段的中心句，整段的内容应围绕中心句分层次论述。真是拨云见日，受用一生！在岳耀钦教授的悉心指导下，我的毕业论文获得优秀，获文学学士学位。科学的方法是成功的金钥匙。1999年，我在职攻读河南大学经济学院许兴亚教授的政治经济学硕士，2002年，我在职攻读华中科技大学管理学院黎志诚教授的管理学博士，毕业论文都获得优秀。

国之兴废，在于政事；政事得失，由乎辅政。以文辅政，谋在其中。参加工作后，进入机关的秘书人员，"身在兵位，胸为帅谋"，看家的重要本领是什么呢？

写作！学贵于用，用贵在思，思贵创新。参加工作，我从河大党委宣传部到郑州市委、河南省委机关，把在河大中文系学到的写作方法，运用到文秘工作实践中，逐步体悟到写文章如同盖楼房的道理，总结出起草文稿的"五步法"：一是广泛调研学习，收集"砖瓦材料"；二是研究提炼材料，创新"大楼亮点"；三是列出三级提纲，勾画"四梁八柱"；四是精心撰写初稿，务求"窗明几净"；五是集体朗诵修改，实现"楼高坚美"。2006年4月27日，我在省委政法委机关全体干部会议上，谈了机关公文撰写"密码"："袖手在前，疾书在后"的写作准备，起草过程的"写作五步法"，写作逻辑结构"是什么、为什么、怎么做的三段论"，"吟安一个字，捻断数根须"的写作技巧，等等。旁征博引，形象生动，引得阵阵掌声。

　　学习什么，相信什么，就会发生什么。宇宙的吸引定律就是这样。我深信河大中文系老师教导的读书写作的规律方法，逐步学习掌握了撰写密码，理论创新和实践创新紧密结合，获得了事半功倍的效果，由必然王国走向自由王国。2005年元月，我任河南省委政法委常务副书记，结合实践创新，在中央媒体和全国核心期刊发表多篇法学论文，出版《中国省会城市治安防范管理模式研究》专著，获河南省政府科学技术进步二等奖。2006年，我组织编纂了《河南省政法志》，发表《河南政法简史》论文，中央政法委《调研报告》刊发《惩治预防渎职侵权职务犯罪》法治论文。2008年3月，我任河南省人民检察院常务副检察长，探索司法规律，完成了河南省软科学研究重点项目《中国控告申诉检察管理模式研究》，该书获河南省社科优秀成果一等奖，北京"亚洲财富论坛"授予我"亚洲最具影响力人物奖"。2010年12月，我当选河南省检察官文化艺术联合会主席，对检察文化进行持续调研思考，总结创新，完成出版了最高人民检察院重点研究课题《中国检察文化发展暨管理模式研究》，该书获河南省社科优秀成果一等奖。2015年10月，我完成出版了最高人民检察院重点研究课题《中国惩治和预防职务犯罪管理模式研究》，著名法学家樊崇义教授审后评价该书是"一部理论和实践相结合的教科书"。2016年1月，我高票当选河南省十二届人大常委会委员、内务司法委员会主任委员，主持完成了《河南省预防职务犯罪工作条例》立法调研和初审工作。2017年，主持完成了《河南省职业培训条例》《河南省老年人权益保障条例》《河南省见义勇为人员奖励和保障条例》的立法调研及初审工作，四部地方性法规全都获省人大常委会通过并实施，推进了法治河南建设。我的专著被美国哥伦比亚大学、俄罗斯莫斯科大学、日本早稻田大学、加拿大多伦多大学等大学的图书馆收藏；2013年获美中交流促进协会"世界弘扬交流文化杰出贡献奖"。

人生的青年时期，如树之成长，唯有刻苦读书，勤奋做事，养育深根，才能枝壮叶茂，充满生机，充满希望。在河大读中文，打好圆梦的知识基础，是何等的重要，是何等的幸福啊！

二　知耻而后勇

"我要当作家，这是我小时候的梦。"晚上，在大学生宿舍，初来乍到的各地同学都在述说着自己的美好愿景。这是大学生的文化沙龙。

现实生活中的水并不都是甘甜的！

性格决定命运。因为人在成长中性格会因环境、知识而有所改变，命运也必然有所改变。

对比是学习的好方法，也是人生奋进的原动力。大学一年级，不比不知道，一比吓一跳。深入学习之后，我方知不足啊！日月既往，不可复追。1966—1976年"文化大革命"的十年，荒废了我们这一代人宝贵的少年、青年学习时光，实在可惜。我在"文化大革命"期间辍学四年参加农村生产队劳动间隙，自学读小说，都是凭感觉和意思推测生字读音的，加上小学连跳两级直接上初中，没有系统完整地学过语文、历史、地理、数学等课程，基础知识不厚，常读错字。如"造诣"的"诣"，小学时老师读"zhǐ"，我们也就跟着读错了。还有"国家"的"国"，我们一直念"guái"。初到大学一年级，读汉语言文学，我在学习中愈感不足，与各地汇集到大学校园的精英一比，自己仅为中等水平，一度非常苦恼。

贫困像巨石，会压得人喘不过气来，影响学习。我家在农村，因家境贫寒，上大学时仅穿大姐送的一件的确良军上衣，穿脏了，晚上洗后，要用力甩啊甩啊，否则次日不干就只能穿湿衣服了。一日三餐，早上是5分钱的咸菜，省下一半晚上吃，中午仅仅吃1角钱的白菜豆腐，省下菜票买书；加之生活穷苦，弟弟也考上了大学，父母身体有病无人照顾，曾萌生退学的想法。

苦难，是多数人的终生必修课。每一次困难和挑战，都是苍天催促你进步的恩赐。危难之处，方见真情。华锺彦教授教我们《离骚》，"路漫漫其修远兮"，我把心中的苦恼向他倾诉，他笑了笑说，"华夏之大，英雄辈出。能发现不足，就是进步！知耻而后勇，刻苦学习，必争上游！"我去请教任访秋主任，谈了学习他开学第一课的感想和现在的苦恼，任老师听后，拍拍我的肩膀说："人生就是一场苦难的挑战。起点和终点都是一样的，幸福就在战胜困难迎接胜利的过程中。知不足，有苦恼，就是进步！大学本科，是基本之科。大学本科四年，是知识打根本基础的四年。多少年的实践证明，大学是一个学习的无烟的竞争战场。勤奋的同学毕业时，有的可以再教懒惰的同学。希望你成为一个勤奋向上的人！"多么中肯的教诲啊！

山外还有山，天外还有天。在这个世界上，优秀的人实在太多了。那些看似毫不费力的功成名就，背后都是无数个日子的默默付出！

我的舅父王登昆1938年参加革命，时任荆州地委秘书长，他写信也狠狠批评我，鼓励我珍惜良机，克服困难，战胜自我，努力成才，报效祖国。他每月从工资中给我和同在开封上大学的弟弟寄15元钱资助，这可是雪中送炭呀！我深感愧疚，重新制订了每天的学习计划、学期要达到的目标；除了省下菜票买书，还要发表文章以稿费买书。书是我的至爱，书是我的至交，书是我心中的宝贝！在1978年3月23日的日记中写道："我若是灯，就要用我的光明照彻黑暗；我若不配做一盏明灯，那么就让我来做一块木材吧，我愿意把我从太阳那里吸收的热放散出来，把我烧得粉身碎骨，给这人间添一点温暖。我愿意把自己学到的点滴知识献给人类，我愿意把自己的一点点本领献给祖国，我愿意为人民服务，做一头老实肯干的黄牛！"

人生就像一次苦难修行。老子《道德经》说得好，"非常人，非常事"。笑迎挑战，以积极的态度和科学的方法战胜困难，干自己愿意干的事，在圆梦的过程中享受奋斗的幸福。我学到了老师们的处世态度。

态度决定人生，当遇到困难和挫折，别人欺负你或是帮助你的时候，你在处理问题时的态度，就决定了你的一生。

三 不破楼兰誓不还

心中有个太阳，天天浑身都有力量。穷则思变，穷可励志，穷可督促学习，知识改变命运！

知耻而后勇。找到了不足，绝不甘心落后，我发誓要把学习和写作水平赶上去，全心地投入学习之中。白天上基础课，聆听老师的教诲，我认真听讲并记笔记。学"现代汉语"，从拼音字母开始，练习普通话，纠正方言发音；学"文艺理论"，体会艺术源于生活，主题服务政治的道理，写下心得体会。晚上自习，别人10点睡觉，我要到10号教学楼准备的"长明灯"教室学到12点，学啊，写啊，如醉如痴。

1978年4月21日晚上，接近12点，107教室仅剩下我自己。只见门有微动，我没有理睬。突然，咔嚓一声，门被反锁了。两个顽童恶作剧："看你离开不离开？"他们撒腿跑了。哎，我摇头苦笑，坐下来继续学习。"你还不离开？"窗外又扔进石子。我心想："十年动乱刚结束，儿童如此顽皮无知，可悲啊！"仍继续完成了长诗《我捧起珍贵的红领巾》。我离开教室时，仔细查看窗户，都是用钢筋钉着，只得从教室窗户上边的小窗中翻出，回到寝室休息。多亏那时自己很瘦啊！次日早上一讲，堪称七七级"学习逸闻"，同学们都哈哈大笑起来。

学习如逆水行舟，不进则退。不敢同冠军较量，就永远争不到冠军。粉碎"四人帮"，人民喜洋洋。恢复高考后，大学校园出现竞争学习的良好氛围。

艺术来源于生活,我在学习中记录了当时校园学习情境,写诗《起跑线上》:"眸子像闪电射向远方,热血已经沸腾。同学的脚尖用力蹬起,仿佛雄鹰展翅将飞越关山千重。/发令枪就是进军的号角,'啪',个个争先如利箭出弦。前进啊,胜利之花正向勇敢的强者招手,起跑线上,停恋一秒将被撇下很远……"校报发表了,同学祝贺,给了我喜悦!

勤恒精进,全面发展。大学的生活是一个舞台,丰富多彩。七七级李新增同学是共产党员,处处起模范带头作用,我们经常在铁塔湖边读书背词,讨论问题。王国平同学是军人,早上领操,吹口哨,喊口令,带我们跑步,"一二一、一二一",严肃活泼,声音嘹亮。校园学习气氛浓厚,充满生机!年级要出宣传板报参加比赛,王刘纯同学多才多艺,能写会画,邀我协助抄写板报的内文,我小时候摹写过"颜柳"书法,认真抄写。板报内容丰富,图文并茂,赢得很多人观看"点赞"。中文系搞乒乓球赛,我和同学们一起参加,过去县里集训时学的"高抛发球"技术也派上了用场。老师们感慨地说:"粉碎'四人帮',恢复高考后的第一届大学生真是人才济济!"

四　谢绝爱情苦读书

文章千古事,甘苦寸心知。世界上发生的每一件事都是有原因的。

"读未见书,如得良友;读已见书,如逢故人。"锐气藏于胸,和气浮于面;才气见于事,义气施于人。哭的时候,用全力去哭;笑的时候,用全力去笑。只要用全力去奋斗,就一定能成功!

知识改变命运。大学生正值青春期,校园里有多少男男女女谈恋爱啊!我曾在一天内收到两个女同学的信,可我都婉言相拒了。是无情?不,我非常重友谊,非常重感情!少女爱才男,谁人无初恋？我忘不了初中毕业时那个女同学所赠笔记本的留言，忘不了高中学习时那个女同学的资助和学习交流作文的眼神；我忘不了那个善良厚道漂亮的同学，春节时送我上大学，走了一程又一程，为帮助我学习，四处求人买上海牌手表送我而遭家人训斥，身患重病时，她奋力抗争，差一点自残殉身……

作品是现实的描绘。有一天，我到图书馆借来被同学读烂的《文汇报》，读卢新华的小说《伤痕》，泪流不止，抄了又抄，深为小说主人公晓华姑娘因"出身不好"被人欺凌，对深爱的人不能爱不敢爱的命运而痛哭悲伤；我忘不了晓华姑娘的遭遇，她淳朴善良、美丽天真，有的人敬慕、热追，对天信誓旦旦，可一听到她坦言"出身不好"后，男生竟像看到"猛虎"，吓得马上改变了刚刚发的誓言。"文革"中的血统论、极"左"路线，害了多少人啊！我生活中的伤痕太深，经济上也太贫穷了，只有关闭感情大门，专注真情，慎独苦读，才能忘却并抚平伤痕，奋力前行。别的同学可以在花前月下卿卿我我，自己却只能以书为伴，把图书馆当成"生活之家"。我在作文《图书馆记》中写道："走出图书馆，背依粗壮的常青树，闻着那浓郁的清香，我把拳头紧紧握起。图书馆，你是中华民族文化复兴的见证者，你是向'四化'进军的宝塔山和加油站，今天，你哺育了我们，明天，我们定将用自己的汗水浇灌出知识的新花，敬献在你的面前。"

静以修身，俭以养德。一个人在俭朴的生活中读书学习，不断地增加新知识，修养身心，在一览壁立千仞、流水潺潺诸多风景之后，就会内心强大，战胜困难，修补失误，继续前进，到达理想的彼岸。

茶叶因沸水才能释放出深蕴的茶香。每个大学生优异的成绩，都是用血汗换来的。1980年6月30日，晚上12点了，我仍在教室复习功课，这已是第14天了，突然，头有些发晕，我赶快到水池边用凉水洗头，可仍不行，从前所记的东西几乎全忘了，脑子成了一盆糨糊。怎么办，明天要考外国文学啊！我走出10号楼教室，在北体育操场跑了 1200 米，重回教室静心学习。第二天，带病坚持把考题做完……我吃了常人难以吃的苦，考试成绩连连优秀，发表的文章也越来越多。

美好属于自信者，机会属于开拓者，最终的胜利是属于正直善良、学习奋进的人。不是吗？高尔基读书，发现了搏风斗浪的海燕；弗洛伊德读梦，发现了一条直达潜意识的秘密通道；杜甫读乱，发现了"朱门酒肉臭，路有冻死骨"；白居易读草，发现了"野火烧不尽，春风吹又生"。

懂得时时感恩的人，是幸福的！1980 年 8 月 11 日，我趁暑假赴荆州看望舅父王登昆，听舅父讲他革命斗争的经历故事，并开始整理《嵩岳烽火》回忆录；8 月 17 日，我写字的手麻木了，但活动活动又开始写；10 月，我连续发表文章，因休息不好，久坐不动，天天便血，医院检查结果是结肠炎，持续吃中药调理。而此时，还有世俗无知者讥讽我："学习再好，写得再好，也是个穷光蛋，他有什么？"这再一次考验了我的意志和毅力！

诗言志，歌咏言。11 月 16 日，我在日记中写诗："你，是个农村大学生，你有什么？/是的，我没有璀璨闪亮的金钱，但我有一套书，里面藏着智慧的真言。但愿你能看清字字含的真意，页页能扇起你纯青向上的火焰。/我没有时髦华贵的衣裳来遮盖我笨拙的躯体，但我有灵魂，她明净得像嵩山的清泉。她能鉴别生活中的真假善恶，她能为改变贫穷实现目标而不息奋战！/我没有也不想继承他人向往的家产，唯有一支神笔与我日夜相伴。我骄傲，她能弹起新的英雄命运交响曲，我爱她，她代我向寥廓之正义擂鼓呐喊！我没有的，绝不懊丧，我有的，将把握追求，永远永远……"

五 笔耕不辍，大四选任校报编辑

水到绝处是风景，人经磨难更精神。生命只有遭遇一次次挫折，才能留下人生的幽香。

　　1981年的春天，河南大学校园的迎春花开了，满园花香。中文系七七级党支部书记杜运通老师教现代文学课，很受同学们欢迎。他为人正派，经常和学生谈心，鼓励学生刻苦学习，拼搏向上。一天，他找到我说："校党委宣传部向中文系党总支请援，要求选一个发表文章多且品质好的同学，现在就到校报编辑部兼任编辑，协助工作。系党总支认真研究，决定让你去，杨瑾书记上午10点和你谈话。"我利用课间操时间，准时到达中文系党总支办公室。

　　明亮的办公室里，杨瑾书记和苏文魁副书记的桌子并排放着。杨瑾书记，军队干部出身，曾参加过抗美援朝战争，身体强壮，方正脸庞，两眼发光，正气凛然，有一种将军的气质和魄力。苏文魁副书记，高挑的身材，举止文雅，是著名作家，出版了好几本诗集。同学们对两位领导都非常敬佩。杨书记热情地让我坐下，笑着说："学校在咱系里选校报编辑。这是在校学生学习期间干老师的工作，万里挑一，也是件光荣的事，你务必干好！"苏副书记拍拍我的肩头说："你发表文章多，文笔挺好。编报有编辑规律。新领域，任务重，还要上课学习。比其他同学更加辛苦，要统筹兼顾啊！"语重心长，句句真切，多么好的领导、老师啊！"坚决服从组织决定！"我握着他们的手，大声说，"保证完成任务，为中文系争光！"随即，我就到校党委宣传部见了申志诚部长，申部长高高的个子，满脸笑容，说话声如洪钟，握着我的手："感谢中文系的鼎力支持，我看过你写的作品，政治观点鲜明，文笔流畅秀美，挺好！今后，你既要上课读书，还要学习编辑业务知识，帮助编稿，要注意保重身体啊！"他亲自带我到校报编辑部，安排了办公桌。从此，我白天上课，晚上加班，对投稿的文章进行修改、整理、润色，向编辑业务方向前进。

　　一个人毕其一生的努力，就是在整合他自童年时代起就形成的性格。

我喜爱编辑。小学、中学即主编班级"学习园地"、学校《元旦特刊》等。吃亏是福，多干工作能增加知识并提高工作能力。我从组稿、编稿、画版、标字体字号开始，认真学习编辑业务，了解编辑重要消息的"引题、主题和副题"，掌握消息写作的"五个W"、导语的13种写法、结尾的5种写法，通讯的三大要素——记叙、议论、抒情的灵活结合运用，等等。把握编辑规律，熟悉编、排、校、印、发的全过程，亲自到印刷厂和工人师傅一起改版、签印。一期又一期，报纸的质量提高了，师生们爱看了，我也因此多次受到表扬。

编辑、思索，开拓知识的犁铧。编辑，指对作品等进行谋划和编写；主编，即某种出版物编辑事务的主持者。优秀的编辑或主编，需要一定的文字水平和组织能力，既要有对课题选项敏锐的战略眼光，又要有组稿、审稿、改稿、校稿、编稿等业务水平。

王文金老师教我们七七级诗词课，旁征博引，生动有趣，抑扬顿挫，引人入胜。我们至今耳畔仍有他那"如连珠翠玉不绝而来"的美妙声音，眼前仍有他那"小荷初露尖尖角"的形象比喻，心中仍记着他讲的"荷花定律"揭示出的宇宙深刻的真理：成功需要厚积薄发。只要有一定的量变积累，才能达到最后的质变。只要坚定信念，每天都比前一天有所突破，荷花就会在第三十天一夜突绽，花满池塘。

我非常感谢河大党组织的精心培育，在我上大学读书期间即安排我参与编辑业务！虽然累些、苦些，但增加了知识，锻炼了身体，磨炼了意志，学到了本领，提高了才干，为以后我从事新闻编辑出版工作做了基础性的准备。1982年元月，我大学毕业后即分配到校报工作。当年5月，受组织重托，为迎接70年校庆，夜以继日编写完成《河南大学概况》一书，累得吐血住院。校领导李润田、靳德行等老师支持我工作之余搞科研。1984年，我应邀主持编写出版9本"少林武术"系列丛书，《少林气功》《少林搏击术》等影响海内外；同年编注《少林诗词选》，中国佛教协会会长赵朴初题写书名志贺。1985年年初我任《河南大学报》编辑部主任，认真研究遵循报纸出版规律，亲力亲为，改革创新，使校报质量名列全国前茅；1986年，应邀编撰出版《中国艺术之最》，获河大优秀科研奖；1987—1988年，为庆贺中国恢复高考10周年，在河大党委支持下，我发起组织全国600多所高校校报推荐恢复高考10年来在高校校报发表的优秀文学作品，并进行点评，主持编纂出版了"中国当代大学生优秀文学作品赏析"丛书（诗歌、小说、散文、杂文四卷八册），全国政协副主席苏步青教授亲撰总序，认为"这套丛书内容丰富，有着强烈的时代气息，较全面地反映了当代大学生的精神风貌和艺术才华，具有较高的欣赏价值和史料价值"，"填补了中国当代文学史上校园文学的空白"。获河大优秀共产党员称号。

　　1988年11月，我调任中共郑州市委办公室副主任，从事调查研究及重要文稿撰写工作。1990年3月，我任《郑州晚报》社社长，坚持正确的舆论导向，建立奖惩机制，推进信息化建设，成为全省第一家"告别铅与火，使用光和电"的报社。狠抓报纸业务，亲自采访现场新闻，获全国晚报短新闻大赛奖。主编出版了150万字的《花鸟诗歌鉴赏辞典》。1991年10月，我任中共郑州市委副秘书长兼市委办公室主任，统筹协调，积极献策，主编出版了160万字的大型文化辞书《中国文化之最》，被史学家誉为"弘扬中华文化的壮举"。1996年，河南省委公开选拔副厅级干部，在领导和同志们支持下，我连过笔试、面试和考察三关，任省委政研室副主任，为省委起草大量文稿，组织编辑李长春书记文集《团结奋进振兴河南》；2001年，我任河南省委政法委副书记，组织编辑《怎样当好"一把手"》文集；2002年7月，我兼任河南省社会治安综合治理办公室主任，主持起草编写《〈河南省社会治安综合治理条例〉释义》一书，推动了河南社会法治建设！

　　编辑是学习的载体，能总结发现美和丑、好和坏、对与错，真是笔临墨海思千古，背负云天望八荒！

六　冯友兰"三松堂"精神长青

精神就是光明，人类的心灵需要理想更甚于需要物质。

九层之台，起于累土，千里之行，始于足下。吃水不忘打井人，1984年，时任河大党副书记靳德行教授交给我一项重要任务，我作为《河南大学报》的记者，采访河南大学初创时期的文科主任冯友兰先生。

5月的一天，我经过一夜的火车颠簸，到达北京。上午，先与北大党委宣传部的领导联系，他们很热情，约定下午三点，我前往北大燕园的三松堂，拜见敬爱的冯友兰主任。

三松堂是冯友兰先生的寓所。我轻轻敲了三下大门，他的女儿冯宗璞女士开门迎接。"你是河大的吧，爸爸在等你。"她把我引进冯友兰先生的书房。

啊！书柜里、书桌上都是书，可谓汗牛充栋。冯友兰先生在看书。"我是河南大学的张国臣。"冯先生马上起身，握住我的手，让座沙发。他满头白发，长髯飘胸，两道浓眉下，圆眼发亮，炯炯有神。这就是中国当代著名的哲学家、教育家啊！

我扶冯先生坐下，为他倒好茶，向他转达河南大学领导和老师对他的问候，先生非常高兴！交谈中，他回忆起在南阳唐河县祁仪镇那段"重记忆轻理解"的童年读书生活。他说，中国人学习，就应该从中国文化的最基础开始，代代传承。1902年，先生7岁上学，先读《诗经》，次读《论语》《孟子》，再读《大学》《中庸》，母亲吴清芝教他反复吟诵。"真是一个伟大的母亲！"我感慨道。先生说：母爱无边。一个母亲至少可以影响三代人！

读书不仅能改变人的气质，而且能养育精神。

冯友兰先生数十年如一日持续学习。他很爱河大。见到母校的人，兴致特高，回忆起在河大读书工作的岁月。他说，1911年春，他考入开封中州公学（即今河南大学）的中学班读书，1915年9月，考入北京大学，开始接受比较系统的哲学教育。1920年1月，考入美国哥伦比亚大学研究院学习，师从实用主义大师杜威。1923年学成回国，任中州大学（今河南大学）哲学教授，并兼任文科主任，创办中州大学的文科专业。先生说，他讲中国哲学史，学生听课认真；办文科，学生学习勤奋，学风朴实严谨。言辞间，冯友兰先生充满对河南大学的殷殷之情。

冯先生数十年如一日持续写作。他盛赞中岳嵩山文化。他认为他的哲学文学学术与中原文化、嵩山文化紧密相连。他向我讲起他创立的"新理学"。1939年至1946年，先生厚积薄发，连续出版了六本书，分别是《新理学》《新世训》《新事论》《新原人》《新原道》《新知言》，创立了新理学思想体系。先生"贞元六书"立言，成为中国当时影响最大的哲学家。先生说，登封的嵩阳书院，是中国北宋时期四大书院之一，程颐、程颢曾在那里讲学，新儒学理论对他影响很大。

冯友兰先生数十年如一日持续研究创新。他对中华文化充满自信。他说，中华五千年文化是个宝库，生生不息。儒学、道学、佛学，是中国文化的三大支柱，在中岳嵩山都有体现。只有把优秀传统文化贯穿国民教育始终，让其活起来传下去，中华民族才能屹立于世界民族之林。中国五千年的文明史，优秀传统文化积淀着中华民族最深沉的精神追求，代表着中华民族独特的精神标识，是中华民族生生不息、发展壮大的丰厚滋养。1984年，冯友兰先生和北京大学著名学者张岱年、朱伯崑、汤一介等共同发起成立了"中国文化书院"，属于大学后教育学术研究高等学府，吸引全国有志青年，利用业余时间继续学习。中国文化书院的宗旨，就是通过中国传统文化的研究和教学活动，继承和弘扬中国优秀文化遗产，提高研究水平，促进中国文化的现代化。

"人的精神也和自然力一样，有巨大的潜力。你们年轻人要加倍努力！"冯先生说得字字入理，我听得津津有味，不时记下谆谆教诲。原定谈1个小时，不知不觉2个多小时过去了。宗璞女士拍下先生教导我的照片。

冯先生送我到门口，指着院子里的三棵松树说："我现在正在编《三松堂全集》，成书后送你。"我紧紧握住先生苍枯有力的大手，连连致谢告辞。

走出先生寓所，我回头望去，只见院中三棵松树枝叶茂盛，虬枝挺拔，直冲云霄！

啊，我猛然醒悟，这三棵松树，不就是敬爱的冯友兰先生"活到老，学到老，写到老"的伟大学术精神吗！学习如逆水行舟，不进则退。我要继续读书，报考进入"中国文化书院"学习，就像冯友兰先生那样，生命不息，学习不止，写作不止，创新不止，勇攀文化研究的新高峰！

精神之树长青。"三松堂"精神也是河大文科传统的一个组成部分。近百年来，河南大学弘扬冯友兰先生的"三松堂"精神，培养出成千上万的英才，他们战斗在祖国各条战线上，为实现中华民族伟大复兴的中国梦而努力奋斗着……

七 编写《人生珍言录》的启示

积极有效的创造不是来自智力，而是来自源于内在需要的愿望本能。

1978年12月，党中央召开了十一届三中全会，播下了希望的春雨。思想解放了，大地沸腾了，河南大学学术气氛更加活跃了。校园内学生社团如雨后春笋，不同的学术观点可以争辩、质疑。青年大学生在经历"文化大革命"阵痛后的反思中，有些人感到迷惘，需要及时加以引导。

1980年10月的一天，中文系七七级夏林同学在学生洗衣房找到我，商量说："现在《中国青年》杂志发表了潘晓的文章《人生的道路怎么越走越窄》，议者很多，我们可否也参加讨论，编一本正能量的书予以回答？"

"当一个人面朝太阳的时候，他的影子就在脚下。大学生应该向着光明去拼搏、去创造、去摘取科学王冠上的一颗颗明珠。"我完全赞同夏林同学的建议，坚定地说："我们可以比照古书《菜根谭》，将中外名人励志的格言警句搜出献给祖国！"

心有灵犀一点通。我们又约了高潮、刘大泉、孟宪明同学，集体讨论列出提纲，钻进图书馆、阅览室，查书摘录，悄悄地干了起来，经过日日夜夜加班加点的艰苦努力，编辑成书。我起名《人生珍言录》，在署名时，把自己的名字写在最后面，同学合作，是一生的缘分，高高兴兴！中文系党总支书记杨瑾老师专为此听取汇报，非常认可，送我们稿纸，给予大力支持。这是在校本科大学生学习中的创新成果，中文系系主任任访秋教授看了书稿，亲作《序言》向青少年朋友推荐。同学们称这是"铁塔五贤"的青春礼赞！地质出版社徐元蒂教授连夜加班编辑，快速出版，发行上百万册，受到校党委的表扬。不久，又再版印刷，得到青少年朋友的热烈欢迎。看到全国各地的来信，我们五个大学生曾举杯庆贺，醉卧铁塔之下。

通过编写《人生珍言录》，我们思想上得到诸多洗礼和提高：

其一，大学生是要有一点拼搏精神的，爱党爱国爱人民，勇攀高峰。大学生充满青春活力，正是学知识、增才干的良好时期，应该始终保持奋发向上的精神。"古今将相，岂有种乎？"只要敢想敢做，开拓创新，就一定能干出一番事业。只要积极依靠党组织，听党的话，热爱祖国，不忘初心，树立目标，就一定能奋力攀登上一个又一个科研高峰！

其二，大学生的任务是读书增智，应该倍加珍惜时光。博览群书，也是阅历人生，可以帮助人们透过薄薄的纸张，感受到历史进程的脉搏；可以启迪人们通过阅读富于技巧的语言，体验人生百态的曼妙；可以指导人们通过文章逻辑，探索经济社会的规律。不是吗？马克思、恩格斯在读书中发现了辩证法三大规律，即"对立统一规律""量变质变规律"和"否定之否定规律"，使哲学上的普遍性达到极限的程度。违背之，就要摔跟头，受挫折。天道酬勤啊！

其三，大学生也要宽厚善良地爱人，厚德方能载物。大学学习生活不是一池平静如镜的湖水，而是一个充满复杂矛盾的小社会，那时，同学们在学习中竞争是非常激烈的。大学也是一个修养道德境界的过程，涌现一大批品学兼优的人才，后来走上重要领导岗位。但生活定律是，当你超过别人一点点时，别人就会嫉妒你；当你经常被指责的时候，就说明你是一个举足轻重的有能力的人；当你超过别人一大截时，别人就开始羡慕你；当你被别人嫉妒时，就说明你卓越；当你嫉妒别人时，就说明你无能。

木秀于林，风必摧之，才出于众，众必毁之。在读书学习创作过程中，同学们中也出现个别贪玩颓废、小肚鸡肠、羡慕嫉妒恨叠加、挑拨离间者。怎么处理这些矛盾呢？唯有爱人。有位系领导讲了个真实的故事：恢复高考初期，缺书，缺高考复习资料，有个热心的同学帮助大家，像牛一样来回奔跑，既花路费，又浪费时间。但因为太热情没有把握好度，办了出力不讨好的事。还有几个同学学习好，发表的文章愈多，大家愈加赞扬拥护，领导老师愈加重用，却引起个别学习差的学生干部的疯狂嫉妒，竟到系领导处告黑状，说这几个学习好的同学是"只会读书的白专典型"。领导问："你的学习成绩咋样？你发表了几篇文章？"他无言以答，低头而回，但仍心中恼恨，竟恶狠狠地对学习好的同学说："你学习进步很快，受重用，还特红啊！"一个学期期终，同学们已经集体通过了学生个人鉴定，他竟敢私自把几个学习好的同学鉴定后面又加上所谓"缺点"。"哈哈哈！"听了介绍，老师和同学们都大笑起来。"怎么办？""宽厚善良对他，原谅他，不处分他吧，但愿他今后遵纪守法，把路走好！"大智若愚，看透不能说透，事后，同学们见他，也都佯装不知，一笑了之。

世界精神分析学创始人西格蒙德·弗洛伊德说："精神健康的人，总是努力地工作及爱人。只要能做到这两件事，其他事就没有什么困难了。"

小胜靠挚友，大胜靠劲敌；走正确之路，放无心之手；结有道之朋，断无义之友。"能受天磨真铁汉，不遭人嫉是庸才。"相信什么，就会发生什么。我们专注于读书，书也磁铁般地吸引着我们，书的文化链条也在不断地向我们展开延伸……

八　编著中国改革开放后第一部《嵩山》

学习犹如一只钻头，可开掘知识的深井；疑问，好像一把钥匙，可开启研究的大门。只有知识存在生命、具有个性，才配说是自己的。

嵩山是我的家乡。1980年3月，我在校图书馆读李白、杜甫、白居易诗集，看到了历史上名人贤达游中岳、歌嵩山的诗篇，深为家乡佛、儒、道包容发展的厚重文化而陶醉自豪，心想，祖国改革开放了，科学的春天来了，应该让世界了解嵩山文化，应该让嵩山文化走向世界，应该编一部歌颂嵩山文化的书，应该把历代名人歌咏嵩山的诗词编辑注释，发扬光大。

我学习填词《沁园春·嵩山》："河洛之南，伟岳凌空，峻极于天。阅世间寒暑，亿年难计；岩层起落，五辈同欢。两室葱茏，周柏繁茂，座座峰峦相倚连。儒佛道，结亲朋代代，千古良缘。/青山挥笔如椽，写华夏文明锦绣篇。赞轩辕创业，夏启筑殿，周公铸鼎，初祖参禅，武曌钦封，谦之炼道，司马范程教众贤。歌新曲，更与时俱进，再造河山。"

这是我热爱嵩山文化，研究嵩山文化，歌咏嵩山文化的开始。

百句空谈，不如一个实干。以古扬今，宣传嵩山，歌颂祖国，我构思编写《历代名人嵩山诗选》一书的计划，得到中文系党总支杨瑾书记、苏文魁副书记的大力支持，他们赞扬"这是爱国主义教育的具体体现"，要我克服一切困难，完成此书。

编注古诗词难啊！有的诗，初看似懂，但以文字注释起来，就不是那么简单了。我以"蚂蚁啃骨头"的精神，走上编注嵩山古诗的艰难道路。第一步，查遍河大图书馆内有关嵩山的古文典籍，在浩如烟海的古代名人诗集中搜录抄下卡片；第二步，对歌咏嵩山文物景点的诗进行整理分类；第三步，对每首诗一字一句进行注释。大学女同学、登封老乡王素珍支持我科学攻坚，把省下的饭票送我加强营养，帮我翻查《辞海》《词源》，共同释义。

什么叫"壁观""理入"？什么叫"卓锡得泉"？什么叫"只履西归"？我遇到了一个个拦路虎。那些古代佛教禅宗之思想、典故和故事，那些道教的起源、发展和改良，那些儒学在嵩山的传播、创新和包容，一个个巨大而深奥的课题，让我心生敬畏，望而却步。实在弄不懂的诗句，就去请教华锺彦、高文、于安澜等老师，老师们多次修改释义，真是拨云见日。当遇到译注古诗词之难，或有人热嘲冷讽，想退却时，宋景昌教授鼓励我说："天下事何事不难？要译李白的诗，只有学识比李白高才能译啊！古代诗人作诗的时代背景、用典，当代人只有全面了解才能明白其意，才能注释啊！你还是大学生，你正干着一个教授都不敢干的事儿，如何不难呢？"任访秋教授也是这样给我鼓励，王宗堂老师多次亲改诗稿。中文系老师们大胆严谨、开拓创新的言行教诲让我如释重负，减轻了心理压力，信心倍增。世上无难事，只要肯登攀，我时时告诫自己，不能退却，不能失败，还要披荆斩棘，继续努力前进！

时间，像生命一样宝贵。时间是公平的，给勤勉的人留下智慧的力量，给懒惰的人留下空虚和悔恨。放弃时间的人，时间也放弃他。少年易学老难成，一寸光阴一寸金啊！

方法总比困难多。书本上不明白的问题，就到实践中去解决。暑假，别人都去休息玩乐了，我心中装着嵩山文化，笔记本里记满了嵩山诗词，回到家乡嵩山，徒步考察了嵩山少林寺、初祖庵、中岳庙、嵩阳书院、观星台、嵩岳寺塔、会善寺、法王寺等历史文物建筑30多处，增加了感性认识；再对照古诗，与理性认识结合起来，更明白了许多诗意。登封县历史文化专家、时任县教育局局长的吕江水老师，提供了很多嵩山人文书籍资料。寻根释意，中秋佳节，我们坐在法王寺月台，欣赏嵩门待月的美景；夜色苍茫，我们徘徊于少林碑廊，秉烛欣赏文人学士留下的墨宝；迎着旭日，我们站在峻极峰巅，体会"一览众山小"的惬意。回到河南大学，我对嵩山古诗词一首一首、一句一句思考、注释、笔耕。

世间万物皆两面，换个角度更周全。如同一个人站立一扇窗户前，向上看蓝天白云、向下看却是泥土花草。注释鉴赏诗词也是如此，需要立足全局，欣赏诗意。一天，我难解宋人李允中《少林寺》诗中"花开五叶地生金"一句，即叩开于安澜教授的家门。老师细看此诗说："这句诗涉及禅宗用典，你最好请教中国佛教协会会长赵朴初先生。"初生牛犊不怕虎，我即斗胆向赵朴初会长写信求教。一个月后，赵老的秘书回信，解释了"花开五叶"的禅典。"达摩来中国之前，曾许下一花开五叶的心愿。达摩在少林创立禅宗，逐步形成了五个流派，最终实现了愿望。"真是点石成金！阳光总在风雨后，乌云散尽见晴空。我拿着信，高兴地跑上开封古城墙，高喊："我明白了，我明白了！"同学们看着赵朴初会长秘书的信说："你敢向全国政协副主席赵朴初写信请教，胆子可真大啊！"

九　任先生教我研究嵩山少林文化

读万卷书不如行万里路，行万里路不如阅人无数，阅人无数不如高人指路。

开弓没有回头箭。在中文系党总支的支持和老师们的指导下，《历代名人嵩山诗选》完稿了。一天晚上8点钟，我叩开了系主任任访秋教授的家门，师母把我领到二楼先生的书房，只见70多岁的任老师端坐在书桌前，戴两副眼镜，一个是老花镜，一个是放大镜，正在校他主编的书。老师太忙了！我不忍心添忙，但还是把自己的毕业汇报成果书稿呈上，请求老师写个序言。十天后的一个下午，任教授的研究生到10号教学楼107教室，通知我晚上8点到任教授家。我怀着忐忑不安的心情准时赶到。在先生书房，任先生笑着对我说："你的书稿我看了几章，编注得总体还可以。序言写好了。"啊，真没有想到！我是一个本科生，先生是中国著名学者，这么快就亲笔写序推介，如此关爱，我热泪盈眶……先生慈祥地看着我，让我坐到椅子上，温和地说："人贵有志，学有专攻。你如果现在研究唐宋文学，可能一生也很难超过全国学术大家；如果你深入研究嵩山少林文化，长此专攻，那些学术大家可能也永远超不过你。天道酬勤，有德无敌，努力吧！"这是一个经过风风雨雨、几十年如一日做学问的资深教授的教导和企盼，如醍醐灌顶，他的话激励我几十年向着嵩山少林文化学科研究拼搏奋进！

书山有路勤为径，学海无涯苦作舟。我夜以继日，认真把200首嵩山古诗编译注释成书。中国地质出版社徐元蒂教授精心编辑，出版此书《嵩山》。它成为中国改革开放后第一本比较全面系统地介绍嵩山文化之书。

心境变，处境即变。只要专注地调整好自己的心态，明确奋斗的方向，命运就会在不知不觉中向好处发展。任访秋教授科学地为我的科研之路指明了方向，几十年来，我在工作之余坚持研究嵩山少林文化，取得了一个又一个突破。1997年，我主持起草了省委《关于加快河南省旅游业适度超前发展的意见》等重要文稿，并结合旅游产业经济，专一进行文化理论创新。综合多年来区域文化研究感悟，克服重重困难，节假日不休息，三易其稿，淘沙见金，1999年出版了《中国少林文化学》，对嵩山少林地区的禅宗、道教、儒教、天文、地理、建筑、武术、医药、经济等21个方面进行立体式探索论述，总结出嵩山文化"豪放、博大、包容"的特点及其规律，建立起"中国少林文化体系"，创立了一个新学科。时任国家新闻出版署署长于友先教授欣然审读作序，并在《人民日报》发表《嵩山深处考察中华文化》的评论，认为该书"比较全面、系统地考察研究了中岳嵩山少林寺一带古往今来的文化现象，建立起自己的体系，构成了一门学问。这是中华文化研究中一个可喜可贺的新成果！"《经济日报》《光明日报》《河南日报》和新华社《参考消息》等媒体都重点宣传此学术创新成果。该作荣获郑州市政府"旅游发展突出贡献奖""首届中国民间文艺山花奖·学术著作优秀奖"。

什么是创新？创新就是"傻帽"凭着一股子傻劲把看似走不通的路走通了！

改造命运，须从心始。心能笃定，知行合一，必有成果。"二八定律"揭示，干事业要有足够的耐心和勇气。开始是用百分之八十的力气，获得仅百分之二十的成果；只要坚定自己的信念，持续地实干，有一定的积累，就会出现用百分之二十的力气，获得百分之八十成果的奇迹。

学贵专攻，文化创新链条拉开，就派生出系列产品。2000年，我受中央电视台邀请撰写10集文化风光电视片文学脚本《嵩山》，拍制后央视连播。2003年，我出版《神奥嵩山》，第八届全国人大常委会副委员长费孝通教授题词评介："求索嵩山神奥处，谱写中原文化魂。"2008年，庆祝中国改革开放恢复高考30周年，我出版"嵩山的流泉"文化丛书，分诗词、散文、电视文学脚本、理论、演讲、武术、箴言、评论、摄影九卷，中国杜甫研究会会长、陕西师大教授、博士生导师霍松林先生撰写总序，评价该丛书具有"宽阔的历史眼光、深厚的文化积淀、不懈的探索创新、多元的学术方法"四大特点,"是一个嵩山之子在攀登中用30年的心血和汗水凝结而成的智慧结晶,从某种意义和程度上说,该丛书多视角、跨时空、多维度地描述了中国30年来改革开放和社会主义现代化事业波澜壮阔的历史进程,记录了一个探索者时时与祖国同心、事事与时代同步、不断拼搏进取的人生旅程"。

一种物体在不受外力时,总保持静止或匀速直线运动状态。任何大成就或者大灾难都是累积的结果,一部部小书累积起来就成了大书。2011年,我出版《嵩山诗词一百首》,著名历史作家二月河和著名文学评论家杨匡汉审看后分别写出序评,认为其诗词具有"豪放、史诗、创新"三大特点,体现了中岳嵩山风骨。该书获河南省2011年度优秀图书一等奖。2012年,出版《嵩山散文三十篇》,中国作家协会副主席廖奔教授序评说:"尤为吸引和感动我的,是国臣行文的淳朴浑厚风格,以及文中一以贯之的昂扬向上之气,它氤氲在这篇篇文辞里,也如影随形地缠绕在国臣的人生路途之中。"2015年,我应河南电视台之邀,庆贺"登封天地之中历史建筑群"入选世界文化遗产,撰写完成了11集文化艺术片《诗化嵩山》文学脚本,以诗为主线,展现了嵩山之豪气、历史之悠久、文化之厚重,评论家认为,其"大胆开拓创新,使嵩山吐翠,翰墨流香"。

学知识搞尖端,毅力和阻力成反比,毅力越强,阻力就越小,付出必有回报。只有逆流而上,才能找到水的源头。经过30多年的持续学习努力,我初步实现了阶段性目标。2004年,中国作家协会主席团审议我的多部专著,高票通过,批准我为中国作家协会会员,圆了我的作家梦。2009年12月3日,河南省社会科学院、省社科联和河南大学在新建的河南大学图书馆举行"张国臣《嵩山的流泉》捐赠仪式暨文化丛书出版研讨会"。河南大学校长娄源功教授主持会议,河南省副省长徐济超、省政协副主席梁静发来贺电,省十届人大常委会副主任张世军和著名作家二月河、介新、孟宪明、王守国、杨福平、张志超、田凯、王家坤、钟海涛等作家出席。与会专家学者认为,"嵩山的流泉"文化丛书以独特的视角揭示了嵩山文化、中原文化的博大精深,以及经济社会发展的基本特点和规律,与祖国同心,填补了中华文化研究空白,倾赤子之情,诠释爱与幸福的真谛,嵩山的圣泉必然流向四方……河南大学老校长,我的恩师王文金教授即席赋诗《为张国臣君〈嵩山的流泉〉出版而作》:"险峻嵩峰翠似烟,龙飞瑞气凤高旋。卅年九卷文星胆,揭秘名山第一篇。"

忠诚纯洁孝高堂,薰草赠人手留香。唯有德馨天地厚,才能载物谱华章。

只要厚道,必有厚报。感恩河大党组织多年的精心培养,感恩河大老师们多年的谆谆教诲,感恩河大领导和同学们多年的全力支持,2019年2月28日,我把自己的数十本专著捐赠河大图书馆,作为毕业三十多年的学习工作思想汇报。校党委书记卢克平教授到会讲话,予以赞扬和鼓励!

太室耸连峰,黄河曲向东。不登峻极处,怎可晓天中?

我爱您,敬爱的老师;我爱您,亲爱的河大!

作者简介:张国臣,1977级本科生,河南大学教授,硕士生导师。

我的文论之路上的领路人

金惠敏

我于 1978—1982 年在河南大学中文系读本科，走出母校算来已有 38 个年头了。中文系学生可谓"万金油"，适应性很强，几乎在哪个行业发展的都有。前不久与本科同学聚会，我半是夸口也半是无奈地宣称，我从 1982 年毕业迄今一直在中文专业工作，而且一直在大学二年级就定下方向的文艺理论专业工作。看来这个方向还要继续耕耘下去，虽然我提过"没有文学的文学理论"一说，备受讨伐，但那也是在文艺理论范围内的发言。我只是不相信"纯文学"而已，只是想为文学和文论重新定性和定位罢了。

年轻学子常问我是何时开始文艺理论学习和研究的，那可真是很早以前的事了，说来话长啊！现在多数学生直到考研时才决定研究方向或报考专业，而我们那时几乎是一入学就想着这一生要献身哪个方向的学术了，于"早婚型"（early wedded to），但"早育"则未必。我们在大二、大三时，系里就提倡撰写科研论文，由学科负责老师遴选往上推荐。大四时还要举行单科考试，不是常规的那种课程考试，而是综合了基本知识和学科前沿问题的考试，重点测试学生科研创新能力。入学不久我们就被告知，学术研究浩如烟海，一位学者毕其一生也只能研究很小的一个领域，能"取一瓢饮"就是了不起的"大专家"了。回想当时，我们是多么惊奇地听老师说，有人一生就研究《楚辞》《史记》或《红楼梦》《水浒传》什么的。所以限定和选定研究领域就很重要。系里鼓励同学们尽早确定研究方向,特别是那些希望考研深造的同学。一开始我的志向在文艺理论,因为中学时有过作家梦,想象着学好理论、手握法宝就可以横行文坛了。这样攻读了大约半年光景,自觉枯燥乏味,不得其门而入,且还需要大量阅读文学作品;加之有同学说我年龄小,底子薄,建议我扬长避短,改学现代汉语语法。那个我倒是也有兴趣,高考前我把中师教材汉语语法就通读了,语法规则差不多都掌握了。于是我找到教我们语法课的副教授程仪先生,谈自己想跟随他学习语法的事。不承想,程老师一口就把我回绝了,理由是:你跟着张老师学文论已经一段时间了,语法研究上要做出成就也不是那么容易,不如做文论活跃、受关注什么的。程老师这就把我打回张老师处,既然语法老师不收我,那就继续我的文论吧!这个中途小插曲说重了是背叛,说轻点则是学科意志不坚定,反正不是什么光彩事,我没敢给张老师提。

所谓"张老师"者,乃当时就大名鼎鼎的张豫林老师,时任中文系文艺理论教研室主任,领衔主讲文学概论课。他是激情型的,平时讲话就容易激动,讲课时更是动情、入戏,同时也条理清晰、逻辑严谨,课堂气氛总是异常热烈却也有问题带人深思,他轻松地就指点你要攻打的战略高地。对于张老师,虽说熟悉了会感到"即之也温"、温润如玉的样子,但我等学生课堂的感受则是"望之俨然",且"听其言也厉",在批评错误观点上,他毫不含糊。接近这样的老师必得有所准备。为了能够打动张老师接受我这个学生,我把当时的教材——以群的《文学的基本原理》摘抄了几大笔记本,虔诚和用功不言而喻,我把它拿到张老师家里作为见面礼。那会儿也不懂孔子招收学生所要求的"束脩"为何物。兴许是秉承"有教无类"的古训吧,张老师没让我经受"程门立雪"的考验,当即就面带笑容地收下我这个徒弟。其时跟他学习文论的还有几位学兄学姐，个个绝技在身，风流倜傥：有屈雅君者，口若悬河，出口成章，才气逼人；有贺淯滨者，表面内敛，实则狂傲，尤长于填词，然后自己翻译成英语，吟诵之；有修倜者，大二就考上了研究生，因为她会背柏拉图，而别人就知道个"孔老二"；同届中还有张云鹏，功底扎实，功力深厚，且富有艺术家气质，文艺理论单科竞赛轻松夺冠（本人则"屈居"第三）。也许有人奇怪，我们已经是河南大学本科生，为什么还要选择自己心仪的老师来学习自己选定的科目？河南大学中文系当时有这个风气：老师们除了上大课之外还给个别有研究兴趣的同学"开小灶"，这个小灶是不收费的。如今回想起来，大学四年中最愉快的时光就是每个周末了，积攒了一周的专业困惑可以到张老师家里来一番醍醐灌顶，一些小小之心得或狂放不羁的设想，可以请张老师给鉴定鉴定。从老河大西门出去，跨过一条小河，再往前走一段幽静、湿润的小路，就到了张老师家里。那个温暖如春的小屋啊，在那个小屋里听张老师答疑解惑、谈笑风生、指点江山，甚至也"粪土"时潮名流，此情此景终生难忘！

张老师是20世纪60年代初人民大学语文系西方文论研究名家缪灵珠先生的研究生。张老师把读研时导师发给他的油印讲义都拿给我读，我当时的西方文论知识一是得自朱光潜先生的《西方美学史》，二是缪灵珠先生60年代的那些讲义，其中包括他翻译过来但尚未发表的文论经典。那时没有电话可用，去找张老师请教用不着预约，估摸着他在家就直接去敲门。可是张老师一次也没拒绝过我，想来他对这样的不速之客得有多大的爱心和宽容才行！教研室还有一位老师是王怀通先生，王老师作息时间不同寻常，他喜欢挑灯夜战，一般12点以后才进入工作状态，所以我经常是夜里10点多到他家找他，有时也11点多。盘点记忆吧，不管我怎么打扰两位老师，他们从来没露出过半点愠色。王怀通老师是北京大学杨晦先生的研究生，朱光潜先生给他们上过西方美学史课，所以他也是把朱先生当时的油印讲义借给我"开小灶"用。我的西方文论和美学基础就是这两位恩师帮我打下的。在他们的指导下，有两个文本我读得滚瓜烂熟，一是亚里士多德的《诗学》，二是黑格尔《美学》第一卷。有那么一两年，谁要提到两书中的任何一个观点，我能背得出他们是如何论证的。

张豫林、王怀通是我文艺理论研读初年的引路人。张老师党性原则强，喜欢强调文艺理论的政治性和思想性。王老师则是大讲形象思维、典型论以及人道主义。有不懂行的人背后说他"反马列"，他给同学们辩解过，他比那些号称"马列"的人更是马列，也更懂马列。王老师在学术上也是"狂狷之士"了，好像谁也不服。他给我们上马列文论课，我听不太懂，只记得他满口的拉萨尔、济金根、托尔斯泰，还有伦敦东头的城市姑娘什么的。至今头脑里犹能闪回其仿佛可洞穿钢板的声音、其沉醉于自思而显得目中无物的表情。王老师那时对马克思《巴黎手稿》研究兴趣很浓，写有长篇大论，他投稿时我代他誊抄过；我的本科毕业论文《异化劳动与美的创造》就是在他的影响下选定的课题，后来也自然归他指导。"手稿热"时，大概是政教系请的中国人民大学马奇先生来河南大学做过讲座，内容都记不得了，但印象至今栩栩如生的是，坐在前排的同学一水儿穿的黑皮鞋，而且不约而同地全都跷着二郎腿，脚尖上扬，锃光瓦亮的，好像在炫耀什么似的。我没有皮鞋，不敢坐第一排。不是不想要，实在是囊中羞涩。后来痛下决心买了14元一双的猪皮鞋，这才在人场中胆壮起来。这当然是闲话了。言归正传，之前跟着张老师研读西方美学史，后来又跟着王老师读，打下了文论研究的知识基础。在两位老师的指导下，我是按照朱光潜先生开列的书目读，老师要我们读出心得，可我除了人家讲的，是一点儿个人见解也没有，这种令人气馁的状况一直持续到读黑格尔《美学》。1980年4月底，在王老师辅导下，我写出《论黑格尔的艺术功利观——兼与朱光潜先生商榷》。张老师、王老师欣赏我小小年纪竟有挑战大名家大权威的胆气，推荐我参加校级科研会议，文章最终得以在学校内部印行的论文集上发表。一天晚饭后，系里老师把蓝色封皮的样刊送到我的宿舍，徐徐掏出一沓纸币与我，居然还有稿酬，且没料想竟有29元之多！真是一笔巨款啊！那时每月的生活费也只需16元左右。80年代虽然没有"五唯"一说，但这两篇论文确实为我铺平了此生科研之路，它们使我在大学毕业时能够顺利被河南省社会科学院文学研究所接收为专职研究人员，也使我在1984年投考中国社会科学院硕士研究生时引起导师吴元迈先生的注意和重视。可以说，看重发表不是现在才有的事。

对于张老师、王老师对学生的关爱、付出、提携，我当时完全没有感到有什么异常，觉得老师都是这样吧。直到入职河南省社科院、天天要独自面对研究对象时，我才猛然间发现两位老师是那么伟大，那么崇高，那么无私奉献。因为在专业研究机构里，大家都是同事没有谁有时间跟你闲聊，学术交流都搬到了会议室，非常正规。我刚参加工作时曾经孤单得暗自抹泪。突然间没有了老师的随时指点，我成了学术孤儿。加上各种各样的焦虑，不久就患上了神经衰弱，整天感觉好像没睡着过觉似的，昏昏沉沉，萎靡不振，直到1985年年初夏到武汉参加文艺学方法论研讨会后才算是满血复活。

数十年如一日，我之所以能够一直坚守在文艺理论领域不动摇，应当是因为张老师和王老师给了我"定海神针"的缘故吧！硕士毕业时，我也是有别的一些诱人机会的。如果说今天自己还能有一些韧劲、冲力，还能不断地在学术上有所拓展、创新，我暗自思忖，张老师和王老师当初推我一把的那股惯性力量可能还未消耗殆尽吧！如今每次见到张老师，他仍是勉励有加。带着老师期许的目光前行，我还是那位有个小五星奖励就能欢喜冲刺的小学生。时谚有谓"学以成人"，哲学上说此语并非无可挑剔，但从个人经验来看，张老师、王老师与河南大学中文系对我的学术养育之恩，对我学术人格的形塑，却是千真万确的。

作者简介：金慧敏，1978 级本科生，教育部"长江学者奖励计划"特聘教授，四川大学文学与新闻学院二级研究员，兼中国社会科学院大学教授、博士生导师。

恩　师

杨清喜

到了大学，比较高中阶段，表面上看，是从老师的严格要求和束缚中解脱了出来。大学这四年，老师们除了上课，基本上不管学生的事儿。年级设了辅导员，却也只管个"方向"问题。这样，就给学生以比较充分的自由度、自主权。高中紧张的学习氛围，和大学宽松的学习环境，由学习纵向"轴"的角度看，是"一张一弛"的格调。由于高考这个门槛，将学生限定为，之前的"紧张"，和之后的"松弛"。

但松弛的大学生活，实际是老师以至于校方，放松了对学生的"管束"，却增加了学生主动学习的自觉性。除了必要的听老师讲授课程，完成一定的作业量，其余的时间，都属于个人支配。在这个"自由"王国里，把高中阶段所有设置的课程，到大学阶段，都单独拉出来，设立了系院。如语文，设立了中文系或以后的文学院；历史，设立了历史系或以后的历史学院；等等，以此类推。所以，到了大学以后，能较好地对所选的科目，进行全面、系统、深入的学习和梳理。大学的前二年，必修课和选修课齐头并进。到了大三，虽也是并进着必修和选修，但系方却引导学生，选择一门课程，作为自己的主攻学习科目。这种自己所选择的课程方向，为学生的继续深造打下了基础。我大三选的是文艺理论，相对应所订的杂志有季刊《文学评论》，同时还有双月刊的《上海文学》。平素的学业，除上大家都学的课程外，就侧重看一些文艺理论方面的书籍。借以增加、增高、增厚文艺理论方面的学养。我在实际生活当中，偏好散文创作与文学方面的评论，与大学时期的选修课程是分不开的。喜欢且擅长，是做出一点成绩的前提。我毕业的时候，考研究生，就是文艺理论方向，但是没有考上，由于榜上"名落孙山"，就没好意思再去问老师自己的考试成绩。之前，我到过教我们文艺理论课的老师家里。老师畅谈的指导性建议，都包含在文艺理论的考试范围之内。由于自己对考研究生的不经心、漫无目的，像高考开始那样的情形，仍然是有一搭儿没一搭儿地学习着。当我坐在文艺理论研究生的考场上，当我看到老师看到我也坐在这个考场上时，老师本来就属黑红的脸膛，唰的一下就变得更红了。我知道了他脸红的内涵。

而大学里，有一种优势，就是凭学生借阅证可以借阅图书的偌大图书馆，还有全校学生都可以去的宽敞明亮的阅览室。梅贻琦在1931年12月2日出任清华大学校长时，他在就职演讲中提出"所谓大学者，非谓有大楼之谓也，有大师之谓也"的著名论断。老师们一边教书，一边做学问，可以带动更多的学生成长。

大学，另有一种优长，就是经常有学术讲座，这方面的海报可以告示于大家。我们中文系于1980年5月18日，邀请了美籍华人作家聂华苓女士，以及她的诗人丈夫保罗·安格尔先生来访。陪同聂华苓女士一起来的有中国作家协会对外联络部主任黎辛，河南省作协副主席李准。聂华苓女士讲座的题目是"台湾文学与海外文学的概况"。1981年5月14日，邀请了著名长篇历史小说《李自成》的作者姚雪垠先生，报告《李自成》的创作体会。1981年1月6日，邀请西北大学外国文学教研室主任讲"托尔斯泰小说中的心理描写"。1981年1月8日，邀请陕西师范大学的马老师讲"漫谈当代外国文学艺术借鉴价值"。1981年2月26日，中文系主任任访秋先生，在中文系 1977 级单科竞赛授奖大会上，谈"做学问应注意的几项"。1981 年 3 月 30 日，河南大学艺术系杜鹤鸣老师讲"艺术欣赏"。1981 年 4 月 16 日，邀请郑州工学院郭月芳老师，做了回日本探亲感受的讲座。还有著名红学家冯其庸先生讲《红楼梦》，上海的郭绍虞先生讲戏剧家曹禺等讲座。

大学期间，我现在能够记得起的老师有以下几位：高文老师教古代文学，牛庸懋老师教《圣经》，张中义老师教苏联文学，刘增杰老师教现代文学，白本松老师教先秦文学及《楚辞》，王芸老师教古代文学，一位姓贾的老师担我们写作课。担任我们文艺理论课的老师，记不起姓甚名谁。李晓华老师，在做我们年级辅导员的同时，还教我们现代汉语中的语音课。还有教高年级学生古代文学的王宽行老师。系主任任访秋教授，他是当时河南省唯一的一个国家二级教授，是河南省政协委员。他在我们年级的毕业典礼上讲过话。他说当时他在北京师范大学毕业时，选择了从教，而没有选择从政，原因是他认为从政的人物都是过眼云烟，而做学问才是一辈子的事情。我深受任教授这种观点的影响。

在我的大学生涯中，严铮老师和张中义老师，都是讲的外国文学。张中义老师，侧重讲苏联文学，他讲列夫·托尔斯泰的长篇小说《安娜·卡列尼娜》和《战争与和平》；讲果戈理的长篇小说《死魂灵》；讲车尔尼雪夫斯基的长篇小说《怎么办》；讲肖洛霍夫的长篇小说《静静的顿河》，这部小说是 20 世纪苏联文学的杰出代表，1965 年获得诺贝尔文学奖，作者是 1905 年出生 1984 年去世。严铮老师讲英国文学还有法国文学。英国文学讲了莎士比亚的《哈姆莱特》和《罗密欧与朱丽叶》，法国文学讲了雨果的《悲惨世界》、司汤达的《红与黑》、巴尔扎克的《人间喜剧》等作家作品。我现在不是写他们二位老师所讲作品的内容如何，而是要通过这些文字记述，唤起对老师们的美好回忆。严铮老师中等个头偏瘦、长脸，一看，让人马上联想到王国维的有关做学问的三种境界。王国维在《人间词话·第二十六则》中说:"古今之成大事者,大学问者,必经过三种境界。昨夜西风凋碧树,独上层楼,望尽天涯路。此第一境也。衣带渐宽终不悔,为伊消得人憔悴。此第二境也。众里寻他千百度,蓦然回首,那人却在灯火阑珊处,此第三境也。"也许这种联想是牵强的。严铮老师讲课时,始终坐在讲台上的凳子上,声音高亢、洪亮,表情严肃,从始至终,不笑一声儿。用略带四川口音的普通话,字字珠玑,声声清晰,句句扣心,思想深刻,动人心魄。有一次下课之后,我见到严老师由他的女儿从教师休息室里挽着一只胳膊,走出了十号楼的南门,有一种父女情深的温馨、范儿和派头。严铮老师的家,就在学校的西门口。出西门,往右拐,一楼的第一家就是。门前,有一个小菜园儿。这是冬天的一个晴好天气,菜园子里,稚嫩的蒜苗、菠菜苗上,还覆着一层霜儿。但这霜儿,也不是均匀的覆盖,看样子,有些斑斑驳驳的形迹。我拐到这儿,只在外面的菜园子附近,与严老师的夫人说了几句话。严铮老师的爱人,是教我们教育心理学的。我记得一次课间,我来到讲坛上,请教老师问题,老师还伸出手,抚捏了我的一只胳膊,关切地问我,穿得冷不冷。我用简短的两个字作了回答,"不冷"。严铮老师的讲课风格,一如他的名字,严肃而认真,深邃而睿智。有着他个人讲课所独有的言之凿凿,铁骨铮铮的风格。

讲苏联文学的张中义老师,则和严铮老师的风格截然不同,讲课始终笑得和蔼,用行云流水般的语速,不高不低的声调,讲述生动有趣的故事情节;细致入微且深邃的思想内容分析,让同学们在春风化雨般的氛围中接受知识,吮吸人类思想宝库的精髓,颇具民间说书艺人的风范。张老师,是所有老师中个头最高的,白白净净,身材高大,胖胖的。这种胖,没有俗凡者的臃肿;这种净,是白里透红的净。给人一种不涉俗务且生活优裕、修养颇佳的感觉。讲课过程,采取的始终是站姿。严铮老师与张中义老师比较起来,所讲课程是一样的精彩,同样都吸引着同学们,但表述的风格却恰恰相反。严老师有不容置疑、拒人千里之外的严肃；而张老师的授课风格，却给人一种海纳百川、有事好商量、有话好好说的春风化雨般的魅力。这从社会学和美学的角度去看，是一个事物的两个方面，是一体的"两翼儿"，是同学们不可或缺的两种授课风格。这种风格最为可贵，也最值得回味。试想，讲课的老师们，设若千人一面、千篇一律，那是何等的无聊和乏味。

而在中国文学的讲授中，王宽行老师讲的《木兰诗》，尤其令人难忘。而刘增杰老师教授的是现代文学，主讲鲁迅。《木兰辞》是北朝的乐府民歌。我亲眼看、亲耳听王宽行老师给高年级同学讲《木兰诗》时，那种时而台上，时而台下，激情澎湃，惟妙惟肖的讲课风格，给人留下了难以磨灭的印象。讲者活跃异常，听者鸦雀无声。阶梯教室里，后面站满了人。这个教室，就是走出十号楼北门口东边的阶梯教室。我是中午放学回宿舍楼时，路过这里而留意到王老师讲课的情景。当我迈上阶梯教室后面的台阶时，发现除了座无虚席，后面全站满了学生。王老师面蕴高远之神色，完全沉浸在木兰所在的那个时代，显然是被木兰这个人物形象所感染。王老师面阔，个子偏高，衣着朴素，声音高亢且富有磁性，完全脱离了讲义，在那里手舞足蹈地讲演。别的老师用口授，他却是口授和肢体语言的并用。这一天，是1982年5月14日。当时我写的日记记下了这生动的一幕。我在日记中如实地记述道："王宽行老师为我们讲《木兰诗》，他思想深刻，分析透辟。不仅如此，并把这理性的结果，用'艺术的盘子'和盘托出，让同学们品尝。他讲课全神贯注，把自己的思想和人格全部融化在讲课之中。形式是带有演说的姿态，动作洒脱而得体，语词富于韵味，有诗意……"这样的老师，是把课讲成了一种"艺术"。

而刘增杰老师呢，虽讲授中国现代文学，却和讲授古代文学的王宽行老师的风格迥异其趣。刘增杰老师，天冷时，习惯戴一顶鸭舌帽，手拎一个黑色的提包，教材、讲义和眼镜，都装在这个包里。

刘增杰老师圆脸，皮肤黑红，身材魁伟，讲课时很投入，讲出的话，一板一眼，显得"咬文嚼字"，说的话仿佛都经过大脑品磨了一样，没废话、废句甚至废字，干脆利落，从不重复。每次讲课，采取站姿，却从未完全站得板板正正，而是随着讲课的节律，左胳膊压在讲课桌的一边，整个身子一揪一揪的，显得起伏有致，韵味迭出。刘老师既讲现代文学，又有行政职务。中文系邀请校外专家学者在学校的大礼堂讲学，刘增杰老师总是出现在现场，是主持学术活动也是其行政职责所在。

　　有关大学老师的话题，远不止这些。这些，只是由我的角度出发，述其一二，不当的地方难免。但我总是好感于"谦和、儒雅"的讲课风格，这也与自己"自然、柔和"的性格相关联。如高中时的生理卫生老师周复兴，邓州高集复读班教我们历史课，后被郑州大学历史系召回的孙老师，大学时期的张中义老师，他们讲课风格相近，让我感到舒心和惬意，有春风化雨、润物无声的功效。这种现象，正如母亲所说，人啊，是萝卜白菜，各有所爱呀。

　　作者简介：杨清喜，1979级本科生。

里仁弦歌敬畏心

——我心目中的河大中文

霍清廉

1980年9月，我从豫东杞县农村入学河南师范大学（河南大学原校名）中文系，第一感觉是神圣高深而莫测。建筑精美的大门、礼堂、图书馆、贡院碑、东西斋房和苏式建筑十号楼等，都给我一种不可触摸的神圣感。尤其是我们新生参观了图书馆，当天晚上我给父亲写信说："我们学校图书馆里的书多得很，这四年，别说读，让我一本一本摸，我也摸不完。"我一下子跳进书海里，再不用为了借到一本《播火记》跑很远、人托人还得等很多天了。心里升起了无限的满足与自豪感。

随着课堂教学的展开，先生们给我留下的记忆是谦和朴实而善美。教现代汉语的王燕燕、王中安、陈信春老师，教写作的张锡智、贾华锋、贾占清老师，教古代汉语的王浩然、董希谦老师，教古代文学的白本松、李博、宋景昌、王芸、张家顺、李春祥、王宽行老师，教现代文学的王文金、张俊山、周启祥老师，教文艺理论的王绍令老师，教民间文学的张振犁老师，等等，听这些老师讲课简直是一种享受。在课堂上，老师的渊博和热情，认真与严谨，让人五体投地。大学四年，除最后一个学期因父亲病故缺课一周外，我和寝室同学还从来没有逃过课。当时，我们学生可以随时去老师家里拜访。

有时候老师在吃饭，就让我去他的书房里看书等候，其实就是卧室的窗户下有一书桌，旁边有两个高大的书架。尽管那个时候粮油肉蛋普遍短缺，老师家里口粮也同样紧缺，如果你是饭前找老师，老师一定会让你不可推脱地坐下来一起吃。王浩然老师家的包子、王宽行老师家的面条、王绍令老师家的红薯小米粥等，至今还能回味。老师和师母让人亲如父母。

在撰写学位论文的过程中，我深深感到老师们唯真知而无我。指导我学士学位论文的是王宽行老师，我有了向王老师一对一请教的机会。有一次谈到建安文学，王老师一下子打开了话匣子。给我记忆最深的是他对曹操的评价。王老师说："我们的教材和历史书，对曹操的认识有偏差，至于那些文学作品更是偏离史实。曹操胸怀匡扶天下之志，绝无篡权称孤之心。依据是如果他要那样做是有实力有条件的。可是，他一直坚定地维护汉王朝政权。赤壁之战，孙权是为保自己家业而战，刘备是为乘机割据而战，只有曹操是为统一天下、还黎民百姓太平而战。你读他《蒿里行》的后四句'白骨露于野，千里无鸡鸣。生民百遗一，念之断人肠'即可体味。"王老师还说："建安风骨之作，其他诗人多为自己的前途而悲凉，只有曹操是为民生凋敝而哀叹。"听王老师这一讲，一下子把我从读书、信书、唯书的境界中拔了上来。在那个思想还不够解放的年代，王老师能够直抒胸臆，大胆挑战权威，是冒着挨批斗的危险的。时隔40多年的今天看来，都是令我敬仰的。从此，我在读书的时候树立了"怀疑意识"与"批判意识"，养成了"信书不唯书"的读书习惯。从王老师家出来，我情不自禁对自己说：大学毕业了，思想成长了。

作者简介：霍清廉，1980级本科生，原河南工业大学马克思主义学院党委书记。

大河大

高有鹏

人生有许多偶然。能够读书，是人生的幸福，在什么地方，读什么样的书，总是人生的缘分。四十年前，我是一个懵懵懂懂的少年，从平静的村庄来到古城开封，走进河南大学中文系，形成人生的转折。多少年来，对当年的大学读书生活有许多感慨，一直令我回味无穷。是啊，如果不是来到河南大学中文系，如果不是遇见这里的这样一群老师，与许多人一样，就不会有今天的人生。

这就是缘分，人生因此而百花盛开。

回望当年，河南大学中文系，所有的老师都值得我感谢，感谢他们传道授业，而特别难忘的是三位老师，深深影响我的学业与追求。

毛岸英的战友：诗人周启祥

周启祥老师是一个富有情怀的诗人，每一节课都充满激情。我们的中国当代文学第一节课就是周老师上的。他不是从1949年的文代会讲起，而是从自己的作家朋友端木蕻良写出的长篇小说《曹雪芹》讲起。他当时似乎还没有完全平反，一副工人模样，戴着塑料壳的安全帽，发白的劳动服，每一节课结束前，他都情不自禁高喊鼓励同学们的口号。他最令人感慨的是希望同学们写出并发表作品，出现像鲁迅、郭沫若、茅盾这样的作家。我在中学读书时就有作品发表，所以对周老师特别亲切，总想与他多说几句话。有一次，与同学一起去了他的新家，与他聊起，他讲起自己的经历，才知道他当年即20世纪二三十年代就有新诗发表。他曾经是新四军的优秀战士，多次打入敌人内部策动起义，特别是40年代，新中国成立前，他被国民党抓去就要杀掉，赶上上海解放，才被解救。他特别提到，他的经历中，非常难忘的是抗美援朝中与毛岸英的相处，他说，毛岸英也是一个富有诗情的战士，与他讲了许多苏联诗歌等。抗美援朝结束了，周老师曾经在中央机关工作，后来想念老母亲，回到家乡，来到河南大学教书。1958年，他被打成右派，开除公职，在木器厂打棺材为生。在这样的环境，他仍然写诗，念念不忘心爱的文学。打倒四人帮后，周老师恢复河南大学中文系工作，所以有机会给我们讲课。当年，我写出来历史小说的初稿，让他指教，他讲了许多。经他介绍，我认识了作家姚雪垠、魏巍、苏金伞、陈雨门等人，有了后来的多卷本历史小说。后来，我与韩爱平老师他们一起做河南文学史，又得益于周老师的许多史料。尤其是研究姚雪垠，从周老师那里得知姚雪垠对民间文学的研究，特别是他对中国射日神话的研究与书写《李自成》的关系。周老师是一个诗人，影响我们的写作。我回到河南大学中文系工作，遇到周老师病重。他的葬礼非常冷清，罕见的是由河南省委组织部负责同志主持，周老师从40年代就是我国局级高干。我与当时河南大学中文系的刘进才老师等人给他写了悼词。

我们的任访秋老师

我们入学的第一节课，是当时河南大学中文系的系主任任访秋老师讲的。任老师高度近视，却非常有远见，他讲起中文系学生应该有大视野，做大学问。最难忘的是他从王国维和梁启超讲起，讲人生"蓦然回首"的三个境界。后来，我受张振犁先生安排做毕业论文《河南现代民间文学史》，请教任先生。他讲起自己在河南初级师范读书，他的老师白启明指导他做歌谣与谜语、谚语搜集，才有他第一篇研究谚语的论文发表。他详细介绍了河南历史上的民间文学研究，从自己写作中国现代文学史开篇为五四运动中歌谣学开始，他把明代民间文学作为中国现代文学的前夜。其他像河南历史上的乡村教育与民间文学，地方文化与民间文学等，特别是淮阳、洛阳、开封等地的学者研究民间文学，他的介绍非常有价值，打开了许多思路。其实，任先生有意延续了他的师道，有胡适、周作人、钱玄同和董作宾、白启明他们的影子。任先生的文学史研究，有古代，有近代，有现代，深深影响了我的中国民间文学史写作。当时，我非常羡慕任先生的学问，给自己起了一个叫欧阳儒秋的笔名。如今，我出版《中国民间文学史》《中国现代民间文学史论》《中国民间文学通史》《中国民间文学发展史》《中国古代民间文学史》《中国近代民间文学史》《中国现代民间文学史》等，都有当年河南大学中文系的任先生的影响。

张振犁先生

当时的河南大学中文系，我是从一本《河南民间故事》知道的，其署名开封师范学院中文系。入学以后才知道，这是张振犁先生编写的。

认识张振犁先生，是我人生的幸福。1980年的冬天，一个风雪交加的早晨，我误入当时十号楼的108教室，赶上张振犁先生为高年级上课，才知道有这门课。1981年冬天，七八级的王剑冰学兄领着我去张振犁先生家，算是正式拜见先生。王剑冰是当时有影响的校园诗人，他的诗歌在《诗刊》上发表，"我是一辆叮叮当当的洒水车，洒一路青春"，在同学中传唱，他的剧作还获得全国大奖。他的一篇文章，写《李自成》与民间文学，选入学校科研论文集，引起了我对民间文学的兴趣。从此，张振犁先生让我参加他负责修订的《河南民间故事》增订本编写，成为他的课代表；在他的指导下，我们成立河南大学民俗学社，编印《民俗学通讯》，编写《河南地方志民俗资料汇编》。我们的民俗学社指导老师是张振犁先生，顾问有任访秋、于安澜、刘溶、牛庸懋、宋景昌，还有历史系的毛健予老师。毛老师是当时国务院总理赵紫阳中学时代的老师。我们的刊物《民俗学通讯》通过毛老师寄给赵紫阳，受到赞扬。张振犁先生非常耐心地教导我读书，帮助我修改作业，有几篇论文经张老师帮助发表了，深深影响了我的学业。最难忘的是，张振犁先生一字一句地帮我写出来毕业论文《河南现代民间文学史》，直接影响到我后来的中国民间文学史系列的写作。时间长了，我了解到，张振犁先生读大学的时候，一度生活困难，曾经在中国文联做过老舍与赵树理的助手，在钟敬文的鼓励下重读研究生，成为新中国第一代民间文艺学研究生。他在大学读书时期，发表了一篇民间故事的整理文章《毛主席懂得老百姓的苦楚》，选入全国小学语文课本，教育几代人。从张振犁先生那里知道，河南大学的历史与中国民间文学学科息息相关：建校之初有德国教师教学生中国与德国民间故事。20年代有作家郭绍虞研究谚语，罗根泽研究民歌，董作宾研究民俗与民间文学，中州大学学生白寿彝研究民歌。30年代有江绍原做河南大学文学院院长，研究民俗与民间文学，姜亮夫研究敦煌民间文学，高亨研究神话，朱湘研究民歌。40年代研究民间文学的更多，任访秋之外，有张遂青、朱芳圃、张长弓、邵次公等一大批，特别是丁乃通的民间故事类型研究，马可的民歌研究，在全世界产生影响。1949年后，河南大学的民间文学研究，又增加了中国现代文学史上研究民间文学的赵纪彬、孙作云，和研究鲁迅民间文学思想理论的汪玢玲等人。张振犁先生研究中国近代民间文学史，研究胡适的民间文学思想理论，还带领一批学生走遍中原大地，开创了中原神话学派。河南大学中文系，从70年代起有康保成、廖奔研究民间文学中的戏曲戏剧，孟宪明、王定翔、尉迟从泰、娄扎根、朱淑君等人研究民俗；七八级程健君、王剑冰、陈江风、魏敏、丁晓宇和华锋等人，七九级的耿瑞、高恒忠他们，八零级的我们，包括霍清廉等人，八一级的刘炳强、郑大芝等，都有民间文学研究著作。而且，新一代更是茁壮成长。后来，我出版第一本书，扉页上写"谨以此书敬献给张振犁先生"。四十年来，我们与张振犁先生情同父子，心中永远满怀敬爱。我每出版一本书，都会郑重送给他。最令人感动的是，张振犁先生九十五岁出版多卷本《中原神话通鉴》。他曾经获得全国民间文艺学终身成就奖。其实，他一生有多少委屈，不能完全诉说。今年一月，张振犁先生驾鹤西去，我为先生写了一副挽联：九十七年躬耕天地，一身赤诚光耀神州。祝福先生永远安康。

　　河南大学历史上有一群作家，在中国当代文学史上有重要影响。这与河南大学中文系息息相关。非常难忘的是，在我非常艰难的时刻，河南大学中文系是我人生温暖的港湾，我有许多话要说。我深深地祝福河南大学中文系，希望它永远安康。

　　作者简介：高有鹏，1980级本科生，上海交通大学媒体与传播学院教授，博士生导师。

1981—1985：我与师友们的铁塔情缘

于 洪

铁塔回望

背着被褥、拎着网兜，16岁的我独自从故乡汤阴乘坐火车到郑州，换乘长途汽车到开封，再换公共汽车到豆芽街，然后步行走到河南师范大学，当时庄重典雅的南校门没开，进的是西南校门（现河大邮局位置）。入学报到后，一直走向校园最北边，一路上看到了古朴的斋房、静雅的图书馆和庄严的大礼堂，一时间惊叹于大学之大、大学之美。随后在最靠近铁塔的地方找到了自己的宿舍——学11楼103房间。窗后就是学校围墙，围墙之外几十米就是著名的开封铁塔，入校第一夜我就是在铁塔铃声中入梦的。

1981年9月13日的这些场景历历在目，仿佛就发生在昨天，但时光如电，转眼已经过去四十年。

一　学长之爱

入学报到时最先认识的老师是辅导员。我们的辅导员是王刘纯、南中华两位老师，他们是七七级的学长。因为1977年是"文革"后第一次恢复全国高考，他们入学晚，所以还有半年才能毕业，这时候要一边学习一边留校工作，而我们八一级是唯一能跟前四届学长同时在校学习的人，世称"五届同堂"，实属难得和幸运。王老师和南老师对刚入校的我们照顾得无微不至，在安排好班级宿舍、学生管理、教室教材、食堂饭票等事宜后，王刘纯老师还专门借了照相机带领我们到大礼堂、南校门、铁塔等处拍照留影，我们年级很多同学在母校第一张照片就是王老师亲自拍摄洗印的。要知道，当年通信不方便，照相机也极为珍稀，这些及时拍摄洗印的照片是写信给家里人报平安时最好的礼物，能让父母兄弟姐妹直观感受学校面貌和我们的精神状态，从而更全面地分享我们的快乐。

随后，王老师组织他们七七级六个班跟我们年级六个班按序对接，传授学习经验。当时中文系每年招生200—220人（八一级招生人数是200人）、分六个小班，被称为"亚洲最大的中文系"（这个纪录在1983年被打破，中文系从八三级开始每年招生260人）。作为六班班委成员，我们去七七级六班拜访对接，在宿舍见到了班长关爱和学长，关老师非常耐心地解答我们的问题，并约定了交流时间表。随后关老师和其他学长轮流到我们的宿舍给我们班介绍学习经验，其中有学长还未毕业就已经在国家级刊物发表学术论文多篇，也给入学不久的我们介绍学术论文的写法和经验，让我们感到十分震撼。这样的学习经验交流给了我们很大的帮助，让我们很快从高中学习方法转向了大学学习模式。

王刘纯老师还经常在课后带我们到篮球场打篮球，有他这位校篮球队队员现场指导，我们的动作也越来越规范。后来知道王老师的书法作品已经在全国首届大学生书法竞赛中获得了一等奖，同学们更是对多才多艺的王老师敬佩有加。

到了二年级时，七七级学长李建伟老师成为我们的辅导员。最难忘的是李老师带领我们年级五个班去学校设在尉氏县的农场参麦收劳动，跟我们同吃同住同劳作，同甘共苦，实际上当起了我们全年级男生那个集体大宿舍的宿舍长。他睡在那座大房子门口的铺位上，为大家守门，伤病饮食劳动事事关心又细致入微，让我们感受到了兄长一般的慈爱。

不知什么原因，我们八一级在四年里换了好多任辅导员，前后大概有13位之多，可能是系里对我们八一级关爱有加，想把他们每一位的绝学都传给我们吧。众多辅导员中，李慈健老师、夏林老师等人仍然是七七级的学长，他们同样对我们悉心照顾，他们的宿舍就在我们的平房宿舍之间，课余饭后经常和我们聊天，鼓励大家学习，为大家排忧解难。我们之所以跟他们一起住在平房，是因为我们八一级四年之中换了三次宿舍：第一次是入学时住学 11 楼，跟外语系共享；第二次是搬到学 11 楼斜对过的平房宿舍（其实是瓦房）乙四排、乙五排、乙六排，我们宿舍是乙六排最东边一间，依然离铁塔最近；第三次搬家是在八零级毕业后，我们男生搬进了学 8 楼。其中，住平房宿舍的时间最长。

后来的辅导员也多数是学长，其中有七八级学长陈江风老师、七九级学长郭天昊老师等，他们的关心爱护，让我们一如既往地感受到了温暖，学长们的言传身教，让我们感受到了母校校风的淳正。浸润到骨子里的河大印记应该就是这样一届一届传递下来的吧。

二　先生之风

在河南大学读书时的各位老师，正如群星璀璨，镶嵌在我们记忆的深空之中，多少年来一直熠熠闪光。看到很多同学都在这个系列的文章中追忆了各位先生的神采风范，我心有戚戚焉并完全赞同，因为大家说出了许多我想说的话。为了避免重复表达，我就不再一一列出老师的名单，而以我印象最深的几件事情来感谢所有老师。

　　老师们以他们不同的教学风格给我们留下了深刻印象，记得当年我们曾把老师们戏分为"激情派"和"沉静派"两大流派，"激情派"激情飞扬，气势恢宏，振聋发聩，以宋景昌、王宽行、周启祥、何甦、李博、王立群等老师为代表，文学课老师居多。"沉静派"看似波澜不惊但暗流涌动，逻辑清晰，论证严密，以程仪、王浩然、管金麟、魏清源等老师为代表，语言课老师居多。想来这都跟课程内容有关，试想面对"噫吁嚱，危乎高哉""飞流直下三千尺"的狂放谁还能沉静下来？

　　但不管是哪位老师，他们认真负责的态度是一样的。每次作业发回来，我们都能看到老师们认真写下的批语，如果作业里有一点点闪光之处，老师就会加一句"欢迎面谈"，邀请学生前去面授机宜，以给予更多的指导和鼓励。我们当中很多同学都是因为这样的话才鼓起勇气去找老师单独请教的——因为在大学里不像在中学那样天天跟老师接触，刚入校不久的我们跟老师还有一定的距离感——这样的收获自然很多。而年轻的老师们更是勤奋，他们会在晚上直接找到宿舍，当面指导我们学习。入学不久，李晓华老师就连续几天晚上提着录音机到宿舍给每位同学录音，他教我们现代汉语语音课，录音是为了掌握同学们的语言面貌，以便在课堂上进行针对性教学。我来自豫北，方言中平翘舌音不分，我知道自己读得一塌糊涂，但录完音后李老师却鼓励我说：读得不错，音色很好，努力啊！这句简单的话让我找到了自信，对学普通话有了信心。李老师可能没有想到，他的这句话给我后来的工作带来了多么大的影响。

　　每门课的老师都给我们打开了一扇门，他们都以自己独特的方式带领我们进入一个新世界，比如周启祥老师的现代诗歌，何甦老师的电影文学，刘思谦老师的当代文学，杜王香老师的文艺心理学，管金麟老师的写作课，等等，让我们每天都有惊喜。就拿古代文学来说，第一节古代文学课由白本松老师授课，白老师自我介绍"鄙人姓白，小字本松，温县人也"，幽默感一下子拉近了我们跟老师的距离。接着他在黑板上写下了一副自拟的长联，告诉我们古代文学史到底是怎样的星光灿烂、繁花似锦，让我们一下子就爱上了这门课，虽然来自豫北的我那时还不能完全听明白温县话，但白老师已经把我们带入了悠远奇妙的世界。要知道，当年中学课本里文言文有限，新华书店里也很少有《古文观止》、古诗词之类的书籍，来到中文系就像阿里巴巴打开了藏宝洞，珠玉遍地让人目不暇接。白老师讲神话传说和《诗经》，不久之后李博老师讲楚辞，李博老师非常有激情，每每讲课都慷慨激昂，观点尖锐深刻，很能引起同学们共鸣。后来是王立群老师讲《史记》，这是他研究生毕业留校后首次给本科生授课，我们八一级有幸成为王老师的第一批"亲学生"。王老师讲课如玉树临风，挥洒自如，神采飞扬，分析点评形象生动，深刻独到，极大地激发大家对《史记》的学习兴趣。

除了日常课程，我们还十分喜欢听讲座，中文系的讲座经常在10号楼123、124大教室举行，因为不受专业限制，只要喜欢都能来听，所以常常爆满，去晚了连教室门都进不去。系里的老先生们几乎都给我们开过讲座，拓展了我们的视野，让我们领略了大师风范。其中，王宽行、宋景昌两位先生的讲座大家印象最为深刻。王先生不仅能把讲台变作舞台，他还能把整个教室变成舞台，用现在的话说就是把教室变成了沉浸式小剧场。他讲《木兰辞》演示上马、下马、射箭等动作，手眼身法步，处处精彩，让人如闻其声、如见其人、如临其境，在最短时间就让你理解古代文化的奥妙。宋先生声如洪钟、声情并茂，讲课极富感染力，让人不由自主地跟着作者作品而喜怒哀乐、心潮起伏。

偶然听八零级学长说起，因为年龄原因，宋景昌先生给他们年级授课结束后就不再给本科生讲课了，以后主要以讲座形式跟本科生见面。我赶紧找来八零级的课程表，开始追宋先生的课。每逢宋先生上课，我就跑到八零级的教室跟学长们一起学习，反正都在10

号楼，串教室很是方便。宋先生讲课语言犀利、举重若轻，一首长诗他可以纵横捭阖、鞭辟入里，一首小词他能够寻幽探微、千回百转。妙语连珠，让你会心一笑，旁征博引，让你视野大开，赏析点评又往往一针见血、入木三分，让人猛然醒悟、豁然开朗。宋先生的每一节课都是一次文学盛宴，都是一次美的享受，他会让你在不知不觉中提升自己的文学鉴赏能力和审美水平。就这样，我听宋先生的课有将近一个学期，宋先生每次开讲座我当然也是每场必到。收获良多，这让我感到很幸福。

除这种跨年级听课外，还经常有同学跨系听课，这跟考试完全无关，那时也没有学分制，全是兴趣驱动。比如我们上古汉语课时，就有一位体育系的董同学经常来听课，他是学武术的，他说学习古汉语是为了能够读懂读透武术典籍。因为课后经常交流，他和我们都成了朋友。毕业后多年未见，后来从网上看到，董如军同学早已成为业界知名的武术家、教授。

我们宿舍也有人跨系去听课，他就是"奥桑"王泽远。奥桑告诉我们"奥桑"是日语"王先生"的意思。奥桑有段时间痴迷学日语，就去外语系听课，禁不住他的鼓动，我也跟着奥桑去听过几次。当时外语系日语课是小班授课，每次只有十来名同学一起围着大桌上课，并且女生居多，外来者便十分显眼，这对旁听者的心理定力是个严峻考验，但老师并不介意而是一视同仁。因为没有基础跟不上节奏，几次过后我就放弃了，奥桑却坚持学了许久。后来我们起哄，说他是为了跟外语系女生套近乎才去学日语的，他从不承认。奥桑跟外语系女生有没有发生过美丽故事我们不得而知，已经是资深媒体人的奥桑现在的日语水平如何我们也不得而知，但那种有兴趣就可以深入学习、有爱好就可以随时听课的校园氛围，的确让我们感到舒心和自由，给了我们无限的成长空间。

入校两年下来，我们不但感受到了各位老师的关心和爱护，更得到了许多对独立思考的鼓励。几乎所有的老师都要求我们在学术上不要迷信标准答案，不要迷信权威，要勇于质疑，要敢于在事实清楚、论据充分的基础上提出自己的观点，鼓励我们培育"吾爱吾师，吾更爱真理"的基本素养。知识的积累运用固然重要，但这种思辨思维、质疑精神、思考能力的培养才是最根本的，这让我们这些入校时的懵懂少年和无畏青年在心智上逐步成熟成长起来。思想启蒙、人文素养的滋养，校训"明德新民，止于至善"的浸润，在那时就把河大严谨内敛的学风慢慢植入我们的内心，并逐渐外化为"铁塔牌"的标签。

要说毕业后我跟哪一位老师的交集最多，那一定非王立群老师莫属！王老师在2006年登上央视《百家讲坛》，成为闻名遐迩的主讲人，作为亲学生的我们非常骄傲和自豪。不久后，已在央视工作多年的我也调到《百家讲坛》栏目工作，这让我跟王老师有了更多见面和学习的机会。跟大家在电视上看王老师的节目不同，我是在节目录制现场听王老师讲课的，这让我一下子就回到了多年前的课堂上。

《百家讲坛》选拔主讲人的标准近乎苛刻，主要考察指标是学术根基、表达能力和人格魅力，候选人必须在这几个方面特别优异才能突出重围进入选拔流程，为此我们栏目组每年都会不停地奔赴全国高校和学术科研机构选拔候选人。几轮选拔过后，大概只有百分之三到百分之五的人能最终登上讲坛，而要想成为观众喜爱的主讲人，还得继续经受观众和收视率的考验。王老师以他独特的魅力成为《百家讲坛》最受欢迎的主讲人之一，也是《百家讲坛》编导们最愿合作的主讲人之一。我当然也要跟王老师合作，继续为亲老师服务。因此，在王老师录制《百家讲坛》节目时，我基本上都会到演播室听课学习，几年下来，感觉像是跟着王老师又读了一次大学。就这一点来说，我比任何同学都幸福，我甚至想请王老师以个人名义亲撰并给我颁发一个"同硕士出身"证书，以证明我是一个好学的老学生。

我在河大读中文

2015年在央视导播室，于洪献赠王立群老师
七十周岁寿联

    王老师还是央视许多重要节目争相邀请的嘉宾，他要求央视各栏目组在标示嘉宾单位、职称时，一定要写明他是河南大学"文学院教授"，他告诉我："我是中文系、文学院的人，这必须说清楚。"王老师以严谨的学风成为《百家讲坛》主讲人当中的常青树，为提升河南大学的形象、提高文学院的声誉、提振广大校友的士气做出了巨大贡献，我们要永远感谢王老师。

    我们的辅导员王刘纯老师也为《百家讲坛》节目做过贡献。河南大学中文系七五级学长、中山大学教授康保成老师在《百家讲坛》录制《戏里戏外说历史》系列节目时，我担任这个节目的策划和总编导，为打破节目片名千篇一律的电脑字体模式，为让片名更具文化内涵并体现中国书法风采，我特别邀请书法家王刘纯老师为这个系列节目题写总片名、剧目片名和分集片名，因为王老师和康老师本来就非常熟悉，于是他欣然应允。但题写片名并非一蹴而就的事情，而是需要足够的时间和耐心。总片名、剧目片名还好办，20集分集片名往往会在节目后期制作中不断修改，有时候因节目制作周期原因，修改稿催得很急，所以往往一个分集片名王老师就要反复写好几次。

很多时候，王老师都是在繁忙公务结束后深夜写好再拍照发给我的，还有几次王老师是在出差途中，没带文房四宝，他就想方设法找来笔墨纸张，在宾馆房间写就。这项工作前后持续了不短时间，王老师从来没有半句怨言，更没有耽误节目制作，这让我非常感动，而这一切又是无偿的，一分钱稿费都没有。最终，康老师的节目视角独特、深入浅出、精彩纷呈，王老师题写的片名大气沉稳、厚朴典雅、自然灵动，二者和谐共振、相得益彰。《戏里戏外说历史》系列节目播出后深受观众欢迎，节目的创新还得到了央视总编室的表扬。康老师、王老师的合作也成就了河大中文系系友联手传播文化的一段佳话。

说到跟老师们的交往，还有一件跟学习无关的事情也让我记忆犹新。那应该是在1983年，内地电视台开始播放香港电视连续剧《霍元甲》，当年十八九岁的我们对武侠电视剧毫无免疫力，更何况到处传唱的"昏睡百年国人渐已醒"唱得大家每天热血沸腾。可是那个年头，电视机还没有普及，看电视还是非常奢侈的事情，晚饭后我们三四个同学心如猫抓，就在学八楼北边老师们居住的平房区逡巡，最终我们鼓足勇气敲开了杜运通老师的家门。杜老师听说我们想看电视剧《霍元甲》，非常热情地招呼我们进屋坐下，帮我们调了台，又陪我们看了一会儿，然后就忙去了。后面接连好几天我们都去杜老师家看《霍元甲》，并且一看就是两集两个小时，每次杜老师都很热情，给我们沏茶倒水，这让我们十分惭愧。几天后大家有所觉悟，觉得跟老师请教学习问题可以，但怎么能天天去老师本来就非常狭小的家里蹭电视并影响老师备课呢？这也太不懂事儿了吧？

这不就是大傻子吗？后来我们就没敢再去叨扰，但杜老师对我们的热情和宽容，已经在我们几个傻小子的心底记了近四十年。

先生之风，山高水长。大学之德，日晖月曜。

三 体育之火

中国女排第一次夺得世界冠军的场景让我们心中的体育之火烧得更加猛烈，虽然此前我们也经常打球、运动。入校的第一学期，第三届世界杯女子排球赛在日本举行，中国女排连战连胜冲入决赛。前边的比赛我们靠收音机收听，决赛当然想看电视转播。可当年电视机甚少，全校也没有几个地方能看。好在学11楼南的平房区后两排里有个建筑公司入驻，他们有一台电视机，于是就请他们把电视机搬到室外大家一起看，地点就在第五、第六排平房之间，直对铁塔那条路的路东边，这是离铁塔最近的一台电视机。随后这成为一项惯例，每当有重要比赛，师傅们都会主动把电视机搬出来跟大家一起观看。

电视机放好后，工人师傅们先入座，其他位置马上就被同学们占领，并且人越来越多。随着比赛的进行，欢呼声一浪高过一浪，这里很快被包围得水泄不通。前面是直接坐在地上的，接着是坐砖头矮物的，后边是坐凳子的工人师傅们，再后边是几层站着的，最后边还有几层是站在凳子上的，其他任何有缝隙的地方都挤满了人，就连平时不喜欢体育的女生们也都抢占了位置跟着大声叫好和鼓掌。那几个小时真是群情振奋、热血沸腾，嗓子喊哑了、手拍红了都浑然不觉。比赛结束，中国女排战胜日本女排获得世界冠军，大家更是长时间地鼓掌欢呼，感觉铁塔的铃声都比往日激昂铿锵。心潮难平，于是大家结伴在校园里游走呼喊，路上不时遇见在其他地方看完电视转播的同学，队伍越走越壮大，欢呼声经久不息。

女排夺冠激发了我们的民族自豪感，体育精神激励了我们的拼搏斗志。知行合一，对于体育运动我们就更加痴狂。在我们宿舍，一台收音机听体育新闻和现场解说一场不落，足球篮球排球羽毛球每种都练，尤其是足球，成为我们的最爱。以至于到后来，大家对每一项体育运动的规则都耳熟能详，对国内外每一位著名运动员的身高体重、籍贯战绩、技术风格都倒背如流，成为不折不扣的体育迷。我们当然不是光说不练，而是每天都要去球场运动。说出来大家可能不信，我们中文系足球队曾经写下了一段传奇——长时间保持不败纪录，并且都是对阵体育系足球队。

我们三年级的时候，因为八零级师兄和八二级师弟中踢球的人不多，八一级成了中文系足球队的主力，刘祥麟、周玉合、郭海龙、张伟、李学民、王泽远、耿斌、李凌泽和我等是常客，我们年级"海拔"最高值、校男篮队员胡德岭同学也时常上场。再进一步说，那时的中文系足球队以八一级为主，八一级以六班为主，六班以我们宿舍为主，守门员是我舍在全校足球界知名的"铁门"周玉合，队长则是我舍的校男排队员刘祥麟，作为体育班长的我很为此自豪。

因为每次练球踢球时南操场都人满为患，我们后来就去开发西边的体育系操场，趁人家不用场地的时候踢。好像除了我们，其他系也没人敢去那里出没。随后我们就跟体育系足球队狭路相逢了——那是人家的地盘不可能不见面。

两队相见，直接"切磋"。开始我们心里没底，不光是因为客场作战，还因为他们都体能好、体格壮、技术高、身体柔韧性和协调性强，更何况他们队里还有几位是足球专业的学生——人家可是从小练足球的。没想到，第一次切磋我们居然赢了，这让我们信心大增。随后每周我们都会跟他们切磋一两次，每次我们都斗志昂扬，结果不是我们赢就是平，他们却一直赢不了我们。这让这群"猛男"耿耿于怀，他们没想到"文里文气"的中文系学生居然这么刚猛难拿，于是发誓要灭了我们这帮"秀才"。每次他们都铆足了劲要拿下我们，但直到1985年7月我们八一级毕业，他们也没能实现这个愿望。

但我们和他们场上是对手、场下是朋友，比赛后常坐在一起聊天笑闹，实际上他们也没有因为没赢过我们就感到特别没面子，因为我们私聘的免费教练就是他们体育系足球专业的杨同学，相当于我们是用少林拳法打败、战平了少林派。但在我们毕业之后，中文系足球队的这个"金刚不坏之体"是什么时候被"破"的，至今不得而知。

儒家六艺"礼乐射御书数"，要求读书人一样也不能少，孔子不但驾车射箭水平高超，据说还是善于奔跑、能徒手捉到兔子的运动健将。所以，即便从传承传统文化的角度来说，中文系学生也不能荒废体育而是要身体力行，体育运动不但能强健体魄、培育敢拼敢赢的意志，还能让你深刻理解尊重对手、追求极致、永不言弃的体育精神。我至今都很怀念和感激母校的运动场和中文系的体育氛围，想念当年一同抛汗水、忍伤痛的队友和对手们。

四　美味之叹

我们入校时校名是河南师范大学。当年师范院校的学生每月都有二十一块五毛的生活补贴，其中四块钱留存为集体助学金，每月饭票就只有十七块五毛，平均每天的伙食费不到六毛钱，饭票由生活班长每月发到每个人手里。而学生食堂的菜价记得是带肉的菜两毛五一份，素菜一毛到一毛五一份，烧茄子两毛一份，咸菜一两分钱。那时还需要粮票，每人都得自己从家里找来带来，全国粮票最好用。主食当中百分之三十是粗粮，记得有一个学期还因故把主食改成了百分之七十是粗粮。不管粗粮多少，能吃饱就算不错，但这一点伙食费怎么能吃饱呢？女生还好一些，对于运动量大、饭量大的男生来说，必然是不够吃，其余全靠家里支持。不过在那个年头，家家都很紧张，支持力度也很有限，所以当年我们都是省吃俭用，还经常会饿肚子。后来有了经验，晚上多买一个馒头、留些咸菜，饿了倒碗开水就着吃。当年校门外哪里有像现在这样那么多的小吃摊、小吃街？没有能吃得起的顾客呀。西门外有几家小店，但我们极少光顾。所以就有了星期天去书店街看书买书后转到古楼广场时，几个人集资买两根香蕉品品味、大家合伙买一只小螃蟹尝尝鲜的故事。当时几毛钱就能买一本小书，一两块钱就能买一本好书，范文澜先生的四卷本《中国通史》定价八块钱，所以大家宁愿挨些饿也要买书。

当时我在宿舍算半个"土豪"，因为我父亲有工资，没钱了可以厚着脸皮写信要一点儿。有时候我们三五人上街，我会请大家每人来一份开封炒凉粉，小小的一碟每份两毛钱，但炒得外焦里嫩、香气扑鼻，吃起来酥脆可口又软糯弹牙，感觉那就是人间至味。因此开封炒凉粉就成了我的最爱，后来每次去开封必吃炒凉粉，却再也没有吃到那么用心炒制的凉粉，感觉味道也跟原来相差甚远。

集体饥饿感的消退大概是在1983年夏天以后，因为包产到户政策那时已经在河南全面铺开，同学们家里的经济状况都逐渐好转，学生食堂的粗粮比例也下降了，有的食堂开始提供宵夜服务，夏天销售冰糕、冰水等，校园里路灯下卖茶叶蛋等小吃的教职工家属也多了起来，吃饱已经不是问题，但有些事情回想起来还是让人忍俊不禁。

记得有一次发还了一些伙食费结余，每个人领了十块钱左右。晚上饿了，宿舍有人提议吃茶叶蛋，那可是我们平常舍不得吃的好物，于是派代表外出采买。每人两个茶叶蛋吃完，唇齿留香、意犹未尽，有人提议再买，于是又派人去采买。吃完之后还有人喊没吃够，提出"要吃就吃过瘾"，提议再换人采买一轮。一连几轮下来，每人都轮流出去买过，每人都吃了不少。最高纪录是有人吃了十四还是十五个茶叶蛋，最后大家都撑得起不了身，只好开了很长时间的卧谈会来消食。这是最为奢侈的一次盛宴，成为我们宿舍难得荒唐的一桩笑谈，流传至今。

相比七七、七八、七九级的学长，我们已经很幸福，虽然我们也算饿过肚子，但他们吃的苦比这些要多得多，很多人经历了难以想象的艰难困苦，很多人都是拖家带口在上学，压力巨大。到我们这一届，大龄学生比例降低，主要是应届生和复读生，入学平均年龄大概在十八九岁，基本没有了来自家庭的负担。但我们小时候经历过贫困，生活在牛耕和拖拉机并存的时代，能通过高考改变命运和户口已经非常满足、非常自豪，饿点儿肚子根本不算什么。因为那时候高考录取率很低，河南的录取率更低，有幸考上大学成为"天之骄子"，我们既有荣誉感也有使命感，因此也不会计较吃穿更不会去攀比吃穿——至今依然如此，这不仅仅是因为没钱，更是因为我们知道，读书和理想才是人生最好的美味。

阳光清澈、天空清爽，那是一个青春飞扬、梦想金黄的时代。

五　团聚之情

母校情、同学谊，是永恒不变的话题，绝大多数人都对母校有着深深的眷恋之情，毕业之后多回母校探望是多数人的共同梦想。我有时候甚至会想，全年级同时返校很不现实，但如果一个小班的全班同学都返校一个月或半个月，仍然各住当年的宿舍当年的床，仍然一起上课一起打饭一起运动，那将会是一个什么样的场景？我们又将收获多少人生的感悟？考虑到现实，恐怕这也是一个难以实现的梦，但在关键节点返校团聚却是我们共同的期盼。

因为大学四年，正是我们身体成长与心灵成长的黄金时期，母校给予了我们丰厚的营养，让我们羽翼渐次丰满、心意不断坚定，老师们给予了我们真诚的教导，让我们全面成长，并为我们源源不断补给着迎风飞翔的勇气。

从1985年7月毕业至今，我们中文八一级的年级大团聚有过四次——毕业10周年聚会（1995年）、毕业15周年聚会（2000年）、毕业20周年聚会（2005年）和毕业30周年聚会（2015年），班级小聚当然更多，虽然每次相聚都不可能全员到齐。

每次返校大团聚，系里、院里和学校都非常热情和重视，但我们总觉得时光匆匆，无法表达对母校和老师们的深情，所以每次返校后都仍然对下次相聚充满期待。

我们毕业30周年聚会时，看到同学们顶风冒雪从新疆、广东等四面八方赶回母校，自是非常感动，把酒叙旧，更是感慨万千。我一时兴起，遂以中文系八一级我们六班三十五名同学的名字以诗经体连缀成篇，并与同学们分享，以作聚会纪念。后魏留成同学专门以此写成书法作品赠我，至今收藏。只是当时未敢把记老师的那一章公布，一是感觉妄写先生们名讳多有冒犯，二是未能记录全部授业老师恐有得罪。如今一并贴出，虽难免牵强，但可表寸草之心，谨以列出的老师为代表再次感谢所有师长和忍辱负重的伟大母校。

汴风·春水

春水漾漾　绿柳飐飐

丹莉芬芬　建新载阳

春之日贵书　太学其煌

英杰晏晏　有学汴梁

童子俊启　学民书强

玉慧于心　文泽尔藏

夏水涣涣　鸣蜩央央

薇萍青青　影双林广

夏之日尚学　奋之有刚

崇娴圣文　传增贤章

金瓯银才　恪劼韬光

怀彼洪愿　泽远道长

秋水汤汤　高天朗朗
秋英灿灿　载绛载黄
秋之日业成　玉合印璋
如狝立军　卫国守疆
尔如月出　素娟清光
持平居正　将子远航

冬水茫茫　雁阵行行
玉梅夭夭　雪丰松昌
冬之日长忆　思我同窗
三十有年　天各一方
明德新民　初心不忘
成家立业　岁月绵长

河水泱泱　嵩岳苍苍
高士济济　名校流芳
昔之日受业　师恩浩荡
君恒严铮　传道有方
晓华清源　振犁春祥
金麟访秋　冬冰景昌
耀钦庸懋　何甦王香
运通锺彦　本松永茂
怀通文田　连波海江
文金兴业　琛珏遂工
立群宽行　思谦仲良
师名永志　勿曰犯上

俊山豫林　浩然增杰
传我薪火　安澜启祥

汴水沧沧　铁塔印印
我心明明　母校其光
今之日恒聚　有慰长想
越陌度阡　踏雪履霜
祥麟其敏　凌泽跨岗
杰虎陟岭　迹留成行
谅尔未至　思尔心伤
月有盈亏　来日方长
旧文稚影　素心铭记
佳酿醇醪　玉阁珍藏
师生如仪　嘉年成祥
举觞共祝　母校永无疆

我们三十五人只是三十五颗水珠，六班只是一朵小小的浪花，中文系八一级只是母校众多道浪潮中的一小部分，只有在母校的大海中，我们才能吸纳澎湃的力量，才能绽放出生命的光彩，我们跳荡的人生音符才能汇入母校的大合唱：

嵩岳苍苍 河水泱泱
中原文化悠且长
济济多士 风雨一堂
继往开来扬辉光
四郊多垒 国仇难忘
民主是式 科学允张
猗欤吾校永无疆

猗欤吾校永无疆

——《河南大学校歌》

作词：嵇文甫　作曲：陈梓北

作者简介：于洪，河南大学中文系 1981 级学生，现为中央广播电视总台 CCTV-7 国防军事频道主持人、制片人。

铃铎虚悬谁解语,天风浩荡自来去

范恪劼

回到铁塔风铃中

没有想到

铁塔也会失真。天太空

大地向更深处退隐,即使塔尖

也只能望见一隅

游来荡去的,只是风声

站在曾经的青春入口

拿不准,向左还是向右

哪一步才能对接如初的光阴

落叶簌簌,一层又一层

可以扶起自己的影子往前走

谁又能捧起泻地的时光,装入

轮回的宝瓶

——2011年10月"相聚河大三十年同学会"于河大老校园

"铁塔牌"是河大学子最引以为傲的徽记。这其中,蕴含着历代学子们对母校文脉赓续弦歌不辍风尚的眷恋怀思，对母校"明德新民，止于至善"校训的终身服膺，以及对母校栽培扶掖恩情的铭感不忘。

从 1981 年 9 月到 1985 年 6 月，本人与河南大学中文系八一级 200 多名同窗一起，在铁塔铃声环绕的校园中度过了四载求学时光，也有幸成为几十万"铁塔牌"莘莘学子中的一员。

20 世纪 80 年代，改革开放伊始背景下的河大校园，教师与知识恢复尊严后的意气风发与如饥似渴，学术与讲堂再次成为聚焦点的轰动与专注，学习与思考开始向着自主与自由王国的挺进与驰骋，成为古城墙拱卫中铁塔风铃里母校最浓郁的氛围。也从进入 80 年代起，大学生主体才真正再一次由受过完整中学教育的高中生所组成。显然，与在我们仰望中神情坦然沉稳来去的七七、七八、七九、八零四届学长不同，我们这些直接从校门步入校门的新一代，带着更多的懵懂与天真，也带着更多的纯粹与梦想。于是，缘铁塔而筑梦，依明伦而悟道，就成了一条必然的成长路径。

光阴飞转，弹指间，自己也步入即将退休的年龄了。毕业卌年已在一步之遥，无数旧事依然宛在目前。

最难忘的，当然是中文系德高望重先生辈们的风标垂范与众多可敬可爱师长们的人格引领。

四年中，各位学有专长的老师是我们那个年代大学生理所当然的知识殿堂引领人，更是我们品性人格格局的传教者；因此，可以心有所好某种课程，却从来不敢轻视任何一门课；更因此，既有课堂上对各科老师口讲指画的目追心随，更有拜访老师的忐忑不安与登堂入室后的如沐春风。忘不了，系主任刘增杰老师的言简意赅又高屋建瓴，鲁迅研究专家赵明老师的循循善诱与有问必答，巴金研究专家黄平权老师的谦谦君子风，王文金老师磁性音质里的严谨与精辟，毕业论文导师赵福生的儒雅温婉与谆谆不倦，每次课都会有情不自禁忘情吟诵场景的宋景昌老师，边讲边走三尺讲坛永远不够用的王宽行老师，修理自行车与讲授《离骚》一样得心应手的李博老师，一口焦作方言却让同学们欲罢不忍的先秦文学教师白本松老师……

忘不了，讲授当代文学的刘思谦先生彼时已经作为一位评论家名满天下。刘老师讲课既有浓厚的理论思辨色彩，又有扎实的作品剖析演示，加之她居于当代文学研究前沿，常有醍醐灌顶的研究心得与一语中的的不刊之论，所以课堂总是座无虚席。印象最深的是，几次到先生寝办合一的宿舍去请教，总遇到先生在伏案书写的间歇里，一个烧饼一杯热水的简易进餐。先生是在中南海待过见过世面的，如此简陋地对付着生活，身为学生便觉大不忍。可先生总是笑着说，很好啦。刘先生后来持续在学术研究上攀高峰，才情之外，与她的勤奋坚韧、甘于寂寞的品格是分不开的。忘不了，某个阶段坐骨神经痛发作导致学习受影响而情绪低落，辅导员董武军老师的关切慰问。曾经担任过一段辅导员的王刘纯老师已是我们甚为钦佩的书法大腕，毕业离校的前一日，想实现一直念念于心的愿望——收藏他的一幅作品。因为赶时间，不得不在初晨就去敲他的宿舍门。王老师听到声音，当即起身开门，一边招呼我一边用湿毛巾简单擦了一把脸，便摊开宣纸挥翰书写。"舍南舍北皆春水，但见群鸥日日来……"多少年之后，那些墨香和字迹依然清晰如昨。忘不了，在受到某种委屈后，系副书记吕文源老师和系副主任邹同庆老师一起代表系班子亲笔致函给一位已经毕业离校的学生，言辞谆谆，勖勉有加，一扫我心中的阴霾。忘不了，90年代首次申请副高破格。王文金老师已经是大评委组长，职称评定结束后被我供职学校的领导邀请共餐，我幸陪末座，先生当着我的领导说："因为我主其事，你条件又不是特别突出，当然得等下一回。"稍停，他又说："都能看出来，你是我的学生嘛。"我除了心服口服，又被先生不徇区区一私的公道正派所折服。

讲授文学概论的何甦老师有名士气度，讲课时有卓见，课下偶有请益。难忘的是，毕业多年后，先生请一位同窗捎转给我的一句话，至今令学生感激不已，而先生墓木已拱。讲授古代文学的王立群老师，博洽儒雅，妙语如珠，作为不肖弟子几十年能够守住三尺讲坛，总觉得先生之风或有一丝沐浴于我吧。更幸运的是，先生弟子们的不少后代包括我的孩子竟也在京华得享先生几番耳提面命之福。

讲授现当代诗歌的周启祥先生，精神抖擞，有深度情感投入，加之先生自己就是与讲义中指涉诗人同为一代诗坛俊彦，知根知底又落潮观石，讲起来便别有滋味。因此，2018年9月，河大中文系学子在李霞学兄倡导下于郑州举办纪念周启祥先生一百周年诞辰诗歌朗诵会，当我诵读起先生的《灾荒年代的风景线》，不由得眼睛湿润。

在我们毕业前已经是河大校长助理、给我们讲授文艺理论的王绍令老师，我曾经多次与那时已经两心相悦后来顺利结为伉俪的同班某女同学一起，借得先生家的自行车，出行黄河或游走市衢。先生后来干脆交代其夫人，不管他在与不在，只要我们去了，骑车，走人。

余生也晚。当我们入校后，中文系"四老"任访秋先生、华锺彦先生、高文先生和于安澜先生皆已高龄，因此八一级的我们最遗憾的是没有在课堂上聆听到一代学富五车大师们的妙音善境。不过，作为现代文学学习小组一员的我，有幸到任先生府上听了先生两次谈话式讲授；作为书法社一员的我，也有拿着书法作业让安澜先生批评点拨之幸。华锺彦先生、高文先生，偶尔能够在校园碰到，学子们大多能够认出先生们，皆驻足行注目礼。难忘的是，两位先生或被人搀着缓缓散步，或坐在轮椅中徐徐而行，其满面蔼然之神采，愈随年长，愈见先生山高水长之风骨。

百年母校，先后已有几十万学子走出河南大学校门报效家国，并镀亮了铁塔牌。这其中，不乏为母校增光添彩的明星人物与一时俊彦。特别是 80 年代恢复河南大学校名以来，从中文系到文学院，受教于中国语言文学的同门学子，秉承"明德新民，止于至善"校训，从政则清正廉洁，经商则惠及乡梓，为学则谨严精进，执教则为人师表，著述则情怀深切。需要着重书一笔的是，除那些赫然在榜的知名校友外，无数河大学子在平凡的岗位上以骨干的担当，默默无闻地尽责于各行各业中，尤其是 20 世纪 80 年代以降至 20 世纪末河南大学师范性质不改前提下，众多河大学子坚守基层教育一线，形成了中原大地有校在必有河大出身之校长、讲坛立则必有河大出身之教席的地域教育与文化景观。细想来，这些当然与母校"前瞻开放、兼容并包、不事浮华、严谨朴实"的精神气象有关，与一代代先生们的文化传播、精神灌输、学风培植有关，与一代代学子们珍惜母校荣誉且爱惜羽毛有关。如今，母校正加速驶入"双一流建设的快车道"，当然会有更多更出色的学子为母校增光添彩。

母校，是每一位"仰天大笑出门去"学子永远的港湾。青春与激情，光荣与梦想，泪水与羞赧，永驻与出发，在这里承载，在这里加持，在这里重生。谨以入校三十年相聚河大时的一首拙作，献给铁塔牌新老校友——

仿佛

那些浸润上年华的光影还在

烙印着青春的石凳在

斑驳着三月呢喃的林荫也在

绕着季节逆行。我看见

空疏的栅栏里繁盛层叠

一只红嘴雀，倏尔隐没

邻近大礼堂的坦途上，匆匆着向上

起风了。满城的馨香涌过来
一些人插着菊花走远
一些人循着心音走近

作者简介：范恪劼，1981 级本科生，教授，河南财政金融学院韦伯国际学院院长。

忆 往
——我与大师点点情

王文科

八朝古都演绎历史故事，铁塔风铃弹拨自然音符；千年古城，百年名校，无时无刻不在讲述一个个平凡而又动人的故事。回味20世纪80年代初大学中文系求学与毕业留校后四十余载的学习工作时光，不禁感慨万千。青春易逝，时光荏苒，当时，作为一个怀揣文学梦的懵懂青年，求学期间，于1984年10月18日与文友冯团彬、高金光、吴泽永、赵孟良等发起成立中文系铁塔文学社，创办文印小报《铁塔湖》，聘请著名作家魏巍、端木蕻良、苏金伞、王怀让、叶文玲、李允久等为文学社顾问，周启祥、刘思谦老师为文学社指导教师。为了追寻文学梦想，尝试文学创作，有幸步入诸位大师的书斋，走近大师，聆听大师们的教诲，一个场景、一篇文章、一个故事、一幅字画，点点滴滴，犹如昨日，历历在目，意味悠长，撷来片段，留存记忆，时时砥砺鞭策自己……

李白凤先生的"存疑斋"

那是1982年的初冬，一个菊花飘香的季节，月夜，怀着敬慕之情，与李教授夫人刘朱樱老师相约来到河南大学明伦校区西门附近的平房小院李白凤教授的"存疑斋"。李白凤教授（1914.3.14—1978.8.18），20世纪30年代致力于诗歌、小说、散文创作，活跃在新诗诗坛，1933年考入北平国民学院国文系，1954年至1978年在河南大学中文系任教，是柳亚子、郭沫若、茅盾、巴金、沈从文、戴望舒、周作人、田汉、叶圣陶、姚雪垠、臧克家、端木蕻良等的好友文友，是我国现代著名作家、学者、诗人、篆刻家，其代表作有《白凤印册》《李白凤文集》。非常令人遗憾的是，他"平反"不久，由于过度兴奋，还未来得及施展他的暮年余力，便匆匆地离去了。在这个不足十平方米的书房，刘老师展示了李教授留下的最后一首诗：

> 春天
> 春天来了，
> 要像鱼一样地活泼，
> 鸟一样地歌唱。
> 这是一个适宜于
> 开放花朵的春天，
> 乌云散尽，阳光普照……
> 我像包尔康斯基看见的
> 那棵老树一样，
> 愉快地长出新芽！

面对真正到来的春天，这是怎样一种无比激动和对春天的渴望之情呵！刘朱樱老师告诉我："你白凤老师和这间小屋结下了不解之缘，他自己给这个屋子题名'存疑斋'，正像他自己一样，一生都在探索……"

我深情地环顾了一下房间：墙壁上的镜框内，李白凤教授那清癯的遗容；镜框下，端正地摆放着一盆金菊花……李教授64年坎坷短暂的人生旅途，诠释出他对文学、人生、艺术的孜孜以求与热爱。几十年弹指一挥间，如今，那片老房子早已拆除，但李教授的"存疑斋"，先生的精神，挥之不去，永远留存于我的记忆深处。

任访秋先生的"不舍斋"

> 1936年，鲁迅，巨星陨落。噩耗，巨浪冲天。
> 二十五年后的今天，暴风雨后的前夕，
> 先生，您像颗陨星从天边沦亡！
> 您的眼，像爱克斯光似的，照穿人类的腑脏！
> 您的笔，像投枪般，刺入敌人的胸膛！
> 那骆驼，比不上您，从荆棘中走出的道路，
> 那样明光。
> 那母牛更不胜您，吃的是干草，喷出了那么多的奶浆。
> 您的一字一句像洪钟般响！
> 促进我的觉醒，
> 促我们觉醒，
> 促我们联结，
> 促我们坚韧自强！
> 踏倒敌人！踏倒敌人！
> 争取民族的自由解放！

这是河南大学纪念鲁迅先生逝世五周年时的一首纪念歌。它的作者是风华正茂的青年学者——任访秋。

半个多世纪以来，灯光与钟声伴着"不舍斋"送走一个个春秋，迎来一个个黎明与收获。《中国古典文学论文集》《〈聊斋志异〉选

讲》《鲁迅散论》《袁中郎研究》《中国近代文学作家论》《近代散文选》《桐城—湘乡派研究资料》《曾国藩研究资料》《近代散文索引》《中国近代文学史》，任先生在"不舍斋"完成了一部部著作，一篇篇论文。在先生治学与学术字典里永远没有休止符。已经75岁高龄的先生还担任全国政协委员、全国鲁迅研究会理事、河南省政协副主席、河南大学中文系名誉系主任等职务。在学术与人生的殿堂里，先生辛勤劳作，默默奉献……

怀着对任先生的敬慕，心中酝酿写一篇关于先生的报告文学，题目初定为《他在灯火阑珊处》，后来成为自己毕业论文选题。1985年元月的一天，我带着文章草稿，内心忐忑，走进任先生的书房"不舍斋"。适逢先生刚回，风尘仆仆，一路劳顿，但是先生十分谦逊。我一再向任先生表明意图，先生微笑示意我坐下，便放下手头事务，坐到书桌前，拿起文稿，伏案修改，一个小时过去了，文稿从标题到语言，从结构到标点，密密麻麻的，文稿修改后，先生特意签上了自己的名字。在先生堆满书籍的"不舍斋"，凝望一位鬓发斑白，年逾古稀的长者，先生高度近视镜片中的层层晕圈，深驼的背，那伏案阅卷疾书时的身影，让我看到了一尊雕塑，一种力量，一种锲而不舍的精神力量。先生奖掖后生，严谨、求真、勤勉、谦逊、和蔼、亲切的面容，时时萦绕心间；先生不舍昼夜，孜孜以求的精神，时刻激励自己不懈怠，努力前行，成就点点梦想……

于安澜先生给我讲故事

记得1984年4月，春天，一个细雨霏霏的下午，在河南大学南门对面教授楼一间纸墨飘香的书房，我拜访时年83岁高龄的于安澜先生。

开封的四月，天气微凉，于先生坐在一把藤椅上，身着粗布夹衫，精神矍铄，谈笑风生。《中国艺术家词典》称他为"著名美术史家，古汉语学家"。于先生的《汉魏六朝韵谱》填补了我国音韵史上的一段空白。仰慕先生，求字一幅。说明意图，喜欢梅花，于先生爽快答应用毛笔登记在册预约一个月后来取。尔后，搬起小凳，坐在先生旁边听于先生给我讲述宋代林逋的传奇故事，这位北宋时期著名的隐士一生无妻无子，酷爱梅花与白鹤，人称"梅妻鹤子"。聆听先生娓娓道出《山园小梅》中稀疏的影子横斜在浅浅的水中，清幽的芳香浮动在黄昏的月光下那意境，不觉陶醉其中。一个月后，如约再次拜访先生，一幅小篆"疏影横斜水清浅，暗香浮动月黄昏"跃然纸上。

每每忆起与先生的晤面，先生娓娓道来，音容笑貌，渊博的学识，质朴无华的品德，爽朗的性格，成为我内心永远的珍藏与人生坐标。

作者简介：王文科，1981级本科生，曾任河南大学新闻与传播学院党委书记。

求索与收获

李伟昉

　　1982年，注定是我生命旅程中的一个重要转折点。高考前的5月份，我参加省中学生历史竞赛获得第一名，接受了隆重的表彰。我的班主任、河南省中学语文特级教师潘万岭为我改取了现在的名字。当初，潘老师对我说："'李伟'这个名字叫的人太多，你应该有一个更有意义的名字，可以考虑在'伟'字后面加一个'昉'字。"并满怀期望地解释道："'昉'字有两个含义，一是'明亮'，二是'起始''开始'。这个名字蕴含着希望你今后能走上一条光明的人生之路，同时又代表着光明的开始。祝愿你努力进取，成为栋梁之材吧！"我恍然大悟，这个名字寄托着老师的殷殷期盼，体现着老师激励学生进取的良苦用心啊。

　　不久，我参加高考并收到河南师范大学（今河南大学）中文系录取通知书。现在回想起来，当初收到录取通知书时，虽然很兴奋激动，但还没有到得意忘形、夜不能寐的程度。我是开封市人，原本就想守着家门口读大学方便，另外对这里的中文系也不算陌生。20世纪70年代末，还叫开封师范学院的中文系资料室已经深深吸引了我。1978年初冬，经父亲一位朋友引荐，我开始跟随中文系李博教授（1936—1991）学习古典文学与写作。当年我们家还住在开封市鼓楼区四面钟附近的官驿街一道胡同，距离学校还是比较远的。

每周末的下午或晚上都会骑自行车去李老师家上一次课。李老师住在大礼堂后面的排房里。房间不大,到处堆放的都是书。有时候,去上课的时候,李老师不在家,我就会在对面的白本松老师家里等候。那个时候跟着李老师学习是不收任何费用的。记得李老师第一次带我走进中文系资料室时,就给我留下了深刻记忆,我完全被资料室丰富的藏书震撼了。时隔半年,我把自己当时激动的心情与感受写进了《走进资料室》这篇短文里。至今我还珍藏着这篇短文。

走进资料室,就像走进了一个新天地。站在书架下,我觉得自己正在饱览一望无际的大海,心中顿觉心旷神怡。我情不自禁地喃喃自语:"能把这些书看完就好了。"什么时候能把它们看完了呢?我虽然知道这是不可能的事,但怎能抑制住自己此时的激动呢?看到这些书,我觉得它就是"粮食",吃下去就会增添无穷的力量。

……

一时间,一些感想在脑海里形成。我现在还应该把语文的基础知识再砸得牢固些,不要好高骛远,不然会变成空中楼阁。确实,看到这些书,我求知的欲望更强烈起来。我想,现在自己能博览群书,把各家之长学到手,变为己有,是漫长的过程。我乐意走过这条漫长的征程。书架下,我下定决心,永远与书做朋友;书架下,我更坚定了自己的信心:成为一名人民的文学工作者。过去自己老发愁没书看,现在我已不愁了,愁的是怕看不完哩。

不少中外文学名著的最初阅读就是在那个时候开始的,想当作家的念头也是那个时候萌芽的。至今回想起这件事,依然心潮澎湃。资料室丰富的藏书唤起了我强烈的求知渴望,它让我和书开始真正建立起一种终生的联系,成为我在任何环境中须臾离不开的亲密的朋友。正是书，在无形地推动着我成长、进步，潜移默化地塑造着我的精神之魂与丰盈的人生。

报到入学后，接着就是近一个月紧张的军训。其间，年级与班干部们已开始酝酿迎新晚会的事宜。各班让统计有文艺特长的同学，鼓励自告奋勇，毛遂自荐，精心准备自己的晚会。我 1974 年下半年开始学笛子，1977 年后就时常跟随老师参加开封市群艺馆组织的一些文艺演出，例如在位于今天四面钟"天下第一楼"附近很有名的市革委礼堂演出过几次（后来全拆了）。1978 年便终止了笛子的学习。原本军人出身的父亲，是想让我学一技之长，将来入伍当文艺兵。由于高考制度的恢复，父母也就指望着我能读大学，当文艺兵的事自然就搁浅了。因近四年没有摸过笛子，指法都生硬了，害怕时间紧，恢复不过来，就迟迟没有报名。同寝室的孔祥申看出了我欲言又止的犹豫，就说："你肯定会点儿啥，报上么，有啥可磨叽的，也给咱寝室争点光。"于是报了笛子独奏《扬鞭催马运粮忙》。真要感谢大学生活让我把荒废了快四年的笛子演奏又逐渐恢复起来，并成为后来年级或中文系学生会每年迎国庆、庆元旦的保留节目，先后演奏过笛子独奏名曲《我是一个兵》《牧民新歌》《歌儿献给解放军》等。也就是从那时起，中文系同届同学和高年级的学兄学姐们都知道 82 级有个会吹奏笛子的同学。毕业后，参加了 1987 年 5 月全校教职工文艺大赛并获一等奖；最后一次是文学院迎接 1994 年元旦晚会上，演奏了《牧民新歌》。从此再未碰过笛子。这期间的历次演奏，为我手风琴伴奏的都是艺术学院 82 级的张利君同学，现为音乐学院教授。这个经历让我悟出一个道理，演奏笛子同读书写作一样，需要细腻理解，准确表达。每一次虽然都可能重复演奏同一支曲子，但都会有一些不一样的感觉和理解，而指法技巧运用、音色韵味处理与细腻到位的理解密不可分。那是对更高艺术境界的再一次接近并因此获得快乐。当然，以笛子为媒介也为集体的文艺活动尽了一份力量，收获了不少友谊。

但是，大学生活最令我难忘的，还是那一代老师们对我的人生与事业刻骨铭心的影响。我清楚地记得，当时已 70 多岁的任访秋（1909—2000）先生亲自来到 8 号楼看望我们入校新生的情景。特别是先生走到我们宿舍时，辅导员陈江风老师（本校中文系 78 级，带了我们两年，其严谨负责、一丝不苟的处事风格以及对学术研究执着追求的精神对 82 级影响很大）高声说道："同学们，我们德高望重的中文系主任任访秋老先生来看望大家啦！"这时屋里以及等在走廊内的同学们一拥而上围在慈祥睿智的老人身边，激动地异口同声道："任先生好！"任先生和蔼地说："很高兴看到你们，欢迎你们的到来，希望你们珍惜时光，认真读书。"任先生的出现，那种特有的家的温暖和近距离谆谆教诲传递的情感一下子感染了大家。时至今日，那难忘的一幕仿佛就发生在昨天，历历在目。正是带着这一深刻记忆，让自己后来任文学院院长的十年里，每年新生入学之际，都会和院领导班子全体成员到学生宿舍一一看望。

还记得刚入学不久，外国文学教研室主任严铮（1930—2018）教授就邀请了广西师范大学教授、著名翻译家、莎士比亚研究专家贺祥麟先生来中文系做学术讲座。讲座在 10 号楼 123 阶梯大教室进行，座无虚席，教室的前后两边都拥满了学生，我还是第一次看到教室里如此壮观的场面。严铮老师介绍贺祥麟教授 1945 年毕业于西南联大外文系，师从国学大师吴宓，后在美国艾莫黎大学英语专业学习，获文学硕士学位。然后严老师停顿了一下，放慢语速，提高声音，特别亲切地强调他是河南博爱人，我们的老乡。贺先生的讲座是围绕莎士比亚的人物世界展开的。由于此前我读过莎士比亚的戏剧《威尼斯商人》《哈姆莱特》，看过电影《王子复仇记》，所以那次讲座给我留下了深刻的印象，从此记住了贺祥麟先生。有一次正好碰上严老师和杜王香老师在校园散步，我便上前向严老师请教了一个莎士比亚的"哈姆莱特问题"，这是贺老师讲座上提到的问题。以后与严老师的多次联系就是从这里开始的。当时，我们的外国文学课开设在第三学年，前一个学期，由严铮老师打头的古希腊文学的两节课为引课，接着是沈袆琴老师、两个毕业试讲的研究生和教研室副主任卢永茂（1937—2002）老师相继授课，卢老师主讲；第二个学期的外国文学课由贺湑滨、赵宁、蒋连杰老师共同完成。张中义（1928—2008）老师、梁工老师分别为我们开设有选修课。其间，严铮和卢永茂老师在教研室先后主讲过莎士比亚和雪莱的专题，记得八九个人，我都有幸参加了。

现在的10号楼是教学综合楼，由学校统一管理。我们读书的时候，10号楼分别由三个系使用，是办公、教学合一的场所。一楼是中文系，二楼是历史系，三楼为教育系。不过，外国文学和文艺理论两个教研室是在三楼的西边。中文专业每逢有专家学术讲座，均安排在123或124两个阶梯大教室。8号楼是中文系学生宿舍，宿舍东西两边各有一个学生食堂：西边是中文系学一食堂，这个长方形的食堂名为中文系食堂，但其他专业的学生也可以在此就餐；东边是学五食堂。打热水需要跑到10号楼东边的锅炉房。学习生活简单而平凡，早上起床吃完早饭后，就是去10号楼上课，下了课就待在教室自习或去7号楼图书馆阅览室学习，借书则在6号楼。那个时候的图书馆阅览室也小，容纳学生有限，所以每次都要提前过去排队。10号楼前的新图书馆还正在建设中。周六周日晚上都可以在大礼堂看电影。1984年后，跳舞风潮兴起，晚上学生会就在学一食堂安排大家学跳舞。我们年级近260人的毕业聚餐也是在学一食堂进行的。现在这两个食堂都已不存在了。

那时，我们每人每月的生活费是十七块五毛钱，每月我都能省下五六块钱用来买书。中学时代就已浏览过不少外国文学作品，如《荷马史诗》《堂·吉诃德》《哈姆莱特》《威尼斯商人》《弃儿汤姆·琼斯的历史》《少年维特之烦恼》《基督山伯爵》《欧也妮·葛朗台》《简·爱》《傲慢与偏见》《复活》等。读大学时，更是偏爱外国文学。从大一起，我就养成了这个习惯：每天晚上9点半从教室回到宿舍，洗漱完毕，稍事休息调整，10点半左右寝室熄灯前，我又背起书包来到10号楼，上二楼，倚靠着走廊的墙，在昏黄的灯光下，一直读书到深夜2点左右才回去。四年下来，仅外国文学作品方面，教材里提到、图书馆能找到的经典名著基本上都读过，包括不止一次地重温中学时代已熟悉的名著。大学时代如饥似渴地博览群书，给自己打下了扎实的基础，很多文学名著都熟稔于心，因此后来在大学讲起课来才可以信手拈来，如数家珍。《试论伏伦斯基的情感世界》和《蕴丰富于瞬间》两篇论文的初稿，就是我在大三完成的。其中《试论伏伦斯基的情感世界》刊发在当时中文系主办的油印期刊《创作与研究》上；《蕴丰富于瞬间》探讨的是茨威格小说创作的艺术特色，获得中文系学士毕业论文二等奖。这两篇论文后来都正式刊发。我深深地认识到，阅读作品才是最重要的，离开作品，不深入研读作品，不会产生属于自己的感受和认知。自然，研究和创新也就无从谈起。"问渠哪得清如许，为有源头活水来。"每念及此，我也更加怀念潘万岭老师和李博老师对我重要的人生启蒙。

　　入学时，中文系发给我们一份大学重要阅读书目。当看到赫然列在书目中的但丁的《神曲》和歌德的《浮士德》时，才感觉到这是两本绕不过去的书。读中学时，我的语文老师就推荐我读过这两本书，不过确实没读懂。记得有一年大年三十晚上——那时候还没电视，更没春晚——阅读《神曲》，读得实在枯燥乏味，直打瞌睡。我懊丧地暗暗发誓以后再也不读这两本书了。无所谓，不就是外国人写的两本书么，不读又咋地。现在上大学了，还读的是中文，这两本书又清清楚楚列在了必读书目栏内，不读怎么会行呢？有一次在李博老师家闲聊，谈到白本松老师讲庄子，生动诙谐，引人入胜，大家很喜欢听。李老师问我最近读什么书，我汇报说正在读托尔斯泰的《战争与和平》和《安娜·卡列尼娜》，并表示了对外国文学的兴趣。李老师马上就说："有什么问题可以请教牛庸懋、严铮老师，还有卢永茂，我们是大学同学。回头我给你引荐一下。"

于是，我首先拜访了牛庸懋先生。牛庸懋（1917—1997）先生1943年7月毕业于河南大学文史系并留校任教，与1940年到校任教的任访秋先生是师生关系。1982年他担任外国文学研究室主任。牛先生视野开阔，学识渊博，待人慈善。当我谈到对《神曲》和《浮士德》的困惑时，先生笑了。他说，真正读懂这两本书不容易，需要了解一些西方历史、宗教、哲学等背景知识，告诉我如何由浅入深、由表及里地阅读和体会，而且这种阅读和体会不是一次就能够完成的。我离开时他说的话至今让我印象深刻，终生受用："如果你以后人生中真正遇到了世俗欲求与精神欲求矛盾冲突、而且是难以调和的时候，你就理解了《浮士德》的意义；当你还怀有着希望在痛苦挫折中憧憬光明的时候，也一定会深刻感悟《神曲》的价值。慢慢随生命的展开细细玩味吧。"后来我每每给本科生和研究生讲到这两部作品时，先生的话总会自然而然萦绕在耳边。值得一提的是，后来成为我教学与研究非常重要的案头书的《比较文学》，也是先生1984年年末推荐给我读的。那次去先生家，他顺手拿起桌子上的一本书给我，说："这本书你可以看看，可能会让你了解一点新方法，在比较的视野中认知中外文学。"这本法国著名比较文学家基亚写的《比较文学》，被列入"北京大学比较文学研究丛书"由北京大学出版社1983年出版。1985年元旦过后，我竟然在北道门小书店发现了这本书，真是喜出望外，立马买了下来。大四最后一个学期，我记得在河南大学附中实习结束后，已年近70岁，身体不好、步履蹒跚的牛先生为感兴趣的同学开设选修课"比较文学"，上课地点是123大教室。第一堂课，偌大的教室里听课同学不足20人。先生在黑板上写下"什么是比较文学"后，前后讲了不到二十分钟，因身体不适，告诉我们先回去稍事休息再来，让我们别离开。大约半小时后，先生回来接着讲，但不到十分钟就又不行了。第二周上课又是这种情况，难以继续。所以比较文学课实际上还没有开始就这么结束了。

我好遗憾啊！由于比较文学的一些问题，我又几次去牛先生家求教。后来先生知道我留在了教研室，非常高兴，鼓励我一定多读书，多比较，在比较中提升学术研究的质量与品位。毕业不久，我写了一篇短文《多接触老师》，发表在1987年7月16日《教育时报》第二版，希望以自己的切身体会告知更多的在校大学生多接触老师，以主动问道解惑，提高认知能力。

1986年4月中旬的一天中午，卢永茂老师来寝室找我，让我下午3点去住在校西门外的严铮老师家里一趟。来到严铮老师家里坐下后，严老师面带微笑地告诉我，系里经考察研究准备让我留校任教，听听我的意见。当时我一听就有点蒙了，因为完全没有留校做老师这个心理准备。此前，我两次拿写好的文章请教文艺理论教研室主任张豫林老师，请他帮我在理论阐释方面把把关。张老师十分关心我的毕业动向，并热情主动帮我联系去省文联创作研究室工作的事宜。看我有点犹豫，严老师便说道："你的情况我们是了解的，你喜欢外国文学，这方面比较突出。我们留下你是很慎重的，可不是谁都能留在这个专业的。"看着神情严肃的严老师，我马上满怀歉意地站起来说："谢谢严老师，谢谢领导和老师们对我的信任，我同意留下。""你年轻，"严老师接着说，"留下来后，多主动打扫教研室的卫生，系里发了东西，主动给老教师送一下。"当时的我就是这么木啊，很不解地问道："留下我，是做老师还是干行政？我不想干行政。""当然是留在教研室当老师啦，否则我给你谈什么呢？"严老师也笑了。现在回想起来，真是可笑自己当年的幼稚和木讷。不过我真是听了严老师的话，经常在教研室读书、认真准备教案，自然让教研室保持得干干净净。最初几年里，每每系里发东西，例如米呀面呀菜呀，特别是每次换液化气罐，我都会主动地把这些东西用自行车送到包括牛庸懋先生、严铮老师、张中义老师、卢永茂老师、冉国选（1931—1994）老师、贺清宾老师、袁若娟老师、扈娟老师等在内的每位老师家里。他们也都十分关心我的成长与进步。

半年后的 1987 年春天，经过认真备课，卢老师帮助把关，同意我在 85 级试讲。试讲两节课，内容是 17 世纪的莫里哀与《伪君子》。试讲那天，负责教学工作的王芸副系主任，教研室主任严铮，副主任卢永茂、冉国选以及袁若娟、赵宁、扈娟等老师悉数到 102 教室听讲。听讲结束后，大家对我的课给予了充分肯定，严铮老师代表教研室当场宣布，由我继续讲完 18 世纪欧洲文学的内容。当然，严老师严肃地指出我的一个失误：下课铃声响前 30 秒宣布下课了。严格说，这可是一个教学事故啊！想想当时那么多领导和老师来听课，还着实是有些紧张。准备的课堂内容讲完时，看看手表指针，也差不多 9 点 50 分了，就下课了，压根儿就没想再讲上两句，哪怕是重复两句话，等着响铃再下课。这件事对我是个教训，让我明白了什么是严谨守时。从那时至今，我一直要求自己做到：铃声不响，时间不到，决不提前下课。自 1986 年 7 月我留在外国文学教研室开始，直到 1998 年 7 月，才有硕士毕业的孙彩霞成为继我之后留任该教研室的第二个年轻老师，其间 12 年未进一人。

留校后，我除为本科生讲好"外国文学"专业基础课外，不断深耕拓展，1996 年为本科生开设选修课"莎士比亚研究"，1997 年开设选修课"比较文学"，河南大学也成为省内最早开设该课程的高校，学院领导提供经费支持我组织编写《比较文学概论》。为研究生开设了"比较文学典籍要读""莎士比亚批评史""英国哥特小说研究""中西小说比较研究""经典阐释与比较方法"等课程。我谨记严老师的为师理念：讲好课首先要搞好科研，必须有科研做支撑，教学与科研是相辅相成的。所以自己总是力求做到把研究心得融入教学中，这样既能提高课堂教学的质量和内涵，又能实现科研成果的师生共享。教和学两方面是一个互相影响和促进的过程。课堂上，收获知识的不仅是学生，还有自己。我的学术灵感不少都是在课堂上被激发出来的。

在以后多年的教学工作中，我深有感触，作为教师应该坚持以学生为中心，坚持课程育人理念，加强对学生探究新问题的研究能力、创新意识的培养和训练,真正成为引领学生进步的良师益友。教师不应该只是知识的"灌输者""二传手",更应该成为学生的"引路人",不断开阔学生的认知视野,启迪学生的心灵智慧。我一直秉持着这样的理念,并将其落实在具体教学工作中。课堂教学是教师教学工作的中心环节,知识积累、知识创新都应该体现在这个环节上。教师是课堂秩序的维护者,是课堂氛围的营造者,是课堂质量的把关者。为此,我在课堂上强化"四种意识",即启发意识、问题意识、方法意识、求新意识。以具体深入的实例展示过程、阐明理论观点、总结理论问题。加大学生对原著精读的环节,文本细读与比较阐释方法并重,强调文献资料的积累。在此基础上持续不断地训练学生综合思考、分析并解决文学问题的能力,培养其问题意识、学术思维和文化意识。注重"三个结合",即力求让学生在成长过程中逐步实现科学知识与人文素养相结合,本土意识与国际视野相结合,继承传统与创新精神相结合,旨在把学生培养成为学贯中西、德才兼备的创造性优秀人才。尤其是有意识地通过课程相关内容的重点讲授,使学生在人格心智、情操陶冶、奋斗意识、理想信念、爱国情怀、人文素质等方面得到自然而然、润物无声的提升。

大学期间在书中知道的西方发达国家的著名城市、地标建筑、人文风情为我开启了一扇窗,一直让我对世界文化充满向往。受国家留学基金资助,2007—2008年我有幸到剑桥大学做访问学者。这期间,我游历了西欧、北欧、中欧、南欧等17个国家的40多个城市,欧洲著名的博物馆、人文古迹都参观过;在实地考察中感受,在感受中体味和思考,力争使自己知行合一,在实践中验证真知并收获新知。在剑桥时,就应剑桥中国学联的邀请,做过"游历:通往历史和文化的走廊"的学术报告,用生动具体的文化感知赢得了剑桥中国师生的好评。回来后,我又以"点滴剑桥"为题,从教与学等方面为河南大学学生讲述了自己在域外收获的深切体会和启示。2012年,我从哈佛大学访学归来后,以"哈佛大学·国旗意识·文化建设"为题，再次在河南大学的"名家讲坛"与学生分享自己的思想收获。我把哈佛大学与国旗意识、文化建设联系起来，既让学生开阔视野，又使其思想政治境界、文明教养意识得到提高，由此激发出学生自觉的爱国意识，增强国家认同感。

这些年来，自己的学术研究主要集中在比较文学和英国文学研究方面，而英国文学主要偏重于哥特小说与莎士比亚研究。现在细细想来，从我获得中国比较文学与世界文学学科领域第一个全国优秀博士学位论文奖的《英国哥特小说与中国六朝志怪小说比较研究》，到主持完成的两个国家社科基金项目"梁实秋莎评研究""比较文学实证方法与审美批评关系研究"，以及正在主持进行中的国家社科基金重点项目"比较视域中的哥特小说创作传统及其文化意蕴研究"，再到作为首席专家领衔的国家社科基金重大项目"莎士比亚戏剧来源系统整理与传承比较研究"，都不难看出，这些研究兴趣的产生与在中文系学习、与诸多老师们的主动接触所受到的耳濡目染的影响不无关系。即便是哥特小说创作传统研究，我不仅将哥特小说这一独特的文学现象置于西方文学和文化发展史的大叙事传统中，从比较视域考察其文学传统的渊源、形成与流变，系统探寻哥特小说各种直接性的文学资源，探究其创作与古希腊罗马文化、基督教文化的内在渊源，而且探讨莎士比亚与哥特小说创作传统的内在关联。因为研究发现，莎士比亚就被英国哥特小说家与文学批评家尊为"我们的哥特诗人"。沃波尔第一部哥特小说《奥特朗托城堡》就是以莎士比亚为范本进行的写作，被认为是《哈姆莱特》的改写版。其他早期哥特小说家，例如拉德克利夫、刘易斯等人也不断对莎士比亚进行摹写。拉德克利夫对莎士比亚众多作品的引用、模仿和化用，让她有"传奇作家的莎士比亚"之称。刘易斯的《修道士》全书题词有三分之一出自莎士比亚的戏剧，开篇题词和主人公安布罗斯阅读莎士比亚的戏剧，表现了作者对莎士比亚的敬意。《修道士》中的修士、修女和魔鬼等人物以及变装、诱奸等情节，都是对《一报还一报》的改写。哥特小说家们与相关的文学批评家根据自己的美学原则不断地发掘、解释莎士比亚的作品与哥特文学之间的内在关系，并在18世纪英国历史文化语境中完成了对莎士比亚"哥特诗人"的形象构建。莎士比亚作为"哥特诗人"的形成是由两方面的因素促成的：一方面，在借鉴莎士比亚的优秀遗产时，小说家自觉地、有选择地将莎士比亚创作中相关的因素融入自己的小说中并加以强化，使莎士比亚因素化作早期哥特小说的重要文学特征，客观上又让莎士比亚的戏剧带有了现代意义上的哥特式色彩，成为哥特小说创作之源；另一方面，文学批评家对莎士比亚的价值重新评估，给莎士比亚打上"哥特诗人"的鲜明印迹，使其成为反古典主义的典范。总之，莎士比亚在古希腊罗马、中世纪基督教文化传统与18世纪英国哥特小说创作之间实际上起着承前启后的重要桥梁作用。他既是西方文化文学的传承者，又是西方文化文学的创新者，更是影响了后世西方文化文学的杰出大家。他是西方文化的集大成者，不仅是西方经典的中心，而且将持续占据着西方经典的中心，具有强大的辐射力与影响力。

2012年，我在为庆祝河南大学百年华诞主编的《雅什清歌蕴无穷：河南大学文学院学人往事》的序言中指出，文学院的前辈学者"不仅学术造诣精深，而且道德人品高尚。他们严谨治学、锐意求新的执着精神，他们一丝不苟、精益求精的教学风范，他们忍辱负重、默默奉献的人格魅力，都成为文学院优良传统的精髓与内涵"。这些前辈学者也时时激励、影响着我，成为我学习的楷模。因此，在我任院长的10年间，也是学院经历飞跃式发展的时期。这期间，我与院领导班子一起，在全院教职员工的积极配合与大力支持下，凝心聚力，共谋学院发展，在国家教学质量工程建设、学科建设等方面都取得了可喜的突破性进展。继汉语言文学专业成为国家级特色专业后，该专业又相继获批2门国家级精品课程，2门国家级精品资源共享课程，2门国家级视频公开课程，1个国家级教学团队，1个国家级教学名师，1个国家教学综合改革试验点。2011年，中国语言文学学科成功获批为博士学位授权一级学科点，取得汉语国际教育和学科教学（语文）2个专业硕士学位授权点。中国语言文学学科的硕士学位授权一级学科点和博士学位授权一级学科点均为河南省重点一级学科，此后又进入河南省优势特色学科的行列。在2013年教育部公布的第三轮全国高校学科评估中，河南大学的中国语言文学学科全国排名由此前的第32位提升至第26位，较上一次学科评估跃进了6个位次。在2017年教育部公布的第四轮全国高校学科评估中，本学科评估结果为B+，与清华大学、北京语言大学、吉林大学、华中师范大学、暨南大学、陕西师范大学等高校并列第15位，再度将学科前提了11个位次。2019年，入选首批国家一流专业。

  由于多年对教学科研的倾情、对学院行政工作的投入，自然也收获了不少国家及省部级层面的荣誉奖励，例如先后荣获教育部"国培计划专家"、"百千万人才工程"国家级人选、国家"有突出贡献中青年专家"、享受国务院政府特殊津贴专家、中宣部文化名家暨"四个一批"人才、国家"万人计划"哲学社会科学领军人才等荣誉称号；主持主讲的"比较文学"课程获批国家级精品课程与国家级精品资源共享课，主持主讲的课程"莎士比亚在近现代中国的接受"获批国家级精品视频公开课；受聘教育部2018—2022年新一届中国语言文学类专业教学指导委员会委员。省级荣誉主要有：河南省优秀专家，河南省学术技术带头人，河南省高等学校教学名师，首届河南省高层次人才特殊支持"千人计划"中原教学名师，河南省杰出专业技术人才，首届"河南社科名家"，河南省特聘教授，河南省高等学校戏剧与影视文学类专业教学指导委员会主任委员，河南省高等学校中国语言文学类专业教学指导委员会副主任委员，等等。所有这些荣誉的获得始终和学校长期以来对我的培养和支持是分不开的。感恩河大，敬畏传统；荣誉面前，且感且愧，更感压力与沉甸甸的责任。

2009年，在河南大学庆祝第25个教师节大会上，我作为教师代表发言时说："作为一名毕业于河大、工作于河大，在河大学习、生活和工作了27年的河大人，我每时每刻都在感受着河南大学清新自由的学术气息，真切地体会着明德新民、止于至善的精神风范，实实在在地见证着河南大学生生不息、奋斗不止的前进历程。我不仅亲历目睹了这所饱经风霜、历尽坎坷的老校在新时期的振兴与发展，而且我个人的成长和进步也与河南大学的发展息息相关。为此，我感谢河南大学对我的培养，更感谢河南大学为我的成长所提供的平台。我为古老的河大而骄傲，为河大的不断发展和进步而骄傲，更为是一名河大人而自豪！"

也许真的就是冥冥之中注定的一种缘分，我不仅在河南大学中文系读本科，而且毕业后在这片历史悠久、学术积淀厚重的土地上扎下了根，累计学习、工作已长达38个年头。春来秋去，花开花落。随着年龄的增长，我对当年的记忆越来越清晰，对老师们的用心越来越感动。我不敢忘记老师们的教诲，每每前行的路上遇到坎坷与波折，我总是心中默默告诫自己：不断向上，自强不息，天道酬勤，痛苦尽头便有希望！

河南大学文学院始终都是我的根，是我有意义的生命开始的地方。我的青春，我的理想，我的求索，我的成长，我的事业，我的收获，都已经根植于河南大学，深深融入了河南大学文学院。衷心祝愿我的母校欣欣向荣，衷心期盼文学院再铸辉煌！

作者简介：李伟昉，1982级本科生，河南大学文学院教授，博士生导师，曾任河南大学文学院院长。

文学院学习记趣

王利锁

转眼之间，我已在河南大学文学院学习、工作、生活了三十八年。真是三十八年过去，弹指一挥间啊。记得毕业三十年之时，我曾胡诌过几句："忆昔年少聚汴京，容貌青涩体正雄。人人自谓灵蛇珠，意气风发梦成虹。新识新知日相伴，中外古今意纵横。铁塔湖畔狂歌笑，皇家宫阙放浪行。不觉卅年转瞬逝，风刀霜剑沧桑成。白发星星两鬓垂，步履姗姗老态翁。斑驳陆离视物花，枯皮老茧憔悴容。老友相逢开怀笑，张口尽是当年情……"其中不免有些夸张调侃之意，但说的也基本是实情，毕竟已经五十拐弯，年过半百，到了人称"老汉"的时候了。如今又过四年，肯定是更加老态龙钟，步履蹒跚，虽没有进化到老年痴呆的程度，但至少思维已经迟钝。常言说，人老好忘事，年长多回忆。尽管和老师们相比，我还不敢以年老自许，但忘事却是经常的，回忆也成了家常便饭。值文学院百年华诞即将来临之际，新军院长发微信，希望写点自己在河大文学院学习生活的经历或趣事。说句实话，我的四年大学生活，真的是稀松平常，既没有什么喜出望外的收获，也没有什么惊天动地的奇迹，是在极其平静与平淡中度过的，甚至连个恋爱的遗憾都没有，更不要说什么传奇故事了。不过，倒是有些零星的生活琐事可以说说，聊记于此，权当是为文院百年华诞吆喝吆喝吧。

  我是1982年9月进入河南大学中文系学习的，当时还叫河南师范大学。那时候，入校都喜欢先找老乡，我自然也不免俗，有这种强烈的渴望，但又不知道去哪里找老乡。大概是刚入校的第三天吧，我独自在寝室，突然推门进来一个人，说是老乡，并自我介绍说是中文系79级的学长，姓黄。听说是老乡，我真真是喜出望外啊，很高兴就和黄学长坐在床边攀谈起来。可越谈越觉得不对劲儿，因为，他说的老家地名，我都不知道，我说的老家地名，他也一脸陌生。我们双方都有点蒙。于是，又重新核实信息，哦——原来，他是南阳淅川的，我是洛阳伊川的，他听说我们宿舍有一个淅川老乡（我们宿舍确实有一个淅川的，就是吴元成兄，可惜当时还不熟悉），就过来找，而我以为他就是找我的。说透了，我们哈哈哈大笑起来。错就错吧，反正也是中文系学长，于是又热情交谈起来。临走时候，黄学长说，他最近手头紧，我们刚刚入校，手里肯定有钱，可否先借给他20元救急，一周后还我。我毫不犹豫就给学长拿了20元。等学长走后，我才恍然大悟，原来学长来慰问老乡，顺便还有借钱的意思，我是贸然撞到枪口上了。之后的一周，我确实是在忐忑不安和焦虑中度过的，唯恐学长不来找我还钱，因为那时年纪小，也有些傻，热谈了半天，我居然忘问学长叫什么名字，在哪个宿舍住。大概一周多吧，学长过来把钱还我，还和真正的老乡吴元成接上了头。哈哈哈，这是我入校遇到的第一件难忘的尴尬趣事，至今想来还觉得有些滑稽可笑呢。

  我们宿舍住八个人，人人都有个性，但相处都是兄弟，四年下来，都毫无保留地把自己最真实的面目展现得淋漓尽致。元成兄是我们宿舍的老大，喜欢写诗，是羽帆诗社较早的骨干分子，后来还曾任羽帆诗社的社长。印象最深的是他大学时即在全国最高级别的《诗刊》杂志上发表诗歌，好像是《让我们去大漠》吧。他有一个厚厚的笔记本，里面全是他写的诗，记得他还让我给他的"诗集"写过序，那应该是我平生给别人写的第一篇序。诗人都有浪漫的情怀，亢奋的情绪。元成兄经常是睡到半夜，突然从上铺"扑腾"蹦下来，搞得我们一惊一乍的，纷纷埋怨，可他完全不顾及，点根蜡烛，趴在桌上就写诗。贵平兄常从梦中惊醒，迷迷糊糊地趴在床边问："元成，又来诗兴了？"元成兄总是那句话："睡觉！别说话。"那时候，宿舍要求晚上11点熄灯，可大家躺在床上睡不着，自然就常常卧谈。年轻嘛，什么事都感兴趣，什么话题都想谈，古今中外，男女老少，无边无际，海阔天空。恋爱的，生活的，学习的，国家的，学校的，家庭的，甚至某个同学接到一封信，大家也会无限好奇，津津乐道，品头论足，左猜右疑。生活是丰富多彩的，有时会为一件小事争论不休，有时又会围绕老师讲的学术话题唇枪舌剑，性格不同，表现各异，真可谓宿舍文化之大观也。现在想想，还有点意兴未尽、流连忘返的感觉。

在我们宿舍八人中，我与贵平、先科兄的个头身材差不多，那时候，大家都穷，没有几件衣服，所以，我们三个经常是上衣互穿，今天你穿他的，明天他穿你的，显得我们似乎衣服很多。尤其是先科兄，温文尔雅，相貌堂堂，平时不爱多说话，但一开口就是标准流利的普通话，而我们其他同学大都是家乡话，所以，大家很羡慕他。先科喜欢踢足球，还爱翻过来穿毛衣。我们宿舍一个同学私下告诉大家，先科可不是凡人，他是高干子弟，他爸爸是天津市的副市长。其实，他爸爸就是一个地地道道的农民，他家就住在水患频发的黄河滩上，可那时许多同学都信以为真了，都是让他的普通话给蒙的。

大学四年学习，有许多老师给我们上课。宋景昌、王宽行先生的豪放爽朗，刘思谦、张中义老师的鞭辟入里，赵福生老师的幽默调皮，张家顺老师的不动声色……还有许多老师都给我留下深刻的印象。若说趣事，我想说说两个老师：一位是王文金老师，另一位是白本松老师。王文金老师讲课既有激情，也条理清晰，几乎没有一句废话。但王老师是信阳罗山人，他的话也是罗山普通话，给我们上了半学期课，我还是不适应他的话，他说的"第一段，第几段"，我都听成了"第一担，第几担"，想半天不知道"担"什么，直到一学期快结束了，我才明白过来，原来是分析诗歌的第几段呢。

白本松老师是温县人，焦作温县话更难懂。白老师教我们先秦文学，讲得神采飞扬，虎虎生风，甚至有时候他自己就沉浸在他讲的文学情境中，带你去穿越和徜徉诸子的文学世界。但说句实话，当时白老师的话，我大多没有听懂。留校工作以后，我时时向白老师问学，白老师也经常对我耳提面命，教诲有加，是我学术的引路人。白老师的书斋号"九九斋"，估计许多和他熟悉亲近的老师或学生都不知道。白老师告诉我时，我也不知道什么意思，向老师请教。白老师问我："'百'字去'一'是什么字？"我说："白呀。"白老师笑着说："白，就是我的姓嘛；一百减一，不就是九九嘛。"我这才明白，原来白老师是用拆字法给自己的书斋命名的。在"九九斋"里，我不知道向白老师请教过多少次，常常是清茶两杯，香烟一包，师徒促膝对坐，云烟袅袅，彻夜长谈。后来，解志熙兄也常到白老师那儿聊天，志熙兄的烟瘾是出了名的，于是，我们三个就轮番对吹，我的烟瘾就是这样培养起来的。奇怪的是，即使我和白老师私下两个面对面交谈，我还是会因听不懂白老师的话发呆，白老师都会再语速放慢重复说一遍。有一次，白老师还指着我说："我的普通话太差，你的语言感觉也太迟钝了。"老师说的都是真话和实话呀。转眼之间，白本松老师已离开我们十余年！十余年里，他的音容笑貌时常会在我脑海里回响、清晰起来。写到此，我的眼睛不由有些湿润。我，想念他老人家。

大学时代，人生风华之年；文院学习，德业递进之地。琐事趣事，无不记忆真切；左说右说，都是文院情怀。铁塔行云，并非往事如烟；文院百年，预祝辉煌灿烂。

作者简介：王利锁，1982级本科生，河南大学文学院教授，硕士生导师。

202 寝室萌又猛

吴元成

我是哭着离开河大的。

1986年6月底的那天，学八楼202寝室的8个人，不管是关系近的，还是曾干过架的，相互抱在一起，哭得一塌糊涂。4年，从懵懂少年到即将走向社会，不知何时再见，简直就是生离死别，只能如此。

转眼离开河大34年，很少回去，更少写过关于那4年的只言片语。总想着，轻易不要打开那段尘封的岁月，还不到写母校的时候。

好吧，既然利锁先生已经写了，且写到我的趣事，我也就写写他们。除利锁外，其他六位分别以A君、S君、Z君、L君、小L君、W君识之。想了半晌，不好概括，且以萌男名之。

说其萌也真萌。A君是真正的学霸，4年间成绩总在200多人的年级里排前几名。每日起床，A君未及洗脸刷牙，也不戴眼镜，打开英语书或者比砖头还厚的《现代汉语词典》就读。其高度近视，有700度上下。不戴眼镜的A君，眼睛距书本放不下一个拳头，几乎不是在读书，而是在亲书。这可是硬功夫，一本《现代汉语词典》被他翻烂了，学透了，你随便说一个生僻的字，他就能说出在第几页第几行，终成训诂学专家赵天吏教授的入室弟子。其实，202寝室除我之外还有爱好写作的。正像我瞄准了《诗刊》一样，A君瞄准的是《人民文学》。他入学不久写了小说，就投过去，先收到手写退稿信，再收到铅印退稿信，最后什么信也没了，才转向训诂的。

其他几位，也不遑多让，个个争先。利锁是一班团支书，擅古文，尤爱魏晋南北朝文字，言谈举止颇有魏晋风度。果然毕业留校，文学院教授至今，桃李天下。某日，受伊川老乡所托，到河大艺术系进修的一位戏剧新秀来找利锁拜师。谁知第一个问题就是，京广线的起止点，在郑州，也遇到过利锁的弟子甚至是再传弟子，听闻我与他同室四载，多讶异。他们哪见过一个跟他们的老师一样学中文，却不务学术堕于新闻行当的人。

S君温文尔雅，痴迷现当代文学，是文艺评论大家刘思谦先生的高徒，有博士学位。后自带博士，现执掌某高校。其为人颇讲规矩，每日起床，必问一句：今天阴天，晴天啊？开始还有人看看窗外作答，时间长了，才知道他未必求应，只是一问而已。

Z君与庾信同乡，与湖北紧邻，方言亦似，刚入校时参加故事会，讲文庙与文朝故事，多听不懂，未见效果（我童年曾移民湖北荆门，故说话也不利索，普通话更差，以至于毕业前老师专门为我安排一女同学辅导，也未见效，只得勉强给了60分）。Z君之长，在于精研，往往是夜自习之后寝室最后归来者，至于他是否半道拐弯，就不得而知了。其醉心于唐诗宋词，写过杜甫的论文，让我发在系刊上。毕业后亦分郑，先执教，后从政，有心得。

L君来自十三朝古都，兴趣最多，读肖洛霍夫之后，决意要写出一部中国版的《静静的顿河》，常常伏案疾书；未几，读了凡·高，改学油画，也不听课了，日日背画夹到开封东郊，画火电厂的大烟囱；又一日，发狠买了吉他，日夜弹拨不辍。毕业后入中学，执教如许年，倒兢兢业业，不曾跳槽，为之叹服。

小L君是寝室最小弟，入学时方16岁，利锁诸兄长多关爱，至有溺爱之举。直到一年后某日晨起，小L君掀被大叫，吾成熟也！大家才不再"骚扰"。其最爱元杂剧，毕业后考研读博，不知何故竟做了一段检察官，方回武汉某高校任教。

W君兰考人，平日言语不多，专心明清小说。日常可见的读完，某日晚竟带回石印本的《金瓶梅》一册，于被窝中手电照之潜读，终为大家知悉，岂肯令其独吞？个个不依，问其故，方知河大图书馆某长为其乡党，《金瓶梅》为图书馆唯一珍藏版，向不外传。不知W君费了多少口舌，才得一观，且约定，当晚借出，晨起即还。一时欢呼不已，睁眼等着接力。一夜间，室中八"君"皆得快乐阅读。一连读了半月有余，大约是十八册（未必确）吧。众人口风极严，未曾让其他寝室人得知。

室中八君不仅萌，还猛。为隐私故，试说一二可说者。一曰跑地震。某夜，地大动，楼摇晃，梯乱响。上铺之人皆跳床下地，乱纷纷下楼。我之茶瓶，为某君踢破，竟不知，光脚飞奔出门。至楼梯处，蜂拥不堪，三楼下来的女生更见狼狈，多衣衫不整，甚有身披被子被单。某女生被后面一人踩落了被单，原本极近视的A君手疾眼快，抓起被子蒙住了女生。乱罢回屋，靠里边下铺的L君才醒，大骂：半夜三更，乱啥哩？耽误瞌睡！

二曰互敲门。某晚，一室人闭门乱语，说着说着，说到了年级辅导员身上，就格外兴奋。外面有人敲门亦不觉。靠门口的说，"有人敲门"，大家才安静下来。就听外面人说快开门，竟然就是辅导员。就近的人要去开门，A君一摆手，走到门后，并不开门，反而以指叩门，外面梆梆梆，里面梆梆梆，如是者三。辅导员大怒：×××，开门！他竟然知道是A君在搞怪。

三曰拳击赛。某日午休起床，某君走到S君床前，一言不合，剑拔弩张。某君先出一拳，直捣黄龙，不料S君是练家子，左臂一挡，右拳疾出，某君胸口如受锤击，扑通跌坐我床上，蚊帐为之撕裂。而某君手捂胸口，泪出双行，讪讪而语：闹着玩儿哩，你还真打啊……

不仅萌，不仅猛，还有梦，还有爱。即便如拳击赛之类，也是偶尔为之，关门还是"同居"者，开门还是笑颜人。这叫关门干架，出门同道，还是一起教室、图书馆、寝室三点一线，还都是学中文、爱中文、爱同学的好同学。凡有同室乡党、女友来访者，比自己的事儿还上心，倒茶端饭的，张罗住处的，忙得不亦乐乎。当然，一起分享各自家乡的干果美味也是必不可少的。更有甚者，误把给女同学的求爱信寄到本室人老家的，也都被原封不动带回。足见真情与互信。

梦，梦想也的确是有的。毕业临近，大家也说到过各自的理想：有说最好分到公社食品站，吃猪蹄不掏钱；有说最好娶个寡妇为妻，说熟妇疼人，明显是读《红与黑》中毒了……不一而足。说到最后，互相叮嘱，今后到了社会上，千万注意，不在政治、经济、作风上犯错：走对路，别贪权；挣对钱，别贪财；上对床，别贪色。说者动心，闻者动容，知是肺腑言，岂能不相拥落泪？

如今，"铁塔八友"——铁塔下，河大中文系82级一班，学八楼202寝室的八位老同学，虽天南海北，更经时疫，皆得安好。入学40年可期，当再聚，燃心香于恩师任访秋、于安澜、华锺彦、赵天吏、刘溶、宋景昌、周启祥、苏文魁诸先生灵前，思恩德，解悬想，正心志；置醇酒于大礼堂青阶之上，谋一醉，话当年，追来者！

作者简介：吴元成，1982级本科生。历任《热风》杂志部主任，《河南经济日报·周末》部主任。

踏着夕阳归去

程　云

"远远地见你在夕阳那端，打着一朵细花洋伞。晚风将你的长发飘散，半掩去酡红的脸庞。我仿佛是一叶疲惫的归帆，摇摇晃晃划向你高张的臂弯。苍穹有急切的呼唤在回响，亲亲别后是否仍无恙。来吧，让我们携手共行，追逐夕阳的步履，走在林间的小径，撩过清清小溪，那儿有一座小小蜗居，等待着我们踏着夕阳归去。"

《踏着夕阳归去》是 80 年代初广为流传的一首台湾校园歌曲。几十年过去了，那熟悉的旋律仍然在我的心头回响。一听到它，就如山鸣谷应，翩然心醉，禁不住眼睛湿润，思绪飘回到菁菁校园那美好的时光。

1982 年 9 月 1 日——一个喜气洋洋的日子，我们中文系 82 级一班八姐妹快乐地相聚了。此后在一起度过的 4 年大学时光，成了我记忆中永久的亮色。

记得报到那天，哥哥送我到校，一走进校园，看到那古色古香的建筑群，一下子就被惊呆了。气势雄伟的大礼堂，庄严浑厚的图书馆，中西合璧的东西斋房，与飞檐翘角的南大门交相辉映，整个环境典雅庄重、雄浑古朴，让你一跤跌进雄厚的历史中，顿升崇敬之心。河南大学近代建筑群于 1915 年至 1936 年逐步建成，至今已百年历史。最负盛名的是河南大学的标志性建筑——大礼堂，始建于 1931 年，由从欧美留学归国、曾经担任过河南大学第十三任校长的许心武设计，1934 年 12 月 28 日落成，耗资 20 万大洋，蔚为大观。当时学校只有 300 多名学生，建造的却是能够容纳 3000 多人的大礼堂，可见当时的校领导是多么具有超前眼光。所有去过河大的人无不对建造精美的大礼堂赞不绝口，据说一位中央领导同志到河南大学视察时，临去三回头，久久回味。

大礼堂建成后，一直是学校重要的活动场所，据说傅斯年、冼星海都曾在这里演讲或演剧，使用至今。中华人民共和国成立后，河南省会设在开封，1954 年，河南省第一次人民代表大会也曾在大礼堂举行。我们上学时，大礼堂每个周末都会放电影，举办音乐会等各种活动。有时名人到校，也会到大礼堂讲座或演讲。后来看过全国很多名校，燕园、清华园之外，河大老校区仍然感觉是最美校园之一。当时听了著名数学家陈景润、指挥家李德伦、徐悲鸿夫人廖静文的演讲。陈景润那时正如日中天，来到河大引起轰动，他给数学系同学讲课，中文系同学十分羡慕；他口才一般，笑容和蔼，一直伸着大拇指夸河大好。李德伦先生说，有的人说他不懂得欣赏音乐，可是听到一支曲子时流泪了，那就是你听懂了。廖静文女士开场就说："你们别看我现在老了，年轻的时候我也是很美丽的。"讲到徐悲鸿先生去世后她的坎坷际遇，让人感叹唏嘘，扮演她的女电影演员丛姗与她年轻时有几分相似。那时，一张电影票丙票 5 分钱，乙票 1 毛钱，甲票 1 毛 5 分钱，我们一般买丙票，有时请老乡同学看电影才偶尔奢侈一次买乙票或甲票，宁肯省出饭钱，也要去看电影。有一次看电影，不知道哪个系的男生惹了中文系一个口齿伶俐的女生，那女生指着他教训"孺子不可教也，粪土之墙不可圬也"，男生毫无还口之力，站在旁边的我们笑得忍不住。

河南大学建于 1912 年，在清代开封国家贡院旧址创办，清朝的科举制度也终结于河大。林伯襄先生为第一任校长，学部委员嵇文甫、创办了《新华日报》的潘梓年、历史学家范文澜都曾为河大校长。河大为河南留学欧美预备学校，与清华学校（今清华大学）、南洋公学（今西安交通大学、上海交通大学）并为中国三大留学培训基地，为国立大学。提到河大历史，河大人总有一种"我家祖上也是阔过"的自豪与落寞。最让河大人痛心疾首的莫过于1952年的全国院系调整。1952年，中国效法苏联进行全国高等学校院系调整，计划将山东大学迁到郑州组建新的河南大学，由于种种原因，未能成行，山东大学落户济南。河南大学农学院独立发展为河南农业大学，医学院独立发展成为河南医科大学，行政学院独立为河南政法干部管理学院后并入河南财经政法大学，水利系并入武汉大学，财经系并入中南财经学院，植物病虫害系并入华中农学院，原有的院级建制均改为系级建制。1955年8月，文理科分办，理科集中在新乡办学，后独立为新乡师范学院；1984年5月河大恢复河南大学校名后，新乡师范学院更名为河南师范大学。分出去的院校中，对河大最有感情的是河师大，至今仍有东院、北院之称，"一家人"的情谊浓得化不开。所幸无论如何调整，中文系始终保存了下来，而且师资力量雄厚，是响当当的名校名系，可算是一大幸事。

由国立河南大学而河南师范学院而开封师院，然后又由开封师院回溯为河南师范学院、河南大学，河大开枝散叶，哺育了很多幼苗，很多学校校庆，其历史都要从当年在河大设院系时说起。从这个意义上说，河南大学可以说是真正的母校，然而老干伤枝，再难恢复元气。再一次是2000年的院校合并，原郑州大学、郑州工业大学、河南医科大学合并组建新郑州大学，可谓强强联合，且一枝独秀，进入211，渐渐融入国字号高校朋友圈，原来双璧合映的两校就此拉开距离。所幸党和政府始终关心河大发展，河大终于进入"双一流"建设，位居全国百强，又在开封、郑州建设两个新校区，与海外合作办学，呈现蓬勃生机。

河大可谓是古城开封的灵魂，我们读书时的明伦校区位于开封东北角，北临宋代铁塔，东依开封古城墙，与整个校园浑然一体。

下午5：30开饭，吃过晚饭，同学们就三三两两到城墙边散步。我喜欢周末捧一本书到东北角的老城墙上看书，春夏的老城墙树木葱茏，脚下的铁塔湖波光粼粼，杂树丛生，花香扑鼻；秋冬季节，衰草寒阳，北风吹燕，塔铃叮当，一种苍凉的历史感油然而生，令人发思古之幽情，起兴亡之叹。因为校园与铁塔公园仅一墙之隔，到公园散步读书几乎是首选，有外地的同学朋友来了，也喜欢带他们参观宋代的铁塔。铁塔公园的门票1毛钱一张，可是对一个月仅有10块钱菜金的学生来说还是太贵了，于是调皮的学生便在体育学院旁边比较隐蔽的院墙上开了一个洞，可以钻过去，戏称"钻狗洞"。中文系的学生为了表示自己有学问，就称自己是"钻狗窦"。大家钻狗窦钻得不亦乐乎，累烦铁塔公园修了扒，扒了修，一个洞永远也堵不住。后来公园严防死守，铜墙铁壁，学弟学妹们很难再有我们"钻狗窦"的乐趣。有一年儿子返校前，我兴致勃勃地带他到开封，在河大校园流连逡巡，告诉他妈妈读书时就在这里，带着他去看久负盛名的铁塔。兴冲冲地走到铁塔前一看，校园里一个小门被铁塔公园的两个人门神似地死死把住，充满警惕地望向我们，顿时兴致全无，打道回府。多年来，一直想如果铁塔公园能够跟河大校园融为一体，优化明伦校区整体发展环境，那该多好啊，河大校园将成为真正的园林式学校，办学档次大为提升，符合百年名校的美誉，遂了几代河大学子的心愿，"铁塔牌"也才算名副其实。

老建筑之外，河大最令人称颂的是"明德新民，止于至善"的校风校训。厚重朴实的校风秉百年精华，一脉传承，至今薪火不断，弦歌不辍。河大学子在校园里苦读，到社会上苦干，不论在哪个行业，都是单位里的业务骨干。我历经几个单位，所见河大毕业生均埋头苦干，即使在普通的岗位，也干得风生水起。搞教学的，大多是骨干教师；搞文字的，大多是单位的笔杆子，有时甚至出现一个单位几大笔杆子全是河大学生的盛况。有一年我到某高校搞党建评估，紧紧张张忙了两天，到第三天晚上，别的同志都回去了，我自动留下来善后,忙到晚上9点多才吃饭。学校校长也是河大77级毕业生,问我,你是不是河大毕业的啊,我说你怎么知道。他说,看你那老实巴交的样子,肯定是河大毕业的。曾任河南师范大学党委书记的周铁项老师幽默风趣,一说话就令人忍俊不禁。他任河大副校长时,有一年政教系77、78级同学聚会,冠盖云集,一看他来了,马上拿他开涮:咱们的秘书来了,咱们是当官的,中文系的是咱们的秘书。

80年代的大学生可谓是天之骄子,女大学生更是草叶上的露珠,晶莹剔透,清纯可人。我们班43个人,共有11名女生,我和林、琴、军、蕾、晖、欣、霞八姐妹住学8楼305宿舍,新梅、景琦、英侠住隔壁。那时有个电影叫《女大学生宿舍》,里面的女生也住305宿舍,我们欢欣鼓舞,言笑晏晏,很得意了一阵儿。

八姐妹性情不同,但都爱唱歌。当时最流行的就是《踏着夕阳归去》这首歌。那动听的旋律,优美的歌词,让我们一下子就喜欢上了它。它也是我们走进大学校园之后学唱的第一首歌。我们决定,把它作为室歌,以后凡是八姐妹相聚的日子,都要唱这首歌。之后,只要我们在一起相聚,这首歌便成了永久的保留节目。

那时的河大中文系真厉害啊,名师荟萃,群英咸集,才子如云。当时有全国八大中文系之称,盛传河大中文系与北京大学、复旦大学、武汉大学等名校中文系齐名。那时招生人数少,我们那一届6个班,共260多人,称为亚洲第一大系。河大历史上最负盛名的高亨教授,为学术泰斗,据说曾与毛主席诗词唱和。任访秋教授师从钱玄同、胡适,渊源深厚,前辈风采令人神往。我们上学时,华锺彦、任访秋、于安澜、高文、牛庸懋等名师还在,在学术界声誉卓著。任访秋教授担任我们的近代文学选修课老师,腰弯得厉害,由助教搀扶着给我们上了一堂课,讲的什么记不得了,但学人风范宛在。

那时最喜欢听的是张家顺老师和王文金老师的课,两位老师学识渊博，气质优雅，风采照人，是中青年教师中的佼佼者。张家顺老师古代文学讲得深入浅出，生动幽默，让人沉醉其中，不舍得下课。记得他讲《史记》，讲到刘太公，就说"刘邦的爸爸"如何如何，惹得我们大笑。其间某大学一个研究生来校实习，讲《项羽本纪》，满口福建话，一句听不懂，两节课只记住了项羽"大怒"两个字，简直受罪，只盼着赶快下课换回张老师来讲。张老师后来从政，当了开封市副市长，成为正市级干部。有一年我到开封艺术中心参加一个活动，很偶然地在前排看到了张老师，赶紧跑过去握手。张老师其时须发皆白，师生见面，非常激动，难得张老师还记得我，相聊甚欢。我的古代文学课学得最好，曾考过年级第二，跟中文系古代文学师资力量棒有关系。王文金老师讲现代文学，逻辑严密，见解精到，只是一口信阳话听着有点费劲。王文金老师后来成了河大校长，治校有方，口碑甚好。我在教育系统工作期间，听一个高校领导偶然谈起，他有一次跟王文金老师去北京出差，走到半夜，其他人都睡着了，王老师怕司机瞌睡，一路不曾合眼，一直陪着司机说话。一件小事，足可见其素质修养，他能成为省内外有名的大学校长，可谓堪当其任。

讲古代文学的有宋景昌老师和王宽行老师。宋老师精神矍铄，有板有眼，抑扬顿挫。王宽行老师神采飞扬，激情四射，讲课声情并茂。讲到激动处，不觉手之舞之、足之蹈之，伴随着丰富的肢体语言，我们的眼睛也随着他在教室的各个角落来回游走。有时他完全沉浸在自己的讲解中，一会儿急速走到讲台前，将拳头猛地一下捶在桌子上，仰脸望向上方，若有所思地"嗯……"一脸陶醉，有时干脆一下子跳到课桌上，晃着两条腿讲。一会儿，又跑到教室后头，尽情挥洒。但见他手挥目送，陶然入醉。听他的课，你的情绪会被他带着神游八荒，思接宇内，真觉过瘾。多年以后想起恩师风采，我仍然觉得，那才是真正的大学老师，那才是中文系老师该有的样子，在忘情的讲解中，让学生在不知不觉中领略了文学风采。

梁遂老师的逻辑课讲得很生动,把难解的道理条分缕析,讲得清楚明白,引发我对深奥难解的逻辑课的兴趣。还有一位老教师讲逻辑,第一次听到"该来的不来,不该走的走了"这个有名的逻辑命题。讲俄国文学的张中义老师微胖,讲课慢条斯理,丝丝入扣,如小火慢炖,平易近人。我特别喜欢听他的课,一度产生报考俄国文学研究生的想法,毕业论文写的也是果戈理的《钦差大臣》,稿子写成后,请张老师指教,很快通过,后来因为不懂俄文,只好作罢,但终生喜欢俄国文学。

教《诗经》的王珏老师,解读"关关雎鸠,在河之洲"两句时,分辨古诗和现代诗之美,说"关关雎鸠"如果翻译成"呱呱叫的水鸭子啊"那就大煞风景;他讲诗中主人公"求之不得,寤寐思服,悠哉悠哉,辗转反侧",甚是有趣。讲《狡童》"将仲子兮,无逾我里,无折我树杞",如果翻译成"哎呀,我的小二哥呀!你不要翻我家的院墙呀,不要折我家的桑树枝呀",那味道就变了。何甦老师是《战上海》的编剧,教我们文学欣赏课,他绘声绘色地给我们讲豫剧名家陈素贞的"甩大辫儿";后来我看《抬花轿》,特别喜欢看新娘娇羞无比急不可耐大辫儿一甩婚衫随即出溜一下穿到身上的情景,手眼身法步,样样经典。教我们现代汉语的王燕燕老师也很好,声音清脆;我的普通话考试一次过关,后来终生讲并不太标准的普通话。那时在校园里经常见到吴雪莉老师,是当年少有的外教,非常和蔼可亲,即之可温。

听课之外,最过瘾的就是听讲座。不光听中文系的,历史系、政教系的转着圈儿听。刘思谦老师是著名的文学评论家,臧否人物,鞭辟入里。听刘思谦老师的讲座,得在晚饭前提前占座,否则根本挤不进去。刘老师每一开讲,窗外扒着的都是人,盛况空前。记得当时路遥的《人生》轰动一时,关于高加林是不是负心汉的争论非常激烈,同学中也有与家乡未婚妻解除婚约的,在那个年代为清议所不容。刘老师讲座时,讲到一个故事,一个农村青年到了部队,提干当了军官，跟家乡的未婚妻通信，未婚妻不识字，就给他寄了一个布包，里面一根针穿着几个枣，意思是"真想你，早点回来"，真是生动有趣，一下子就让我们理解了作品含义。

毕业后我到高校任教，很注意教学艺术，经常有外系的同学来蹭课，有个一头卷发文艺范儿十足的重庆学生宁肯不听专业课，也要来听我上的写作课。有一次给学生讲《红楼梦》的语言艺术，发通知时还怕听的人少，订了个小班上课的教室，结果人多，换成中班教室，后来还是盛不下，又换到一楼的阶梯教室，走廊上、门口站的都是人，窗外扒的也是人，气氛浓烈。一个老同事感叹说，小程啊，咱们学校年轻老师搞讲座还从来没有出现过这样的盛况。我忽然想到河大老师讲座，感觉算是不负师门。后来青年教师讲课比赛，也名列前茅，受到校长表扬。离开学校前，应学生相邀，我最后又给大家搞了一次讲座，同学们一如既往地热烈鼓掌。有的学生毕业后，给校长写信，说大学四年，最难忘的是小程老师。后来我到机关工作，大半生从事公文写作，发现当年真是才疏学浅。如果有机会再返讲台讲写作课或大学语文课，既有理论又有实践，应该不会误人子弟。

除了任课老师，最让我们敬仰的是辅导员陈江风老师。陈老师是河大78级学生，开学后第一次集合，陈老师第一句话就是"同志们！"大家一愣，陈老师说，你们考上大学，就是成年人了，所以要称同志们，那一刻我们突然意识到自己长大了。陈老师秀雅清癯，玉树临风，品格高洁，涵养极深，对同学们关怀备至，让人如沐春风。他曾任河南大学中文系副主任、河南大学教务处长、南阳师范学院副院长、郑州轻工业学院副院长，是《诗经》研究方面的专家，也痴迷民俗学。他是我们一生最喜欢的老师，我们一生得他教诲，毕业后还是念念不忘。同学们遇到人生难题，他常常三言两语点中要害，让人茅塞顿开。我们年级的孙先科、李伟昉都担任过河大文学院院长，陈老师很是欣慰。常萍老师曾经担任过我们一小段时间的班主任，一身素雅衣裙，编着两只小辫，清新脱俗，非常可爱。她一生追求诗意生活，醉心教学，不出书、不发论文、不申报职称，专注教学30年，退休时仍是讲师，在网络上引起轰动。退休前河大破例给她评了副教授，很为她感到欣慰。系里的副主任王芸老师，白衣黑裙，严肃中透着亲切。那时不准穿连衣裙、不准烫头、不准谈恋爱，牛仔裤也不让穿。王芸老师有一次开会，教导我们好好读书，说女同学穿短裙就行了，穿什么连衣裙，是那个年代特有的严管厚爱的好老师。

学习之余，我很喜欢和好友一起到大门口的小花园里读书。安安静静，不受打扰。那时开封西瓜5分钱一斤，2毛钱就可以买个甘甜滑爽的西瓜，足够两个女生吃。读书累了，两个人一分两半，拿勺子挖着吃，是极大的享受。开封的凉粉儿特别好吃，有时我们结伴去龙亭公园玩儿，花2两粮票5分钱买个烧饼，再花1毛钱买份炒凉粉儿，夹着吃，是难得的享受。有个师兄在河大读书恋爱，最怀念的是当年和恋人边吃凉粉边散步的幸福，称开封凉粉为"爱情凉粉儿"，每次去开封，都要吃"爱情凉粉儿"。河大西门外有一条被掩埋的臭水沟，据说是曾与秦淮河齐名的惠济河，想当年桨声灯影，群艳竞歌，点点白帆往来穿梭，也是怀旧的好去处，其盛景只能从《清明上河图》里踅摸一二了。南大门外是一片片错落有致的池塘，池塘边绿草萋萋，蛙声阵阵，是夏日傍晚散步的好去处。可惜后来填平，变成了宾馆，河大的风韵减了不少。有一年住河大宾馆，往窗外看去，当年的池塘成了一个蚊子繁殖的大水坑，颇感失落。

我们班是个非常优秀的班集体，学习成绩名列前茅，出色的人才也多。第一任班长是老安，拼音中有个A，我们都叫他"老尖儿"。团支书是王利锁，少年老成，稳重厚道，内涵丰富，因为早生华发，被女生称为"多情者"。利锁后来留校任教，主攻魏晋南北朝文学，也成了教学名师。有一次听一个才华横溢的小师妹无限崇拜地讲王利锁老师讲课的风采，说是她最佩服的老师，我不禁自得，说那可是我们的团支书啊，很让小师妹羡慕。我们班后来出了很多诗人，高金光、吴元成、杨长春，都出过诗集，在省内外很有名气。特别是吴元成同学，一言不合就开写，随便勾勒几句，就是一篇意味隽永的好诗，夫人也出过诗集。有一年我看《诗刊》，首页介绍全国著名诗人，他们3个赫然在列。80年代流行朦胧诗，我那时经常参加系里举办的诗歌朗诵会，王国钦师兄、王宇秀师姐激情飞扬朗诵诗歌的情景历历在目。我是河大羽帆诗社第一届成员，曾随着诗社成员到黄河边吟咏，还在中文系教学楼我们称为"飞机楼"的门前墙壁上发表过诗，也利用暑假到开封日报社实习，后来偶尔写写，边写边丢，纯粹自娱。文学梦彻底破灭，有一次想起来有点伤感，写了一篇《梦又不成灯又烬》的散文，算是祭奠了一下。高金光是铁塔文学社骨干成员，还当过文学社社长。中文系书记苏文魁也喜欢诗歌，给予很多支持。

林是我们班第二任班长，颇有大将风度，热情大方，指挥若定。报到那天，我哥送我到宿舍，第一个见到的就是林，看她爽利能干，成熟练达，马上嘱咐她要好好照顾我，多年后哥还对林印象深刻。晖清纯可人，诗文俱佳，明亮清澈的大眼睛扑闪扑闪的，两只羊角辫在头上高高地晃来晃去，是校园一道亮丽的风景，几十年后一些男生还为之心醉。军轻灵俏丽，窈窕动人，是大家闺秀，年轻时我们曾经互换衣服，后来我渐次丰润，她美丽依旧；有一次到办公室看我，同办公室的一位男同事一见即大加叹赏，听到我们上大学时竟然互换衣服，惊得张大嘴巴，直呼不信。蕾是幽默大王，常常逗得我们哈哈大笑，只要她在，宿舍里总是笑话喧哗，热闹非常。我曾和蕾丢掉雨伞欢笑着跳进春天的细雨里，体会斜风细雨不须归的乐趣。琴沉稳持重，温柔蕴藉，大有宝钗之风，我给她起名"虹"，现在安家岭南。霞聪明活泼，走路蹦蹦跳跳，像一只可爱的小鹿；她后来在高校任教，夫君是名画家，儿子留学海外，英俊潇洒。欣多愁善感，经常爬到我的蚊帐里聊天谈心，我给她起名"甜萝卜心儿"，一生都是个"小甜心"；她后来成了元曲研究方面的专家，还出过专著。八姐妹相亲相爱，出入成群，非常亲密。

学习之外，一有闲暇，我们就在一起唱歌。上课回宿舍的路上唱，课间休息的时候唱，散步时唱，睡觉前唱。只要有两个人在一起，就会有快乐的歌声响起。《童年》《外婆的澎湖湾》《蜗牛和黄鹂鸟》《走在乡间的小路上》，所有当时流行的校园歌曲都曾是我们的最爱。"黑板上老师的粉笔还在叽叽喳喳写个不停""没有椰林醉斜阳只是一片海蓝蓝，踩着薄暮走向余晖暖暖的澎湖湾""蓝天配朵夕阳在胸膛，缤纷的云彩是晚霞的衣裳"，这样的歌词唯美动人，意境悠远，切合了我们迷蒙的青春，让人心醉。霞非常勤奋，把当时的歌曲连词带谱抄了一大本子。上晚自习回来，有时饿得慌，就搜罗大家吃剩的半个馒头、剩菜，加点水用煤油炉炖到一起吃，我们笑称为"猪食儿"。洗漱完毕，卧谈会便开始了，人生、爱情、前途、幸福都曾是我们的热门话题。常常是谈着谈着，便情不自禁地唱起歌来，惹得四邻纷纷抗议，于是楼下的拿拖把和竹竿捅，楼上的拼命跺脚，隔壁同学用手捶墙，真是好不热闹。我们捂着被子偷偷乐，之后悠然入梦。现在看来，那时候的快乐，多少带有幼稚和恶作剧的成分。可是青春时代，又有多少幸福跟它们有关啊。课间休息时，我们常常旁若无人地唱，引得男生纷纷侧耳。走在路上，也常有一些调皮的男生从我们身边走过，扯着嗓子喊"你要是嫁人不要嫁给别人，一定要嫁给我""你来到我身边，带着微笑，带来了我的烦恼"，我们假装没听见，回来却偷着乐。

每年元旦，我们总是热切地等待着新年的钟声敲响，然后一起大声朗诵王蒙的小说《青春万岁》中的卷首诗，"所有的日子/所有的日子/都来吧/让我来编织你们/用幸福的金线/和青春的缨珞编织你们"，接着就是合唱《踏着夕阳归去》。毕业前的最后一次聚会，其他班的同学有说有笑，热闹非凡，我们却相对无言，唯有泪千行。

大家相约，将来再见，还是要唱的。

  光阴荏苒，转眼间，三十多年的时光悄然流逝。当年那一群如花似玉的女大学生早已经为人妻、为人母了，有的还当上了祖母。毕业后的十几年，我们忙于种种俗务，很少有时间见面，虽然也偶通消息，却一直无缘相会。1995年春天，我偶然接到蕾的电话，她问我过得好吗？说得到我的消息，就一直在练习《踏着夕阳归去》这首歌，说姐妹相见，还要唱的。说着说着，我们就深情地唱起了这首歌，互相纠正唱错的地方。那一刻，我仿佛又回到了青春时代，又幸福又伤心。不久，蕾到省城出差，顺便到家里看我。那晚，我们一直聊到凌晨四点才蒙眬睡去。将近13年的离别，却好像刚刚分手，心丝毫没有距离。后来，我又陆续和晖、军、欣、林等取得了联系。1995年4月24日，在林、利锁、得军等留校同学的努力下，我们终于迎来了毕业13周年同学聚会。除了琴和霞因故未到，我们八姐妹中的6个又一次在母校相聚。我们淋着细雨在校园中漫步，到学校新建的大型体育馆前拍照留念，回到曾经住过的305宿舍和学妹们交谈，重温过去的种种趣事。抚今追昔，感慨万千，多年的夙愿终于得偿，而那首歌也成了我们交谈中永久的话题。

  后来，我利用出差或闲暇之机，多次与她们相聚。我们都已人到中年，青葱的岁月已经远去，鬓边的华发染了又白，但母校生活的记忆仍然栩栩如生。几十年里，我们经历过幸福，经历过欢乐，也经历过岁月沧桑，但那份执着、那份纯真、那份情怀、那份对生活的爱，却一直保留着，不曾被粗糙的生活打磨过滤。2016年8月，毕业30周年同学聚会，我正在参与巡视，真是望眼欲穿，特别渴望能够与同学相见。可是为了工作，还是没有参加，过后看着同学们聚会的照片黯然伤怀。回首往事，我一生都不后悔上河大，尤其是上河大中文系，这是我一生作出的最正确的选择，母校给予我的学识、才华、能力、人格操守和人文素养，让我一生受用不尽。我始终以母校为傲，终生不渝。

每个人一生中，都会有许多值得回味的记忆。有一首歌，有一段时光，我永远都不会忘记。它是我青春时代的象征，是我在母校生活的永久记忆。无论何时，无论走到哪里，都会在我的心头永远地回响，久久不能相忘。

作者简介：程云，1982级本科生，曾在高校任教，后到机关从事纪检监察工作至今。

我在河大读中文

周全星

记得是1982年的9月几号到的开封入的校。具体日期记不清了，在火车站就有接站的高年级同学指引，还碰到了当时不认识后来成了嫂子（和张天祥一家）的一届同学周杰琳。中文系读书学习四年，收获很多，回首看来，收获最高层面是河大的熏陶教育、最宽泛层面是由此开始认识社会和人生、最珍贵层面是在这里度过了生命中最美的时光，当然，最得意的还是收获了老师教诲，同学亲情。这里最想说的，还是深藏于心的、永不忘记时常想起的老师们！

先说辅导员老师。没记错的话，共有5个老师做过我们82级的辅导员，陈江风、张少华、袁士迎、郭福堂、屈文梅五位老师先后和我们在一起，是我们学习生活的良师益友。其中，陈江风老师带我们时间最长，有两年时间，我们从他身上学到的最多。袁老师和郭老师俩是80级的同学，留校后先后带我们，因为和我们有两年的交集，有的同学原来和他们就认识，所以没有生疏感。我记得袁老师第一次去我们宿舍，我当时不知道袁老师已经是我们的辅导员了，我还理解为他是去我们宿舍串门了，上去就抱着他的肩膀，让他坐下。后来同行的年级长说他是我们新的辅导员老师，我才赶紧松了手。但是尴尬迅即就被袁老师打破了，他说，刚当老师也有些不适应呢！我们都笑起来了！郭福堂老师烟抽得厉害。袁老师住在二楼东头，郭老师住在一楼西边对着楼梯口的地方，都是一间房。那时辅导员老师和我们算是同吃同住同劳动，我觉得这个做法很好，很便于和他们的学生们打成一片，发现问题，交流思想，教有目的，学有方向。

辅导员老师之外，我对中文系的管理层总体比较生疏，知道一些。那时系主任是刘增杰老师，另外还知道王芸老师、李慈健老师、郭天昊老师等，系办还有一个李老师，女老师，每天他们都在忙碌着。我们这些学生们记得李老师，是因为取包裹邮件挂号信得系里开证明盖章，这个事找李老师多。

课程有公共课和专业课。公共课的老师记得有讲"中国共产党党史"课的张浩老师、皮仁智老师，后来听说都是党史专家。有讲"政治经济学"的沙献玉老师。体育课老师是孙成，第一次上课孙老师点名，因为点名册是手抄的，孙老师把我念成了周金星，宋西顺念成了宋面顺，蔡三锁念成了蔡三镇。我们都哈哈大笑，孙老师明白后也哈哈大笑起来，专门做了修正，后来再也没念错过。还是说说专业课老师吧。很多如雷贯耳的先生给我们上过课，也有许多忘不了的片段。专业课有现代汉语王燕燕老师和王中安老师，后来是刘冬冰老师。王燕燕老师第一次给我们上课用普通话做的自我介绍犹在耳畔，王中安老师对河南方言中有音无字的"dei"音的辨析考正令人印象深刻。此外还有写作课的贾华锋老师和贾占清老师，文学概论和电影选修课的何甦老师，等等，现在想起，仍然如在昨天。王文金老师讲授"现代文学"之"根据地诗歌"，刚开始讲陈毅《梅岭三章》，一节课下来，王老师的信阳罗山方言还没明白三分之一，几次过后，渐入佳境，意味隽永。忽然想到2016年4月去商丘师院参加吟诵年会，王老师作为名誉会长做最后总结，说到当年师生情谊，和华锺彦先生在尉氏农场农家小院共同生活，朝夕相伴，面听身受。王老师写诗纪念，诗云：又见春光泛绿红，农家校园乐融融。师生形影相偎伴，昼听莺歌夜听风。对华老的思念之情赫然！

任访秋先生给我们开设了"近代文学"选修课。先生那时的身体状况我们觉得很好，精神矍铄，只有走路得弯着腰。上课时，先生进了教室，关爱和老师拿着他的讲义包背着藤椅跟在后面，先生坐下开讲。"板凳要坐十年冷，文章不著一句空"，是我从他老人家那里听到，记得最深的一句话。后来就是关老师上课。那时关老师正年轻，是先生的研究生，板书流畅潇洒，很多同学都仿照他的书法。

还有古代文学的王宽行老师、宋景昌老师、王芸老师、白本松老师、张家顺老师，年轻点的有张进德老师、王珏老师。王宽行、宋景昌两位先生上课很少看教案，仿佛曹植的诗篇、古籍辞章都在脑子里似的，而且讲到兴起，往往一唱三叹、连演带唱，必考究出韵味来！我们听得津津有味，乐不思蜀，老觉得上课时间短，下课了也还要再体味一会儿才走。

教授当代文学课程的老师有岳耀钦老师、刘文田老师、刘思谦老师，刘思谦老师已经是"全国十大青年批评家"了。另外还有开设马列文论的王怀通老师，外国文学的卢永茂老师，后来一些年轻点的老师，比如梁工老师、赵福生老师、张生汉老师、解志熙老师等，要么开课授业，要么辅导学业，留下了深刻的印象。还有一些老师实在记不起名字了，很不恭敬，请原谅我这个差学生！

那是一个追逐知识、理想主义光辉闪耀的年代。学术讲座主讲人意味着不仅课讲得好，还标志着学问做得好。中文系的"百科知识讲坛"很有名气，刘思谦老师、杜王香老师很受学生们的欢迎，10号楼三号教室常常挤得水泄不通，在知识增长之外，更是精神的熏陶、理念的精进。

当时在河大还有一些增进师生情谊的事情，我们都积极抢着去干。一是老师搬家，二是照顾老教师生活。有一次我们几个同学陪着于安澜先生去洗澡。洗完澡，坐在大通铺上，一边晾，一边听于先生给我们讲中国古代的称谓，从"令堂""令兄"开始，讲了近两个小时。我们才知道仅一个称谓，文化就很深，可知我们学习的路子很长。

外国文学教研室的严铮先生和杜王香先生是一家，严先生和杜先生经常在校园里散步，大家评价为校园恩爱夫妻的典范。

老师们很多，我只是想到了以上这些过往的记忆深刻的留存。学校所给予的岁月充实而匆匆，老师们所教诲的无所而不至，实乃今生幸事！这些事情口耳相传，我不断地给我的孩子们、学生们讲，已经成了两代人分享的精神宝藏。河大中文系，我的又一个故乡。永远都不会和你说再见，因为你一直都深深地驻在我心里！

作者简介：周全星，1982 级本科生。曾任河南科技大学文法学院院长、教授。

看那满天繁星

贾利亚

塔铃摇曳，人文郁郁，城墙巍峨，名士济济。黄河之阳滨，开封之金隅，坐落着我泱泱煌煌的河南大学。从1983年到1987年，我在河大中文系学习，中文知识的框架体系得以构建，人生观、世界观初步形成。弹指间，33年过去，我也从翩翩少年，到两鬓染霜。而母校慈晖，春风化雨；师长传道，乐育善诱；学子同窗，切磋琢磨——彼情彼景，历历在目。斯文悠远，斯恩永记，母校母系有太多太多的回忆。

初入河大

1983年7月15、16、17日三天，我和众多学子一样，在酷暑中走进了高考考场，紧接着就是一段时间的焦灼等待，分数快下来的那几天，几乎每天都往县城跑。那年河南省的本科录取分数线是457分，我考了477分，超过了20分，要知道当时能考上中专都是很难的，有不少高中每年连一个中专都考不上，叫"剃光头"。

紧接着就是填报志愿，当时教师职业社会地位不高，在偏远地区有时工资都发不下来，我母亲做了一辈子老师，坚决主张不报师范院校。志愿每档可以填报5所院校，我报了郑州大学、湖北财经学院、兰州商学院、天津商学院和西北政法学院，并填报了服从调剂。军事、医疗、农业、地矿、师范等院校属于提前批录取，而河南大学名字还叫河南师范大学，是师范性质，我便被提前批次录取到河南大学。到校后发现，同学们有不少人和我类似，这种提前批次的录取方式，保证了河南大学的生源质量。虽然不是自己所报的志愿，但被中文系录取我还是十分高兴的，因为从小一直喜欢文学。到校后，看到河大美丽古朴的校园、中文系深厚的历史底蕴和雄厚的师资力量后，喜出望外，有种歪打正着的感觉。

当时要求9月初两天时间报到，我是第二天报到的。一大早，我们同村的两位哥哥骑着两辆自行车，把我送到40多里之外的夏邑县火车站，这也是我第一次出远门。车票全价3元，凭入学通知书可以半价购买，花了1.5元。买票时，遇到了同样录取到河大中文系的崔运三同学，他是我们邻县永城人，他们县当时还没有通火车，要先坐100公里长途汽车到夏邑县车站转乘火车，这样我们一路结伴同行。此君现供职于洛阳日报社，我们一直保持联系。

一出开封火车站，便看到学校迎接新生的牌子，心里感到非常温暖，物理系的一位大辫子学姐把我们引上大巴车。车辆沿解放路转明伦街，从南大门进入校园，在大礼堂门口广场停了下来。这时，天空淅淅沥沥下着小雨，古色古香的校园，细雨斜侵，空蒙氤氲，在新生的眼里又是一番景象。广场上是各个系接新生的桌子，报了系别后，中文系的学长帮我们拿着行李到学8楼，一楼西口的东墙上用大红纸贴着分班名单和宿舍房间号，我在1班，住315房间，后来大三搬到409房间，大四住410房间。崔运三则分到了3班。

宿舍共住8人，除本人外，其他7位已经先期报到，分别是：信阳明港的张立洲，卷发，大胡子，班里团支书，外号卷毛，除他本人外，宿舍其他人的外号都是他给起的；郑州新郑的杜海周，篮球打得好，转身三步上篮看着像走步其实不是，童子功；商丘夏邑的陈建岭，学习非常刻苦，拼命三郎；南阳新野的陈保亭，很有才气，我们还不好意思和女生说话的时候，他就和我们的女生级长王利端同学谈起了恋爱，现在仍是原配；新乡汲县（现卫辉市）的陈庆澜，班长，帅气洒脱；另外还有平顶山临汝的薛占峰、驻马店新蔡的董永生。其中，我和陈建岭不仅同县，还是高中同班同学。自此开启了八大金刚同吃同住同学习同锻炼有友谊又有打闹的四年大学时光。

返校 30 年聚会时，现任文学院书记、83 级 8 班的葛本成同学专门查看了校史：1983 年河大共招生 1619 人，中文系招生 265 人，2 人休学没有报到，实到 263 人。

83 级共分前后 2 个大班，每个大班 4 个小班，上大课全年级合并，小课两个大班分开上，日常活动以小班为单位。我们班共 35 人，24 名男同学，11 名女同学。我们年级先后共有 4 位辅导员：张福民、屈文梅、何德功和宋伟老师。

入学第一月首先进行军训，军训教官来自商丘军分区教导队。军训时间不长，但是内容十分丰富，教官要求也严，几乎和正规部队一样的标准。早上出操，上午下午队列、匍匐前进、瞄准、射击，晚上唱歌、互相拉歌、搞联欢活动等，每天很辛苦但很快乐，训练的地点就在东大操场。当时练习射击时，用的是半自动步枪，主要练习持枪、瞄准、拆卸、装子弹等。刚开始同学们很新鲜，但几天之后，就感到枯燥了，有人开始发牢骚、玩游戏。军训连长是安徽人，他马上制止了这些行为："希望大家珍惜军训的机会，我可以说，你们中至少有一半的人，以后一辈子都不会再有摸枪的机会。"（事实也是这样，直到 2002 年，在和武装部搞预备役训练时，我才再次摸到枪，并百米打靶。）实弹射击是在开封西南郊区一个靶场进行的，分两次，每人每次打 5 发子弹。第一次没报成绩，我的第二次成绩是 40 环。一个月的军训使我们无论是在校还是毕业后的学习生活都非常受益：纪律性得到提升，养成了锻炼的习惯，学会很多军歌，了解了部队的生活。毕业 30 周年返校时，正好遇到穿着迷彩服军训的小同学们，又使我们回到了当年的岁月。

我们上课的地点在 10 号楼，红色混砖建成。一层基本属中文系专用，系办公室、各个教研室、资料室、档案室及教室都在这儿，二层、三层应该是历史系和教育系。一层教室从 107 到 112 这 6 个教室是中文系学生上课和自习的地方，123 和 124 阶梯教室为合班上课或举办讲座所用。记得美籍华人赵浩生、中文系教授华锺彦、北京朗诵艺术团团长殷之光等先生的讲座就是在 123 教室举办的。赵浩生说，在他很小的时候，姑妈带着他去铁塔公园游园，告诉他这旁边就是驰名中外的河南大学，讲到这儿，同学们报以热烈的掌声。殷之光先生讲了朗诵的技巧，并现场朗诵了《有的人》等很多诗歌和散文。有一句"跳蚤，跳蚤，大模大样地坐在老黄牛的鼻子尖上"，抑扬顿挫，急缓有致，把"尖"字声音拖得非常长，给我们留下了深刻的印象。最后他热情地邀请河大中文系的学生投身朗诵，并欢迎到他所在的北京朗诵艺术团就业。

刚入学时，新图书馆还没有建好，阅览室在博雅楼，即 7 号楼，图书借阅在 6 号楼。博雅楼是中州大学时期的建筑，中西合璧，庄严肃穆，叠檐飞阁，古朴典雅。二楼是阅览室，大一大二时，我在这儿度过了很多美好的读书时光，直至图书馆新馆启用。记得博雅楼的北侧二层为电教馆，学习教育学时，配合看的电教作品是 12 集连续剧《寻找回来的世界》，配合外国文学教学看的是《复活》《安娜·卡列尼娜》《红与黑》等。三年级的时候，学校新图书馆竣工，为广大师生提供了非常好的读书场所，阅览、借阅条件大为改善，我很多自习时间都是在图书馆阅览室打发的。

恢复校名

1984 年 5 月，河南师范大学恢复河南大学校名，这在母校发展史上是一件有着历史意义的大事，自此河大从师范性质逐渐向综合性大学过渡。当时正值我们大一的下半学期，我们这届学生有幸亲历了这一庄严的历史时刻。

百年河大发展史,也是一部中国近现代史和教育史的缩影,她经历过波折起伏、战火苦难、风雨磨砺、荣耀辉煌。

1912年,在河南贡院这块人杰地灵的风水宝地,创立了河南留学欧美预备学校,是全国三大留学培训基地之一,甫一开始,就是高举高打,后历经中州大学、国立第五中山大学、省立河南大学、国立河南大学、河南师范学院、开封师范学院、河南师范大学,直至1984年恢复河南大学校名。

国立河南大学应该是最为辉煌的时段,一时间名士荟萃,实力在国内是前几名的,与北大、复旦、南开齐名。1952年院系调整,河大农学院、医学院、行政学院分别独立设置为河南农学院、河南医学院、河南行政学院,水利、财经等院系也先后调入武汉大学、中南财经政法大学等高校,江西的个别高校也有河大的血统。这次调整,河大失血过多,大伤元气,提起此事,就是河大人的痛。好在中文系百年来没有受到太大的冲击。

1985年9月25日,是河南大学73岁生日。在中国传统观念中,逢五逢十才是大庆,但这天是河大恢复校名后第一个校庆,学校格外重视,庆典隆重,很早就开始筹办,举行了一系列庆祝活动,比如开办学术讲座、举办书画展。艺术系发挥自身优势,举行了一系列文艺晚会,全校师生沉浸在节日的气氛中。

学校南大门上的"河南师范大学"是集鲁迅先生的字而成,恢复校名后,"河南大学"4个字是时任党的总书记胡耀邦同志题写的,我们平时都模仿这几个字,直到现在也能写得很像。学校制定了新校徽,教师是红底黑字,研究生黄底红字,本科生是白底红字。我们上街都自豪地佩戴上校徽,换衣服了,也要把校徽重新戴上。

学校还定制了自己的校服,学生自愿购买。校服是浅灰色的,有点发白,质地类似亚麻布,样式为西装,上衣和裤子是配套的一体颜色。我们宿舍大概有4人买了,当时我没舍得买。但大家都很正式地去照相馆照了相,我照相时就是借的同学的。

校庆就在学校大礼堂举行,来自海内外的往届校友和在校师生欢聚一堂,3000多人的座位,座无虚席。礼堂舞台后面幕布上,高高地挂着校庆LOGO,上面印着"73,1912—1985"字样,背景是学校大礼堂的剪影。

主席台上坐着四排嘉宾,除学校领导、知名教授外,还有应邀而来的校友代表。如1935年的校长许心武、著名生物学家王鸣岐、著名作家姚雪垠等,每介绍一位嘉宾,台下都是一阵热烈的掌声,当介绍到著名豫剧大师常香玉时,回应的是热烈欢呼。

那天,我们还近距离地听了常香玉老师的一段清唱。庆祝大会结束后,我从大礼堂南门回学8楼,当走到礼堂东侧时,突然听到有人喊:"拦住她,拦住常老师!"我抬头一看,常老师迎面走来,她应该是从舞台后门走来的。我赶忙伸手虚拦了一下,这时一下子就围过来十几个人,大家开始起哄,请常老师现场演唱一段。常老师那天非常高兴,欣然答应,说,"好!好!就唱一段《拷红》吧",便以手击节:"谯楼上打四梆,霜露寒又凉,为他们婚姻事,俺红娘跑断肠,抬头把天望,为什么,为什么今夜晚,这夜恁长,恨声老夫人过河你拆桥梁,逼你的亲生女儿,夜半会情郎,从今后再莫说你治家有方。"

课堂剪影

80年代初期,改革开放方兴未艾,人们禁锢的思想得以解禁,老教授们如春水初融,重新焕发学术青春。宋景昌教授的遭际已广为人知,他曾被下放到农村,而且一度去鼓楼广场说书度日觅生活,重新登上讲台后,心花怒放,襟抱顿开,在给我们讲李清照时如同表演,"歌咏之不足,不知手之舞之足之蹈之也";中青年老师要挽回岁月的损失,在教学和科研上大展风采;学生们经过千军万马走过独木桥后，非常珍惜来之不易的学习机会，如海绵吸水，求知若渴，"河大学生三件宝，暖壶坐垫绿书包"就是明证，如果去晚了，图书馆、自习室是一座难求。

当时，现实主义、浪漫主义、现代主义、新写实主义、新历史主义各种文学思潮让人目不暇接，小说创作继50年代"三红一创"之后，进入又一个繁荣时期，伤痕文学、反思文学、改革文学，你方唱罢我登场。长中短篇各领风骚，图书馆里《人民文学》《十月》《收获》《小说选刊》等，应该是借阅率最高的刊物。第一届、第二届获得茅盾文学奖的作品，如《李自成》《芙蓉镇》《冬天里的春天》等长篇小说我全部读完。诗歌的百花园里朦胧诗、印象派群芳斗艳，舒婷、北岛耳熟能详。中文系有影响的文学社团是铁塔文学社和羽帆诗社，还有个刊物是《创作与研究》，"两社一刊"汇集了教师、往届系友和在校学生等一批喜欢创作的人士。不夸张地说，中文系的学生人人创作，人人写诗，如果谁没写过一两首"酸诗歪句"，都不好意思说自己是学中文的。中文专业和中文系的蓬勃景象，用陶渊明《归去来兮辞》中的"木欣欣以向荣，泉涓涓而始流"来形容，是比较恰当的。

大学之大不在大楼之大，重在学问，重在师资。当时的中文系，群贤毕至，名师荟萃。高文、华锺彦、任访秋、于安澜等先生，名扬海内外，因主要带研究生，不再给本科生上课，我们没有亲聆传道。但华锺彦先生在123阶梯教室做了一次讲座，使我们有幸亲炙，题目是唐诗音韵，印象中他讲了律诗绝句的平仄规律，讲了唐诗的一些技法，如对仗、拗句、孤平、照应等。让我们多读多背多问，这样才能有所得，他的"多问"，应该是多琢磨多研究多体会的意思。讲座中他说长吟不同于朗诵，并用古代音韵现场为我们吟咏了李白的《早发白帝城》，平长仄短，声情一致，古远苍凉，令人感到身临其境，至今犹在耳畔。

中文系开的课程全面而又系统，充分展现了雄厚的师资力量，使学生受益终身。当时，有必修课和选修课及公共课，必修课有"四史四论两语"之说。"四史"即中国古代文学史、中国现代文学史、中国当代文学史及外国文学史，与之相配的是各种作品选。现在看来，真得感谢当时系里老师的严格要求，每讲到一段文学史和作品选，都让我们背诵大量篇目，需要背诵的，老师都让我们在目录上画上钩。特别是《中国古代文学作品选》（共六册，朱东润主编）从诗经、楚辞、乐府诗歌到史记、魏晋文学、唐诗、宋词、元曲，唐诗宋词画的钩最多。强记硬背为我们打下了深厚的文学基础，直到现在还能够记下来诸多篇段；当时西大操场路边是我早上晨诵的地方。"四论"有文学概论、美学概论、语言学概论及西方文论。"两语"即语言类的课程，有古代汉语和现代汉语。必修课还有写作教程、中学语文教材教法等。

教材发下来后，就看编者中有没有自己的老师，如有，不仅觉得很亲切，也感到这个老师很厉害。当时，教我们写作课的吴君恒老师正在编写一部现代汉语词典，他在课堂上说："我正在做经国之大业，不朽之盛事。"

公共课有中共党史、政治经济学、外语、心理学、教育学等，这些课程都是由政教系、公共外语教研室、心理系和教育系的老师来担任，严格说来，这些课也都应在必修课之列。我比较熟悉的是教我们英语的侯圣银老师，他是商丘市人，住在数学系宿舍旁边的一栋楼的一层，后来去郑州任职。还有一位巴士义老师，是回族，在大四考研时为我们辅导英语，讲课深入浅出，说话很幽默，记得他说过："考研究生，把新概念英语一二册学会就行了。"

系里开了很多选修课，比如刘溶老师开的古代文论，张振犁老师开的民间文学，黄平权老师开的巴金创作研究，赵明老师开的鲁迅研究，王怀通老师开的马列文论，其他还有音韵学、训诂学等。选修课在三、四年级才设置，规定每人只能报一到两门，可能担心有的课会爆满，有的课偏冷，听的人会很少。

每位任课老师都给我们留下了深刻的印象，回到宿舍后，同学们把精彩的片段再熟稔回味，调皮的同学还要拿老师们促狭一番。讲《诗经》的是年轻的王珏老师，他高高的个子，儒雅雍容，讲《氓》时，把"氓之蚩蚩，抱布贸丝，匪来贸丝，来即我谋"译成："你这个貌似忠厚的傻小子，看着是来卖布的，其实是打我的主意的，你可不傻啊。"李博老师讲《离骚》时，纵横捭阖，驾轻就熟，想象丰富，大张大合，讲"吾令帝阍开关兮，倚阊阖而望予"时，他说："你可不要小看看大门的，说让你进就让你进，说不让你进你就进不来，我有次骑车从校西门进来没带证件，老传达愣是没让我进来。"王立群老师给我们讲两汉魏晋南北朝文学，汉乐府、建安文学、陶渊明、《史记》等都是精彩频出，板书时习惯繁体字竖写，讲课富有思辨色彩又饱含感情，体验深刻，表达精准，后来因在中央电视台出镜《百家讲坛》而名扬天下，成为河大文学院的金色名片，作为他的老弟子，我们也深以为傲。在讲陶渊明诗"夏日长抱饥，寒夜无被眠。造夕思鸡鸣，及晨愿乌迁"时，王老师说："如果没有切入肌肤的生活体验，没有挨冻受饿的直接感受，是不会写出这样的诗句的，特别是后两句。"

教现代汉语的李晓华老师，普通话非常标准，经常晚上来到学生宿舍，和学生深入交流，只要一搭话，他就能判断对方是哪儿的人，当时我说了一句"知不道"，他就知道我是商丘的。现在看来，他和学生交流，是另外一种方式的语言采风。现代汉语所用教材也是李老师自己编写，后来李晓华老师任教于中国传媒大学播音主持专业，并担纲领导，可见其实力非同小可。教古代汉语的魏清源老师，文质彬彬，有君子之风，说话从容不迫。字形、字义、语法结构本来都是相当枯燥的，但魏老师举了大量例子，例句多出自先秦两汉的散文，相关的背景故事讲得非常生动，把语言和文学融会贯通，以更有利于学生理解掌握记忆。"能将忙事成闲事"，其背后下了多大功夫可想而知。

刘思谦老师给我们讲当代文学，讲张贤亮、张一弓、贾平凹、路遥、汪曾祺等作家作品。刘老师著述颇丰，当时在当代文学评论界就很有影响。讲《人生》谈到"刘巧珍下嫁马栓"时，同学们都笑了，可能大家第一次听说"下嫁"这个词。有次上课，刚开始不久，刘老师突感身体不适，女生级长王利端同学赶快到讲台上扶住了她，好在并无大碍，可能是平时工作太辛苦了。赵福生老师教我们现代文学，普通话带南方口音，眼镜下滑时他习惯用左手的拇指和中指往上推一下。讲课形象生动，经常把参加学术会议的情况、最新的研究成果介绍给我们，课堂气氛很活跃，还开过"男人的一半是女人"等学术讲座，广受欢迎。

因知识架构相同，所以读河大中文系校友的文章，无论是哪个专业方向及后来师承何校何派，都不会感到特别陌生，就像少林功夫一样，马步站桩，一招一式，宗出一源，脉同一气。

三位老师

大学期间，除日常学习外，有三位老师印象最为深刻，对我个人影响很大。

一位是关爱和老师。世人知道认识关老师，多是因为他做了多年的河南大学校长和党委书记，但在我上学时，他只是中文系近现代文学教研室的一位普通教师，没有一官半职。

那时关老师刚30出头，在近现代文学界已是很有影响的一名青年学者。他的文章已见诸《文学遗产》《文学评论》等顶级刊物。读关老师的文章是一种享受，既是学术文章又是优美的散文，思想深邃，意境广博，不信的话你现在可以找到他1986年前后的文章读一读。我有时作一种假设，如果关老师不从政的话，他会成为超一流的学术大师。我不从事专业，对老师后来的学术成就不了解，也不敢妄评。

因为要报考现代文学的研究生，加之毕业论文是关老师指导的，所以在大学最后一年和关老师接触较多。记得当时，他住在学校西门沿河向北走，应该是一层的楼房，从南边进门，窗户下就是一个书桌，这是关老师办公写作，也是会客辅导学生的地方。当时家里都没装电话，学生去老师那儿，都没有提前预约之说，去了敲门就进。

关老师说话不多，不属于口若悬河的类型，但很深刻，给人以启迪和思考。

我的毕业论文最初打算写近代人物康有为、梁启超、章太炎、严复四人有规律的人生起伏，后来，关老师让我写一个人的，这样更可集中笔力，作为一个本科生也更容易把握一些。最后就写了严复，题目是《一代风流的沉浮——简论从趋时到复古的严复》。作为文学专业的论文，关老师并没有因为我写的更偏重人物和历史去限制和反对，而是鼓励我大胆去写。最后给我打了90分，属优秀。

关老师很有人格魅力，系里很多老师都愿意到他那儿去，无论是从政的人员还是一般教师，都喜欢和他交朋友，所谓桃李不言，下自成蹊。记得有次李慈健老师带着小女儿去关老师家，两人一边说着我的论文，同时关老师去厨房给孩子煮了两个鸡蛋，一个细节体现出关老师的细心和爱心。还有一天晚上，系里一位青年教师姚小鸥，可能不知道关老师的具体房间，便在楼下大喊"关爱和，关爱和！"夜晚很静，担心影响到邻居，气得关老师骂一了句："这个熊货！"

大概是2011年前后，关老师和时任河大副校长的邢勇（我们83级后大班的同学，也是我们的年级长）等人来京出差，我和张志和、金勇等校友一起请关老师用了一顿便餐。我们依然称关老师为老师，不称书记、校长官衔。多年后师生重逢异乡，畅叙幽情，自然是人生一大喜事、快事。

第二位对我影响大的是何德功老师。何老师没有给我们上过课，当过后大班的辅导员，时间不长。有次在 123 阶梯教室举办的年级联欢会上，作为教师代表，何老师唱了一首蒙古族歌曲《草原之夜》，唱得很好。和何老师熟悉是因为我们是同乡，都是夏邑人，那时我和陈建岭经常到他家去。他夫人赵老师是开封师专的老师，对我们也很好。有时过节请我们去他家吃饭，每次赵老师都亲自做一大桌子菜，让我们感到家的温暖。

何老师很小就失去双亲，15 岁高中毕业后经过层层选拔，当了县里的广播员。1977 年恢复高考后，考入河南大学，毕业后留校任教。

印象中何老师当时正在读任访秋先生的研究生，学习非常刻苦，他每天工作学习时间不低于 10 个小时。为了保证身体健康，每天下午都抽时间去学校体育馆打会儿乒乓球，刚开始别人不愿跟他打，后来水平提高了，就能和高手过招了。

何老师更多的是给我们激励和鼓励，他经常给我说的一句话是，"现在很多人心里很浮躁，谁能沉下心来，谁能坐住冷板凳，谁就更容易成功"。

后来，何老师考到中国社会科学院攻读博士学位，毕业后到新华社工作，并先后长驻日本和美国。他刚到新华社工作时，还住在社科院宿舍，当时我和同在北师大中文系读研究生的曹书文、已在北京工作的陈建岭一起去拜访了何老师。

现在同在一座城市生活，我们还偶约相聚，亦师亦兄亦友的情谊没变。岁月洗礼之后，何老师愈加温和儒雅，觞咏交谈，令人如沐春风。何老师还能写一手不凡的欧体书法，是我最近刚知道的，其实在河大时已开始练习，这也是何老师低调为人、踏实做事之处。

第三位是教我们当代文学的张俊山老师。张老师用河南话讲课，略带豫南口音，应该是驻马店或信阳人，他主要讲当代文学的诗歌部分。我们使用的《中国当代文学史》，是以河大中文系函授部的名义编写的，还没有公开出版，张老师是重要撰稿人。后来，张老师为我们开了中国当代诗歌创作研究选修课，当时必修课要通过考试才算合格，选修课交篇作业就行了。

这里值得一提的是，我这门选修课的作业获得了100分。

记得作业的题目是《北岛〈界限〉赏析》。当时，理论界正流行信息论、控制论和系统论，何德功老师送给我一本"三论"理论文章汇编，而北岛的诗属于所谓"朦胧诗"，我便尝试把系统论的观点引入诗歌赏析，而后交上作业了事。但出乎意料的是，张老师竟给了满分。

在课堂点评时，张老师说："我现在搞诗歌评论和分析正处于瓶颈期，苦于没有一个好的切入点或理论支撑，这位同学的文章给了我很大的启发，当然这篇文章并不是十分严谨和完美，还有很多值得商榷的地方，但是这种敢于创新和大胆探索的精神，是值得肯定的，所以我给了满分。当然，从理论上说，人文学科的文章是不存在满分的。"

《北岛〈界限〉赏析》后来发表在中文系《创作与研究》创刊号上。文章由王春生推荐，春生和我是同班同桌，也是要好的朋友，他喜欢写诗，既是羽帆诗社成员，也是《创作与研究》的编辑，当时已是很有名气的校园诗人。因为是同桌，他的很多诗，我都是第一个读者。编辑中还有一位是84级的范清安，后任职于中国纪检监察报社，在学校并不认识，后来在给报社投稿的过程中结识了，2000年搬家整理东西时，发现早在《创作与研究》上，我们就是编辑和作者的关系了，此是后话。

临近毕业时，我去张老师家拜访并辞行，他家住在学8楼后面，好像是第二排的平房，应该和辅导员屈文梅老师家是一排。张老师鼓励我，参加工作后，要继续保持这种敢于创新的劲头和状态，并说，中文系的课程是不能打满分的，就在我的学籍记分册上记了98分。这也是我大学期间的最高分数。

这件事给我印象很深，影响也很大。工作后，无论是当老师，还是在机关工作，我都对学生和"后浪"们尽量多几分包容，多几分鼓励，包容稚嫩和懵懂、犯错和失误，鼓励探索和进取、追求至理真知。像张老师一样、像中文系各位老师们一样，以小我之力，用如萤烛火，燃亮更多心灯。这不正是母校"明德新民，止于至善"校训精神的诠释和传承吗？

毕业后一直没有和张俊山老师联系，在这里只想祝福张老师：身体健康，永葆学术青春！

1987年6月底的一天，中文系87届260多名毕业生，会集在庄严的学校大礼堂，举行隆重的毕业典礼，虽然那时没有学士服和学位授予仪式，我们同样非常兴奋和激动。系主任刘增杰老师就像老父亲送儿子出远门一样，谆谆叮嘱我们，至今，我还清楚地记得他提出的殷切期望："希望30年后，在河南大学的上空，不，就在大礼堂的上空，能够从我们在座的各位同学中，冉冉升起几颗明星。"而今，33年过去了，可以告慰母校的是，我们没有辜负老师们的教导和嘱托，每位学子在各自平凡的工作岗位上，运用中文系教给我们的知识和做人道理，为这个伟大的时代，发光发热，就像那满天繁星，点缀苍穹，辉熠寰宇。

作者简介：贾利亚，1983级本科生。高级政工师，现供职于中共北京市纪律检查委员会、监察委员会，派驻纪检监察组组长。

难忘田径场，难忘摄影部

程相喜

一直关注着"我在河大读中文"刊发的文章，希望能看到一篇有关反映河大中文系学生在学校田径赛场上风采的回忆，但至今没有看到，作为曾经的中文系学生田径运动员一分子，我想有必要把那一段往事，记叙下来，与大家分享。

1983年9月至1987年7月，我在河大中文系上学期间，正是中文系在全校田径运动会上大放异彩的时期。记得当时入校不久，中文系在新生中选拔田径运动员，经过测试，我有幸成为田径队的一员，主攻男子800米和1500米。因第一次参加校运会，没有经验，在跑800米的时候，明明预赛跑了小组第一，成绩公布时却没有名次，一查才知道，是提前变道违规被取消成绩。后来就一直被安排专跑1500米，一跑就是四个春秋，虽没有取得多么骄人的成绩，但每次都能跑进前六名，为男子田径队团体积分争冠贡献一点分数（冠军7分，亚军至第六名依次为5分、4分、3分、2分、1分）。

每年的全校田径运动会，不论女子团体，还是男子团体，中文系作为亚洲最大的系（每届招二百六七十人，共1000人出头），毫无悬念拿第一。女子团体绝对都是以无可争议的总分，领先其他系几十上百分一枝独秀，而男子团体偶尔会受到挑战，最大的竞争对手是政教系，但大部分时候都是中文系拿冠军。

那个时候，校运会上，跑女子800米的有个八二级的韩丽霞同学，她的个子虽不高，但到了赛场上跑起步来，常常一马当先，以甩开第二名一两百米的距离夺冠。还有女子中长跑的八三级的杜娟、张英，参加掷标枪和铁饼的田赛运动员八三级的顾建平、王丽端，都是冠军的有力竞争者。有一次，跑男子百米接力赛的八三级的张国安、曹杰、黄珂等同学，因为没有拿到冠军，而是得了个第三名，四个参加接力跑的同学和教练八零级留校的宋伟老师抱头痛哭，纷纷责备自己没有交接好接力棒，影响了成绩，拖了大家的后腿，那种为中文系勇拼第一的集体主义荣誉感，至今记忆如昨。之后，校运会随着八五级郭程、李峰等一批体育特长生的加入，整体实力大增，可以说，田径赛场上打遍天下无敌手。

中文系当年能取得骄人的体育成绩，除运动员们超强的集体荣誉感和永不服输、争创第一的精神外，我觉得有以下两个方面的原因：

一是系领导的高度重视。每年的校运会举办前后，主管系行政工作的邹同庆副主任都要主持召开赛前动员会和赛后总结表彰会，鼓励大家勇敢拼搏，奋勇争先，为系增光。为了给参赛的运动员们补充点营养，在物资匮乏的年代，系里还给每人分发几斤白糖，给获得名次的同学，按得分多少给予一定的现金奖励，极大激发了大家的积极性。此外，系里还从体育系请来高年级学生来当教练，指导大家科学训练。

二是运动员们的刻苦训练。每年校运会开幕前两个月，系里便开始组织参赛的同学进入训练状态。跑步、压腿、背手跳沙坑，日复一日。每天天还没亮透，系学生会体育部长戴振华催人起床的哨声便响了起来。参加径赛的同学们，成群结队，从南门出，沿明伦街往西，经北道门、铁塔公园、校东门，再从南门回来，绕着校园四周跑上一圈，然后再到东操场上进行有针对性的训练。早上跑得最远的，是在男子万米跑运动员、八三级赵志远同学的领跑下，一直跑到东京大道才折回学校。刚开始训练的一周，由于每天高强度训练，大腿练得有点肿胀，上下宿舍楼都要咬牙扶着楼梯。

当年中文系学生的体育风采，不仅展现在田径赛场上，还展现在篮球赛场上。能与中文系一争高下的仍是政教系，男篮冠军争夺大战常常是在两个系之间上演。像八零级的宋伟、李洛嘉，八一级的刘祥林、胡德玲，八二级的张丰年、吴复久、魏石当，八三级的曹杰、戴振华，八五级的王建国等，都是中文系个顶个的篮球运动员。每年的全校学生篮球大赛冠军争夺战，中文系的主场在大礼堂东南边的篮球场上，政教系的主场则是在政教系附近的篮球场，整个球场四周挤满了为球队加油的啦啦队员，场上队员龙腾虎跃，场下啦啦队员助威震天，加上锣鼓喧天，真个是热闹非凡，每场球都让人看得回肠荡气、热血沸腾！

除难忘的中文系学生体育赛场上的光彩外，还有一段往事值得记忆，那就是隶属于中文系学生会的摄影部里发生的故事。

刚开始，为了给学生会创收一点经费，系里专门开设了一个摄影部，地点就设在学生会办公室，位置在学八楼北边马路对面的平房西边第一个房间，开设的主要业务有——胶卷冲洗、黑白照片洗印、相机出租，主要为中文系学生服务，兼顾其他外系学生。出租的相机有3部，2部120，1部135，120的相机分别是海鸥和红梅两个牌子，每小时租费2毛钱，按天，一天2块。相纸有光面和布纹两种，尺寸不同，价格不同，洗一张2寸的大概7分钱；裁边的话有直边，有花边。为了方便大家存取底片相片，我从学八楼学生宿舍搬到学生会办公室住宿。为了冲印，自己白手起家，学会了冲洗、显影、定影、曝光、裁边等一系列技术。从大一到大二，我在摄影部干了一年多，一块儿在摄影部的同学有本年级的董雁凌、江波、王新照、连国清、韩德富、李文杰等一帮同学，每周一、三、五分三个班。

在摄影部的一年多里，也闹过不少笑话，还差一点酿出大事故。有一次，冲洗胶卷，晾干之后，拿过来一看，整个胶片白花花光秃秃的啥也没有，以为是技术不过关，给冲洗坏了，几个同学围在一起盘算，不知道要赔人家多少损失。第二天，冲洗胶卷的同学拿着存取凭证过来取，看到白板一条的胶卷，自言自语地说："照相的时候就感觉相机卷起来很轻，说是没插上胶圈不听，结果啥都没照上！"真是虚惊一场，原来是照相的同学根本没插上胶圈，不是冲洗的问题。

最让人后怕的一次是，起先摄影部的暗室在十号楼三楼中间南边一个很大的房间里，有一年暑假，我和八三级年级长张国安同学两个人冲印相片一直到很晚，大概过了夜里12点，停水了，于是便匆匆锁上门回到宿舍睡觉。不料第二天一大早，自己被张国安从睡梦中慌慌张张地叫醒："不好了，出大事了，暗室跑水把十号楼淹了！"我睡意全无，翻滚而起，来不及洗脸刷牙，两个人便急急忙忙飞奔到十号楼，只见一楼的走廊里到处都是齐脚深的水，而一楼的房间里正堆放着还没阅改完的高考语文试卷！从一楼跑向三楼，腿都是软的，开门查看，原来是昨晚离开的时候水池的下水道塞子忘记拔了，凌晨来水，水便从池子里溢出来，通过门缝，一直把二楼三楼淹了个遍！谢天谢地，好在一楼的房间门口都砌有水泥门槛，水才没漫进房间，否则，淹了高考试卷的话，后果不堪设想。这次跑水事故，虽没造成实质性严重后果，我和张国安同学被系领导口头批评，同时，为了避免同类事件发生，暗室也从三楼的大房间搬到了一楼东门口处的男厕所里。

后来，自己进入学生会学宣部，摄影部先由八二级的梅建设、李克宇等同学承包，后来，又由八三级的陈军福、李国华等人承包，也算是开了中文系学生勤工助学的先河。再后来，随着彩色相片的兴起，黑白相片逐渐失去了往日的光彩，摄影部也随之退出了历史舞台，但当年中文系摄影部的存在，为80—85级的同学们留下了难忘的记忆，同时也留住了青春的美好瞬间！

作者简介：程相喜，1983级本科生，现为郑州大学北校区综合管理中心主任。

河大好,最忆是师恩

于淑敏

如果有一种容器能够承载记忆,我会精心挑选一个透明的时光宝盒将那些岁月纳入,时时查看,珍之宝之。从1983年9月入学,我在河南大学中文系读书七年,可以说,最珍贵的青春岁月是在这里度过的,世界观和生活观在此养成。离开母校三十年了,那迷人的湖畔塔影,典雅庄严的大礼堂、俊秀玲珑的老斋房、古色古香的博雅楼,灯光明亮的图书馆以及氤氲校园的书香氛围,老师的亲切形象,都有一种无言之美。斯文在兹,思念在兹。

一 感受诗的魅力

甫一入校,学校各种社团如羽帆诗社、火星文学社都纷纷纳新,处在为赋新词强说愁的年龄,我斗胆报名,竟意外得到批准。那时上课之外的校园活动,除了听各种讲座,就是参加社团活动,这是我最期待的课外学习机会。

记得羽帆诗社的顾问有魏巍、臧克家、苏文魁等。首次参加诗社活动,是集体到黄河岸边采风。大三大四的学长在船边吟诗,举办诗歌朗诵会,"恰同学少年,到中流击水,浪遏飞舟"的豪情,深深地感染着在场的年轻人。那时以顾城、北岛、舒婷作品为代表的朦胧诗，像《回答》《远和近》《神女峰》《中国，我的钥匙丢了》特别流行，诗中的很多警句都能背诵。为弥补自己的欠缺，我饥不择食，买了很多关于诗歌的书，如《朦胧诗选》《现代诗词鉴赏》《外国名家诗选》，还有梁宗岱的《诗与真 诗与真二集》，而朋友送我两厚册《美国现代诗选》当作二十岁的生日礼物。现在看真是杂乱无章，囫囵吞枣。

也许是80年代整体的开放性特质，激发了全社会的启蒙浪潮，时代自然也充盈着澎湃的诗意。八零和八一级的学长们将郭沫若的长诗《凤凰涅槃》改编为诗剧，排练后在大礼堂举办的新年晚会上表演，令我大开眼界。当时我们学习的现代文学史，重要作家的排序是"郭鲁茅、巴老曹"，即郭沫若、鲁迅、茅盾、巴金、老舍、曹禺。郭沫若的地位在鲁迅之上，可能与郭沫若的政治地位较高有关，郭沫若在中华人民共和国成立后任政务院副总理、中国科学院院长、全国人民代表大会常务委员会副委员长等职。《凤凰涅槃》用神话中的不死鸟凤凰集香木自焚，浴火重生，比喻顽强的不屈不挠的精神，代表着诗人勇敢奋斗的坚强意志，诗句激情澎湃。记得一位叫王宇秀的学姐站在前排朗诵凤歌，后排的表演者齐诵凤凰合歌，凤凰和鸣："我们更生了，我们更生了！一切的一，更生了；一的一切，更生了。……翱翔！翱翔！欢唱！欢唱！"群情激昂，场面悲壮。这长诗因为这次特别的演出加深了我对诗人的理解，后来读到不同版本的现代文学史，对郭沫若的文学成就和历史贡献也有了更加客观的认识。

诗社还号召作同题诗文，刊发在《羽帆诗页》上。遗憾的是，我不记得自己在这刊物上发表过诗歌，曾经保留的几份油印刊，毕业后多次搬家，辗转千里，如今已不知去向。诗人说过，"不是所有的梦想，都来得及实现"。也许我的诗歌种子悄然滑入冻土层？种瓜没有得豆，但与羽帆诗社相逢，青春奔放的氛围赋予我细腻地感受生活的诗心，供给我精神发育期所需要的阳光、空气和土壤。有诗歌之神的引领，犹如舞台上的那束追光灯照亮我的眼睛，虽不可及，但让我从中获得安慰，汲取力量。有诗作伴，那些平淡庸常的日子亦生发出别样的绚丽和光彩。

二　在十号楼上课

十号楼是我们的教学楼，中文系行政、教学和资料室都在这里，我们跟着上届学长称之为飞机楼，据说其外形像一架平展的飞机。但我从来没有机会从高空俯瞰这座教学楼的整体面貌，只记得从东侧门进入，穿过长长的走廊、半弧形的门厅，到大大小小的教室上课、自习、听讲座。门厅中大红的柱子给人十足的安全感，墙上张贴的各种海报常常吸引我们驻足。

中文系当时真是名师荟萃啊！任访秋先生、华锺彦先生、高文先生和于安澜先生被称为"四老"，我们都闻其大名，很少亲聆教诲。给我们授课的老师，仅现在能想起的，有宋景昌、牛庸懋、刘增杰、王文金、李春祥、刘思谦、张俊山、王立群、关爱和、李慈健、李博、王珏、梁遂、梁工、袁凯声等老师。恰逢80年代改革开放初期，思想解放运动正拉开大幕，老师们迎来了明媚的春天，"文化大革命"十年被压抑的教学热情都迸发出来，所以思想空前活跃，体现为精力充沛，情绪饱满，虽有乍暖还寒，但传递给我们的是妙手著文章的阳光自信，是铁肩担道义的坦荡豪迈。那时互联网尚未普及，不像现在能随时下载资料，我们听课、看书都用手抄记录的土办法，四年下来就积累了一摞大小厚薄不一的笔记本。有一年搬家收拾东西，我弃之如敝屣，先生捡起，十分惊讶地说：想不到你居然看过这么多书。愧对老师的是自己未做学术研究，这些笔记都尘封起来。

与语言课相比，我更爱上文学课，能近距离感受诸位老师或昂扬奔放或沉稳内敛的精神气质。外国文学课程早已忘记，但每个周末都到电教中心看世界文学名著的录像资料，《复活》《这里的黎明静悄悄》《约翰·克利斯朵夫》《好兵帅克》等经典名著都是经过这种方式印入心田。中国文学史是分段分期讲授，重要作家作品如李白、杜甫、苏东坡、李清照以及唐诗、宋词、元曲、明清小说，还有专门的赏析课。李博老师讲楚辞、王立群老师讲《史记》、张家顺老师讲魏晋文学、宋景昌老师讲唐代文学、李春祥老师讲明清文学、关爱和老师讲近代文学，都是吸引我们的优质课，毕业多年后同学聚会仍记忆犹新，津津乐道。王立群老师在央视《百家讲坛》讲《史记》而闻名全国，他的讲稿出版后一时洛阳纸贵，那是后话。当代文学课，大受欢迎的当然是刘思谦老师。如果说其他老师的课会有同学逃课，躲在宿舍读小说，刘老师的课总是坐满大合班教室。有一次听她讲王蒙及其创作，剖析王蒙小说的现代派意识流写法，点评《春之声》《海的梦》《布礼》《蝴蝶》等作品，她讲得绘声绘色，声情并茂，有时大段地背诵作品名句，带我们进入深邃的艺术世界。刘老师的语言表达畅快淋漓，激情十足，感染力很强，同学们都说她简直是为课堂而生。后来还听她讲茹志鹃的小说，以女性评论家的细腻心理，解读女性作家作品也许是她的强项，我们听了心有戚戚。我最佩服她的是点评精准、到位。有一次她在课堂上用"性感意识"四字概括文艺批评的流弊。当时西方各种文学思潮和流派涌入国内，很多文艺批评文章大而无当，充斥着"某某性""某某感""某某意识"，似乎不如此便不入潮流。她的归纳透出尖锐和理性，我听后如醍醐灌顶。

赵福生老师讲现代文学史，略带一点上海口音，在河南人占多数的老师群体中显得特异。有一次他嘱咐我们读钱锺书的长篇小说《围城》。学校图书馆复本量少，我不管什么时候去借阅，永远借不到。因为这书被我们系的一个同学借走后，一个宿舍一个宿舍地人传人地阅读，夜以继日地传阅，完全没有还到图书馆的可能。我们年级是八个班、两百六十多名学生啊！记得两三个月后传到我班一个同学手上时，我才得以睹其尊容。但这种快餐式阅读，仅粗略知道方鸿渐、赵辛楣等几个人物，至于其主体的隐喻象征，艺术特征和语言风格，冷幽默热讽刺，等等，完全没有真正理解。直到同名电视剧《围城》播出后，我又买了两个不同版本重读，才慢慢领悟这部经典的多层意义，对作品中的人物加深了一些印象。毕业后，有一年随先生到湖南探亲，他专程陪我到安化县蓝田镇，寻访《围城》中三闾大学的原型——蓝田师范学院，希望能探寻一点史迹。据说钱锺书不敢违抗父命，从西南联大来这里待了两年，组建了蓝田师范学院英文系，担任第一任系主任。遗憾的是我们来时，距钱锺书在此教书已过了半个世纪，时过境迁，物是人非，知情者几乎没有。此行唯一的收获是在小报上发表一篇寻访记，算是圆了大学时的追星梦。

教民间文学的张振犁老师，也令我印象深刻。他的考试方式很特别，就是寒暑假要我们搜集整理家乡的传说故事，交上来就算结课。当时我并不知道这是基本的田野调查研究方法，也不知道老爷爷老奶奶讲述的土里土气、大同小异或大相径庭的故事，都是活态的神话传说，是中原文化的集聚和凝结，具有世界性的影响力和研究意义。那时没有录音录像工具，我们按照老师的安排，找到熟悉的有故事的老人，靠耳听手记，记录一个个神话和传说故事，如盘古开天辟地神话，女娲补天神话，牛郎织女故事，狼外婆的故事，等等。那真是一种新鲜又神奇的体验。很多没有受过教育、不识字的老人，个个都是故事篓子，民间说书人的口耳相传，使得这些故事得以代代传播。于我而言，我听了奶奶讲的牛郎织女故事，对头顶的星空常常产生无穷的遐想，而且从中进一步知道儿歌与星相、与季节的关联，诸如"天河东西，小孩儿跟娘挤挤；天河南北，小孩儿不跟娘睡"，实际蕴含着天相与寒暑节气的变化。这也是我最早的科学知识启蒙。

二十多年后，我接触到钟敬文先生的助手、北师大教授董晓萍女士，作为图书编辑审读她主持的民间文学及跨文化研究成果时，才后知后觉地明白，那些耳熟能详的民间故事都有其文学原型，由此进一步了解到，张振犁老师曾师从著名民间文学大家钟敬文，是新中国第一代民俗学研究生，他在民俗学领域勤奋努力，发现中原活神话，最终创立了中原神话学派，开辟了中国古典神话研究的一方天地，也奠定了中原神话研究在中国民俗学研究中的地位。如今在星空满布的夜晚，举头仰望，依然感谢张老师在课程之外带给我的教益和他特殊的传授方式。

三　在任访秋先生门下

有人说，幸福不是经历什么事，而是记得什么事。在河大七年，最难忘的当然是跟随任先生读书的三年，它改变了我的人生轨迹和走向。比懵懂无知、少不更事的本科生多了几分成熟，但总体仍是校园学生的单纯，单纯的好处就是能心无旁骛，集中精力读书记笔记，也许称为黄金岁月更恰当。

任先生在我们1983年入校时，兼任中文系名誉系主任，出席系里的迎新会议并讲话。但我万万没想到四年后能亲炙左右，得到学习请教的机会。1987年投奔先生门下时，先生带的八五级沈卫威和张宝明师兄四人还没毕业，正是写论文的关键时刻。1986年先生没招研究生，所以我和姚伟、金勇三人都感觉特别幸运。第一学期上课时，先生收了一个八六级研究生李君旁听，因为李君申请的编辑学专业当时没有硕士学位授予权，选修我们的文学专业课，学分修满才能申请文学硕士学位。所以，跟随任先生听课的还有这位仁兄。

研究生课业不多，给我们授课的除了任先生，还有刘增杰老师、赵明老师、关爱和老师。刘增杰老师任系主任，不苟言笑，望之俨然，课后我们很少跟他交流，我是论文开题后才敢向他汇报。研究生复试面试时，他微笑着批评我"线性思维"，不啻当头棒喝，使我时时自我惕厉，一日也不敢忘。赵明老师给我们讲授鲁迅专题，时常笑眯眯的；因为他女儿丹珺是比我们低一届的研究生，经常见面，所以与赵老师有更多的交流话题。

任先生住在南门外一个小院里，南门外的小湖那时尚未整修改建，似是一个大水塘，夏天湖面铺满荷花，秋冬则挺立着萧索枯枝。顺着小路穿过去，左边就是一排排平房院。我们到任先生家上课，是在先生二楼书房，房间不是特别宽敞，书柜、书桌和两个不大的沙发就挤满了。我们进院一般先和马师母打声招呼，径直上楼，总发现先生已早早坐在书桌前等着我们。先生似乎很少锻炼，有一次师母说，先生总是早上四点多起床，看书写文章。其实先生那几年非常忙，时常参加一些社会活动和学术活动。

每次上课来回都要经过南大门，但我从未认真打量过这座牌楼式古建筑。端庄古朴的南大门与肃穆雄伟的宫殿式建筑大礼堂遥遥相对，在南北同一条中轴线上。看校史才知道，南大门落成于1936年，大门正南面镌刻有校名，北面门楣上有柳体金字书写的校训，正中上额从右至左横书繁体字"止于至善"，两侧小门上书有"明德""新民"。1937年"七七"事变后，这座古建筑历经八年抗战得以幸存，但不知为何1953年门楣上的校训去掉了，可能我们在校时仍是空白？我们大二时，也就是1984年恢复河南大学校名，胡耀邦总书记题写了校名，我们都兴奋地戴着新发的校徽到大门前合影留念，但少有人在北面照相。南大门在2002年庆祝90周年校庆之际被彩绘一新，"明德新民，止于至善"的校训又重新悬挂于内侧。以我肤浅的理解，"止于至善"是对一种难以抵达的精神境界的期许，这四字像无声的师长时刻警醒在校学子"学不可以已"，做人做学问都应孜孜矻矻，勉力不懈。

我们求学时，同学中流传着"和胡适、周作人、钱玄同等名师之间，只隔着我们导师"的典故。任先生1929年在北京师范大学国文系学习时，上过钱玄同的课，后到北大听胡适的课，因此引两位老师作为楷模，书斋取名为"同适斋"；1935年在北大研究院则师从周作人。这就是典故之由来。我们三个是任先生招的第一届近代文学研究生，前几届都是以现代文学名义录取的。当时先生已七十八周岁，可谓高龄导师。任先生给我们讲的第一课是"近现代学者谈治学方法"。我后来在他的文集中找到相关文章，见他这样概括自己的治学经验："在治学上，以较为客观的态度，对待中国过去的文化遗产，在研究上，重论据，采取无征不信的态度。"学界都把任先生求真务实、实事求是的严谨治学态度看作清代朴学大师之传承，他给我们用作讲义的《中国新文学渊源》是具有开创性意义的学术论著，先生送给我们每人一本，逐一题名。先生研究中国文学史，却着眼于思想史与学术史，这种大思维和大视角，泽被一脉后学者，影响深且远矣。

先生八十大寿时，系里郑重举办一个学术研讨会，具体情景已不甚了了，但会后叨陪末座，蹭一顿高规格的饭却是记得的，当然与今天的大餐相比已有天壤之别。席上有一道开封名菜鲤鱼焙面，说是取新鲜的黄河鲤鱼烧好，焙面则是将擀好的细如发丝的面条，油炸后膨胀为雪白粉丝状，一缕缕贴在鲤鱼上，这菜品色形味俱佳，让人一吃难忘。似乎日子一晃先生就远去了。2013年回母校参加任先生文集首发式暨学术思想研讨会，先生已西去十三年！会议在金明校区举行，新建筑错落有致，美轮美奂，但感觉老校区才是我的精神家园。会后在校园里看到一尊雕塑，我不假思索地对关老师说，应该为任先生也立一尊雕像。关老师不理会我的没头没脑，平静地说，也曾有过动议，但因不好平衡而作罢。其实，任先生作为近现代文学学科的拓荒者和奠基人，推动了这一学科研究的繁荣，使河大成为重要的近现代文学研究重镇。鲁枢元老师称为"传灯录"中的刘增杰、赵明、刘思谦、关爱和、解志熙、沈卫威等，都是先生的传人。先生的十三卷文集就是他的纪念碑，这块碑也会矗立在受教于他的学生心上。

人生总有许多偶然，充满不确定性。我跟任先生读书时怎么也不会想到，多年后，我与先生讲义中的历史人物梁启超、王国维、鲁迅、周作人陆续相遇在故居或墓地，并试图重新认识他们。那次从开封回京后，我暗暗发愿，对照先生的文章，逐一探寻他在北京读书及活动的地点，勾描出路线图，再记下今日之变迁。我也多次设想，如果三十年前有现在的认知和定力，从旁观察观摩先生做学问的方法，此生可能不像现在入宝山而空手归。

1990年6月离开先生，告别母校，标志着我的学生时代彻底结束。蓦然回首，我们亲历的80年代成为一个时代背影，渐行渐远，倏然沉入历史深处。但作为历史的深刻隐喻和象征，80年代以其波澜壮阔、高扬理想主义大旗被反复提起、铭记、缅怀。于我而言，撷取的记忆只是一滴海水，但已包含海水的全部味道。

作者简介：于淑敏，1983级本科生，1987级研究生。现为中国大百科全书出版社编审。

我在河南大学中文系旁听

李 频

我1986年考入《河南大学学报》编辑部攻读新闻学专业硕士学位，研究编辑学。河南大学是当年全国最早招收编辑学硕士研究生的两所高校之一，列在新闻学下的编辑学专业并不单设考试科目，考生选考当年河南大学招收硕士研究生的任一专业即可。我便选考世界文学专业并考试通过被录取。我入校后问导师为何这样考试安排，导师答我，编辑学知识体系尚在初建期，拟定考试科目和试题不易，更主要的想培养学术编辑人才，而学术编辑必须懂一门专业。我的录取通知书和研究生毕业证书上写的专业是新闻学，硕士学位证书的专业是中国现代文学。这缘于河南大学中文系或者说河大中文系与学报编辑部的联合培养。

第一学年修完编辑理论、中国编辑史、大学学报研究等课程后，学报编辑部开始考虑硕士生的学位课程和学位申请事宜。当时河南大学并无新闻学学位授予权，学报编辑部便建议硕士生依据入学所考专业分别联系中文系、教育系、地理系申请学位。编辑部负责文学、汉语专业的张如法先生原在中文系工作，与中文系系主任刘增杰教授很熟，他主动代为联系刘增杰老师。增杰先生同意我到中国现代文学专业申请学位。

要申请中国现代文学学位得修够要求学分。如法先生便让我随

1987级中国近代文学硕士生听任访秋先生的中国新文学渊源课，任先生1987年9月19日记："上午10时，增杰、赵明、文金诸同志来，同时如法为其指导的研究生来听我的课也来了。他的研究生为李频，湖南人。"［《任访秋文集·日记（中）》，第810页］如法先生单为我个人开了门中国40年代文学研究课程，我在《如法师》中有记。任先生的中国新文学渊源是在明伦校区南门外他家楼上书房里上的。听课的连我四个人，任先生写了讲稿，几乎是对着讲稿念，偶然生发开去补充几句。时间固定为每周三，听了一整学期。记得有次上课中，走进一位英俊男士喊"任主席，我是从郑州来的"，我如堕雾中。这静雅的"教室"里，哪来的"主席"？任先生静听，接过男士递过来的材料说，"会议我就请假不参加了"。男士退场，任先生继续讲课。我这才想到，面前这位背有点驼的老头就是主席，河南省政协副主席。师生们都知道他有那头衔，但我第一次听到有人亲口称呼他。"任主席"的课堂插曲仅一两分钟，却让我浮想联翩，肃然起敬。

上课没几周，任先生的《中国新文学渊源》出版，他送每个听课学生。欣喜新鲜，学界通行中国新文学乃"五四"以后的文学，任先生却追溯到明朝李贽。该书第一章为《李贽与晚明思想解放及文学革新运动》，最后的第八章为《晚清文学革新与"五四"文学革命》。这门课实际上了近一年，前半年（1987年下学期）主要听任先生讲课，后半年（1988年上学期）则是先生以批改作业等方式指导我们做研究。先生1988年4月14日记："看几位研究生的作品，姚伟、李频两人较好，姚的题目为《清代的汉学与宋学》，李的为《姚鼐的〈古文辞类纂〉》。"［《任访秋文集·日记（下）》，第859页］因为先生肯定，我后来完善、扩充，以《试论桐城选本的编辑学价值》发表于《许昌师专学报》1992年第2期，那又是四年之后了。发表的文章分三部分：一、《古文约选》：桐城选本的先声；二、《古文辞类纂》：桐城选本的旗帜；三、《经史百家杂钞》和桐城诸选本的余绪与变革。因为修先生课，我总算一窥中国古典编辑学。于此感触良深的是，当今某些高校实行集中授课，一门硕士生专业课程八周讲完，且明确规定，硕士研究生听完课程后的四周之内上交或上传作业，留给硕士生阅读、思考、消化导师课程所讲的时间甚短。

某次讲课中，任先生谈及他1936年在北京大学随周作人读硕士而做的硕士论文就是《袁中郎年谱》，这年谱1983年由上海古籍出版社出版。任先生的硕士论文由胡适主持答辩，那是河大中文系研究生众人皆知的。我第二天就到图书馆借读。再后来我结合我自己的硕士论文着手编胡风年谱。为编胡风年谱爬梳了河南大学图书馆当时几乎所有的报刊、书籍。当时东北某省社科院一位现代文学研究前辈在内部报刊发表了胡风年谱简编，我据从河大图书馆看到的材料写信去交流订正，那先生回信告我，他正在写胡风传记，建议我放弃编胡风年谱、别写胡风传记。我自知功力浅薄，便言听计从了。硕士毕业后看到那前辈的专著，才后悔没有坚持，不然我的第一部专著就可能不是龙世辉的编辑生涯，而是胡风的编辑生涯。自己编年谱，才知编年谱殊为不易，不说找一条材料往往费尽周折，找到材料后如何甄别理解材料意涵、语境，如何采用，又如何回归谱主视角去叙述，如此等等都极费工夫，很见功力。我后来发表的年表年谱类成果极为有限，但这方面的案头工作做了不少，甚至每遇一个前沿、复杂的研究对象，我都首先想到编年谱、做年表。有时还以此劝勉、建议周遭的硕博士生。他们大多不会采纳，极少欣然采纳。我只自嘲一个时代有一个时代的学问，一个时代有一个时代的学术表达方式，同时内心坚信编年谱是文本细读训练的有效方式之一。

有一次，任先生给我们四人每人一本他的著作或内部成书的讲义，让我们每个人就该书写一篇内容提要。我们四人觉得这很简单，过一两天就做完上交了。此后也没有什么反馈。我当时只想肯定是写得不行,他另外安排人写了。几年前读葛兆光著《且借纸遁》的卷首《小引》,才理解到先生可能另有苦心深意。葛先生说:"三十多年前,我在北京大学古典文献专业求学,曾被专业要求模拟《四库全书总目》,要对所读书作六百字的提要,当时觉得真是枯燥也很没意思。但现在回想,这一近乎刻板的训练,让我至今总是习惯于对书做'摘要''概述'和'摘录'。"葛先生的学术成就显然与他在北大接受古典文献学严格训练有关。任先生或许也想严格训练我们的,但我们当时并不理解。

严格说来,我在河大中文系旁听不从1987年下学期听任先生课始,那是经系主任同意也取得了学籍的,而始自1986年下学期听某先生的《文心雕龙》研究选修课(记不起授课先生名字了,真对不起他)。硕士入学后不久,学报编辑部导师布置给我的第一个学习任务是用毛笔抄三遍《文心雕龙》。先生解释的理由有三:一是《文心雕龙》是中国第一部系统的文学理论著作,博大精深,借以学习理论,尤其是文学理论。二是当编辑经常要写信,字是一个编辑的脸面,借抄《文心雕龙》练字,"我看你的字写得像鸡爪子似的"。三是"我看你心性有点浮躁,借写毛笔字修身养性"。先生还说,"《文心雕龙》很难读,好在中文系这学期有某某先生开设了《文心雕龙》专题研究选修课,你可以去旁听"。我也兴致勃勃地到书店街买来笔墨和习字纸,也去中文系听过好几次那先生的课。《文心雕龙》中的中古汉字,我可能有三分之一不认识,有一半难解其意,抄了几章我便放弃了。好在导师后来并没追问交卷。听说我这个编辑学研究生要用毛笔抄《文心雕龙》,研究生楼里的同学闲谈时总向我投来同情的目光。几十年后回想,知生莫若师,导师践行的还真是个性化培养,如果我当时遵从导师诊断而沉潜心性,人生道路会是另外的轨迹。

我的旁听不止课程还有讲座。入学后不久,中文系在新落成的研究生楼里举办了一次讲座,没有海报,只有口耳相传。待我赶到时已经没有座位,是站在后边听完的。主讲人是当时很火的一位校外的青年文学理论专家，主持人是中文系留校的青年教师袁凯声。可能好多听众与我一样是奔着"关爱和也来"而去的。那时的关爱和在研究生楼里是个"美丽的传说"：硕士论文发表在《中国社会科学》，28岁评上副教授，是河南省最年轻的副教授。关爱和一直坐在主讲人旁边，一直只微笑着听，没有说一句话，即使主持人提议他发言，他也摇头。河南大学的老辈教授都崇尚"不到五十不著书""厚积薄发"，我此前也听牛庸懋教授亲口给我讲过。主讲人在答问环节说，写书方法要更新，现在有人自炫：看五本书写一本书。我因为是研究编辑学的，便油然想到，这所看的五本书该是什么样的书呢，某位作者看五本书后写的那本书又会是什么水平呢？这一类的写作现象，编辑该如何审处、鉴别呢？一言不发的关爱和在我心里更加添了神秘感。

中国近代文学硕士研究方向是河南大学中国现代文学学科1987年首次招生。任访秋先生非常上心，1987年日记中有20次（天）记及与这届硕士生的交往，1988年2处（天）、1989年15处、1990年14处。日常教学管理则由关爱和老师负责。我因此得便向关老师讨教学习。第一次见他，我便问他论文发表的事，他告诉我，他的硕士论文不是发表在《中国社会科学》，而是发表在《中国社会科学》主办的《未定稿》，今后的中国期刊史会有《未定稿》的一席之地。我当时已经激发了对期刊史的较浓兴趣，《未定稿》闻所未闻，关老师的话便记在了心里。

2010年后的七八年里，我受中国期刊协会邀约写《中国期刊史》第四卷（1978—2015）。我自然记起关老师的话。《未定稿》创刊于1978年12月，停刊于1989年。正式期刊，内部发行，期发行量曾达三万余份。其独到的期刊史地位在于践行"宣传有纪律，研究无禁区"。其试刊号说及该刊任务是："着重对当前思想理论战线方面的问题发表一些探讨、研究和评论的文章。有些文章的思想内容不一定成熟，但它如果提出了重要的问题，有一定的见解，有助于活跃思想、打开思路、破除迷信、冲破禁区，对进一步深入探讨有所启发，本刊也准备本着百花齐放、百家争鸣的精神，予以发表。"这才知道关老师研究桐城派的论文有冲破禁区的理论价值。我真就《未定稿》写了一小节，可惜后来主编调整期刊史第四卷结构，《未定稿》节便尘封了。

我们两位编辑学研究生入校后的一两个月里，学报编辑部又陆续招收了九位编辑学课程进修班学员。他们工作多年，编辑实践经验丰富，随我们上课，学制两年。1987年年底，编辑部安排他们写结业论文，我俩便随他们做毕业论文。受如法老师中国40年代文学研究课程的影响，我对胡风研究已蛮有兴趣，便以《胡风的编辑实践与七月派的形成壮大》为题做编辑学研究生毕业论文，以《胡风的诗歌理论与七月派的诗歌创作》为题做硕士学位论文。毕业论文1988年下学期就写完了。编辑部为十一位同学的论文出了一期河南大学学报增刊《河南大学编辑学研究生论文专集》，该专集《前言》末尾说："这个论文专集，就是研究生和进修生在编辑学的教学和科研过程中，考察和总结实际编辑工作经验而做出的作业。尽管带有稚气，毕竟是我们的成绩。我们予以编辑出版，无非是希望读者大家来审阅这批作业，评判他们的成绩，从而对我们教学、科研与编辑三结合的尝试，也是一种批评或反馈。"

我的学位论文主要有三个部分。一、胡风的诗人观与七月派诗人的战士品格及价值追求；二、胡风的"一代的心理动态"说在七月派诗歌内容上的投影；三、胡风的诗歌创作观与七月派诗歌独特的艺术追求与局限：（一）对客观世界的主观抒情与七月派诗歌独特的艺术追求，（二）胡风的失误导致了七月派诗歌创作的一个较大局限——亢奋的主体感受力与并不娴熟的言语驾驭力。从这章节标题可见其粗糙，多用大词而又概括无力。也许是按规定走程序，也许是对我论文成色如何不放心，刘增杰老师在答辩前一两个月在中文系会议室单独安排了一次我的硕士论文汇报。我说及胡风的诗歌理论是否集中表现为"主观战斗精神",刘增杰老师立马说,如果是那样的话,论文是做不出来的。胡风对"主观战斗精神"这个词在不同场合有多种不同表述,其内涵到底是什么,他自己都说不清楚。刘老师言下之意,我这样的后来研究者更说不清楚了。刘老师一语惊醒梦中人。事后多年我才领悟这就是批判意识,一个学者洞察对象的批判意识。

听取多位老师的意见修改、定稿、打印后,如法先生将我的学位论文送任访秋先生评审。先生1989年6月8日有记:"上午,评阅张如法同志的研究生李频的论文,题目为《论胡风的诗歌理论与七月派的创作》。50年代中叶,胡风及其集团被打为反革命集团,胡风坐牢多年。直到80年代,毛泽东去世后,随着对于冤假错案的平反,胡风及其集团才得到平反,而胡风的文艺理论也得到平反。到今天才可能对他的诗论及受其影响最深的七月诗派的诗歌创作,进行客观的分析和评价。"[《任访秋文集·日记(下)》,第934页]

答辩那个六月,空气里奔腾着喧嚣。论文倒是修改后在沉静中顺利答辩。我在中文系旁听也就结束了。没有毕业与学位授予仪式。是那个高歌猛进的时代根本不在乎仪式,还是有更大更重要的仪式?我那时年少,现今懂得,他人仪式隆重于某日某地某时的典礼,我的仪式在日常,在心里。河南大学中文系旁听的点点滴滴都如仪式一般铭刻在我心里。

当今个体的学习成长流传一种说法:本科选学校,硕士选专业,博士选导师。我自己求学的起点较低,但阴差阳错选对了硕士专业,又因缘际会蒙神灵垂爱,读硕士时旁听了中国近代文学,领略了学术和河南大学的另一番风景。

作者简介:李频,1986级研究生,中国传媒大学传播研究院教授,博士生导师。

我的河大老师

陈国振

心情不好的时候，我爱翻书柜，每当有意无意翻出我的"镇柜之宝"——大学时的教材和笔记时，就会发半天呆，回想起曾经拥有过的美好时光。

我是1985年考入河大中文系的。那时学校还没扩招，也没建新校区，被老师们戏称为"亚洲第一大系"的中文系，每年招生也不到三百。那时的校园，似乎与热闹还没结亲，总有一种庄严、肃穆、孤高、安详的气度。

从南门到大礼堂五百米，两边除了几座若隐若现的青砖红柱、飞檐斗角的民国老建筑，便是高大的树、错落的灌木丛。那些建筑那些树，和近些年来的"新贵"不一样。刚发达的"新贵"们，喜欢表现自己的"权威"，一座座高楼要整整齐齐，连一棵棵树也要整整齐齐，像一个个强迫症患者。河大的建筑，都和中轴线保持着一种君子式的不盛气凌人的距离；那些树，都长得随性自在，有着林子的韵致！那些树那些老建筑互相映衬，融为一体，仿佛青梅竹马一起长大似的。

后来我查资料，了解到这些建筑在2006年被列为中国重点文物保护名录，河大校园也被评为中国最美大学校园之一，应该指的就是这个地方。至今我的内心还定格着一幅清新的画面：雨过天晴，那里青春气息轻雾一样弥漫。两三个穿着碎花裙子的小女生，从"公主楼"里走出，在林间翩然而过，像蝴蝶在起舞，又像几朵小蘑菇从青草里探出小脑壳。读到归有光《项脊轩志》："小鸟时来啄食，人至不去。"对照此景，不觉莞尔。

大一时有一门新闻写作课。老师先把我们分成一个个小组，然后就给我们发一张小纸条，让我们顺着上面的地址完成一次采访任务。虽然那时，我们被称为"天之骄子"，有点"粪土当年万户侯"的少年轻狂，但毕竟刚从农村来，青涩得很，要让我们真去采访令我们仰望的教授，我们还真像鲁迅先生形容的"白天出行的小鼠"，一连多天，都听得清自己"咚咚"心跳的声音。

轮流扮作采访者和被采访者，演练了七八次，直到期限的最后一天，我们三人才硬着头皮，敲响了音乐系丁承运老师的家门。

丁老师一看门外我们互相拽着衣服，一手拿笔、一手拿本，僵硬如木雕的样子，就明白了咋回事——学校应该是提前做过安排的，便笑眯眯地拉拉我们的胳膊、拍拍我们的肩膀，把我们一个一个拍"活"以后，把我们领到了客厅的沙发上。

等我们每人手上都有了一杯水，他搬来一个小凳子，坐在我们对面，笑眯眯地挨个瞅了一遍，就说："咱们一起写作业吧？"我操着生硬的普通话问："丁教授，您是教什么课的？"话没说完，我的脸就发烧了，因为来之前，我们就知道丁承运老师是一位古琴演奏家，在大礼堂举行的迎新晚会上还为我们演奏过《高山流水》。

但丁教授好像没意识到这一点，站起来就从别的房间里搬出一个古琴，放在面前的茶几上，"还请各位小友不吝指教"。叮叮咚咚就给我们弹了一曲，"喏，这是中国古典名曲《平沙落雁》"。他停了一会儿，看我们还是张口结舌两眼直直的样子，就又笑笑，开始十分专注地弹奏另一乐曲《梅花三弄》——当然这还是丁老师告诉我们的。

我们在悠扬的琴声中终于缓过神了，开始鼓掌，异口同声地说：

"好听!"

那天，我们在丁承运老师家竟坐了两个多小时！丁承运老师不仅给我们开了一个"专场音乐会"，还从里屋捧出两个大相册给我们看，说他父亲从河大毕业后去英国留学，归国后又在河大任教……他的古琴是跟他二姐学的，他的二姐是国家一级演奏家，经常到法国、匈牙利等国家进行艺术交流……他说他们家里数他没出息，"爱做木工活"。"喏，这就是我自己做的。"他指着眼前的古琴说。

我们出来的时候，街上的路灯都亮了。丁老师把我们送出门口时，忽然又想起了什么，匆匆回屋，拿出几份报纸，偷偷塞给我们，神秘地说："可以参考参考。"我们回去一看，上面有对丁老师的长篇采访报道。

此情可待成追忆，只是当时已惘然！写到这里，我真不知该怎样表达自己的感念之情了。丁老师是研习古典艺术的，"阳春白雪"，和我们中文系的新生本没什么交集，但他却以长者的包容、长者的智慧，无声地滋养了我们，不仅让我们收获了满心欢喜，也让我们撤去了自卑的盔甲，渐渐融进了河大温暖的怀抱。

当时中文系的系主任是刘增杰老师，我们一致认为，他给我们上的最好一课是："整天"挽着夫人的胳膊在校园散步。刘老师身材高大魁梧，不苟言笑，像个军人；他的夫人娇小瘦弱。小雨淅沥的时候，图书馆左前方有一条特别幽静的林荫小道，刘老师会挽着夫人的胳膊，在那里走；夕阳西下的时候，东操场，打篮球的踢足球的学生很多，刘老师也会挽着夫人的胳膊，在那里走。云卷云舒，宠辱不惊。我们向他问好，他就停下脚步，身体微微前倾，给我们回礼。他夫人也给我们点点头，送给我们一个甜美的微笑。那时正流行朦胧诗，《铁塔》文学社里的一位同学，把现实比作网，"扯疼了青春的翅膀"，惹得很多同学伤感迷惘。可看到刘老师挽着夫人走过来时，忽然就明白了，有些诗人，就像他们刻意蓄起的长发，只是在装。

刘老师研究"解放区文学",填补了我国现代文学史的一个空白。他给我们上课,用的就是他编写的教材。刘老师对王实味"情有独钟",他给我们讲:王实味的悲剧,与他独立自由的精神,与他本人的忧患意识有关,王实味有着一种"超前意识"。那时大概已是大三了,我们的"主人公"意识渐渐培养起来了,颇有点桀骜不驯,玩世不恭。当刘老师要我们交作业时,我就写了一篇《王实味真的有超前意识吗?》交上去以后,我就后悔自己太张牙舞爪了,"鲁班门前抡大斧"。但作业发下来以后,我却见我的作业上有一个大大的"93"——那是一个高分,而且有两行批语,具体内容忘却了,大致是善于逆向思维、语言表现有张力之类的赞语。前面还有几处修改,其中一处是:此处宜增加论据。

不知道现在的院系领导还带不带本科生了。刘老师作为系主任,不仅给我们上课,还多年坚持着一个习惯,在毕业生离校之前,他会到每一个学生宿舍坐坐,聊聊天,写写赠言。他给我写的"前程似锦"四个字,至今还摆放在我的书案上。听我的一位小师妹说,刘老师也到女生宿舍去。不过,他会选择在冬天或者春天的时候去,在进宿舍之前,也一定会叫住一位路过的女生先进去通报一下,在那位女生出来之前,他就在门的旁边,靠墙站着……古人说,君子温润如玉,说的就是刘老师这样的先生吧。

这些年,一说到河大,一定绕不过王立群老师。王立群老师在《百家讲坛》讲《史记》,不矫饰,不煽情,不迎合,只用他温文尔雅的风度、广博精深的学识、缜密睿智的语言征服你。作为他的学生,我们则有幸看到他更生动有趣、更遗世独立的一面。当时他给我们讲魏晋南北朝文学,讲魏晋风度,讲南朝的宫体诗。记得他有次上课时引用了后唐李煜的两句词,词中对女性追求爱情之心理描写颇为大胆,王老师称之为"豪放派"的先声(女性之豪放),然后就右嘴角往上翘,露出童稚般的笑。我们立刻就在下面放肆起来,你拽拽我的耳朵,我摸摸你的脸,高兴得如一群刚进水帘洞的猴子。

王老师看我们笑够了，便拿粉笔敲敲黑板，继续悠悠然讲下去。上王老师的课，我们都是带着笔记本去的。一方面要记他睿智的话，另一方面要临摹他写在黑板上的字。王老师写的是"瘦金体"，字形颀长，翩翩如浊世之佳公子。

2000年，新郑市教育局"与时俱进"，和河大联合举办了一个"高级研修班"。因为吃住不方便，来新郑讲课的大多是年轻人，让我意外的是已经五十多岁的王立群老师也来了，而且一连讲两天课，给我们讲他刚编写的《史记研究》。当时我很为王老师抱不平，觉得学校的安排有点不近人情。培训地点设在新郑教师进修学校。这类听起来很高大上的学校，平常是没有学生的，条件也很简陋。给王老师安排的住处就是一间空办公室，里面只有一床、一桌、一椅，外加一个摇头电扇。吃饭更简单，学校食堂的师傅做什么，他就吃什么，一天的标准也就是几元钱。我有两次在上课结束后，等着王老师，想表达学生的心意，哪怕品尝一下当地的特色风味也行。但王老师都谢绝了。他说，到了他这个年龄，一碗面条就足够了，只是嘱咐我，觉得有哪一点讲得不合适，要及时告知他。大家都惊艳于王立群老师在《百家讲坛》的一举成名天下知，有几个人会想到他为了学问，竟生活得如此纯粹呢？

前两年，86级的一个同学去河大送学生，正好遇到王老师在校门口迎接新生。我的这位同学也不知跟王老师聊了些什么内容，活动结束后，王老师就把他带到了自己家里，送了他一套自己的著作，而且在每一本书的扉页上认认真真地签上了自己的名字。我的这位同学按捺不住兴奋之情，就在朋友圈里一本一本地晒。我们提出了各种交换条件想要"分一杯羹"，他都一口拒绝，说要当成传家宝一代一代传下去。后来，他不仅抱着这套书在电视台做了一期访谈，还用这套书做插图，发表了一篇关于王老师的文章。我们很眼红，骂他无耻，"蹭热度"，把王老师"存入银行吃利息"！

不过想想，我们哪个学生不是把老师"存入银行吃利息"呢？

离开河大一晃就三十多年了，我也早已为人师、为人父了。和别人讨论什么是最好的教育时，我只坚持四个字：引见美好。在这个越来越急功近利的时代，美好如同"诗与远方"一样，越来越难以企及了，"纯粹"更可能成为一个令人嗤之以鼻的贬义词。但我的河大老师们却用行动告诉我，如果你有三个面包，可以拿出两个换成鲜花，一朵留给自己，一朵送与他人，尤其是向往美好的青年学子。

常萍老师不写论文不出书，拒绝过两任《百家讲坛》的邀约，不少学生要把她的课堂实录结集成书，她也不同意，到了退休之时，还是一名讲师。但后来的弟子们回忆说：常老师讲李白，她就是李白，像李白一样激情澎湃，狂放潇洒；讲王维，她就是王维，像王维一样宁静淡远，通透旷达。她的课，需要提前半小时去占位置；她的课，有人驱车几百里去听。

常老师给我们上课时，刚毕业两年，那时她就特别喜欢讲王维，"田夫荷锄至，相见语依依""惟有相思似春色，江南江北送君归"，这些诗句，至今我还记得。可能和我们的年龄距离不大的缘故吧，那时她还有几分羞涩，上课时几乎不看我们，也不和我们说话，一下课，便一肩长发，一袭长裙，一身诗意与恬淡，翩然而去。

如今还有人称她为河大女神！神，原本就是一种薪火相传照亮前程的光，一种源于心灵的敬仰。

先生之风，山高水长。谨以此文献给我所有的河大老师。

作者简介：陈国振，1985级本科生，现在郑州十一中任教。

河大记忆

王玉杰

往事如梦中，发霜有旧容。

河大四年，匆匆而过。毕业后的三十年，母校竟如影随形，如梦萦心。不必说碧绿的芦苇，光滑的石栏杆，高大的洋槐树，火红的石榴；也不必说大礼堂前琅琅的读书声，艺术楼里悠扬的钢琴曲，铁塔上随风鸣唱的铜铃；单是十号楼、学八楼中发生的故事，便足以回味终生……

不怕被笑话，去河大求学，是我人生第一次出远门。背着一个化肥编织袋，里面鼓鼓囊囊装满了衣服和被褥，母亲给的三十多元钱就藏在最中间衣服的口袋里。走出逼仄的山旮旯，蹚过齐腰身的伊河，刚好趁着一辆拉蒿草的牛车到县城，然后挤汽车到洛阳，再挤火车到开封。两天两夜的路程，基本上没有合一眼，但始终没有一丝倦意，心中满满的是好奇、兴奋和期待。

第一次踏进河大的校园，就像刘姥姥进了大观园，眼花缭乱，感觉比我们小县城还要大。南大门浑朴对称，博文楼、博雅楼、大礼堂中西合璧，叠檐飞阁，巍峨壮观，简直就是一座座宫殿。东十斋就像琴键一样一字排开，气韵生动。还有，从校园内可以看到不远处有一古塔颜色深褐，高耸入云。师兄介绍说，这是宋代建造的铁塔，有诗曰："远看铁塔黑乎乎，上面细来下面粗。有朝一日翻过来,下面细来上面粗。"想到自己从此就要成为"铁塔牌"的一员,自豪感、责任感油然而生。

恩师点滴

我们接触的第一个老师姓王,高个,长发,宽脸,上课期间总是手不离烟,烟不离手。他讲《诗经》,往往反复朗诵,极富节奏感,只差没有唱出来,所以感染力特强,学着更容易。他讲道,两千多年前的先人对待爱情,没有扭扭捏捏,羞羞答答,反倒是十二分的浪漫和奔放。比如大胆表白"窈窕淑女,君子好逑",深情思念"一日不见,如三秋兮",专一不二"有女如云,匪我思存",为爱痴狂"执子之手,与子偕老",欢心出嫁"之子于归,宜其室家"。你们处在最美好的年华,何不像古人一样肆无忌惮地谈一次恋爱呢?听罢,窃笑,窃喜!

王立群老师引起广泛关注,那是近些年的事儿,其实三十多年前他就是深受学生欢迎的老师。听他课的学生特别多,甚至外系、外校的学生也"混"入其中。王老师宽额、浓眉,嘴角微翘,一身的儒雅。80年代,许多老师讲课还是用浓重的方言,而王老师却讲着一口流利纯正的普通话;大多数老师板书是横行,而王老师却是竖写,并且用的是繁体字,舒展有型,疏密得体,潇洒极了。最喜欢听他讲《史记》,就像听评书,不紧不慢,抑扬顿挫,往往用一串串生动形象的故事,把一段段恢宏的历史、一个个鲜活的人物展示出来,丝丝缕缕,抽丝剥茧,终得真谛。什么周公吐哺,烽火戏诸侯,负荆请罪,荆轲刺秦,赵氏孤儿,韦编三绝,冯唐易老、李广难封等故事,至今都记忆犹新。他传授魏晋南北朝文学,着重讲魏晋士人纵情任性、饮酒啸歌的风度,诗文中慷慨悲凉、爽朗刚健的风骨,让人一下子爱上了"三曹"和"建安七子"。陶渊明的诗,王老师用了"淡而有味"四个字来概括,乍看很平淡,越品越有味。

他说，作诗如斯，做人不应该也这样吗？

胡山林老师便是"淡而有味"的一位老师。他衣着朴实，当时偶尔会冒出"木扭"（没有）、"抓来"（干啥呢）、"白"（不要）等方言。但他却是我们八六级最受欢迎的老师之一。我想，首先是他平易近人，完全没有高高在上的"架子"，往往把同学当朋友甚至是哥们儿，常常用谈心、感悟的讲述方式与大家交流，一下子拉近了我们的之间距离。他说话幽默诙谐，上课期间总是笑声不断，一些晦涩难懂的文学理论经他那么一说，就变得明白晓畅了。他教会我们许多人生的道理，比如："对人生没有思考，其生活就没有意义"，"人生意义自己创造"，"有信仰的人能反省，能慎独，能忏悔"。常挂在他嘴上的一句话是"尽人事以听天命"。他说人的命运充满了不公平性、偶然性、荒诞性、连锁性、神秘性、辩证性，所以要坦然接受，勇于抗争，爱心对人，奋斗终身。人在干，天在看，功夫不负有心人。这些话语对贫家子弟该是多么的暖心和励志啊！

刘增杰、王文金两位老先生给我们讲鲁、郭、茅、巴、老、曹，尽显名师讲大师的风范。陈江风老师当时专题讲"天人合一"，多么契合当代的生态文明理论。常萍老师特随性，头戴抓抓帽，身着条绒裤，但讲起唐诗，激情洋溢，穿透力极强，"气蒸云梦泽，波撼岳阳城"，高八度的声音只差把102教室的玻璃震碎了。激情洋溢的还有教演讲口才学的梁遂老师，西装革履，红领带，偏分头，上课时双目圆睁，声音洪亮，双臂一直在有力地挥舞，仿佛他就是一位演讲家。蔡玉芝老师授课总是人满为患，一方面是她课讲得好，另一方面是她人长得好，知性高雅，声音甜美，标标准准的"窈窕淑女"，也难怪同学们目不斜视、目不转睛！杜运通老师讲《骆驼祥子》，他分析虎妞的性格是"虎气+妞性"，特形象，所以一直深深地烙在脑海中。还有一个逻辑老师讲到"一切 s 都是 p"，我们在下面误听为"一切爱情都是屁"，不禁哈哈大笑。

美好时光

春天里的开封,"绿影一千三百里""柳色如烟絮如雪"。我们经常组织春游,最远的曾到过黄河畔。杨柳下,古道边,小小的录音机一响,大家便群魔乱舞,阮同学跳得婀娜多姿,师同学的屁股撅得老高。三块石头,一个铁锅,一堆柴禾,一锅野菜饺子煮熟了,那香喷喷的味道至今仍能让人流口水。吃饱喝足,男生会跳到河道中间的小洲上,撒欢地奔跑,声嘶力竭地呐喊:"黄河,母亲!我们来了!"女生受到感染,也玩豪放,悠然自得地点支香烟,你吸一口,我吸一口,烟雾缭绕,嗤嗤哈哈。

夏天,"永日不可暮,炎蒸毒我肠"。怎么消暑呢?首选吃西瓜。开封的西瓜,个小,形圆,瓤鲜,味甜,拦腰从中间一刀两断,在瓜瓤上撒一层白糖,然后一勺一勺挖着吃,实在是美极了。当然,去游泳更直接。先是在校园的游泳池里游,地方太小了,憋屈;接着去铁塔湖游,水又太浑浊了。有同学说清水河的水既清澈又幽深,是游泳的好地方,于是就结伴而去了。也不远,出东门,经苹果园,不到一个小时就到了。果然是清水河,大家扑扑腾腾跳进去,尽情地打水仗。冷不丁地过来一个老头,劈头盖脸就是训斥:"赶紧滚出来,你家的水缸你也游泳啊?!"原来,清水河竟是开封的饮用水源。也懒得理老头,反正是游了,继续游个尽兴。老头自有绝招,不再嚷嚷,直接把我们的衣服拿走没收了。这时候我们傻了眼,真是哭笑不得。回河大光着膀子,就穿着一个小裤头,挑小路、沿墙根走,不时引来路人异样的眼光,丢死人了!

秋天,"黄花遍圃中,汴菊最有名"。每当十月下旬"满城尽带黄金甲"的时节,我们便呼朋唤友,相约到街头、公园赏菊。与铁塔公园相隔的围墙,早已被师哥们扒了一个洞,猫腰一钻,便是满园菊香了。赏菊最有名的地方是龙亭公园,偏偏门票价格又不菲。

怎么进去呢？我们绕着公园打转转，终于在北边偏僻处发现一段矮矮的围墙，于是先把个小又伶俐的张同学推到墙头上，待他确认里面没有情况时，便一拥而上，迅速翻过围墙，大摇大摆混入人群中了。站立在高高的龙亭上，俯瞰潘杨湖中楫击舟移，玉带桥上人头攒动，午门内外花开似锦，四周香气扑面而来，窃想，古代的文人骚客赏菊未必能如此！回到校园，特意把陶渊明、岑参、王建、李白、李清照、辛弃疾、唐寅等历代名家咏菊的诗词全部圈读一遍，并且制成一沓精美的小卡片。至今偶尔翻出来，依然暗香浮动。

冬天，"寒风摧树木，严霜结庭兰"。开封冬天的风特别多，又特别大，呜呜直叫，有时候会卷起阵阵黄沙。寝室的门窗无论封闭得再严实，总有尘土悄悄地钻进去，桌子上、床上、地面上灰突突的一层。开始时还天天打扫，以后习惯和懒惰了，索性让尘土待在那里。下雪天，最喜欢到郊外的麦地里踏雪，任风雪吹打瘦削的面庞和厚厚的黄大衣，脚下发出咯吱咯吱的声音，洁白的麦地上留下脚印一串串。感觉豫东平原的土地好开阔，不像豫西山区席大的一块。跑累了，就躺在柔软的白雪上，或洗耳听雪，或滚来滚去，真正地与天地万物一体了。

星期天或者节假日，最喜欢去的地方是马道街和书店街，细细地品味汴京古香古色的街道，以及开封人慢吞吞的生活节奏。买一件打折的衣服，淘一本心爱的旧书，或寻一方京古斋的刻石，自然心生欢喜。玩累了就到鼓楼广场，炒一份热腾腾的凉粉或者红薯泥，算是解馋了。每一次从开封第一楼走过，总想买一笼灌汤包子，无奈囊中羞涩，大学四年竟没有吃过一次，挺遗憾的。

夜晚的大学生活丰富多彩，或到图书馆如饥似渴地汲取营养，或到高年级教室里听老先生咏唱诗词，或挤半天买一张站票看电影，或到美术系赏书画展，整个人浸润在校园的书香文气之中。夜晚十点，当寝室熄灯之后，便进入了我们的"夜十点"聊天时刻。先聊的必定是国家大事，什么东欧剧变、苏联解体、中美关系、台海形势等,"家事国事天下事"都关心啊。接着谈文学,从屈原到曹禺,从《荷马史诗》到《巴黎圣母院》,从汪国真到金庸,天马行空,纵横捭阖。说来说去,最后总要绕到女生和恋爱的话题上。哪个女生的脸蛋儿特好看,哪个女生的气质特优雅,哪个女生最适合做媳妇。当谈到体育系、音乐系把我们中文系的系花、班花"搞到手"的时候,个个义愤填膺,但又无可奈何。李同学分享他谈恋爱的秘籍是"稳准狠",赵同学的经验是"脸皮要厚"。孙同学初中就有了老相好,禁不住室友连珠炮地追问,他便讲起了最初如何在剧团相识,初二就有了初吻,然后在麦秸堆里约会……听得人耳根热烘烘的。

不解之缘

河大四年,最遗憾的是我与研究生擦肩而过,煮熟的鸭子又飞了。为了将来就业路子更宽,我在大二就盘算考研究生。假期逗留在学校,一方面通过卖小商品、打扫卫生等赚钱,另一方面孜孜不倦地学习。清晨天刚麻麻亮就起床早读,夜晚长明灯教室我是常客。毕业季,中文系计划招现代文学和古汉语专业研究生各一名。很幸运,我和同班的张同学分别考取了两个专业的第一名,并且顺利地通过了体检。谁知天有不测风云,学校临时决定,中文系不再招录研究生,两个指标统一调剂到理科院系。听到这个消息,不亚于五雷轰顶,沮丧极了,忍不住在铁塔湖畔痛哭一场,连轻生的心思都有了。我写这段刻骨铭心的经历,绝对没有埋怨的意味,反倒是经常反思自己缺乏定力和毅力。当时考了第二名的方同学没有灰心,矢志不渝,两年后又考取了河大的研究生。他是我人生学习的楷模。

毕业后的岁月里,每每出差或旅游到开封,必去的地方是母校,那里有我青春飞扬的足迹,那里有教我育我的恩师。说来也巧,八十年前,在烽火连天的抗战时期,河大曾迁徙至嵩县办学五年,山里的乡亲们腾房腾地,送柴送面,给予了河大师生最温暖的呵护。

这期间河大也由省立改为国立，书写了辉煌的一页。"投之以桃，报之以李"，八十年后，河大又结缘嵩县，这次是学校对口帮扶嵩县。书记、校长亲自到嵩县考察对接，专门派来了挂职的副县长，送来了资金项目，成批购买深山沟贫困群众的土特产品，还免费为嵩县培训干部。我作为参与者，力所能及推进双方的合作，内心充满了自豪和感激。在河大的支持下，嵩县修缮了当年河大医学院上课的财神庙，建起了河大抗战时期办学纪念馆。两家就像亲戚一样，越走越近，情谊弥深。

忆起母校，心潮澎湃，禁不住吟诗一首，不求格律平仄，只为表达深情：

古城残墙铁塔旁，
烛光琴音暖寒窗。
黄河拍岸歌壮志，
古道侵芳绕柔肠。
初夏杏子些许涩，
经霜菊花分外香。
师恩学趣成追忆，
猗欤吾校永无疆。

作者简介：王玉杰，1986级本科生。

作家梦的起点

王 剑

1989年，对于河南大学中文系来说，绝对是一个特殊的年份。这一年，因为众所周知的原因，被誉为"亚洲第一大系"的中文系，招生规模大幅度压缩，我们年级的人数锐减到130多人。但这丝毫不影响我们考上大学的心情，9月，每个人都兴高采烈地去报到。我们的到来，使古老的中文系融入了新鲜的血液，又焕发出了新的光彩。

按照惯例，中文系学生的宿舍，一般应在铁塔脚下的学八楼或学十一楼，而我们这一届比较特殊，男生被安排在了学校西南角的学二楼，女生则在学十二楼。当时，学十二楼刚刚建成，宿舍的南面有一个大阳台，阳台正对着花香四溢的小花园。因此，学十二楼，被戏称为"公主楼"。多少人站在楼下仰望羡慕，说八九级中文系的女生们真是幸福的一代。

我们通常的轨迹是，早上到西操场跑步，之后到学五食堂吃早饭，然后再去十号楼的107或108教室上大课。下午，有时候上小课，有时候是到中文系的电教馆看文学录像。晚上，去图书馆看书或自习。

我们上课的十号楼，俗称"飞机楼"，红砖到顶，绿树掩映，是河南大学的地标性建筑，也是河大中文系的福地。多少著名的教授学者在这里指点江山、激扬文字，多少中文学子从这里扬帆远航、散枝开叶，恐怕没有人能够说得清。十号楼的123教室，是个小礼堂，中文系的大型学术报告会，多在这里举行。印象中，全国知名学者严家炎、童庆炳和钱理群，都曾在这个舞台上给我们递薪传火，指点迷津。时至今日，钱理群先生讲授的那堂生动的"堂吉诃德"课，仍让人记忆犹新。

河南大学的大礼堂，建于20世纪30年代，里面有三千多个座位，是一个非常典雅、非常有仪式感的地方。我们在这里开过很多大会，聆听过曲啸、李燕杰、彭清一的演讲。教我们电影学的何甦老师，是南方人，胖胖的，戴一副黑边眼镜，他把"母鸡"不叫母鸡，而叫"女鸡"。有一次上课时，他严肃地警告我们：某部电影在国内热播，如果一个中文系的学生不去看，那是很丢人的一件事。为了不丢何老师的人，每到周末，我们都会到大礼堂买票看电影。电影票分甲座、乙座、丙座三种等级，有时候进场晚了，我们就坐在二楼的水泥台阶上。大学四年，我们在大礼堂看了多少场电影，已经记不清了。只记得，我们在这里哭过，笑过，沉思过，争论过。而这些，都已经成为我们珍贵的大学记忆。

大学四年，我住在学二楼的325房间。

我们宿舍有八个人，分别来自洛阳、南阳、信阳、濮阳、周口、驻马店、三门峡和新乡。记得刚进宿舍时，有一个皮肤黝黑、戴一副黑框眼镜的大个子朝我们含笑点头，并握手问好，还在笔记本上一一记下名字。起初，我们都认为他是辅导员。谁知到了天黑才明白，他也是325房间的一员，叫史怀宝。"这小子，甫一亮相就唬了我们一回。"时间过去很久，宿舍里的牛杰还有点愤愤不平。

李肖飞是八九级中文系的信使，每天从学校收发室把年级的信件取回来，分拣一下，然后送到各房间去。肖飞饭量很大，一顿饭能吃四五个馍。有时候饿了，还不到饭点，他便就着咸菜喝开水。每天晚上，他从女生宿舍送信回来，就像老母鸡一样，咯咯哒哒地向宿舍发布八卦新闻。有一次，肖飞考古代文学时卡了壳，就在不会的地方，如实地画圈儿。结果，大红灯笼高高挂，只能补考。黄新生是宿舍里的肌肉男，每天举着哑铃练健美，练得胸脯上的肉一颤一颤的。练完了，就拿出小梳子梳头，梳得头发一根一根地立着。

我们入校的时候，全国范围内的文学热还没有完全退潮，汪国真热也才刚刚兴起，因此大家的心里都藏着一个作家梦。应该说，八九级中文系的创作之火，始于张舟子。记得是开学没多久吧，我们在107教室上大课，有人过来发放刚刊印的《羽帆》诗刊，张舟子的一首《雪》，赫然在列。我们都很"震惊"，也很嫉妒。回到宿舍后，史怀宝、李宣良、杨起生和我都表示"不服"。我们都暗暗憋着一股劲儿，想在文学创作上"异军突起"。

听说创作需要读很多书，于是我们上图书馆的次数明显增多了，借书也勤了。听说写诗需要体验生活，于是我们开始频频外出，随便找一条巷子，一走就是半天。或者沿着河大北边的田野，在黄沙弥漫中踽踽独行。多少次，我们坐在铁塔湖畔的草地上，望着瓦蓝的天空发呆；多少次，我们站在开封的老城墙上像狼一样呼号，等待着灵感的降临。我们的枕头边都放有一个日记本，想起一个好句子，就赶紧记下来。晚上熄了灯，还能听见黑暗中沙沙写字的声音。史怀宝是夜猫子，经常蹲在卫生间写诗。第二天，不时会有人问："怀宝，昨晚又尿了几首？"怀宝常常报然不答。

也难怪的，河南大学文学创作的风气由来已久，有着深厚的文脉积淀。远的有姚雪垠、苏金伞、徐玉诺、任访秋等众多在新文学领域璀璨夺目的明星，中间有孙荪、阎连科、王剑冰、王怀让、孟宪明、刘恪、耿占春等文学名家，而身边又有刘思谦、孙先科、张俊山、胡山林、苏文魁，以及易殿选、吴元成、田原、刘静沙等师友。这对中文系的学子来说，无疑是学习的榜样，也是一种无形的压力。

那时候，河大校园里非常流行一句话："最近有什么作品呀，又发了几篇？"我清楚地记得，大礼堂的西侧有一个水泥砌成的阅报栏，每天上午九点四十左右，当天的报纸刚一换好，中文系的学生们便从十号楼前的林荫小路上三三两两地过来了。大家抻着脖子，踮着脚，纷纷探问《开封日报》副刊上又发了谁的文章，然后你一句我一句地大声评议。开封日报社副刊的编辑，是李允久先生，他曾经给我们讲过报纸诗的特点。他身材矮小，背驼，穿一件半旧的深蓝色上衣，脚上一双布鞋，给人一种扫地僧的感觉，但他的讲座，确实很精彩。

在八九级中文系，我们325宿舍的创作实力最强，不断有人发表作品。李宣良的《执着》《小巷人生》写得很温暖很有厚度。宣良后来成了新华社记者，大笔如椽，功力更是非凡。我的《铁塔》组诗发表后，开封市的评论家王仲平先生说了很多鼓励的话。国家每有大事件，史怀宝总有政治抒情诗推出，像《中国人权，我们的宣言》，就很有激情，很提气。

说句公允的话，史怀宝可以说是八九级中文系最有胆量的人。1989年年底，怀宝就和几个人共同筹建大平原文学社，聘请系里的张豫林、马登蛟等老师参与，油印文学小报《大平原报》。后来，怀宝拿着报纸参加了全国民间社团笔会，还与著名诗人艾青合了影。有一次，电影导演翟俊杰率领几个特型演员到河大做客，史怀宝大大咧咧就进去了，直接找到"蒋介石"。没过几天，一篇人物专访就发表了。快毕业那会儿，怀宝见人就说要上省文联。最终辗转威海、深圳等地，当上了北京某医药杂志的总编。现在，他整天红光满面地到处跑，专攻报告文学。

我们宿舍不仅能写，还能干活儿。1992年校庆前夕，中文系办公楼八号楼要简单整修。很多人可能不知道，八号楼所有的木地板和窗户，都是我们宿舍几个人撸起袖子，刷的漆。

大学期间，给我们上课的老师有几十个，许多老师都给我留下了深刻的印象。

任访秋先生、华锺彦先生、高文先生和于安澜先生是中文系的"四老",我们只闻其名,没有亲聆教诲。关爱和、沈卫威、解志熙、陈江风是中文系的"四小",是重点培养的后起之秀。解志熙有点书卷气,当时电视剧《围城》正在热播,系里请他讲《围城》,我们都满怀期待。谁知,他只是把他发表的几篇文章念了念。

我们那时候上课,中国文学史都是分段讲授的。有的课有教材,有的课没有教材。有教材的,我们先翻看扉页,编委中如果有老师的名字,就觉得好厉害,听课时自然多了一重景仰。没教材的,我们就采用笨办法,记笔记。四年下来,每个人都练就了一种筛选信息、快速抄记的硬功夫。

刘思谦老师教我们女性文学,她是全国著名的女评论家,讲课很有激情。她油印的作家作品,装订得整整齐齐,透显着她严谨的治学态度。赵福生老师教我们现代文学,他是南方人,有点上海口音。我们看电视剧《围城》,听到上海话,第一个想到的就是赵老师。赵老师给我们作过报告,讲张一弓、李佩甫、张宇、田中禾。2002年,我参加河南文学院举办的首届青年作家高级创研班学习时,见到了这些"河南作家",立即想起了十年前赵老师所作的那场报告。

到过我们宿舍的老师,除了辅导员王成喜,还有两位,一个是孙先科老师,他梳着背头,很斯文的样子。我们叽叽喳喳说话时,他总是静静地听,然后三言两语就化解了我们的提问。另一位是梁工老师,他当时正在写一部研究《圣经》的书,我们宿舍里的两三个人帮他抄书稿。梁老师说话慢声细语的,很和善。

2006年4月18日,我在百家讲坛看到一个熟悉的身影:王立群老师。电视里的王老师,比我记忆中的略显清瘦,但精神很好。上学时,王老师教我们古代文学。他的课翔实,细密,脉络清晰,我们喜欢这样的课。至今仍记得,课堂上,王老师打开文学史的目录页,教我们标记作家。他说:"凡是作为章标题的都是大家,一流作家,比如陶渊明、李白、苏轼;作为节标题的是二流作家,比如说曹植、谢灵运等;和多个人并列在一起,则是小作家。"后来有一天,突然听说王老师要调到山东大学去(虽然王老师的课讲得好,却一直是"讲师"),山东那边的接收手续都办好了。这时,河大这边儿的领导才急了,赶紧做补救工作,学生也联名挽留。最终,王老师又留在了河大。我们都松了一口气。事实证明,这是河南大学作出的一项非常正确的决定。大三时,我们有幸选到了王老师的"南北朝山水游记"课。王老师有一个多年不改的习惯,就是课前点名,两次不到,就予以除名。他说,只有除了不来听课者的名,排队等候的人才能进入正式名单。多年以后,想起王老师,我们似乎又听到了那一声字正腔圆的"除名——"。

王老师醉心《史记》研究四十年,终成大器。他在央视走红之后,成了明星教授,成了河南的一张文化名片。我们衷心祝福他!

时间过得真快啊,一转眼,我们这一拨儿学生,都"奔五"了。有时,我在想,河大中文系到底给了我们什么?对,就是埋下一颗文学的种子。一百年来,中文系的前辈作家们和中文系的众多专家教授们,都只是在做一件事,那就是唤醒。用合适的土壤、阳光和水分,去唤醒学生心中的梦想。正如一棵树摇动另一棵树,一朵云推动另一朵云,一个灵魂唤醒另一个灵魂!

作者简介:王剑,1989级本科生,中学教师、作家。

学兄杜振宇

张舟子

最近，河大文学院公众号正推出一个专刊"我在河大学中文"。看着老师们当年求学时的精彩生活，我也想起一些人和事，其中，就有我的老乡、学兄杜振宇。振宇兄是我到河大后新认识的第一个人。

1989年，我和高中同班同学许东年、李少强一起考到河大中文系，我们三个高中时关系就不错，又考到了同校、同系，开学时当然同行。东年和少强的父亲送我们上学，我们一行人浩浩荡荡到开封时天刚刚亮。学校接新生的车还没到，我们按照入学通知书的提示乘三路车到豆芽街，然后一路问询找到了河大西门。从西门入校，图书馆后边的十号楼旁一群学生正三五成堆蹲在地上吃早饭。这就是大学，这就是大学生？这样的场面和我从小说里、电影中得来的印象全然无法对接，心里不由感到一阵失望。好在，大礼堂前迎接新生的学长们已经挂起条幅摆好桌子，开始迎接我们，多少冲淡了我内心的失落。我们在大礼堂广场的东北角找到了中文系的迎新点，东年和少强报到的时候，我东张西望看着大礼堂广场到处都是的迎新标语，一条"新同学到金秋笑"的标语引起我的注意，我觉得这条标语的内容倒很贴切。正在胡思乱想，就听到一个声音在喊："老大，老大，你老乡！"应声跑过来一个个头不高但精神健旺的男生，大声问："哪一个，哪一个，谁是灵宝的？"等问明白我们三个都从灵宝来，他显得很兴奋，自我介绍叫杜振宇，中文系八八级的，灵宝老乡。我们三个登记完毕，他骑过来一辆三轮车，把我们的行李全装上去，对他的同学们喊一声："这三个你们不用管了，都交给我了！"就骑上三轮车，送我们去宿舍。一个上午，振宇兄带着我们安排好宿舍，到伙食科领好饭票，又带着我们到食堂、教学楼、图书馆、商业一条街，一一告诉我们，将来在哪儿吃饭、上课、购物，怎样去图书馆借书、学习，等我们全明白，几个小时已经过去。

过了几天，振宇兄邀请我晚上和他一起去听课。他很热情地告诉我，晚上上课的老师叫陈江风，教古代文学，课讲得很好。那年，我们开学没有军训，但有很长一段政治学习，晚上正好没什么事情，我就和振宇兄一起去听课。我和振宇兄一起到109教室，在后排找位置坐了下来。那天，陈江风老师讲《古诗十九首》，我记住了"胡马依北风，越鸟巢南枝"。看得出来，江风老师很喜欢这组古诗，讲课很有激情，也很有条理，他仔细介绍诗中的典故，讲解陆机对这组诗的评价："惊心动魄，一字千金。"这是我大学第一节课，我听得很入迷。后来，还跟着振宇兄一起听过陈老师讲钟嵘的《诗品》，讲潘岳的《悼亡诗》，每次都感觉受益匪浅。上完课，振宇兄又陪我在校园聊了很久，仔细告诉我系里有哪些老师，哪些老师的课有什么特色，提醒我上课的时候认真听讲。可惜，我们两个年级教课的老师大多不重复，他介绍的很多老师，我都没有机会聆听教诲。不过，振宇兄像一个热情的向导，提前把我带进了大学学习生活。

大一时，我喜欢晚上去图书馆过刊阅览室看书。当时，主要看的是80年代获奖的各种文学作品。有一天，图书馆快闭馆了，有人在我肩膀上拍了一下。我抬起头，是振宇兄。我们俩一起从图书馆出来，他问我看书怎么不带笔记本，并把自己的笔记本递给我看。借着昏黄的路灯，我翻了翻他的笔记。他当时正读茅盾的《子夜》，每一章都做了内容摘要，书还没读完，笔记已经记了十几页。我就在路灯下读他的笔记。摘要说不上精当，但字迹工整，显得很认真。他又问我在读什么书，提醒我看完作品以后，可以看看相关评论。由于我的字迹太丑太潦草，记下的笔记自己也不愿意回头看，至今没有养成记笔记的习惯，读完作品看评论的习惯倒是养成并坚持下来了。最初，这样可以加深对作品的理解，现在，也可以使自己的认识更全面。兼听则明，不就是这个意思吗？回想起来，大学期间，从老师们身上固然受益良多，在这些普通同学身上，受益又何尝不多？

转眼振宇兄就毕业了。几年大学生活，振宇兄给了我很多帮助，有一次，我和两个同学准备去黄河边夜宿，振宇兄借给我一件军大衣，供我御寒。还有一次，振宇兄约我晚上去操场散步，我们天南海北聊了很多，我隐隐约约觉得他可能有什么事情想要提醒我，他没有明说，我也没有追问，但振宇兄对我的关心使我很受感动。有时候想想，母校就是一个温暖的家，火热的熔炉，时时温暖着学子，也改变着学子。至今，我们年级微信群活跃异常，每天大家在群里吵吵闹闹，虽然有时因观点相左，难免意气之争，甚至夹杂点情绪，可是，谁又没有因为这些争论有过严肃的思考，有过一点点进步呢？我想，这些相互之间的关怀和坦诚相见，也许正是母校精神通过学兄和更多同学对我们的影响吧。

毕业之后，振宇兄被分配到家乡深山里一个厂矿子弟学校，我们保留过一段通信。那个学校的学风不怎么好，有一次，他因为批评一个学生过分严厉，引起家长的不满，还起了一点纠纷。那个学校学风不好，我中学时候就有耳闻，振宇兄准备去那个学校工作的时候，我和少强还曾劝阻过他，想不到他最终还是去了。振宇兄和学生家长发生冲突之后，我怎么宽慰他的，现在完全没有印象了。其实，在那样一个学校，只要不那么认真，自然风平浪静，不过，据我推测，"不认真"三个字说起来简单，振宇兄恐怕永远做不到。

前几年，我和几个同事到灵宝宣传招生，去了灵宝实验高中。振宇兄已经调到实验高中工作多年，同行的同事何学军是振宇兄大学时一个宿舍的同学，招生宣传结束，我们便到振宇兄家中小坐。当时，他援疆三年刚刚归来，谈话间，他很兴奋地讲新疆的工作和见闻，抱怨回来后一些相关政策迟迟得不到落实。我看看他的家里，陈设实在是简陋，但他言谈之间，说的全是工作，丝毫没提到对生活的不满。我们说学校可以颁发两份聘书，打算给他一份，他摇头拒绝，说是对他已经没什么用了，又热情地写下两个年轻老师的姓名，说对他们可能还有点用处。

和我一样，振宇兄说不上学富五车或者才高八斗，读书时既不是什么明星学生，工作后也没有多大成绩，可以为母校增光添彩。但是，振宇兄真诚、热情、善良，工作上认真负责，兢兢业业。在母校这棵参天大树上，我们都不是鲜花，但也不是残枝败叶。和无数普普通通的校友一样，我们都是一片健康的绿叶，吸收阳光，呼出氧气，为这棵参天大树的生机，增添一抹微不足道的绿色。

振宇兄，好久不见。愿你耕耘如初，桃李芬芳！

作者简介：张舟子，1989级本科生，2006级博士生，商丘师范学院传媒学院教授。

学海传灯

——张豫林先生纪事

张政法

豫林师于我,不是"经师",而是"人师"。从我 1994 年给河南大学广电专业实习代课算起,至今"教龄"已 26 载了。张老师学生众多,我则也成为一名教师,从师道入手,师者谈师者,可算是"原汤化原食儿",得同源相和之妙。

我从豫林师课堂与"私塾"、理论与实践上得来的,主要是三个方面的感受:

首先是高悬的审美人格。在懵懂的当年,文学概论课堂上的豫林师,讲授的内容自然已雨入涸田,记忆更多的是郑重的格调、投入的思考、铿锵的声音、高蹈的姿态。舞台上的豫林师,一头银发,一袭浅色西装,声未起,已觉海雨天风,扑面而来,神魂不觉欲随之起舞歌咏;声既出,如黄钟大吕,直入人心,有余音绕梁之叹。老师教美学,以美为美,不喜怪论,美者自持品相;老师教表达,大处着手,"做眼赋活"于文字,表达先有神韵。后来更入门下,修习中外美学,也熟悉了更多老师做人做事的风格,他一生都在赞颂美、传播美、创造美、捍卫美,是美的传道者、践行者和捍卫者。人格高悬,是普通人做人之本,是读书人修业之本,也是艺术家创作之本,人格高,诗格自高。从那时起,过审美的人生,从作品中感受美，在创作中生成美，在生活中发现美，就成了我人生的指南。以真为美，以善为美，以美为真，以美为善，也成了我对真善美的理解和持守。教学之中，也总是强调人格学格艺格为先，唯声唯技唯利者，如匍匐前行，终生难以登高。人过中年，快慰此生唯高格。

其次是高扬的自我灵魂。张老师的表达，个性鲜明、风格高迈，尊重文本而从不为文本所驱使，而是以我为主，赋予文本以创造性、个性化的媒介转化和舞台呈现。我本性独立，读书不盲从人言，后跟从老师读中西美学名著，在读书与表达中渐悟得一个道理：我之为我，自有我在。看他人著述，理解、辨别、比较、批判，文字外要看到意图和逻辑；搞创作表达，价值、关系、预期、布局，声音里要贯穿目的和方向。没有一个"我"在，如何高妙的理论都是"异己者"的"入侵"，如何"酷炫"的表达都不过是"邯郸学步"或"僵尸起舞"。后来读博士，写博士论文，理论依据之一就是主体性哲学，进一步确证了我长期的所思所学，没有一个独立的自我，就无力对环境保有能动性，就无法对世界发挥创造性，就无能对工作或受众承担应对的责任。而自我的确立绝不是自欺、自慰的结果，主体性不只是灵魂的觉醒，还要经意志的磋磨，更要锤炼能力化作践行主体性的力量。确立了主体性，面对作品、面对受众，一个自信的传播主体才能做到行事以敬、待人以诚、言为心声、言行一致。

最后就是声音活力。忆当年，虽然年届耳顺，张老师还是投身到播音主持专业创建和口语表达教学中。一个是社科"歧视链"中高高在上的上位学科，一个是饱受"播音无学"讥笑的不入流的小专业，从美学到播音学，用时髦的话来说是"降维打击"。但是门外汉永远不知门内的学问，声音作为人类最重要的媒介符号，蕴含着思与情、意与美的所有密码，是理性的感性显现，也是感性的理性升华，不通声音之美，其实就不能通达人类文化的审美核心，不能体悟人类文化的创造妙谛。张老师一方面有丰富的舞台创作、表演实践经验，另一方面有深厚的美学、文艺学理论积淀，是我见到的可以把理论化用到实践中去，又能把优秀实践经验升华到理论层次的少有的几位大师之一。他于播音主持艺术是业余爱好，但深谙其中三昧，他先是一位旁观者，而一旦投身进来，就打破了一些惯有程式，极大拓展了口语表达的声音域限、表现力场，让声音以更加富有活力的方式呈现内涵。小举一例，"对比推进律"是张颂先生表达"六规律"中最能体现声音表达形式规律的一条，在豫林先生这里则不只是快慢、高低、强弱、虚实的机械对比，而常常给人以"惊艳"的震撼。在我这里，对比推进则进一步被概括为力的关系，不但可以用来解释声音的跃动弛张，放之于社会人生、自然物理，无往而不适。本就是大道所在，反求由术入道，至于术也无有一分者，是不能窥见豫林师所见到的声音之"理式美"的。

　　以上是我从老师治学和实践中得来的一些感受。作为老师，"教什么"固然重要，"怎么教"才是精髓所在。如果说，作为学者的我，从老师那里得来的，敢说从不曾糟蹋，有时候还要更加用心推进；但是作为师者的我，从老师那里看到的，起到的作用往往只是"澡雪精神"，在身体力行方面，却是愧难企及。豫林师可为弟子范者，于我有三：

　　一是有教无类。孔子的"有教无类"，实际上分为三层：就受教育权来说，人人平等，因此要有教无类；就个人天赋来说，"中人以上，可以语上也；中人以下，不可以语上也"，须分层而教；就具体操作来说，则因材施教，所以有"求也退，故进之；由也兼人，故退之"。豫林师的有教无类，不但做到了这三点，更是在第二点上也不分层待人，而是"凡有求教于我者，无不授之真经"，真正做到了至诚。做到至诚是很难的，人心惟危，师生之间难免会存在有意无意的误解乃至冲突，对于一个善良的师者来说，受伤总是难免的，意志不坚者往往改弦更张，不再诚以待人。《中庸》有言："唯天下至诚，方能经纶天下之大经，立天下之大本，知天地之化育。"为师不能至诚，学生何能至诚？读书人不至诚，天下如何和谐平善？师道的要义，恰恰就在以至诚化人心，进而以至诚之人心化育天下。每次看到周老师的朋友圈，总是说"爱徒×××"，徒是不是爱师我不确然了解，但师爱徒是千真万确的。但愿，张老师门下，师生相爱相得，彼此至诚以待，进而推己达人，一人之所在，即浸润一方环境，那真是善莫大焉。

二重情志涵养。豫林师并不排斥术，恰恰相反，无论是播音发声、朗诵表达，还是新闻播音、节目主持，他总是办法多多，而且往往一试就灵。但更为重要的，豫林师传授给学生的，是情志涵养。凡是真在张老师门下用过功的，总要读过一些书的，至少是几本美学书。没有一些学养，学不来张老师的真门道，不过是形似而已。我的体会有二，我总结为："纯以气盛"，"总是格高"。前者就是韩愈所说的"气盛，则言之短长与声之高下者皆宜"；后者如王国维"词以境界为最上。有境界，则自成高格"。缺少真学识，无有真性情，没有真追求，不立高标准，是不可能有走心的表达的。写作之人常追求"无一字无来处"，我从张老师那里领悟到的是表达应"无一声不妥帖"，这就要求既要彻底弄懂文字深处的逻辑，又要真正贯通情感的脉动流向，更要始终驾驭声音做合目的的变化。实践中，我也和当代头部的播音员主持人和朗诵艺术家做过深入交流，更加深切地感受到"不读书难通真意，强为美误了声音"，只有日常在情志涵养上下足了功夫，才会有高超妙造的创作。

三是传灯精神。豫林师作为美的布道者，平生教徒无数。在中原大地的播音主持教育领域，更是有"燃灯"之功。因为身体原因，张老师在口语表达方面的心得并没有公开出版，但是却通过一代代弟子口口相授，早已成为"真经"。毫不夸张地说，凡是河南大学走出来的播音主持教育工作者，无不受惠于先生的课业智慧，无不承传了先生的教育理念，无不领受了先生的教育精神。河南省应该是全国播音主持教育大省，开设专业之多，在全国居于前列；教育队伍之庞大有力、学风之勤勉精进，也属难得；毕业生社会成就之大，在同类院校中更列前茅。何况，老师早已桃李遍天下，杏坛之上、声屏之中，教化流布。《维摩经》云："譬如一灯燃百千灯，冥者皆明，明终不尽。"满头银发的杏坛师魂，早已成为一面旗帜，猎猎招展于每一位弟子心头，指引方向；早已化作一盏明灯，高高照耀在每一名学生心海，勘破迷航。作为弟子，当如《大智度论》所说："为令法不灭，当教化弟子，弟子展转教，如灯燃余灯。"高擎心灯，灯灯相传，播大光明于世间。

若从读博算起，我离开河南大学已经 18 年了，其间多次回去，或专程或兼谒，从没有和老师断过联系。每次在那个仅可容膝的书房与老师促膝长谈，心里总是无比温暖，感觉像是充了一次电一样。看着墙上自己与老师的合影，想起当年在老师家里一起读苏格拉底、柏拉图、亚里士多德、朗基努斯、康德、黑格尔、莱辛、布瓦洛……对自己的怠惰总是心生愧疚。智者以人为鉴，我更以师洗心。从老师家里走出，我总会有如释重负、心镜重光的感觉。

母校立项为大师作传，真乃盛德智举。撰联一副，以为收结：

杏坛育林，春暖中原万木竞秀
心海传灯，光照十方智慧通明

作者简介：张政法，1991 级本科生，1995 级硕士生，中国传媒大学副教授。

灯　　塔

——记我的恩师张豫林

韩　娇

有这样一位老人，每每想起总给我一种力量，有这样一位老人，每每想起总给我一份温暖。他专注学术，一生都在教学，虽已退休多年，但始终退而不休，关注着专业的发展，关注着学生的发展，老骥伏枥，志在千里，他的一生都扑在了教育事业上。他就是教育家，我的恩师——河南大学播音主持专业的创始人之一张豫林先生。

与先生初相识，是因为大三时与三位同学要参加全省大学生朗诵比赛，突然有一天专业老师告诉我们，老张老师让你们去找他，他要给你们听听。那才是第一次听到了老张老师的名字，后来才知道，在我们入学之前老张老师因身体突然不好，所以一直在养病。身体刚好一点的时候恰巧听说我们四个人要参加比赛，便叫我们去他家里帮我们辅导。那时胆子还挺小的，心想老张老师什么样子？会不会很严厉？我这水平去了不会让老师看不上吧？于是怀着忐忑的心情，到了先生家。那是一个小而温馨的家，几十平方米的房子里，处处挂着照片、字画，充满了书香气，家里有两位和蔼的老人，先生和师母周改华教授热情地招呼我们。先生说，"来，你们来一遍"，当我们朗诵完之后，先生给我们做示范，一开口，我们才知道什么叫作真正的朗诵艺术。后来经过先生不厌其烦地多次给我们辅导,最终我们夺得了那次比赛的一等奖。领奖之后,我们把奖杯送给了先生,因为我们觉得没有先生就没有我们这个一等奖,先生不仅指导了我们那一次比赛,更是给我们的专业指明了一条大道,给我们的人生指明了一个方向。

先生教诲我们,做人要有正气、有志气、有骨气,要博览群书,要学好中国古典文学,要学习美学,要坚持练声,一日不练自己知道,三日不练观众知道。最难能可贵的是,自此,在学校大礼堂旁的小树林里,无论严寒还是酷暑,每天早上六点多,都有一位白发苍苍的老人,在那里等我,指导我练声。得益于先生每日对我的指导,自己的进步突飞猛进。

说实话,刚上大学时,看着班里的同学青春靓丽多才多艺,我一直觉得自己不如人家优秀,一直在专业上找不到自信,直至遇到了先生,他鼓励我、发掘我声音的特点,因材施教,让我重拾自我、找到自信,并带着我苦练基本功。最终在毕业找工作时,同时拿到了河南电视台、河南人民广播电台、广西电视台的录取机会。最终还是先生鼓励我,走出去,去外面的世界看一看,坚定地让我选择广西电视台。人生可能有无数次的选择,每一次的选择都决定了未来的路,是先生用他一生的阅历帮我在人生的关键路口做出了抉择,否则一个大学还没毕业的年轻人哪里有那么大的勇气,去到一个完全陌生的环境闯天涯呢?

到了广西之后,我一直谨遵先生教诲,一心扎在事业上,也坚持做采编播一体的主持人、导演、制片人。能够深入一线采访报道,采制了很多生动、感人、有深度的节目,并开办访谈节目——《狱中面对面》,担任主持人、制片人。深入广西监狱、看守所200多次,零距离采访服刑人员和犯罪嫌疑人200多人,用女性独特的视角和亲和力让其现身说法,深入挖掘案件背后的故事和人性挣扎,剖析犯罪心理,传播法治精神,以达到震慑犯罪、普法教育的终极目标,社会效果极佳。你要问我苦不苦,累不累,说实话,不苦不累是假的，因为从节目策划、访谈、改稿、编审都要我一人完成，栏目组只有三个编导，每周一期30分钟的节目，所以每周都在外面出差，采访环境恶劣。但是我从来没有想过退缩，就是因为先生说过，河大出去的学生不能给咱河大丢脸。最终我坚持了下来，并且在2012年的时候，我凭借《狱中面对面》参评全国十佳法制节目主持人，最终有幸获奖。领奖的那天恰巧是我的生日，领完奖特别激动，我第一时间就想跟先生汇报，分享我的喜悦，于是在会场外拨通了先生的电话，电话那头传来了熟悉的声音，先生一听说我获奖，感觉比我还激动，马上跟电话旁边的师母说，"韩娇真棒，得了全国十佳了"，然后又说，"好，好，好，你要继续努力，做出成绩来，给河南大学争光，给广电班争光"。没过多久，先生又写了一幅字给我寄过来，是对我的寄语，表达了对我的殷切期望。

跟着先生练声一直练到了大学毕业，后来多次回去看望先生和师母。这些年来有了微信，就可以在朋友圈里看到师母周教授发的内容，知道先生这些年来，早上一直在学校里坚持带师弟师妹们练声，被师弟师妹们尊称为敬爱的张爷爷。先生热爱他毕生的这项事业，热爱他的学生，他就是我们的灯塔，他就是我们的指路明灯，人生能遇到这样的一位大家作为自己的恩师，是何其幸运。

每次回去看望先生，他都和师母在楼下等我，看到我的时候特别亲切地喊：韩娇来了。每次见我，先生和师母都亲切地抱抱我，然后先生就拉着我的手，他坐在沙发上，我坐在他旁边，然后他就不停地问我近况，工作情况、家庭情况、生活得怎么样……每次总嫌时间过得飞快，总有说不完的话。我的照片有幸在先生家的照片墙上，这面照片墙，专业的学生肯定都再熟悉不过了，每每有人去，先生都会带人去看看照片墙，他说这个是对专业学生的鼓励，必须得到他的认可，照片才能上墙。说真的，正是因为先生对学生有无尽的爱，对学生孜孜不倦地教诲，对学生一如既往地鼓励，才使得我们在各自的领域能做出一点小成绩，这一面小小的照片墙，不正代表着先生对学生浓浓的爱和对学生无尽的期望吗？

  写这篇文章的时候，眼里竟多次泛起了泪花，这是对先生于我之恩的感激，也是对先生之风骨的景仰。与先生相识已近 20 年，同先生和师母处得像家人一样，人生又有几个 20 年呢？桃李不言，下自成蹊，先生是值得人尊重的长者，更于我是旗帜，是标杆，是我人生的领路人，也是我思想的引领者。先生勤勉治学、一身傲骨，这些品质都对我这 20 年来的学习工作、为人处世产生了深远的影响。愿先生和师母健康长寿，因为无论我走多远，他们总像一束光在后面照亮我，让我看清前方的路，也给我温暖和幸福。

  作者简介：韩娇，节目主持人，主持访谈节目《狱中面对面》、广西电视台综艺频道《法治最前线》。

回望母校,发现母校

刘光耀

书虫一条,配上语文一直高分,就催生了作家梦,被语文老师忽悠去报中文系。但作为英语课代表,英语老师为河大毕业的,他劝我去读外语系。我当时心里说,上外语系,能有多大出息,最大值不也就是当个翻译家?还是翻译别人的,我要自己创作佳作,扬名四海,流芳万代。我带着这样的梦,1991年,投奔到河南大学中文系。初次见面,古色古香的建筑透出学校不凡的气质,震慑了我,人生从此走向不同境界。

大学生活也是比较平淡,唯有富有个性、才德兼备的老师给我积淀了美丽的人生底色。早就有人说过,对于没有离开故乡的人。其实他是没有故乡的。离开故乡,拉开距离,用异乡的文化背景,来反观故乡,回望故乡,审视故乡,才会真正地发现故乡,认识故乡!其实对于母校也是如此。离开了母校,才发现了母校,发现了母校的魅力,感受到母校老师为人为学对我的影响深远,给我永远的人生自信。

记得第一堂课在十号红色楼(据说是苏联专家设计建造的),去上口语课,大家都互不认识。有一个长发美丽的女孩儿,总是保持迷人的微笑,如同永不停息的旋律,气质出众,吸引女生男生都围着争着向她"献媚"。正聊得起劲,突然铃声响起,她在台上宣布上课。自我介绍,叫蔡玉芝,也是河大毕业,留校两年,然后去读研,再回来当老师已经有两年了。"怎么还有如此年轻美丽的女孩儿,就当了大学老师啊?当时我们都以为是新同学呢",事后不少男生说,她的介绍立刻把自己一见钟情、要追求她的贼心打蔫了。蔡老师讲口语课,表演艺术水准很高,惹得大家欢笑不已,上了这次,盼下次。

以后遇到的大多数老师,各有各的精彩,至今难忘。《当代文学》教材主编刘文田教授曾经做过姚雪垠的助手。姚雪垠是从河大走出的著名作家。他口述,刘老师帮助整理,以这种独特方式创作了获得茅盾文学奖的历史小说《李自成》。他上课,语言文采飞扬,观点引人思考。一次下午,暴雨突发,上课者少,就围着他聊天。我当时有名著经典崇拜情结,即使看不懂也不厌其"繁"。我问他,像武侠言情之类通俗小说,可以不看不?他微笑着慢慢说:"别的系学生,可以不看。中文系的学生,将来要研究文学,不可不看!"把大家都说乐了。当时哪有将来要研究文学的野心啊,但老师的言语不自觉中对我们寄予厚望,因此惹得大家也不敢妄自菲薄。

中文系老师开阔的学术视野,高超的讲课艺术,让人一听难忘。记得孙克强博士刚从复旦毕业不久,给我们讲屈原。他从屈原祖宗18代讲起,引经据典,条分缕析。思维驰骋在广阔时空,领着屈原从远古向我们走来,让我们佩服得紧。大家听得如痴如醉,"叮叮……"放学铃响惊乍起,大家才发现室外不知何时风停雨住,阳光正强,肚子唱起了"空城计"。"东船西舫悄无言,唯见江心秋月白",白乐天当年在浔阳江头夜送客,听琵琶女演奏入迷的意境,也不过如此吧!我们刚刚如梦初醒,感觉到了饥饿,他又来一个"预告片",再次把大家带回梦中。他说,"下一次课,我们讲一讲,历史上到底有没有屈原这个人"。这也是个问题?还有资格成为在大学中文系课堂上讲的问题?……被他激起的问号源源不断,洪波涌起,一下子惊得我们恨不能缠住他,一直讲下去。

常萍老师讲宋词，那种入情入戏的感觉，让我们感到她就是词人本人穿越了，来现身说法。那么从容自如，她讲得享受，我们听得入迷。不少宋词一经她解读，就爱上一生；其中名句，一经她口出，就扎根于心田，课后同学更是争论不已。前年媒体披露她退休又被返聘，我毫不惊讶，也是师弟师妹们的荣幸！

我们那时对中文系专业老师也很挑剔，除了要求课讲得出彩，也常去书店或是图书馆找老师的著作拜读，以此评判其神通广大与否，当时还没有自费出书的做法。教授经常向我们荐书，但很少自荐，更不许当面称呼他们教授。我们看到了，刘增杰、刘思谦、关爱和、胡山林、解志熙、沈卫威、赵福生、杜运通等教授的著作（这些教授最乐于结合自己深入细腻的人生体验解读文学，听者获益匪浅，至今犹记）。外国文学老师蒋连杰，有点像蒋介石的浙江口音和语调，讲课广征博引，举重若轻。我们不曾看到他的著书，就派团支书，也是他的上海老乡去探秘。原来，蒋教授用法语写过两本书。这书把他在大家心目中的形象立刻支撑得高大起来，虽然那书是什么模样，我们都不曾看过，以后听课就更专注了。我作为学习委员，曾有幸去他家交作业，当时他住在体育楼后校园内平房。本人不在家，我在等待时，他夫人从外边骑着自行车回来，接过作业，没让我进门，也就无缘看到他的法语大作。

解志熙，河大硕士北大博士，三十出头就以雄厚学术实力，破格晋升河南省当时最年轻的文科教授，遗憾的是没能给91级授课，我就常慕名去92级课堂蹭课或读他的著述以补遗憾，后来他去清华当博导了。古代汉语老师杨雪丽，是现代文学教授沈卫威博士的夫人，一次她在课堂上说，河大有位曾教过她的教授，开了一门课叫"'所'字研究"，能把一个"所"字讲成一门课，牛人之牛，让我们的想象力无法抵达其边界！

第一次上现代汉语课，教师也是小青年，自我介绍"我叫金昌吉，一看我的名字就知道我是韩国人，作为一个外国人，给中国中文系大学生教现代汉语，我多少有一点自豪"。课下一个同学问他"买酒"为何叫"打酒"，他面带愧色，承认不知，答应帮助求解。那时无网络，后来他说他查找诸多资料未果。直到专门去找河大当时唯一个博导——外语系张今教授请教，终于探究到答案，给大家解释。这种严谨治学教学的态度，可见一斑！让我们明白何为身教胜言教。

当时我去最多的就是图书馆，教师图书室门口标识"教师专用"的神秘感，太吸引我这条书虫！求了几次，负责人看到我书瘾发作的丑态，终于让我进去解渴。当时真是像阿里巴巴进了藏宝洞，贪婪得不知拿哪一本为好。有外国版，更有古籍。因为要看一些竖排繁体本的底子，也难不了我。还看到了不少有关《金瓶梅词话》的资料，以至于我毕业论文，选题就是有关《金瓶梅》方面的。中文系安排对金学有研究的张进德老师来指导我。张老师还通过私人关系，从香港帮我买了一套古籍影印本《金瓶梅词话》，至今视为珍宝，看过多次，获益良多。就这样与老师相伴，和书刊相随，一眨眼就撞到了毕业季。

有好友告诉我，广东的教育部门来河大招聘，让我陪他去。当时人山人海，轮到他，天已黑了。他让我也试一试，说到异乡相互照应。谁知道只选中了我。一点思想准备没有，就签了合同，向着远方寻梦。就这样成了当年中文系离母校最远的学生。全校应聘者挑了6个，我说自己是侥幸，别人都说毕竟是实力派。

但现实与理想还是有距离的，粤语一句也不懂，常被调皮学生联合起来当面欺负。家长一听到电话中不是讲粤语的，立刻挂断电话。青春陷入了被欲望和孤独攻略的城池，无法坚守，也无法突围，迷茫、苦闷。喧嚣和孤独重压心灵，整日不知魂安何处。我向在南阳政协工作的河大同学"古华"（谷晔的花名）诉苦。他建议我向胡山林老师求教，他被大家称为青年人生导师。冒昧地写了一封信，也没敢奢望回信。他给我的回信，简直是醍醐灌顶，我感动至今。时隔 20 年同学会，不少同学都对胡恩师当面感谢，我也讲述了我的故事。胡老师让我把自己放在国内乃至世界中看，才能看清自己的位置，其实还是幸运儿。还说"有时间向外投投稿，也蛮有意思的"。

想到曾经在系里征文还获过一等奖，写作老师张天定让我到他家去，要我向系里全年级同学谈获奖感言，也鼓励我加油写作。作家梦早就蔫了，"盖文章，经国之大业，不朽之盛事"，那是别人的盛事。于是我就慢慢地安于工作读书，舞文弄墨。自我感觉不佳的文章就化名"柳又青"投稿。从小报开始，斗胆向省内外大报投稿，偶有命中，信心和快乐，携手并进，通过写作来证明自己、拯救自己。我写，故我在。

有时还可突发灵感，有些神来之笔，顺着感情的波涛到来，随着专注的笔尖驰骋。有一次，一位自称是省委组织部的人来电（是《南方》杂志社编辑杨剑，当时刊名为《支部生活》），她先是夸奖我的稿件如何好，我正激动得丑态百出，她却说像他们这样的刊物，一般作者的文章是不采用的。后来这篇《崇敬父亲》，发表到这样的省级刊物上，令人如痴如醉，"文章本天成，妙手偶得之"，诚如斯言。

故乡的孩子，变成他乡的游子，感觉的触角也随之敏锐，灵感易发。"有时忽得惊人句，费尽心机做不成。"写《外来狮子本国虎》，开始想写一些虎年谈虎的应景之作。等我倾诉了一堆有关虎文化的赞美诗时，突然，狮子闯进了我的脑海，问我：它与老虎的本领不相上下，可在中国文化中，为何却受到天差地别的待遇，未能获得连鼠辈都能享有的十二生肖之殊荣呢？动笔之前，虎年谈虎，哪会考虑到狮子的戏？可狮子就如此被灵感不由分说地"空降"来了。于是我给它安慰：你是"外来户"，你来晚了。中国的地盘早被"国产"的老虎盘踞了。你只能在门外做石狮保安，舞狮娱乐的角色！再说，中国也没有"狮身人面"兽产生的文化土壤。你只能认命吧。画"狮"点睛，一气呵成，自我感觉良好，快速见报，一致好评，"你不也是那外来狮子？"

这样借助文字，让我重新打量人生足迹，反思、回味。喜怒哀乐、酸甜苦辣串成了珍珠，串成岁月的珍藏，与别人分享，滋润岁月的干枯。

随着读书增多，岁月沉淀，头脑中总涌现一些朦胧之物，我不能容忍它们总是不清晰地晃悠，害怕它们随时间流逝，会干涸在岁月的长河里。让文字来捕捉它们吧，赋予它们一种色彩、格调、形象、情感。让它们从灵魂深处，通过文字拓出来，成为可以抚摸、观赏、讨论的精神化石。在此过程，我像一个统帅，指挥千军万马，调兵遣将，布阵设防。有时像受困的将军，横冲直撞，也无法突围。重新布兵排将，山重水复疑无路时，柳暗花明又一村，有绝处逢生的惊喜。有时自己也不相信，怎么会捣鼓出如此创意之文，巧妙的结构呢！也许这是读写相濡以沫所致吧！

她是我从灵魂中拯救而出的天使，爱之愈深，求之愈严。文章不厌百回改，刘勰说即便写过万篇的人，有时也会为找到一个合适的字为难。(《文心雕龙·练字》中说："故善为文者，富于万篇，贫于一字。")那真是永远处于未完成状态。我醉心当个"老改犯"。"都云作者痴，谁解其中味？"不痴，何来爱，何来享受？怎能欣赏到文字从嫩绿渐变成为金黄的美景？也许真爱，不需要理由！

更何况，写，然后知不足。动笔写才知道，尚有诸多知识还需要补课、调研、阅读、采访……这自然是一个提高自己的法门，至于同别人分享其中的精神营养，立于写作讲坛，现身说法，底气好足；再阅读高手大作，多一双写作的眼睛，洞察其中的匠心独具，其乐无穷，也许这是爱写作人的专利吧。

不离开故乡，也许不会发表几十万文字，多次获奖，加入作协。虽至今还未写出自我欣赏的满意佳作，但这不是我的错，不好好写，才是我的错，是对生命的辜负！

当时供职的学校处于热闹非凡的商业区。家长大都是城市化进程中"洗脚上岸"的农民,除了持有大量的征地补偿款,就是大量的读书无用论了。炫目的诱惑从四面八方不断袭来,商业大潮更是汹涌澎湃,随时都可能被卷入其中,迷失自我。尤其是股市高涨那年,同事们大都整日沉迷股市,"炒一次胜过当教书匠一个月,甚至半年一整年……"的噪声,不绝于耳。我是极少数不炒股的"孤独派",怪者。回想中国商潮涌动的1992年,那时母校中文系老师不也都安心坚守本职工作?靠着从母校老师那里修来的定力,安心读写,尤其是关注教过我的老师的新著,仿佛又来到他们身边,继续接受点化,也曾发一文《长醉书香不愿醒》,抒发所好。如此一来,宠辱不惊,闲看庭前花开花落,去留无意,漫随天外云卷云舒的心境,渐行渐近。

校长常在大会上说,从天南海北汇集于此的外地千里马,不是猛龙不过江。在高手林立的沿海学校,我还能够依仗母校老师给我铸就的自信,从容应对诸多挑战(诸如参加省市级比赛等)。文化课被边缘化,文化课老师受此连累,在职业类学校堕落成弱势者,尤其体现在职称评定上。无位也无为,所谓业绩?弱不禁风的,折磨得有些同行焦虑沮丧,死心者也不少。此心,我未生,焉能谓死。评职称与我无关,后来领导和当地老师一再怂恿,说我实力十足,职称不光个人问题,职称层次构成,影响全校声誉和400多位老师福利等。我捡起多年冷落的英语,按照文件,对付了一下,侥幸一次性通过高级职称晋升。引得那些申报多年成功者和不成功者,羡慕嫉妒恨。我心淡然,因为从来也没有向往这个。"正其义不谋其利,明其道不计其功",是自己的座右铭。得了高级晋升和一些虚名,也是我醉心于教学和读写,顺流而至的副产品而已。

所以我依旧认真投入工作,与学生分享读写的热情一涨再涨。这种热情甚至还会冲出白天清醒生活的边界,泛滥到梦境。我倾情投入其中，每节课我力求尽善尽美，以此来超越单调枯燥的重复，如与学生一起把课文排练成小品或拍摄成微电影，有的居然还在全国获金奖……有时在走路时突然想到一个好的教法或素材也马上记在纸条上。有时半夜醒来，突然想到一个好的创意，我也会立刻打开电脑，把它制作出来才安心入睡。投入教学，让我感到教学永远处于未完成状态，有无限广阔的空间供我探索、创新，从中体验乐趣，收获职业幸福。这样就发现自己职业的价值、感悟职业的魅力。生命就会达到那个兴奋点，教得过瘾，就觉得活得值！这样自然到了审美的境界，着迷、愉悦感也尾随而至。这样，有时也能体会到像当年母校老师那样，备课上课都不是备课上课，而在享受备课上课。

这样，胸怀梦想，有梦的教育更精彩，就有可能使自己向着优秀甚至卓越层次迈进，也如同马云所说"责任有多大，舞台就有多大"。

有人问我何必还如此傻气，还有何求。我只好说习惯了，其实是不忍辜负生命，不敢辜负恩师教诲。

一眨眼离开母校20多个春秋。身体离开母校，离开老师，但灵魂一直跟随，尤其是看到微信朋友圈，有人知道我是河大的，就来问我上学的时候听过王立群的课吧？在华师读研，老师一听我是河大的，就说刘思谦我认识吧。我听到这些，尤其是目睹了母校老师在这边书店和图书馆里著书论文，满心欢喜，十分自豪。

没成名成家，没给母校增光添彩，但也未给母校丢脸，至少工作是充实的、快乐的，从学生的笑脸，看到了自己的价值，感到了幸福。

这些来源于母校老师的馈赠。"饮其流者怀其源，学其成时念吾师"，一入河大门，一生河大情！师恩永难忘！

看到河大张润泳在朋友圈里发"我在河大读中文"征文启事，往日有关母校记忆，立刻一个个复活了，且呼朋引伴，以至于思如泉涌，写得有点刹不住车了。以前也写过几十万字，但是从来没有找到今天这种感觉啊，情到深处难自持，好像永远写不完了，就此打住吧！

作者简介：刘光耀，1991级本科生。

我在河大读中文

武新军

1994年5月，我们即将从安阳师专中文系毕业，不得不开始考虑就业问题。我打算到一个乡镇初中教书，没承想系里传来消息，河南大学将要从洛阳、安阳、周口、许昌、驻马店等师专各招几名优秀学生，进行专升本培养，每年需交学费2500元，这大概是高等教育市场化的一个尝试。遴选方式是自愿报名，择优推荐参加考试。当时2500元对农民家庭，还是个很难承受的数字，许多同学因为经济压力，想尽早就业而放弃报考。

在某个早晨，几个获得考试资格的同学（中文与历史各八名），被带队的于老师引上进京（汴京）考试的汽车，老师点李常青、王为治、李海泳、温敏、于静、张晓丽以及历史系八位同学的名字，都回答到了。多次点孟庆澍的名字没人回应，于老师跑到院办打电话，回来说小孟放弃考试了。车子七点半准时出发，于老师善于活跃气氛，年轻人又充满活力，一路上歌声不断。走了三四个小时到达滑县，一辆黑色小轿车从后面迅速超过去，在路边停下来，孟庆澍从车上下来，登上我们的大巴车，大巴车就继续前行了。

折腾了九个多小时抵达开封，于老师让我们自己找同学借宿，找不到再与他联系。有位同学找不到，听到一位刚进校门的学生讲安阳话，于老师上去说了句老乡见老乡，就把住宿问题落实了。这是我第二次来开封,高中同学在河大读书的有好几位,找住宿并不难。第二天全天参加考试,下午返程。汽车追着夕阳一路向西,没多久天就黑了。汽车经郑州黄河桥、新乡到安阳,路上一直纠结考得如何能否录取的问题,回到安阳师专宿舍,已经是深夜了。

不久即传来消息,所有的考生都被录取了。暑假之后到校报到,与其他师专过来的李立峰、杨萌芽、张忠伟、赵勇、韩德星、张瑞等同学被编入九二七班,开始了在河大中文系的学习。当时,也许学校与学院领导没有想到,这个小小的班级,日后竟然会成长出那么多大学教师,那么多优秀的公务员、中学教师和新闻记者,还出现了业绩不凡的企业家。当年参与这个班级管理的领导和老师后来说:"当时是没想到,竟取得意想不到的成功。"

人的生活、命运往往会因某个偶然选择而改变。从选择报名参加考试的那一刻,从不同师专的汽车开出的那一刻,许多人的命运都因此而开始改变了。A、B、C三位不会想到,这一辆应考的车开往之地,竟让自己扎根下来,此后的近三十年就和这个地方分不开了,想分也分不开;D和E不会想到,他们在铁塔之下修炼两年后,会沿着当年大宋南迁之路,到杭州的高校教书,只把杭州作汴梁了;坐在应考的车上的F也不会想到,在铁塔下已修炼了两年的G在等着她,两个人一同变成了热爱中国的美籍华人;当H、I踏上这辆应试的汽车,他们更想不到,J和K正从另一个方向驰来,从此之后自己将过上"公务员+高校教师""高校教师+记者"的生活,一种持续到老的生活方式。

人的命运之改变,源于铁塔之下好读书。河南大学的课程设置,与师专中文系明显不同。由于学制短,师专突出的是教学技能、粉笔字毛笔字钢笔字和普通话,最刻骨铭心的记忆是:虽然已经很努力了,但还是写不好毛笔字,为此经常受到张虎溪老师批评。专业必修课如中国古代文学史、中国现代文学史、外国文学史的课时都很少,不及河大的三分之一。我是来到河大之后,在考研压力下,才跟着文学史的学习阅读了一些作品，虽然不多，古今中外的重要作品都涉及了。收获最大的是阅读了罗大冈译的《约翰·克利斯朵夫》，差不多改变了个人的人生态度和价值观。为了考研，在笔记本上密密麻麻地抄写杨义老师的《中国现代小说史》，后来杨义老师来河南讲学，听到这个手抄本的事很激动，杨夫人比他更激动。

那时的古城开封还是真正的文化城，黄修己老师从广州来到开封，他说广州是文化沙漠，开封是文化古城。校园南侧的大路两边，到处都是书报亭，与花花绿绿的杂志相伴的，是各种价格低廉的盗版作品，河大西门两侧的路边，龙亭湖周边全部是旧书摊，出售从各种渠道搜集来的旧书。周末最大的乐趣，就是逛旧书摊淘书。那时买书没品位，逻辑学、心理学、哲学，什么高深莫测买什么，记得买过几本荣格和弗洛伊德的书，买过一些价格很低的领袖选集，后来还在旧书摊上买到过几本牛庸懋教授签名的专业书。

当时还没有电脑和网络，同学们最大的娱乐就是在大礼堂看电影，需要先在大礼堂东侧的售票室排队买电影票，电影票分不同的等级，中间排座位好的票价贵些，座位靠后和偏两侧的票价便宜些，不同的电影票颜色明显不同。还有一种娱乐是看录像，河大南门附近的小街道中，有许多录像厅，有的昼夜连续放映。有的录像厅为了牟利，在夜晚放映低俗的片子，毒害大学生的心灵，不利于教学管理。辅导员的一项重任，就是到录像厅去抓学生。

当时餐厅的餐桌和座位极其有限，也还没有公共餐具，饭碗需要自备，因此各不相同。许多同学买好饭菜后，三五个同学在餐厅外围成一圈，蹲在地上面对面边吃饭边聊天。同学中间也存在经济条件的差别，但不像今天这样明显。学校除每月发放几十元饭票外，还偶尔会发放贫困生补贴，要求学生先写书面申请，申请的理由是爷爷奶奶常年卧病，父母离异，没有经济收入，等等，申请者的尊严荡然无存，完全不如今天利用大数据掌握学生消费情况，默默无声地把饭金打入贫困生餐卡中。

良好的学习氛围，是青年人成长的关键。河大的社团活动是丰富多彩的，这个小班的同学多参加过"铁塔文学社"，少数同学参加过"羽帆诗社"。当时不明底细，后来方知两个社团来头都很大，都成立于20世纪80年代前期，且持续活动至今。程光炜老师讲，当时羽帆社的成员给艾青、李瑛写信，都收到亲笔回信，校园诗社关联着全国诗坛的走向。铁塔文学社则得到端木蕻良、叶文玲等名家的支持。不知道这些，并不影响活动的兴致，也不会影响创作的热情。有次小班同学骑车游黄河，大家把一段枯木掷入河里，L写诗"黄河呀黄河，今夕何夕……"一位低我一届的同乡写了本诗集，专攻诗歌研究的张俊山老师作序，印制了很多本，除了赠送同学，还放在河大西门书店出售。

我们班的M也写诗，喜欢唱"住在上铺的兄弟"，他和另一位同学坐在床边合唱这首歌，那可能是我第一次被歌声打动。那个时期大学生喜欢背一把吉他到处溜达，尽管自己并不会弹唱，这也许是20世纪80年代文艺热的残余。L、M两位文学趣味最浓，读书勤奋，后来成为公务员，在政治上进步都很快，也许是因为插上了诗歌的翅膀。

20世纪90年代中前期，社会上出现一股演讲热，有个名为《演讲与口才》的刊物很受欢迎，发行量很大。学校曾经邀请著名演讲家景克宁来演讲，景先生结合自己在"文革"期间的遭遇，讲马克思主义哲学和爱国主义，整个大礼堂座无虚席，每隔几分钟就会掌声雷动。今天想来，那应该是最好的思政讲座了。还有一位讲政治经济学的刘太昌老师，讲课就是演讲，课堂里也是掌声不断，例如，讲人民公社生产效率低下，能非常浑厚地甩出一连串顺口溜，"头遍钟，被窝蹭，二遍钟，把裤蹬，三遍钟，磨磨蹭蹭去上工"；讲改革前后生活变化，能够把"大干部小干部都穿尿素裤"与"大姑娘小媳妇都穿脚蹬裤"进行对比。受此影响，学生也建立了演讲协会，我曾参加过这个协会，接受过王蓓老师的辅导。我还参加过象棋社，在十号楼和一位老师学习车马炮。因个人愚笨，参加了两个协会都一事无成。

当时校园流行疯狂英语。每天早上我从宿舍出发，跑步经过乙排房，转弯进入大礼堂后的"一条街"，经常发现个子高大的 A 在大礼堂前用极大的声音读英语，准备考托福出国，读得确实有点疯狂。学生学习英语热情很高，大礼堂附近经常开设"英语角"，同学们经常到那里练习口语对话。P 学习争分夺秒，用收音机学英语，腰上挂着 BP 机，健步如飞从楼上跑到小卖部回电，接着跑步上楼听英语。N 学习最刻苦，周末吃过早饭，用袋子装两个馒头，到北城墙上的树林里修炼，一直到傍晚才回来，用功越多走得就远，远到西南去了。

在人成长的关键时刻，遇到高明的引路人，是件幸福的事情。讲马列文论的王怀通老师，讲课底气很足也很艰难，身体发福不能自己弯腰系鞋带。我曾在课间与老师交流问题，据说当时马列文论在全国影响很大，其他出版社不能出的书，河大出版社都出了。交流最多的是杜运通老师，他是我的学位论文指导老师，住在小花园后的平房里，几次召集我们谈论文，锅里煮着面条，问我们要不要都来上一碗。杜老师当着其他同学的面夸我的论文，给我很大的鼓舞，抄写复制了好多份，随求职简历发放。其时，老师们都没有架子，王蕴智老师看到 E 的字非常漂亮，直接找 E 动员他报考文字学方向研究生，梁工老师也曾直接出面动员自己看好的学生报考。这种招生方式挺好的，非常有助于提升研究生招生与培养的质量。

回忆是美好的，最难忘记的是当年为我们传道授业解惑的老师。老师们各有个性，但讲课都富有激情，并有意要以激情点燃学生。有位老师满口南阳话，最初我一句也听不懂很是苦恼，但他讲课很投入，让你也不得不投入进来。有位新入职的老师，总是想法调动我们的热情，也很受我们欢迎，后来不知什么原因激情完全衰退。到如今，当年为我们授课的老师，已经几乎全部退休离开了工作岗位，我们不知不觉也快要步入老教师的行列。

记得快到毕业时，我和李常青到安阳市六中实习，实习回来后听说学生和学校发生冲突。有着共同经历的人容易团结，因为助学金问题，更因为毕业证如何发放问题，同学们表达了不满，也给学校带来些麻烦，"专升本"班因此画上了句号，没有了后续的探索。那年6月底，我们拿着派遣证、户口关系、粮食关系转移证明到用人单位报到，派遣证、户口关系很快办理好，粮食关系却一直无法落实，心里为此忐忑了很长一段时间：当初奋力拼搏挤过了独木桥，如今又辛苦四年读完了大学，不就是为了能端上铁饭碗和吃上商品粮吗？历史变革正在悄悄地进行，不久之后听说粮食局工人纷纷下岗，内心也就释然了。

作者简介：武新军，1992级本科生，1998级硕士生，河南大学文学院院长，教授，博士生导师。

中文九二七班记

杨萌芽

我的大学时光分为两截，一截在洛阳，一截在开封；人生也分成了两截，一截在唐都，一截在宋城。站在这两截时光中间的，是河大中文九二七班。

1994年夏天，大二那年，快毕业的时候，得到一个消息，省里准备录取一批专升本，到河南大学继续攻读本科。

原本毕业后到中学工作，已经开始联系了。不过还是想继续上学，和父母商量，一向开明的父亲几乎没有犹豫就答应了。那时家里还做着生意，经济上比较宽裕。

第一次到开封，和几位同学一起参加选拔考试。印象比较深的是小礼堂，在那里领的准考证。题比较难，好像有王蒙的《春之声》、意识流小说等，完全没有读过。好在师专时读了一些作品，考得还算可以，加之排名前边的同学主动放弃了，所以非常幸运地通过了考试，成为"铁塔牌"的一员。师专中文系来了四位同学，我和秦凯、刘亚辉、孙劭珍，还有其他系的一些同学。

秋天到河大报到后，专升本同学整建制成立七班，大课随后大班，选修课自主选择。

入河大时，我们已是大三，必修课开得差不多了，根据个人喜好上了不少选修课，有沈卫威老师的胡适研究，常萍老师的唐诗研究,孙克强老师的宋词研究,曹丙建老师的西游记研究,刘增杰老师的解放区文学,王蕴智老师的甲骨文研究,李慈健老师的近代文学,陈江风老师的古代文学,张天定老师的写作等,都各具风格,留下了深刻的印象。

除了上课,我们班还积极参加运动会、辩论赛等各种集体活动。我参加了学校的辩论赛,指导教师是梁遂老师,非常热心,逐字逐句为我们辅导。决赛前夕,他执意把自己一件新的白衬衣借给我,印象至深。

还有毕业论文的指导教师杜运通老师,当时研究林语堂,在他的指导下写了《京华烟云》的文章。杜老师非常谦和,每次去他家里谈论文临走时都要送到门口。论文完成后收录入他主编的《伊甸园之歌》一书,不久前还在诗云书社的书架上看到这本书。

由于来得晚,我们没有和中文系其他班同学住在一起,而是分在了七号楼。宿舍楼紧邻铁塔,有风的晚上都能听到千年古塔传来的叮叮当当的铃声。

寝室里七位中文系同学,还有一位是外语系的。

周口师专来的张瑞,喜欢到图书馆摘抄各种幽默好玩的东西,晚上躺在上铺和大家分享。毕业后去郑州一家电视台应聘,不久"炒"了台长的"鱿鱼",到北京做了"北漂"。在央视工作一段时间后,到北京广播学院,也就是今天的中国传媒大学读了研究生,毕业后到中国对外演出总公司工作。不久,再次辞职,准备赴美国读MBA。那是2008年,我刚博士毕业不久,到北京送他,在他当时买的二居室里畅聊了一夜。之后,他就踏上了赴美留学之旅。毕业回国后,他创办了自己的公司,生意做得风生水起。

来自阳谷县的兴坤,家境贫寒,学习特别刻苦。考研前一段时间经常和衣而眠,最终到清华大学读了法学,毕业后到重庆一个高校工作。十年、二十年毕业聚会都千里迢迢赶回来,每次都痛饮狂歌。

开封师专来的忠伟，和我对铺，登封人，喜爱写诗和散文。有一天从学校南门过，看见报栏的校报里登了他的一首诗——《黄河：第七次看你》，为之兴奋不已。毕业后先是进入一个地市的教育电视台工作，后来考了公务员，现在已是某县的主要领导了。前几年解志熙老师回河南，鼓励他继续写作，还给他出版的作品集写了一个很长的序言。

除了紧张的学习，大家的业余生活过得也很充实。商丘师专的立峰做了班长，和安阳师专过来的于静，也是团支书，谈了对象，结了婚。如今立峰在郑州一个学校做校长，于静在都市频道工作，已是资深记者了，还是一个健身达人。

同寝室周口师专来的耕宇，喜欢上了安阳师专来的温敏，两人也谈了起来。本科毕业后，温敏在郑州工作，耕宇回到周口老家做了公务员。两人没有因空间距离阻断感情，始终如一。当时没有高速公路，没有私家车，从周口到郑州有好几个小时的车程，真不知道他们是如何走过来的。现在温敏已是郑州大学的一名骨干教师，耕宇则成长为一名优秀公务员。

开封师专来的德星，长得很瘦——到今天还很瘦，喜欢读诗写诗——到今天还很喜欢诗歌。后来我们成了研究生同学，一起读现当代文学。博士毕业后在浙江一所高校工作，太太也是博士——两人也是在河大结缘的。

此外，还有大班的卫东同学喜欢上了我们班的金鸽同学，两人最终结为连理，现在定居美国，卫东在美国得克萨斯一所大学工作，前两年还带了几十位美国大学生来河大研学。

行文至此，忽然觉得在河大园牵手的还不在少数。前几日和九九级中文系几位小伙伴在郑州聚会，其中两位的爱人都是大学同学。

还有一些比较大的收获是，一些想继续读书的同学或学弟学妹也踏着这条路来到河大，走上了知识改变命运的道路。师专同班海蓉同学，毕业后到灵宝一所中学教学，想考研，我给她寄了一些研究资料，也不断写信交流，最终她得以来河大中文读古代文学的研究生。后来继续读博，现在已是湖南大学的教授和博导了。还有低一个年级的艳艳同学，也来河大读了博士，毕业后到省内一所大学工作。

作为专升本，班里四十多位同学都极为珍惜来之不易的机缘，倍加用功，到大四时候，四六级基本上都通过了。对不学英语的师专生来说，已经相当不易了。

班里一些同学选择了继续深造，毕业后在大学工作，德星和亚辉在杭州，庆澍在北京，民杰在上海，小燕在周口，温敏在郑州，占河在平顶山，劭珍在洛阳，银梅在商丘，尤平在驻马店。为治、常青、赵勇、志辉、全国、守安、美菊做了公务员，文端、兰云、亚芳、明霞或自己创业或在企业工作，都已成为单位的骨干。当然，和每个班级一样，还有几位同学自毕业后便如泥牛入海，再也没有音讯了。

大学毕业的时候，我们毕业证上比其他班级的同学多了"该生系专升本"一行蓝印，以示与其他班同学的不同。专升本是一种独特的教育经历，一般人的大学都在一所学校完成，我们在两个高校完成了大学本科教育。许多大班同学，成为挚交好友。因为河大园的两年，因为铁塔牌的印记，我们的人生道路走得更加平稳，更加从容。

同样是九二七班的新军同学，毕业后回老家工作，不久又考回河大，读现当代文学的研究生，后来到复旦读中国现当代文学的博士，之后留校任教至今，我俩的经历最为相似。"我在河大读中文"栏目就是由他负责策划、约稿和编辑。历史某种意义上是由不同叙事建构而成，交错的书写打捞起原本已渐渐消融的往昔，唤起了不少青春的记忆，也创造了文学教育回忆录与口述史整理工作的新方法，被国内兄弟院系次第借鉴。

1996年夏天，临近毕业，一个寝室同学聚餐，喝的十块钱一瓶的鹿邑大曲，个个东倒西歪，对着录音机畅谈自己的人生理想（当时我的酒量不足一两，说的什么，已完全不记得了）。

二十四年，不短不长的时光，不知大家是否都变成了自己想要的那个模样。

作者简介：杨萌芽，1992级本科生，1996级硕士生，曾任文学院党委书记，现任河南大学党委副书记。

耿占春老师印象记

刘 军

前 叙

2002年，得益于高校合并的落地，我重归母校，并成为母系教师队伍中的一员。也是在这一年，批评家耿占春先生受邀来到河南大学，我们同属于文艺学教研室，成为同事。而在后来的时光流逝中，同事关系悄悄位移，我先是跟从他读研，后来又做了他的博士研究生。耿占春先生的思想学术水平以及在知识分子圈子里的认可度，若由我这个跟从多年的学生加以道出，必然包裹着不合时宜的内容。尤其是在我从事批评工作、涉世较深的情况下，更应该保持缄默。

下面的两个片段皆涉及对耿占春先生侧影的描摹，具体写作时间跨度业已超过十年。第一则印象记写于读研之前，除同事关系之外，似乎没有别的内容。因为在那个时间段内，我还一度着迷于散文写作，而学术研究则在南山之南，因此，后辈与前辈的关系也不成立。第二则写于2018年的下半年，作为学生的身份不仅被夯实，而且被叠加。两则速写皆属于短章的形式，并非出于某种刻意记录的结果，但又承担了记录的功能。罗兰·巴特曾说过，"重要的不是我叙述了哪个年代，而是我在哪个年代叙述"。对于我个人而言，困难之处在于，不知 2006 年和 2018 年是否同属于一个年代。因为，年份可以借助记忆的细节加以认定，而对于身处某种年代的我们而言，我们无法辨认其存在的区域，年代压在我们头顶之上，并带来一个沉重的后果，即宿命般的动弹不得。

饮茶时光

高考阅卷期间，同学孟庆澍某天传达了张口头小纸条，问我是否愿意参加一次沙龙活动，"主讲是大胡子耿占春先生"，他特意强调道。

晚饭毕，骑车直奔地点。来的人还真不少，有本科生、硕士生、几位青年教师，另外，还有几位社会人士列座。耿先生主要讲了两个问题：一是问题意识的匮乏，二是个体内省经验的生成。其间偶尔穿插话题讨论，不过形制较小，如秋后攀爬的南瓜藤。两个小时的时光就这样轻松地溜过指缝，孟同学和我皆意犹未尽。

六月底，期末考试前的某一天，邀请耿占春先生来家小坐。耿先生是著名诗人、学者，也是国内首屈一指的诗论家，然而衣着朴素，上身是黑色圆领短袖 T 恤，或许是穿着次数过多之故，看上去如同工装，炯炯有神的双眼之下是瘦削的面庞，和一把稍显凌乱却不乏劲道的长须。下身着休闲牛仔，脚上穿的则是一双休闲运动鞋。他从不沾烟酒，喜素食，尤其是尚带泥腥味的蔬菜，特别钟情之。除读书写作外，生活中最大的嗜好就是饮茶了，是绿茶，不喜饮之的人谓之"寡"，喜饮之的人谓之有沁人心脾的苦，在此方面，我和耿先生有同好。

简单的午餐后，送耿先生下楼，问其是否有将沙龙延续的意愿。"由我出面安排，时间、地点届时通知，由你来做主讲人，行么？"

我问道。

"可以啊，但下次要讲些什么呢？"耿先生不假思索地答应道。

"不限于纯粹理论，文学、社会、文化热点问题都可以，随着性子谈。"我接过话题答道。

"好，你到时间给我打电话，我这段不会外出。"耿先生的爽快让我如释重负。

过后没几天，带着女儿去龙亭湖东岸考察地点。最近和妻子说到沙龙的筹划，七岁的闺女从旁也闻见了颇多信息，坐在电动车后座上，她问我："爸爸，你和大胡子爷爷跑到茶馆里干什么啊？也不带我和妈妈！""我和他们就是说说话，喝喝茶，然后爸爸就好写文章，爸爸中午要安排他们吃饭，所以就不带你和妈妈了。"

"哼，什么啦！"估计后座上的女儿撅起了小嘴。

龙亭湖东岸，即杨家湖东岸，有一条半圆形的马路环绕。靠近龙亭公园的地段建起了一座桥，开掘了一条向北的水道，湖水也得以向北舒展，而汽车必须绕行一段才可通行。因此，这段马路在人工之手的度量下，竟僻静下来，与西岸通往清明上河园的道路形成鲜明对比。马路旁边，集中了不少工艺美术展厅，还有个别咖啡馆穿插其间。我来到的时候大约上午九点，经过整晚喧闹之声击打的世界杯海报，看上去有点落寞。此处茶馆计有两家，其中靠北的一家地方宽展，进去的时候空荡无人，但很快警铃大作，一团穿着睡衣的肉体从小房间内挤出。定睛一看，是位中年女子，估计是老板娘。我向她说明来意，又上楼仔细端详一番，然后索取了名片，预订了明天上午的一个房间。

回来后，逐一打了电话，除耿先生外，还有新闻传播学院的李勇博士，我们院的伍茂国博士、孟庆澍博士，再加上我的学生，诗人王向威。

沙龙预定在上午十点半开始，我自带了一小盒西湖龙井和一袋熟花生，同李勇一道开车去接耿先生。一路无话，准时抵达地方，其他人等也已到达，大家一块上楼，进入订好的房间。屋内窗明几净，有一长桌，一沙发，一茶几，小长桌刚好坐得下六人。拉开窗帘，微微起伏的湖水在绿叶间摆动，随着清风，几声知了寻机潜入房间。"是个好地方"，大家如是评价道。

向服务员要了一壶信阳毛尖，另带四盘小点心，茶水沏好，大家便落座开聊。简单的致辞后，请耿先生发言，而今天的耿先生并不主动，话题从伍茂国先生那里开始，讲述其最近关注的欲望叙事问题。伍先生是湖南人，直爽健谈，从道德叙事到情感叙事，再到欲望叙事在当下的膨胀，他谈到了文学书写过程中边界的不断敞开问题，并联系热播的电视剧《蜗居》中人物欲望作为案例，待至兴奋处，两道显眼的剑眉不断上扬，呈斜角向太阳穴刺去。除向威低头做记录外，包括我在内的其他人等，遇到感兴趣的段落，即兴加入，延展话题。而耿先生分几个时段做了点评，毕竟是理论功夫了得，他所提出的为当下混乱的欲望叙事进行理论立法的建议，以及现代性自反性的命题，使在座各位顿时有会临山顶之想。

杯子里的茶水一再退下，又被重新沏上，落在座上。窗外的世界仿佛在安静地等待，只有彼此的言辞，不停奔跑、停顿，然后转入另外的道路。一同川流的还有时间，而关乎它的刻度，在门外冷静地站立。

将近下午一点的时候，我鼓起勇气打断了诸位奔驰的话语，提议去附近的一个深巷，尝尝老开封拉面的味道。大家欣然应诺，便一起下楼，往目的地而去。到地方的时候，食客已经寥寥。坐在简易的小桌子旁，我向大家介绍了这家酒香不怕巷子深的拉面馆的历史，六人中，除我和李勇外，大家皆没来过这破败萧条却食客云集的小地方，甚是新奇。边吃边聊，我们的话题倏然一变，从刚才的相期邈云汉转入地下的尘土之中。

回去的路上，想起《世说新语》中大名士谢安的一句话：若遇七贤，必自把臂入林。如今，整片的树林早已被高耸的城市逼退到百里开外，而能够遇见耿占春先生这般纯粹之人，精神上岸者，只好以湖畔的茶舍将就了。而能够把其臂，并言笑晏晏，于我等，借用《五柳先生传》中陶渊明的话：晏如是也！

片刻回忆

四月四日，清明节前一天，恰乍暖还寒。微信上流转不少段子，与此次天气的陡然转弯相关，这一次编排的是南方人。我也看了，然沉默不语。

上午四节课，中间休息的时候接到耿占春老师的微信告知。说郑州文联的程韬光先生携友来汴，中午就在老河大干训餐厅一聚。赶紧回复，诺之。

落座后便是简单的寒暄。萌芽同学带来了明前茶，产自老家的信阳毛尖，味道虽然偏淡，却颇为清爽。坐在我右手的是四位文学院的在读博士生，全是女生，在她们的面庞上，青涩消退，代之而起的是某种轻盈。韬光先生健谈，茶过一巡之后犹然。这不，互加微信好友的举动马上就开花结果了。

饭桌上无一致性主题，共语与私语穿花分柳，好在基本上没有人对着手机屏幕钟情观摩。话题的末梢，转到诗歌上来。耿师告诉我们，他最近一月，心思全用到诗歌写作上去了，"我这个月，写了23首诗呢！"他言道。这个消息并不会让我感到意外，虽然扮演了国内首屈一指的诗歌批评家角色，但耿老师是有过诗歌写作经历的。关于新作，耿师重点讲了一毛一分钱的故事，并朗读了这一首新诗。故事的发生地在商丘火车站，20世纪70年代，冬天，夜晚，干冷的风在大地上竞相追逐，商品短缺几乎写在每个人脸上。一位衣衫整洁的年轻人来到他面前，讨要一毛一分钱，这是一碗热汤的价格，踟蹰了一阵之后，耿老师还是捂紧了自己的口袋。

40多年后，耿师借助诗句和公共空间的言说，开始揭开业已结疤的记忆，并释放自我的内疚。如同维特根斯坦在伦敦的小酒馆里，向朋友讲述他在奥地利做老师时曾扇过一个小女孩的往事。语言、记忆与肉身，联结在一起，叠压在一起，成为骨刺，嵌入我们的骨头中。

善总是残缺的，而恶则总是彻底，并且完整。这是耿老师的总结陈词。因为担心遗忘，所以我要记下这个片段，并写出这一句话。

作者简介：刘军，1992级本科生，河南大学文学院副教授，硕士生导师。

纸短情长：关于95中文广电班的大学记忆

段晓华

1995年初秋，爸爸送我上大学，妈妈的心终于放下。

我上的是中文系新设的专业：广播电视文学。不像现在遍地的播音主持和编导专业，那个年代专门培养播音主持和广电编导的高等学府，全国只有三所：北广（现中国传媒大学）、浙广（现浙江传媒学院），还有一个就是河南大学。

高三之前，我从未听说过这个专业，更未想过将来会到电视台做主持人。

一心念着的是中戏的戏文系，文学的梦想在作文课上一点点滋长，被老师读过几篇习作，在小城的报纸上发表过几篇小豆腐块后，便梦想着成为作家或编剧，1993年《霸王别姬》上映，连看三遍，朝圣一般。

为考中戏，我敲开市文化局局长杜萍办公室的门，她是我所知的许昌唯一毕业于中央戏剧学院的人，杜老师给我拿出一摞她收藏的剧本和教材，让我带回细看。现在想来真是初生牛犊，却也怀念少年时的那股真气和执念。

帮助过我的人，不止杜萍老师。我在图书馆翻到一本《电影创作》杂志，看过几期后，居然起念要给杂志社写信，在一排编辑的名单中选中"陈澈"的名字，没想到很快收到回信，"陈澈"称呼我为"小朋友",落款是"陈爷爷"。信纸是半透明的,左上方印着四个绿色大字——"电影创作",信纸下方还有一行绿色的小字,印着刊号、编辑部地址等。陈爷爷彼时已近古稀之年,第一封回信就足足写了四页纸,笔迹工整有力,信中有对我的鼓励,有对报考中戏的建议,还以他的一双儿女为例,一个从医一个从教,他都非常赞同和引以为傲。书信往来一年多,我们成了忘年交。他说他对读者的来信从来都有信必回,绝不置之不理。多年后,因为在媒体工作,我也时常收到观众的来信和来电,有自告奋勇当演员的,有身处困境寻求帮助的,也有倾诉隐秘心事的,我也都一一回复或接听,但我仍旧做不到像陈爷爷那样的认真和仔细。他的信我一封封完好保留着,也保留着人世间的温暖和善良。有时候会让女儿读一读,她唏嘘感慨良久。人世间最宝贵的就是不计回报、毫无功利地彼此照亮,这种善良和温暖值得一代代传递。

有同学帮我取回传达室《电影创作》的信,总带着神秘和好奇:你将来要当大导演?

我没有当大导演,只是顺着自己的命运往前走,笃定又茫然。

高三那年,一位在教委工作的伯伯来我家串门,临走时突然想到一件事,从兜里掏出一张河南大学的招生简章,对我爸妈说:"可以让孩子试试!"

就这样,在复试时间冲突的情况下,我最终放弃了中戏的面试,选择了河大的面试。阴差阳错间,总有种隐隐的背叛,就像和黛玉谈了很久的恋爱,却突然和宝钗结了婚。

相较于面对纸笔,面对镜头和聚光灯的我总有一种惶恐和不适。

九五广电班有 42 个学生,专业课的老师有李晓华、强海峰、张政法和李水仙。和播音主持相关的专业课多以小班上课,我和任鲁豫、陈鑫、韩冰、韩一冰在李晓华老师的小课组。任鲁豫各方面条件本来就是最好的,更何况人家越优秀还越努力,每天早上的练声数他坚持得最好,许多年后,他已是"央视一哥",但依然坚持练声，坚持不断学习精进，正所谓天道酬勤！陈鑫的专业好，脑子里总有新奇的想法，后来去了央视，考了博士，还兼职中传的教学。韩冰刚来时还有点婴儿肥，但临近毕业时，镜头前的她委实让人惊艳，干练成熟，竟是脱胎换骨般；她去了陕西电视台，不到十年的时间就拿到了我们班的第一个"金话筒"。韩一冰很有艺术细胞，在班上特别活跃，每次演出都少不了她的精彩节目，模仿宋丹丹，惟妙惟肖。

班上的很多同学都值得表上一表，写成一本书，人人都是一部小传。我和同寝室的维琳交往最多，她刚来的时候，牙齿不齐还漏风，去做了矫正，但专业上是极严谨刻苦的。喜欢吃砀山梨，说对嗓子好，我们经常结伴到南门外买梨，开封的饮食好吃，梨子个头也大，水灵灵的大个儿砀山梨，我们一人一个咔咔吃完，然后相视而笑，发誓永不分"梨"。维琳是个乐观派，无论面对什么都风轻云淡，英语课上，遇到老师提问她又不会的，仍旧站起身来，说出一句字正腔圆、底气十足又流利标准的英式英语："Sorry, teacher. I don't know！"

多年后，她在浙江之声，我在河南电视台，分别在 2012 年和 2016 年拿到了我们班上第二个和第三个"金话筒"。"金话筒"是播音主持界的最高奖，也是对一个播音员主持人的职业认可，而这个奖的意义，在我们内心却更是一种回报，对给予我们力量的老师们和母校的一种回报！

李晓华老师长得帅，样子像达式常，眼睛很大很亮，一想到李老师首先就会想到他的眼神，有父亲般的慈爱，也有不怒自威的庄严。工作后到北广看老师，他见到我的第一句话竟是结婚太早了——也只有自己的老师才会如此直言不讳吧，那年我 24 岁，后来才慢慢体会了老师的话，他大概觉得我应该安安静静再读几年书吧。

强海峰老师教我们《广电概论》和朗诵等课程，他的声音非常有魔力，我那时很迷恋译制片配音，戴着耳机一遍遍陶醉在乔榛、丁建华、邱岳峰、毕克、童自荣用声音构建的文学空间里，《叶塞尼亚》《简·爱》《基督山伯爵》《哈姆雷特》，听得如痴如醉。大学时期表演过的一个节目，就是和同学郭煜一起配《叶塞尼亚》："当兵的，你不等我了？你不守信用……"那种调调至今萦绕。后来，李晓华老师调到了北京广播学院，开始两地跑，我们的小课交给了张政法老师，几年后，张政法老师和李水仙老师双双考了博士，留在了中国传媒大学任教。

很多年后，有人说我们这届广电班人才辈出，我想这和中文系的背景，和身处沉稳厚重的百年老校的环境不无关系。

对于主持人来说，专业能力固然重要，但支撑专业能力不断迭代、不断发展下去的是一个人的综合素养和做人的品性和修为，这方面的素养是根基和核心，这决定了一个主持人最终能够走多远。这也是我们的老师反复强调的。

而河大和中文系赋予我们骨髓血液的正是这种最核心的根基。影视圈本是名利场，但从河大走出的主持人播音员，身上有静气、有净气，这是百年老校赋予他们的底色。在社会上工作时间越久，越能感受到周围河大人的这种气质：不慕浮华，厚积薄发。

十分庆幸在大学没有荒废时光，除了专业课和公共课的学习，大量的时间泡在选修课和图书馆里。最喜欢胡山林老师的文学欣赏课，听他讲意识流、卡夫卡，讲史铁生、陈映真、鲁迅、海明威……他说读书要有计划，但计划是相对的，可以乱七八糟地读，先不要盲目听从别人的结论，每个人都和别人不一样，不必强求与别人一致。

当年的笔记至今还保留着，那笔记的封面和封底是拿海报纸裁的，里面用复印纸装订成册。没想到这个"草根小本"生命力顽强，从大学一直保留至今，隔几年便会翻一翻，从那些密密麻麻的小字儿里总能看出点新的东西，仍似初见，仍有惊喜。

大学期间，我们寝室的八个姑娘居然没有谈恋爱的。寝室最小的女孩燕俊是编辑学专业的，不同的专业带来了更多的跨学科交流，现在想来，这是多么重要。大学期间，我们寝室和历史、美术、音乐、外语、法律、金融等专业的同学都有很多交往，和不同专业、不同学科同学的交往为我们打开了更多扇窗，从他们身上学到很多宝贵的东西，很多同学已是一生挚友。

大学时光虽短暂，却收获满满。大学期间，还有一个超级福利，就是看电影。在大礼堂看大银幕电影，在科技馆看小屏幕电影。"小电影"横扫国内外经典影片，"大电影"优选最佳上映影片，大小电影，每周必看，一周至少两部。对电影的热爱，一直保持至今。

2007年我在省台策划并主持了一档电影文学赏析节目《晓华影吧》，这档节目让我再次和母校和文学院紧紧相连。节目伊始，我邀请大学室友、已在文学院担任戏剧影视文学专业教师的燕俊担任特邀撰稿，文学院作为支持单位出现在片尾鸣谢中，文学院的刘景荣老师、袁若娟老师都曾作为嘉宾参与栏目录制……节目中蕴含的文学元素和浓厚的文化气息，使它在众多栏目中脱颖而出，获得极高的美誉度，收视率也长期保持频道首位。十分感念职业生涯里有那么一段幸运的时光，可以将个人爱好和本职工作高度融合，对文学、电影原本只是最单纯质朴的喜爱，但它们却给予我太多，涵养我太多！如此，当年有没有上中戏还有什么紧要呢。

在河大上中文，读广电，是我人生的一大幸事，在去过许多国内外知名学府后，才更加深刻体会母校之美：她的大家气度，她的温润谦和，她的厚重沉着、无声无息、不言不语……

她让我对这个世界保持善意和诚意，保持长久的好奇与热爱！

作者简介：段晓华，1995级本科生。曾任河南电视台制片人、主持人。现任教于河南大学文学院。

文学院95级广电专业毕业合影。三排左4为段晚华，后排右5为任鲁豫

我的留学生活

——感谢老师和朋友

[日]黑田绫子

1996年2月我到河南大学留学学习中文。那时我19岁,第一次离开家,还是国外,我像小孩子一样不懂事。到了开封我发现和在日本时心里做过种种幻想的生活完全不一样。

我们一共9个人一起来到河南大学,到了直接去留学生楼(明园)。留学生楼在河大南门内,走路一分钟,是有一点历史悠久感的建筑。房间是两个人一间,有桌子、椅子、书架、衣柜等,还有整体浴室。设备都有一点旧,但生活上没有问题,也是旧居自安吧。我的第一个同屋是老同学,很忙的一个人,所以平时不在房间。我主要依靠一起来的朋友,西川浩刚,山本和也,伊藤士郎,衣斐孝男,他们几位都非常热情地帮助我,比如吃饭,买东西,逛街,都找他们一起去,因为我不能一个人去,什么都不懂,有一点儿害怕。

对我来说,吃饭是个很大的问题,每一次都得找同学一起去。留学生食堂在留学生楼的对面。同学们带我去留学生食堂吃午饭,这食堂的菜便宜是便宜,味道一般。不知怎么留学生很少有人去留学生食堂吃饭,所以我也很少去,一般去外边吃或者买回来吃。刚开始去外边吃饭觉得有点不卫生,不太想去,很犹豫,但他们说外边吃没有太大问题,听他们这么说我没办法,只好跟着他们一起去。

中午下课之后他们带我去河大西门附近吃刀削面，刀削面很像日本的乌冬面的味道，我爱吃刀削面。河大南门有一家锅贴店，这家的锅贴真好吃。这家店比别的店贵一点儿，但是很多留学生在这家店吃饭。周末有时间的话，我用家里人寄过来的东西自己做饭，吃日本的味道。

从周一到周五我每天上午跟同学一起上课。我们班总共有七个同学，六个日本人，一个韩国人。除了我和韩国同学，他们都在国内学过一点中文。我在初级班从零开始学习，一点一点地学习中文。我们班有三门课：读写课、说话课和听力课。首先读写课学生词和语法，然后说话课用读写课学的生词和语法来练说话，听力课用说话课练习的内容来听一听。三门课都连起来上课，所以有一次缺课，就会被人拉下。老师们都很好，前半年李（一平）老师教我们读写课，辛（永芬）老师教说话课，郑（祖同）老师教听力课。后半年李老师还教我们读写课，马（惠玲）老师教说话课，周（静）老师教听力课。和马老师的相遇改变了我的命运。

我刚开始上课时，老师点自己的名字都听不懂，我拼命忍住眼泪，但心已经破碎了，什么都无法思考了。我刚到河大的头两三个月生活很难，当时，我还一句汉语都不会说，周围的一切也都那么陌生。我妈妈每天总在固定的时间给我打电话，听着妈妈的声音禁不住流着眼泪想家。后来，我不仅结识了一起学习的朋友，还结识了老师，我满心喜悦地融入留学生活。

我认识了裴同学，这是我认识的第一个中国人。他看起来就是个非常友好的人，朴素的气质中，带着好青年的样子。他是河南大学历史系的学生，会说一点日语，不过日语只是有兴趣而已。一开始可能是他看着我很可怜，所以帮我复习上课的内容，帮我一起做作业，拼命地教我。我们一般用笔谈的方式来互相理解对方，很少说话。他有时候用英语，我也听不懂，很后悔自己没学好英语。另外他希望尽量让我体验各种各样的中国生活，感受一下大学的气氛。

他带我去参加历史系的活动,比如滑旱冰、看电影、参加舞会等。旱冰是我小时候滑过的,现在这么大还滑有一点儿害羞,但是没想到跟大家一起滑那么有意思,忘了面子后我玩旱冰入了迷。他还带我去大礼堂看电影,一边看一边吃瓜子。我第一次吃瓜子,它是新奇的食品,一开始没法吃,不知道怎么个吃法,他教我后我一直研究吃瓜子,真好吃!第一次看的中国电影现在已没有一点印象,但觉得舞会很有意思,我从来没有参加过这种活动,而且我不会跳舞。音乐各种各样的都有,特别吃惊的是他们合着《北国之春》的旋律跳舞,我才知道中国同学喜欢《北国之春》。我知道是知道,但是是很旧的歌曲。他们知道的日本歌曲和我听的都是不一样的,好像是我父母那个年代流行的歌曲。此外还让我高兴的是他知道我喜欢打篮球,便和我的朋友山本和也商量,为了日中友好举行了一场中国队和留学生队的篮球比赛。他们都打得很不错,看着很有意思,这也为我们留学生用中文交流创造了一个好机会。我非常感谢两队的队员。

我还认识了董先生和他的家人。他住在河南大学附近,是位工人,让人感到亲切。他父母也是热爱家庭的人。他把我看成自己的妹妹,使我感受到像自己家一样的温暖。他全家都给予了我热情的帮助,除了教我中文,他们还带我体验开封的生活。比如他们带我去买菜,中国人买东西都砍价,日本没有这种习惯,所以觉得很有意思,但对我来说砍价是很难的,因为要会说还要能砍价。他妈妈做家常菜让我吃,跟他家里人围着饭桌吃饭,我感觉又好吃又幸福。他们还教我开封方言等,都是学校里学不到的东西。有件事是在我一生最难的时刻,是他们帮助了我。暑假我得了感冒,发烧温度比较高,同学带我去医院,医生看了决定让我马上住院。我从来没有住过院,况且中国医院跟日本的完全不一样。医生开的药我不会喝,因为我不会打开药瓶。我觉得很麻烦,而且非常恐怖。听说我住院后,他妈妈马上过来看我、陪我,他上班期间他妈妈在医院,他下班之后便马上来医院,并看护了我一夜。他妈妈带饭让我吃,饭后打开药瓶让我喝，他们还代我跟医生和护士说话。由于他们的热心照顾，我两天就出院了。我真的感谢他们！我很想跟他们顺利交流，所以我更努力地学习。我会用汉语跟他们沟通之后，我的脸上才渐渐有了笑容。

7月，留学生楼隔壁建好了另一座新留学生楼，一共5层，我住在4层。我的新同屋是佐佐木瞳，到现在她都是我的知己。她像亲姐姐一样照顾我，真是体贴，我认识她以后跟她无话不谈，这给了我放松的空间。

日子就这样过去，暑假过后，慢慢地我会了一点中文。后半期我们在新留学生楼4层上课，就在我房间的对面，上课很方便。那时我认识了马老师。上课前，老同学告诉我马老师做事一向很严格，让不太认真的同学很难对付。我听了感觉好恐怖，因为学了半年我说汉语还很差。第一天上马老师的课我紧张得发抖，但跟我想象的不一样，马老师是好老师，又认真又活泼地教我们，该表扬的时候表扬，该批评的时候批评，而且马老师的发音听得很清楚。我本来是爱说话的人，但是一直没有勇气跟老师说话。别的同学跟老师一起开心地聊天，我很羡慕。我一说中文就紧张，马老师用非常温柔的眼神看着我，鼓励我让我说话，就这样，我慢慢地可以跟老师沟通了。中文的发音很难，zhi、chi、shi、ri根本发不出来，她耐心地纠正我的发音。马老师的课说话的机会多，话题也很丰富，每次她都全心全意地回答我的问题。此后我每天开开心心地上课，马老师是我在河南大学学习时最喜欢的老师。

回国以后，我继续学中文。回到日本的大学，我参加了大学主办的中国语演讲比赛并拿到了冠军，真令人高兴！那次演讲的内容就是河南大学留学中的经历。河南大学学中文的基础使我获得了中国政府奖学金，并去北京师范大学读了研究生。

时间过得真快，已经过去24年了，我跟他们还保持联系。24年前他们给我的恩，是我终生都不能忘怀的。我决定无论如何都不会忘记中文，这是我对他们的感谢！

现在我在日本的学校里教日语。学校里有很多外国留学生，我帮助他们学习和生活，以便他们的留学生活顺利。有时候我会自言自语，我是不是像24年前的他们一样热情？我是不是像马老师一样认真？我在河南大学留学的经历使我的人生更丰富，而且直到现在还有很大作用。

感谢老师和朋友！

作者简介：黑田绫子，曾用名岛崎绫子，1996年3月至1997年2月在河南大学中文系学习初级汉语课程结业，现为日本中央情报专门学校日本语本科兼职讲师。

悠悠岁月，谆谆师恩

燕　俊

1995年，我从杞县高中考入河南大学文学院，学的是编辑学专业，之所以选择这个专业，是因为当时把它等同于"新闻编辑学"，认为这个专业就是培养新闻记者的，做一名"无冕之王"可比当教师有趣多了。当时高中同班好友张志英考上了郑州大学法学院，我俩约好：毕业后一个当记者，为民执言；一个当律师，为民请命。于是，怀揣着"铁肩担道义，妙笔著文章"的理想，我走进了文学院的编辑班。本科毕业后读研究生，我俩又在一起，我在蓟门桥北的北京电影学院，她在蓟门桥南的中国政法大学。三年之后，我回了河南大学，她回了郑州大学，我俩在教师的岗位上一直干到现在。这是后话。

考入河南大学时我17岁，在班里算是年龄比较小的一个，对专业的概念也是模糊不清。上了很久才渐渐明白，原来这个"编辑学"指的不仅仅是新闻采编，还包括编辑出版，开设于1993年，我们是第三届。作为一个新的专业，除了与汉语言文学师范专业同修一些文学史论的基础课程以外，还安排有新闻采写、文字编辑、摄影等偏于实践类的课程。与师范专业相比，我们编辑班人数少，学费贵，我记得一年学费是1500元，毕业后实行"双向选择，自主择业"。在当时的老家，邻里的思想观念还停留在"大学就是免费学，包分配"的阶段，对此不太理解，也不知道还有所谓的"奖学金制度"，于是就有人议论我是"花钱"上的大学，令家人颇有些愤愤不平。后来大学收费渐渐普及起来，我花钱上大学这个"冤案"才得以平反。

对于四年大学生活，特别想记叙以下几件事。

首先是我的宿舍。当时宿舍安排主要以专业划分，同专业的同学住在一起。但我比较特殊，前两年被分配到播音主持专业（简称为"广电班"）的女生宿舍，与七位广电班的姐妹住在一起。当时的广电班虽然还是两年制，但学生的专业水平很高。现在央视很火的男主持人任鲁豫便是他们班的一员，而我们宿舍也有王维琳、段晓华两个姐妹拿到了播音主持"金话筒奖"。在他们毕业离校后我又被分配到文秘专业的女生宿舍住了两年，与李娇、金辉、谢长杰、郭丽等姐妹住在一起。当时觉得自己实在倒霉，不能与同专业同学住在一起，有种被边缘化的孤独和凄凉。但现在想来，这反而是一种幸运，使得我在拥有本专业的同学好友之外，还拥有了十多个其他专业的好友，我们的友情从当年一直延续至今。所以，现在作为教师的我特别支持不同专业的同学混合居住，这样会有助于同学们在知识视野上保持一个比较开放、开阔的状态。但有点尴尬的是，播音主持专业和编辑学专业于2002年剥离文学院，另外组建一个新的学院——新闻与传播学院。由于大学期间两个专业的课程设置不同，教过播音主持的老师们大都去了新的学院，所以广电班的学生毕业后返校自然而然地把新闻与传播学院作为他们的"家"，而教过编辑班的老师们大部分都还在文学院，我这个编辑学专业毕业的学生也留在文学院工作，专业却已归属新闻与传播学院，那么我们到底该去哪个院寻根呢？这是我们那届编辑班很多同学的未解之惑。

其次，在我们毕业那年的五月份，发生了一个"重大国际事件"——1999年5月8日，美国悍然轰炸我国驻南斯拉夫联盟共和国（简称"南联盟"）大使馆。即便像我这样不太具备国际视野、政治热忱的人，也感受到了国家尊严受到践踏、国家安全受到威胁的激愤，这激愤点燃了身边的每一位同学。5月11日，大礼堂前被学生们手书的大字报贴满，大字报的内容主要是谴责战争刽子手、表达爱国心声。我和我的同学们扯起横幅、臂缚标语、高喊口号，从校园里一路游行到开封闹市区，场面蔚为壮观。就这样，我们以一种特别的姿态为四年大学生涯画下了句点。多年后回看这一"壮举"，不敢说对当时的国内国际形势产生了多大的影响，但至少，对于许多后来从事平凡工作、过着寻常生活的同学而言，这场轰轰烈烈的"爱国游行"或已成为他们人生中的"高光"时刻之一。

最后，也是最重要的部分，想记叙几位老师。对于学生而言，一个大学里最重要的、最具吸引力的元素，当然是老师。大学四年在课业上印象最深的是胡山林老师和田锐生老师。胡老师以文学讲人生，总能让我们在课堂上收获很多文学以外的感悟，而这种以知识启迪人生、雕塑人格的教学内容和教学方式，在大学里非常稀缺，大部分老师的讲课都停留在知识本身的层面。我想，这或许是胡老师受到众多学生拥戴和热爱的主要原因。胡老师讲史铁生的小说《宿命》，是我印象最深的一课，让我对人生、偶然和宿命有了深刻的认知和体悟。许多年后，我在电影赏析的课堂上给学生讲解德国电影《罗拉快跑》，讲到人生的偶然与宿命，都还在用胡老师所讲的这本小说作为例子。回到院里工作以后，我曾多次向胡老师表达我们那届学生对他的热爱，可胡老师对这样的表达永远持保留态度，要么以谦逊的微笑回应，要么就批评我们言过其实。这种云淡风轻、谦逊自省的态度本身，也已成为他人格魅力的组成部分，让学生们越发敬仰。田锐生老师教我们的时候正年轻，他的台港文学课是我和很多同学最喜欢的课程之一。讲台上的田老师仪态沉稳、目光锐利、掷地有声，理论部分条理清晰、层次分明，叙述小说情节时则言简意赅、引人入胜，培养了包括我在内的很多同学对台港文学的兴趣和热情。许多年后，我曾以戏剧影视文学教研室主任的身份忝列文学院教学督导组的一员，有机会再度听到田老师的课，每次听课都还是怀抱一颗崇拜和欣喜的心，甚至会偷偷拍下田老师上课的照片发到朋友圈里，表达仰慕之情。

而同时在课业上和生活上对我产生重大影响的，是现当代文学教研室的刘景荣老师。刘老师当时教我们当代文学，除了课堂上的讲授和交流，还在课下组织了包括我在内的数位同学组成当代文学兴趣小组，花费很多时间给我们开小灶：安排主题讨论，指导评论写作，带我们与其他现当代文学名师（如孙先科老师、解志熙老师）交流，后来还带我们一起编写《毛泽东文艺年谱》，使我们获得了最初的学术训练。正是在刘老师的悉心引领和鼎力相助下，兴趣小组的多位成员顺利读研读博，开启学术之路，并在毕业后进入高校担任教职。我个人从读研到回校就职，都是在刘老师的全力帮助之下完成的。大学毕业以后，我们依然和刘老师保持着紧密的联系，尤其是留在河南大学工作的几位同学，都与刘老师保持着亲人一般的关系。甚至连我的终身大事，都是刘老师费心介绍而成的。在我的婚礼上，刘老师是我的证婚人，她湿润着眼眶回顾了我们师生的过往，诉说着对自己学生的理解、关怀和祝福，令我潸然泪下。主持婚礼的司仪也说这是他主持过的上百场婚礼中所听到的最真诚、最感人的发言。在我的心目中，刘老师不仅仅是我的老师，还是我的"妈妈"一样的亲人。遇到刘老师这样一位课上课下都对学生无私付出的老师，实在是我和我们那一届文学院学生的极大幸运。

但非常遗憾的是，如今同样作为教师的我却无奈地感觉到：随着时代的变化和社会的变迁，这样炽热的师生感情似乎已经永远地成为历史、难以为继了。现在的大学生从考上大学那天起，就面临着来自学校、家庭、社会的重重压力，他们必须尽快明确自己的目标：考研、出国、考公务员、创业或就职，然后在大学四年里埋头苦干，直奔目标而去，无暇顾及其他。老师们也各有苦衷，顶着繁重的教学科研压力，本着"多一事不如少一事"的"责任最小化"

原则，和同学们的联系大多维持在课堂的几十分钟，上完课就各奔东西，相忘于江湖。更有甚者，师生之间还抱有一种互相戒备的心理，唯恐自己的什么不当言论会被对方断章取义发布到网络上去。我相信，对于这样冷淡甚至紧张的师生关系，老师们和学生们都不满意，但却难以改变。因为这不是某些人或某代人的问题，而是一个社会大氛围的问题。长此以往，大学将很难培养出真正具有人文素养、家国情怀的学生，只能培养出越来越多"精致的利己主义者"，这是当下大学教育尤其需要警惕、反思并亟待改变的地方。

回顾大学生活，想要记叙和感谢的人还有很多，比如洋气直爽、个性鲜明的袁若娟老师，快人快语、幽默风趣的蔡玉芝老师，温文儒雅却英年早逝的王珏老师，与我们年纪相当、相处融洽的辅导员彭恒礼老师，帮助我读研和回校任职的张生汉老师、胡德岭老师，等等，希望以后有机会把他们一一写入我的大学记忆之书。

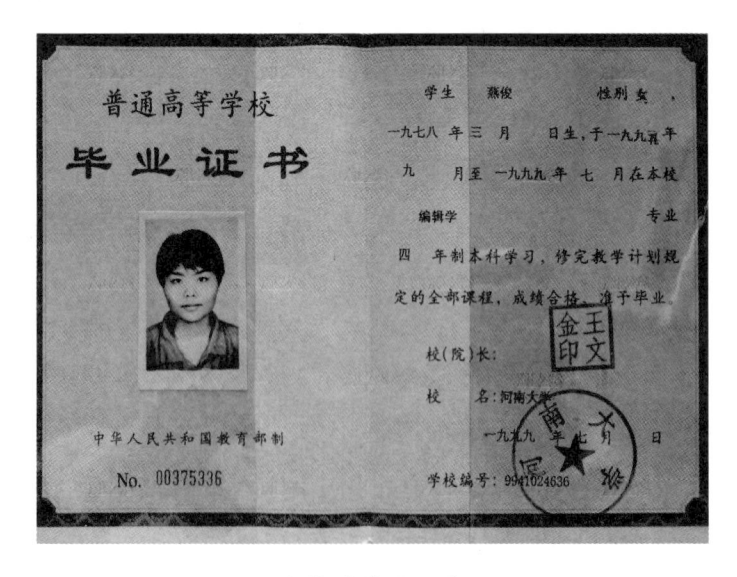

燕俊的毕业证书

在从文学院本科毕业十九年后，我又于 2018 年开始跟随张云鹏老师攻读文艺学博士研究生，重新做了文学院的学生。掐指算来，从 1995 年入学至今，连读书带工作，我已经在文学院待了二十二年。二十二年来，身边有许多熟识的同事和朋友远去他乡、另谋他职，我却岿然不动，成了文学院的"钉子户"。这背后，除自身不喜变动的惰性特质外，更多的怕是放不下文学院这一熟稔环境带给我的安心和自在。

悠悠岁月，谆谆师恩，我和文学院的缘分，还在继续。

作者简介：燕俊，1995 级本科生，2018 级博士生。河南大学文学院副教授。

回忆过往,行进在路上

杨芳芳

从河南大学文学院毕业已经是2005年的事情了。毕业的时候没有什么感觉,欢欢喜喜地离开,朝着看似更为广阔的世界奔去,满心都是期待和憧憬。

转眼间,十几年的时间一晃而过,在上海从事基础教育行业也十年了。蓦然回首,才意识到那些在课堂上生命力旺盛的河大中文系教授们是多么优秀的教师,当年我是多么有幸,聆听到的是多么高质量的课程。

现在的我早已经认识到教授们的主业是SCI、SSCI之类,而大学的课堂和教授的实际利益基本没有多大关系,于是这些教授在课堂上的出色表现,只有一个原因——深爱。

于是回忆回忆吧,也算是对这些教授们表达自己的感激,尽管微不足道。

回忆起的第一位教师,非胡山林老师莫属。比起现在的那些二十岁左右的男明星们,当年的胡老师在容貌上不知要高出几倍,又因为"腹有诗书气自华"的缘故,眼睛也更加明亮和清澈。十几年时光一晃而过,现在的胡老师已头发全白,但鹤发童颜,仍然可爱。然而拥有如此容颜的胡老师,居然是教文艺理论的。文艺理论对于刚入学的大学本科生来说肯定是十分枯燥,也很少有学生愿意主动探索去把它搞懂，因此胡老师结合我们这批学生的学情对教材进行了大幅度的改造，先让我们对课程产生兴趣，"师傅领进门"，剩下的就是"修行在个人"了。印象最深刻的就是胡老师课堂上激情澎湃地读诗，也不知道为什么会讲到当代诗歌。若干年后，我才意识到80年代的当代诗歌创作，确实很适合做最初的文学启蒙，与年轻学生的距离最近。出自工人家庭的我，千军万马挤独木桥，在应试教育的路子上一路走来，平时看课外书的机会不是很多，更没有闲情逸致去读诗歌，甚至在大学期间还要忙碌地学习英语、备考四六级。因此胡老师提到的当代诗人顾城啊，北岛啊等从来没有听说过，更不用说读过他们的诗歌创作了。

当胡老师在课堂上即兴朗诵："黑夜给了我黑色的眼睛，我却用它寻找光明"，"告诉你吧，世界，我不相信！纵使你脚下有一千名挑战者，那就把我算作第一千零一名"。胡老师诵毕，自然是很满意，我们台下听课的学生受到了感染，情不自禁地集体鼓掌，胡老师很高兴，那感觉很像曹操在碣石山上"东临碣石，以观沧海"的豪迈气魄。若干年后，待我做了老师，碰到朗诵比赛之类的活动，就会挑选一些中气十足的学生，朗诵北岛的诗歌《回答》等。这些诗歌通俗易懂，理解多元，中学生们也很容易融入进去，有了共情和共鸣，其他的就好办了。

回忆起的第二位老师，就难确定是哪一个了，就整体回忆一下古代文学的老师吧。先来说说卢宁老师吧。卢宁老师和中文系教师中占绝大多数的中年男教师不同，她是一位年轻的女子。一头披肩长发应该是经过了拉直处理，在讲课的过程中甚为飘逸，整个人也看起来更为潇洒。卢宁老师主要是讲汉代文学。先从汉代的代表文学样式——大赋说起，卢老师的语言表达能力和汉代大赋一样洋洋洒洒，铿锵且有韵致。但汉代大赋多是官样文章，并不好玩。很快就讲到了语言运用的高手——司马迁的《史记》。卢老师年龄尚轻，但不知为什么，上课却相当老到有味儿，或许是在复旦大学读博的时候，已经代替老师给本科生上课，因此有着丰富的上课经验？暂且不得而知。大概每次选择的《史记》中的传记篇目，都是卢老师相当熟悉的吧，对于这些人物的语言和动作，卢老师课堂上都能用自己的有声语言和肢体语言，绘声绘色地描摹，坐在台下的我们仿佛听说书一般，听着卢老师娓娓道来。这勾起了我对于《史记》的强烈兴趣，于是课下到图书馆试图找《史记》来读，可是满眼的文言文，怎么也读不出卢老师上课时的趣味来。直到现在，翻开《史记》，也不能完全感同身受这种趣味。想来卢老师是把《史记》中人物传记的语言动作都融化到自己的想象里，然后经过一番自己的艺术加工创作，再用精确的现代汉语讲出来的吧。

讲述古代文学故事十分有意思的是教授元曲的曹炳建老师。但是和卢老师的意气风发年轻有为不同，曹老师颇有古代说书人风格。曹老师烟瘾比较大，大概每次上课之前都要来一支吧，仿佛这样才能调动他那丰富的记忆力，把《西厢记》里的故事和唱词完整地表达出来，把《窦娥冤》中惊天地泣鬼神的故事用语言展示给我们。印象最深刻的是曹老师讲解关汉卿的散曲《南吕·一枝花·不伏老》，把散曲大家关汉卿追求自由的境界表达得淋漓尽致，"我是个蒸不烂，煮不熟，捶不扁，响当当一粒铜豌豆"，曹老师背得那么熟练，仿佛是在讲他自己的个性特点一般，现在想想，不知道是曹老师在讲关汉卿，还是关汉卿在借曹老师的口进行自我表达。想来，曹老师已经和元代戏曲家达到一定程度的融合了。曹老师的好是我在若干年以后才体会出来的。那是对元曲无比热爱和欣赏，才能达到的一种境界。

古代文学讲故事厉害的是卢老师和曹老师，他们讲得很好玩。还有一个讲魏晋南北朝文学的王利锁老师。王老师上课着重于分享他自己的研究成果，较偏学术一些。由于魏晋南北朝本身就是中国历史上一个管制不严、文化异彩纷呈的鲜有时代，因此上课也很有趣。但是具体怎么有趣记不起来了。课堂上一直听到的词汇是"中国历史上第一次人的觉醒",对于对魏晋南北朝文学并没有一点基础的我来说,自然体会不是很深刻。直到工作以后,阅读稍微广泛之后,才认识魏晋南北朝的确是一个解放个性的时代,政治上的不断更迭恰好也为文化的自由和多样提供了政治基础。假若没有王老师的引导,我这辈子也是不可能有这种深度的省察和认知的。

中文系还有很多上课有趣有味的教师,比如现当代文学的刘景荣老师分享杨绛的《我们仨》,表达了对杨绛先生在苦难时期依然乐观的钦佩。还有一位中年的男老师,教古代汉语,大概还是系主任吧,在黑板上给大家画汉字的演变,讲解轻松,听后让人顿悟——原来如此。但语言学方面的教师整体上更为严谨一些,理性一些,大概对于没有文学根基的学生来说感染力就逊色一些。

讲到河大文学院,没有讲到百家讲坛网红——王立群老师,似乎有些过意不去。但恰巧他没有教过我,不知道是否教了其他班级。只是在毕业的时候送了我们三首小诗,只记得其中一首是王昌龄的《闺怨》:"闺中少妇不知愁,春日凝妆上翠楼。忽见陌头杨柳色,悔教夫婿觅封侯。"当时听后不太有感受,现在想来如果当时能听懂,对于很多女性来说都是一种福气吧。毕竟人这一辈子,每天的生活才是实实在在的可感可触的幸福,大约也可以减少人生很多遗憾。然而人总是在有过一些痛彻心扉的经历之后,才能理解老师临别赠诗的深意吧。

很庆幸,在河大文学院能碰到那么多对自己的专业怀有挚爱的好老师,不汲汲于功名利禄,不辜负每堂课。说实话,这个不辜负也是事出有因,当时的每堂课通常是三个班级一起上,加起来有百十来人,这个人数还真不算少。

虽然毕业以后,对于不从事学术活动的大部分学生来说,这些功课可能会用不到,但那种思维方式和认知水平却伴随着每个毕业的孩子,直到永远。

作者简介:杨芳芳,2001级本科生。

波潋滟，时光清浅

谷怡然

2020年的清明节，我回了一趟开封。之所以用"回"这个字，是因为我的母校——河南大学在这里。虽不曾生养过我，但我的血液里流淌着的是河大的血脉，所以，我的根就在这里！

刚刚落过雨的宋都御街，并没有熙熙攘攘的人群。雨后初霁，天空澄明，习习吹来的是杨柳的风，温暖如初。龙亭外的柳树，一片鹅黄。远远望去，如笼罩着一团一团的烟雾，迷人而又风情万种。一切都是如此的熟悉，一切都是以往的气息，在这熟悉气息的牵引下，我的思绪一路溯行，回到了公元2004年。

一 忆轻狂

我与河大的缘分就始于那一年。

那年我高考，总分611分。那还是个估分填报志愿再等分数下来的年代，通过对比往年的分数线，我的志愿报的是华中师范大学，据说那里春天漫天飞舞的都是樱花。然时运不济，差了几分与它失之交臂，阴错阳差才来到了河大。得知这一消息时，我大哭了一场，有太多的不甘，但寒窗苦读十多年，个中滋味，不堪回首，只得带着无限的怅然来到这里。所以说，与河大的初次相遇，并没有太多的欢欣。在这样的情绪影响下，我一直没能沉下心来认真踏实地学习，而是一味地沉沦。转机是在大二的下学期。

大二下学期开学后的一天，我被班长通知我的"文学概论"挂科了……

就像有人当头给了我一记闷棍，顿时就蒙了。满脑子都是不可能。是的，我应该还没差到那种地步！我虽不喜这门课，但上课听得很认真，就是考前复习的确没有做扎实，考试做题时也有些吃力，这能至于挂科吗？我还是不太相信，于是，第一时间联系了教这门课的杜老师，她听了事情的缘由后，专门去了趟档案室，回来后，她对我说事实确实如此，听了杜老师的话，我的脸火辣辣地疼，正不知如何回答，只听老师说："小姑娘上课也挺认真的，笔记记得也好，这是不是一个意外？没事，重修权当再巩固一下学过的知识，也挺好的！"老师几句话化解了我的无地自容，我什么也没说，只是用力地点点头。

自负，轻狂，侥幸和随波逐流最终让我尝到了苦果，那是我大学里的一个"瑕疵"，我从不轻易提及。如今看来，如果没有那个"瑕疵"，就没有我后来的奋起赶上；如果没有那个"瑕疵"，我也不会真正意识到，在我的周围有多少像杜老师一样和蔼可亲又深谙教育之道的老师，有多少踏实努力，孜孜不倦读书钻研的同学；如果没有那个"瑕疵"，我也不会真正走进母校的怀抱，去如饥似渴地沉迷于诗与书的海洋。而那些贪恋着知识、追求着真理的岁月，如今想来，是多么的妙不可言：它如光，照亮我的人生之路；如甘露，滋养着我的生命；如酒，又让我终生缱绻其中！

从大二的下半学期开始，我就像换了一个人，十号楼的教室，总能在前两排看到我认真听课的身影。

不久，院里党支部要发展党员，父亲是位老党员，从小耳濡目染下，我对中国共产党有着无限的崇拜与神往，就第一时间报了名。当时，负责这个事情的年级干部是四班的侯欣立同学，我们都亲切地称他"侯队"。我还清楚地记得他当时给我说的话："怡然，你平时表现都不错，院里的事情也都积极参与，跟同学之间相处得也很好，就是……"他吞吞吐吐不肯往下说，"就是，成绩上，挂科有点说不过去……院里对党员的专业成绩看得还是很重的，想入党，至少也得有一次拿奖学金的经历"。我脸一红，一句话也说不出来，但是我保证一定会努力争取的！

种子一旦种下，它就会倔强地生根发芽。入党就是这粒种子，我不仅想入党，还想证明给自己看：我还是从前的我，努力会让我依旧优秀！

每天为梦想奋斗的日子充实而忙碌，寒来暑往，时间从指尖倏忽而过，大三结束，我凭实力获得班级第一名的好成绩，斩获了年级为数不多的一等奖学金！接下来，入党就顺理成章了，2007年12月，党小组会投票表决，我以全票通过的结果，成为一名光荣的预备党员。那一刻，只感觉一切的付出和努力都是值得的！

也是这一年，徜徉知识的海洋让我对学术的求知欲望愈加强烈，面对就业还是继续求学，我果断选择了后者。

决定考研后，每天早晨醒来想到的第一件事就是"我要奔跑"——要去图书馆占位置。就像《星火》上那个经典的寓言所记录："在非洲的草原上，每天早上，当第一缕阳光洒在羚羊身上的时候，它就要站起来奔跑，否则，就会被赶上来的狮子吃掉……"这让我觉得我是一只羚羊，一只时刻有生命危险的羚羊，在这种危机影响下的不间断奔跑，加上大三的持久努力，我在考研时厚积薄发，顺利考取了当年首都师范大学文学院中国古代文学专业唐宋方向的第一名！

准备复试时，我仍旧每天早起在图书馆门前的小花园背书。复习巩固知识的同时，闲来无事，就把杜甫的《自京赴奉先县咏怀五百字》拿来背，每天一小段，没几天就背得滚瓜烂熟了。所谓无心插柳柳成荫，复试时恰好有背书环节，在主考官翻书准备找篇目时，我灵机一动，说："老师，让我背咏怀五百字吧？"就这样，我初、复试成绩相加，稳居专业第一，轻松拿到了当年的一个公费名额。

一切尘埃落定，我如释重负。然而，我也深知，至此，我与母校相伴的日子渐渐进入了倒计时……

二 拾流光

回忆在母校的四年光阴，最曼妙的就是那些在图书馆门前小花园里背书的光景。在我心里，它太过美好，以至于时隔数年，曾经在那里发生的一幕幕场景仍然历历在目。

还记得那个时候的小花园里，曲曲折折的石子小径旁，种满了桃树、木兰和榆叶梅。春天，我看着它们一天天萌芽，抽绿，开出繁盛的花，我背"桃之夭夭，灼灼其华。之子于归，宜其室家"。等它落红无数，枝叶茂盛时，我则背"桃之夭夭，其叶蓁蓁。之子于归，宜其家人"。我常常在午饭后斜坐在椅子上，任阳光流泻于脸上，闭着眼想象，它们是不是也会在某一个阳光灿烂的午后，在心里悸动着一个对于未来的美好憧憬的梦……

偶尔，会在某一场雨中狼狈跑过小花园，看到许多打着旋儿飘落在风中的落叶时，感慨时间就如一道光划过，仿佛眨眼间，已是换了人间：春未远，秋已来。

可是，我还总觉得，那一场场突如其来的暴雨、那响在夜空里的雷声还依稀落在眼前、响在耳边。

酷热的六月，我们在紫藤花下读书，温习功课。常常会有蚂蚁不小心爬上书本，当发现不对，它会疑惑地望望我，再仓皇离开。偶尔还会有不小心从藤上掉下来的大青虫，我坐在一旁，看它回转腰肢，再扭捏着身子蹒跚爬过。倘若不幸，会有等在枝叶间的麻雀或燕子，突然俯冲而下，将它衔起来，决绝而去。

清晨的阳光被高大的树木挡住了，透不过来，花园里被浓荫覆盖，清凉异常，但到了中午，阳光会穿过紫藤花的枝叶洒下来，斑驳得似一幅长长的剪贴画。下午，太阳就会从西方照过来，光线铺满整个花园，被沸腾起的热气笼罩着，让人透不过气，我们才会依依不舍地离开。

夏季常常是暴雨恣肆的时候。早晨出门时抱大撂的书，懒得拿伞。暴雨突然而至时，我会护好书，自己让雨淋。只要书不湿，就觉得很有成就感。以前只是喜欢走在蒙蒙细雨的路灯下，大学里，居然常常有幸经历暴雨的洗礼，很过瘾。

一天早晨，夜里似乎刚下过雨，空气里湿濡濡的，微带泥土的气息。我走在小花园的路上，发现地上有很多蚯蚓，我害怕软体动物，就小心翼翼地跳过它们。一蹦一跳间，远远望见一个男生走过大约十米后又折回去，把我千方百计要绕过的那些蚯蚓，用捡起的竹签挑起来一条一条地再放回花园的泥土里，原来，还有人比我更热爱着这个小花园。

小花园前面的那条路，总是有好几年了吧？没有路灯，晚上经过，我会绕很远的路来避开它。尤其是夏天，浓密的梧桐树枝叶撑开后把路覆盖得严严实实，走在那儿总觉得很是阴森可怖。后来，学校因为迎接教学评估，把整条路都安上了路灯。夜色中，那路灯洒下橘红的光，给小花园平添了几分柔美，让它看上去极为温馨。

小花园再往西，那些低矮破旧的小房屋就是在那个时候离开了我们的视线，与此同时，东门的"垃圾收购站"也被环境优美的绿地亭台和颇富情趣的路灯所取代，母校旧貌换新颜，我们感慨：时间，是伟大的魔术师，让母校拥有了更绰约的风姿，然而，我们却要离开她了……

三　念师恩

上学时，我是个比较内向、腼腆的女孩，就像一粒沙飘进沙漠，一滴水融进大海，人群中我永远都是"路人甲"的样子。所以，我的老师们都不一定记得我，然而，我却永远记得他们的样子，无论岁月如何侵蚀他们的容颜，在我心中，他们都是最可敬可爱的人！

在所有的专业课里，我最喜欢的是文学史，最不喜欢的是文学理论，当年挂科就是因为我记不住那些西方诸位大咖的各种高深理论，当每一个都认识的字组合后却变成了怎么也读不懂的句子时，着实令人心生厌弃之意。但是，我最喜欢的老师——杜智芳老师，恰恰就教这门课！也不知道这是怎样的缘分……

记忆中，杜老师短发，不施粉黛，但穿衣打扮清新素雅，就如一株阳光下的兰花，美得自然，美得脱俗。我虽不喜"文学概论"，却喜欢上杜老师的课，她的课脉络清晰，重点突出，总是尽可能地将枯燥的文学理论结合具体的人物及背景来讲，可见心思之细腻，用心之良苦。

自挂科事件后，我又重修了一个学期的文学概论课程，跟杜老师的接触多了，也变得熟稔起来。记得，在准备考研选学校的时候，我不知道是留在母校还是去远方看看，就这个问题我专门请教过杜老师，也是她给我点亮了一盏明灯，为我拨开了迷雾。至今也还记得她语重心长的一段话："怡然，留在母校固然很好，但是，人总是在站到更高的平台时才会领略到不同的风景。与其把自己生命中的七年放在同一个地方，不如去更广阔的世界看看！"深思熟虑以后，我最终选择了首都师范大学，并不是她比母校好多少，而是依托于祖国首都，她有着更一流的师资和软硬件设施，这对我在学业上的成长和人生道路上的发展，都有着无法估量的影响。而这一切，我都要感谢杜老师，如果没有她给的这盏明灯，我可能会继续在迷雾中挣扎很久！

说到杜老师，自然得提一下她的爱人——刘军政老师。刘老师是我们的古代文学唐宋段老师，为人和善，讲课又幽默风趣，每每上课，我总是坐在最前排。一到上课，最常见的场景就是，刘老师在讲台上慢条斯理地讲，我们在下面奋笔疾书地写。他有时候很困惑，觉得这些用心听听不就可以了吗？非要记吗？我们点头。常常是他强制我们停下笔来听，不许记笔记，而下一秒我们又开始唰唰起笔，仿佛他说的每一句话都是金科玉律，不记下来不足以表示对它们的重视。记得刘老师在讲盛唐诗歌时，无论是盛世的繁华还是诗人们的乐观进取，都让盛唐诗歌在一种大气象下呈现出万丈的光芒。讲李白时，刘老师引用了余光中的《寻李白》："酒入豪肠，七分酿成了月光。余下的三分啸成剑气，绣口一吐，就是半个盛唐！"以此来概括李白的艺术成就，简直妙绝！因沉醉于盛唐，我后来把研究生专业方向定在了唐宋段。

说到中国古代文学史，对我影响深远的还有两位恩师。

一位是王利锁老师，当时教我们魏晋南北朝时期的文学史。王老师，瘦高个，戴着眼镜，文质彬彬，看上去就是一派儒雅学者的风范。最初爱上古代文学史，就是从爱上王老师的课开始。他讲曹植时，结合历史，前后勾连，把曹植整个人都讲活了：曹植那横溢的才气、强权下的隐忍、不如意的落寞、不得志的抑郁，都在王老师声情并茂的讲演中淋漓尽致地展现了出来。尤其是在讲《洛神赋》时，王老师字字珠玑的分析和眼睛里飞动的神采，让我深感老师的讲解远比作品本身还要精彩！再后来，讲"竹林七贤"，王老师一开口，每一个人物都开始活灵活现：那醉酒的刘伶虽荒诞，但他对虚无的执着也着实令人动容；那阮籍翻青白眼的功夫甚是了得，连鲁迅先生都说白眼他装不好，王老师却非要为我们示范一下，结果依旧是白眼难翻。讲嵇康，讲到他因骄视俗人、蔑视权贵最终命丧司马氏之手时，我们可以从老师凝重的神情中看出他的遗憾和痛心。听王老师讲魏晋，我明白了什么是"真名士自风流"，读懂了"竹林七贤"，才算懂了什么是所谓的知识分子"名流"。王老师讲魏晋，其意常在言外，当时懵懂，如今经历生活的洗礼，才真正生出"于我心有戚戚焉"之感。

讲元明清文学史时，我们上课的教室从十号楼搬到了新的文学院，也就是如今东门里路南的文学院。虽说是新址，实则是旧楼。还记得上课的教室很大，却也很旧，门一开吱呀作响，桌子原本是固定着的，经年累月，渐渐松动，来回进出总会发出刺耳的声响。讲课的老师，是个老先生，不修边幅，又嗜好抽烟，如此对比之后，不免心生失落。但人不可貌相，老先生不靠颜值，而是靠实力一点一点降伏了我们，就像唐僧套牢孙猴子一样，我们心甘情愿，无怨无悔。

老先生虽已上了年龄，但丹田气十足，讲课声如洪钟，不过，他有点吐字不清晰，还时常带有方言口音，以致他奇怪的发音总是逗得我们哈哈大笑。老先生并不介意，总是用含笑的眼神看着我们，如同慈父一般。先生讲课，厚厚的讲义，纸张泛着黄，一看就是陈年旧物，大有年头。但是，他并不常用。他讲起课来，气定神闲，滔滔不绝。只要一开口，那些精彩纷呈的句子就会接连从他口中讲出，服帖流畅，余韵悠长。他的课就像上演的戏，他就是舞台上的老戏骨，剧本早已流进血液，刻进了骨髓，举手投足间，令人沉迷。

那是毕业前，我入戏最深的一门课，后来就把毕业论文选题定在了元明清这一段。大学四年，不知论文为何物，是从先生这里，我才逐渐明了，所谓论文，就是要有一己之见。也才知道，别人讲得再好，只可借鉴，不可承袭。我后知后觉，愚钝不敏，这些学术素养，都是从先生这里得到启迪，如今想来，甚是感念！先生名讳曹炳建，转眼十几年过去了，先生大抵早已退休了吧……

除了古代文学史的老师，还有一位，必须在这里一并表白，那就是教文学创作的胡山林老师！老师教我时，我还在"沉沦"中挣扎，即便如此，我仍被老师上课的风采深深吸引。那个时候的胡老师，好像就快退休了，但是给我们讲课时，活力四射，激情满满，非常有感染力。记得，老师最爱给我们讲的作家就是史铁生。老师一方面感慨他的不幸，正值青春年华，却遭遇瘫痪的厄运；另一方面，又被他不屈不挠、勇敢面对人生风雨的勇气打动。从那个时候起，没事常读史铁生也成了我的一个习惯。得意时读，失意时亦读。读史铁生，就是要学会淡泊宁静，笑对人生！这就是胡老师教给我们的最简单而实用的真理。

去年，单位要出具一份上学时的在校证明，我打电话给我当时的辅导员焦喜峰老师，说明此事，焦老师一口应承下来，隔日便收到了他寄的快递。如今的他已是文学院的副院长，终日繁忙，在面对我这琐碎小事时仍如此上心，着实令我感动不已。

这，就是我的师长们，人群中最质朴无华的人，却用自己的行动用心传承着母校"明德亲民，止于至善"的校训，让我们无论身居何处，都会时刻铭记：我们是血脉相传的河大人！

四　结语

在这里的光阴，曾是我青春里最美好的岁月，那吐绿的新芽，摇曳的花，风里的落叶，泛黄的古籍，还有我所有的恩师，一并成为我记忆中最美好的过往。就像掬在我手心里的一汪清澈的泉水，晶莹剔透，美丽异常，我小心翼翼不敢动，以为只要不撒手就会永远拥有，然而，水波激滟，时光清浅，它也已渐行渐远。不过，没关系，这段时光早已融入我的生命，成了我生命中的底色，并时刻鞭策我向"明德亲民，止于至善"的境界不断迈进！

作者简介：谷怡然，中文系 2004 级本科生。

树　影

南　黛

这天气，总是不时来一阵透雨，尤其清晨那一阵子，来得利落收得潇洒。袖一阵风，在香樟树间舞一曲，美丽着走了。路面润湿，略有积水，不多。水汽漫天，笼去前路。寂静的路灯黯然失色。

整个校园，醒过来的除了琅琅书声，还有我，还有这绿着的树。树下的青石碧意幽邃，素洁温雅。因为树冠如华盖，恰到好处地滤去了风雨，涵养了清冽的心性。

如果是在博雅路上，脚步就不会这般急促。没课的时候，总喜欢把时间消磨在这条路上，在团团树影里走走停停。那个时候，我似乎不太会想家。尤其五六月间，路尽头几株石榴树开了花，一溜红，厚而透，我就立在近旁看着。

那时候教我们的老师都是骑自行车来上班的。可能是这种交通工具太便利了，便成了老师们的首选。一个人的车技很娴熟的时候，完全可以在行进中思考和顾盼，思路随意漫衍，涌出一些玄思妙想。普通话课上，蔡老师说起她晚上下班，骑着自行车，想起第二天要讲 i 的发音口型，趁着月色，就开始练习"i…i…"，前面行人纷纷避到路的右侧，老师轻骑畅通无阻，心生窃喜，且"i"声不绝。

也许蔡老师是我们所有老师里最佳的段子手。她信手拈来的生活场景，为我们捕捉了语言的魂魄与使命。耳闻市井喧嚣，身染空谷兰香。我对于汉语格调的认知，一定是从普通话课上说话开始的。打开一扇门，对于太多人的人生充满了隆重的必要。

在开封酷热的夏日，我看到了一种雄伟的青灰色，朴素、萧疏、简净、厚实，既有凝固的平和，也有雍容的峻峭。看着这种古老的颜色，我翻腾的心绪止息下来。穿过这种壮阔的颜色，我的内心跟着一路深沉。那时，我知道了热爱的全部秘密。到底，我爱的是这种颜色还是那嵌映在颜色中间的八个字呢？

这八个字的内涵与渊源，是在耿老师的先秦文学课上获知的。耿老师体态微丰、面白无须，笑眯眯地给我们讲授"大道之行也，天下为公，选贤与能，讲信修睦……"虽是冬日的开封，为了完成"一二三"的要求——一百篇古文、两百首宋词、三百首唐诗，我日日紧张得浑身冒汗。每节课至少有半小时，我在欣赏背诵和等待背诵的忐忑中挨过。图书馆前的小花园里，我哇啦哇啦地重复"五月斯螽动股，六月莎鸡振羽。七月在野，八月在宇。九月在户，十月蟋蟀入我床下……"引得旁边外语学院的同学侧目相问："你读的哪种外语？"

先民的生活以及语言已是另一时空的密码。他们的劳作、爱情和歌唱浓酽苍凉。日光淡薄，可是捧在手心里的繁体字，就像精美繁复的刺绣，点画交错连缀成行，像竹编家什，浑圆、饱满、充实。我不甚着调的吟诵只能算是闭着眼睛的泅渡。

"大学之道，在明明德，在亲民，在止于至善。知止而后有定，定而后能静，静而后能安，安而后能虑，虑而后能得。"在先秦文学课上，耿老师背诵此处内容时，上身微微摇晃，微闭双眼。后来，某一天，我也在我的学生面前吟诵"大学之道，在明明德……"学生憧憬的表情流出评价：能够背出自己母校的校训，能够讲好其出处，足以证明一位师者的修养和品位是不一样的。至少，有这么一瞬间，我与先秦文学老师并肩站在大学的源头。

毕业后,我在这个校园待了近八年,从拓荒的一代成为驻守者。每天的太阳未曾有丝毫变化,我的青年时代却很快就要过去了。有一位才情过人的老教师很认真地对我说,"你最适合待在大学里。当年,应该继续往上考的"。按他的思路,我是纯粹和自由的。我只是笑笑。我很敬重他的热情和真诚,也许他特别留意过我。

2005年的初夏,我特别留意过两句话,在刘老师的第一堂课上。细长个,脸白皙,说话软侬。俊秀有加,不似北人。文学理论课上,刘老师以深情朗读原创作品——《父亲的茶杯》作为见面礼。每年春节,他必然回到老家。父亲的茶杯必会积满茶渍,他必然会将父亲的茶杯,里里外外,擦洗如新。

也许,每年都要回家替父亲擦洗茶杯,刘老师才会告诉我们"生活在别处"的同时,洒脱地道出"帝力于我有何哉?"老师性格中这种洒脱的峻峭的部分,不仅没有随着阅历渐深被磨掉,反倒时时显露,比曲意逢迎更有质感。我们都有自己对待他人、他事的尺度和原点,这些,不应因为某次伤害和某些不良因素的倾轧而抛弃。

如果生活没有改变,一直伫立原处的话,我们是不是要和古人一模一样?对于过去和未来的事,都用蓍草来占卜。郭老师教授古代汉语,可以做这样的占卜者,古文字可以发出神的谕旨。不分冬夏,郭老师拿粉笔的右手始终戴着真丝手套,有时白色,有时淡粉色。我曾在学五食堂碰见她买了两张煎饼,用盘子托着,大步流星,不作旁顾,昂首离去。我注视着她的背影,想起被她烧掉的藏书,心里塞满惆怅和凄然。尽管,郭老师强调过烧掉的书都是不适合儿子看的,也不准备给儿子看。后来,听闻同学议论,郭老师早就离婚了,只身一人带着孩子。

说到儿子,眼前便闪过王老师的笑容。他的孩子还没到随意翻看大人书橱的年纪,大概五六岁的样子,但是《道德经》已经背诵如流。王老师对我们戏曰:"《道德经》可以启发心智。"个中缘由,俨然成谜。

开封的夏天是极热的。第二学期的期末考试通常安排在夏至后三至四日，教室里热浪滚滚，风扇转得没精打采，有气无力地吱呀着。王老师既是古代文论的授课老师，也碰巧是监考老师。他手摇折扇，小心地踱着步子。发现钟情的学生，就立于其侧，折扇轻摇，为其驱暑。那位答题的学生，两颊汗流愈加急速，如溪水蜿蜒。

不可否认，我现在的教书生活，比大学时代要繁忙多了。如果此时说自己很忙，那绝对不是装忙。我在做着自己喜欢的事情，就像进行一场热恋，再忙也能从内心深处得到补偿和安慰。

大四那年，我们上课的时候，匆匆地来，匆匆地走。朱老师先在广州市政府做了十几年的公务员，后考取了关校长的博士研究生，教授我们近代文学，她显然难以习惯这样的节奏。朱老师像是从热带来的雨林少女，长发飘逸，随意地将一只黑色双肩书包搁在右肩，喜欢立在讲台的左前方，微笑着看我们。每一位同学都完全有理由，走上前去，同她交谈一番，不管是倾慕她的男生还是女生。

照理说，人到中年，理应成熟一些，世故一些。朱老师却依旧全凭性情发散，赤诚无碍。2007年的冬天，开封的雪出奇的大，各个招聘会亦如逢雪荒。临近期末时，每天能够按时端坐在教室上课的同学，不过二十几位而已。朱老师颇喜欢龚自珍，喜欢他的箫心剑气。略带着粤语发音，为我们诵读"避席畏闻文字狱，著书都为稻粱谋"。我们的情绪明显被她影响了，教室鸦雀无声，感觉却像一个鼓钹并作的戏台。其中生动的部分，是朱老师的抽泣——她猛然转身，伏到黑板上，双肩极紧极轻地抖动起来。

很快，朱老师一振手臂，回正身形，沉声道："如果我能给你们一人一份工作，我真希望你们都能坐在教室里好好听课。"老师的声音哑哑地透过来，时间慢慢过去。我的眼眶湿热起来，瞥见窗外清寒的天空，心里涌起对这个季节的热爱。

天空的颜色逐渐明亮起来的时候，我就更加热爱这个校园。六月即将来临时，树静人稀。有的果实饱满鼓胀，沉甸浑圆。我被常规节奏上紧了发条的身体慢了下来，能够倾听风来的声音。

阳光开始灼人，空气里浮动的香揉皱了鼻子。开始毕业合影了，我们笑得多么开心啊！拍完集体照，女生们开始与孺慕四年的老师们合影。远远地看见教授古代文学的王老师微笑着走来，女生们不约而同地大声喊出："王老师，我们爱您！"王老师稍有些歪斜的嘴角斜得更狠了！眼底的笑意平和而洒脱。

世人都说"名缰利锁"，王老师却偏以此为名。有同学颇为好奇，一直想问个究竟，合影之后，终于还是没向老师开口。王老师歪斜的嘴角倒是我们公开的秘密。老师曾接受过一场非常危险的颅部手术，术后，嘴角就成了这样，一直保持四十五度的斜率。这样，无论何时，如果你与王老师对视的话，都能感觉到他上扬的嘴角漾出的笑意。

"世间学问，概分三种：一是生而知之，是为本能；一是学而知之，是为知识；一是困而知之，可谓智慧。我在病床上深读《庄子》，竟自生出一种依赖。因而有了今天的《庄子研究》。"这样的开场白，我至今难以忘怀。这门课当年听课人数的纪录，之后恐怕也难以打破。

爱读书、爱研究乃是老师们相同的痴好，囤积书籍也是相同的爱好了。教授先锋小说理论的刘老师，当是其中的佼佼者。他有一批手头常常翻看的书籍，留在了北京。到河大讲课后，觉得没有这些"老朋友"的陪伴，实在寂寞而且不便，就重新订购了一批，一模一样的一批，耗资两万余元。刘老师因此大大地得罪了家中夫人。"朋友"如手足，不可舍，那么婚姻便舍刘老师而去。我们最后听到的坊间传闻透出，刘夫人亦是位榜上有名的作家！不管怎样的传闻，恰好都佐证了刘老师在江湖中鲜亮的史笔。

有的老师上了年纪，在校园里散步已是一种习惯。他们话语不多，显得十分平淡，俨然局外人。我多年后才懂得，是他们踽踽而行的身影，让河大的品位变得非同一般。

某次，散步途中，话语稀少的胡老师，抬头看了看天空，沉思片刻，对即将离校的我们说道："任何时候，记得踏踏实实做人，认认真真做事，就是好的。"

当身边有人面对面说出对我的教诲与期许时，我就陷入对那日散步的回味之中。时隔多年，当日的那种氛围，仍能清晰地唤起我的追述。

如果有机会，到了河大，我还是要走进当年的教室。开封的小吃固然是我所喜欢的，但是，我更喜欢老师们的课堂，老师们板书的笔迹。教授古籍标点的佟老师，正白旗人，当年以货车司机的身份考取河大研究生。他的板书从右到左，繁体竖排，没有标点。观之，赏心悦目。铁钩银划，繁缛之间，荡漾着激情。他的课堂如一张华美硕大的宣纸，随时准备拥抱佟老师磅礴稳重的笔锋。

这样的繁体板书，在黑板上延展开一个神秘、古老的空间，点画衔接、复杂指事，淋漓倾倒，构成我对那个遥远世界无比眷恋的理由。

驾车时，如果车速较慢，车技也蹩脚，马路两旁的一切，包括行道树，都会朝自己扑来，嘈杂纷乱，致使内心非常紧张；然而，车技娴熟，车速也快的话，就会觉得一切都在缓缓后退，就像一部设了慢进的纪录片，清宁而纯净。我觉出其中的味道了。

每一棵树都是一门学问，孑然立于途中的每个关隘。彼此或颔首致意，或遥相呼应。一直，倔强的兀自倔强，简傲的仍在简傲，超迈的依然超迈，风姿特立，狂风暴雨未损丝毫。春日新绿，秋风黄叶，即便是小情小调的吟唱，小聪明小兴趣的装帧，也已经摄留了斑斓的树影。

浓云散去，灿金的太阳被慢慢托出天际，香樟树下颇多荫凉。每一株树干都显风骨，每一张叶子都是良师。它们交通往复，唤出大地上最美妙的光与影。

作者简介：南黛，中文系2004级本科生。

结缘河大学无涯

张慧琼

我是一名河大学子，结缘河大的原因和目的很纯粹：求学。

2002年4月20日，我第一次走进河南大学，因硕士研究生复试而来。初见河大，我即为她独特的魅力所折服。第一眼风景是河大古朴典雅的校门，青砖青瓦，飞檐拱门，雕花錾刻，选自宋代四大书法家之一米芾之字的校名"河南大学"题字，校园内与校门风格一致以大礼堂、历史学院七号楼为代表的近代建筑群，成为河南大学一大特色，无不透露出古色古香的文化气息。博雅楼前植于清代、当今犹盛苍虬似的松柏树已有近二百年的树龄，陪伴河大走过了百年的风雨岁月。贡院碑上斑驳的字迹载录了在中国盛行千余年的科举制度的终结。镌刻在河南大学出版社大楼上的启功先生的翰墨俊逸秀拔。河南大学所有这些外秀品貌显示了厚重的历史积淀和浓郁的人文气息，令人由衷地欣赏、赞叹。然而这些还不是让我完全为之倾心、与之结为"母子"的根本原因，后来进入河南大学进行为期三年的研究生学习，河大博大深厚的内涵在学业、人格、心智等方面对我的滋养与哺育，才让我真正建立起与母校一生都无法割舍的学术血缘关系。

2002年9月，我正式走进河南大学攻读古代文学硕士研究生，成为河大万千学子中的一员。在河南大学文学院，我曾受业于诸多老师。最初跟随张大新老师学习古典戏曲知识，后转至张进德老师门下成为入门弟子，跟随张老师研习中国古代小说学。我和张彩丽师妹是张老师的开门弟子，老师对我们的学业要求非常严格，要求我们每周必须去他家给他汇报读书的情况，如果没有达到要求，老师会毫不留情地批评我们。张老师说："我相信严师出高徒。"就是在张老师的严厉督促下，我在河南大学读硕士的三年间，如饥似渴地读论文、读专著，从而奠定了以后考博、治学的根基。硕士毕业，我内心的自卑并未减少，认为考博士那都是别人的事，我是考不上的。张老师一方面仍是严厉地督促我继续学习，另一方面温和地鼓励我考博士，他说："别人能考上，你也能考上。"正是恩师的无条件信任与鼓励，给了我继续深造的动力和信念。2007年，我如愿考取上海师范大学李时人教授的博士研究生，并且相继有了以后的博士后研究、访学等学习经历，以至于现在我也成长为大学教授、硕士生导师。

我在河南大学读硕士期间，修了多位老师十余门研究生专业课程。选修最多的是王立群老师的课，我先后随王老师修了三门课：古籍整理，汉魏六朝文学文献学，《文选》学。王老师传授学生的不仅是知识，更重要的是治学理念、思路和方法，至今我还记得先生上课时的经典语录，略举几例，如："同学们不要局限于古代文学某个阶段的学习，范围放宽一点，你们学的是古代文学，再宽一点是中国文学，再宽一点是文学。要在博通的基础上追求精专。"又如："一名大学教师首要立足于教学，然后做研究。教学方向未必与研究方向一致，你们要将教学与研究分开。"再如："就我们这个专业（古代文学），读了硕士才知道一点皮毛，读了博士才刚入了门。博士毕业后，老老实实读十年书，再说做学问。"老师的教诲，我一直铭记在心，而且确确实实以此指导我的学习和工作。还有佟培基老师，我当时随佟老师的研究生去听课，到了上课的地方发现人多房子小，佟老师就说哪些同学不是特别需要这门课的学分就不用上课了，一部分同学就回去了。我坚持修佟老师的课，我说我可以坐在门外听，佟老师很理解，开绿灯让我坐在房子里听课。我认真修了一个学期佟老师的古籍标点课程，现在具有的古文断句、标点的能力就是那个时候培养的。我常常怀念的还有孙克强老师，我修过孙老师的唐宋词学。听孙老师的课，我们都会聚精会神，时刻准备回答他的问题，他会在滔滔不绝的讲解中突然发问，比如"屈原的《九歌》有多少篇？"或者他背诵一首词的一句，要我们来接下一句，如李清照《点绛唇》"和羞走"下句是什么？或者他提到一则材料，要我们来回答文献出处。孙先生是以这种现身说法的方式督促我们多读书。让我难以忘怀的还有齐文榜老师以及他开设的目录学、版本学、校勘学课程，李贤臣老师开设的古代文论课程，王利锁老师开设的《世说新语》研究课程等。

在河南大学，可以经常听到名家的经典讲座，刘思谦教授讲过女性文学研究，关爱和教授讲过近代文学研究，邀请的校外名家有社科院文学研究所的杨义先生、曹道衡先生，《文学遗产》编辑部的陶文鹏先生，清华大学的解志熙先生，中山大学的康保成先生等，他们的讲座带给我们最前沿的学术研究成果与高层次的精神享受。我除了听"讲"，还要做的功课是自己扎进文献书籍中汲取营养，图书馆三楼古籍室、文学院资料室、历史学院地下资料室尤让我流连忘返，现在我还能回味起那种浓浓的书香与淡淡的霉味混合在一起的资料室独有的气味，我感觉从中嗅到了历史文化的悠远与厚重。

2007年我考取上海师范大学李时人教授的博士研究生。入学后第一次与李老师聊天，老师说河南大学很有底蕴，他敬佩河大的任访秋先生，还知道关爱和先生和王立群先生，河大的学生应该是不错的。听到这些，我的内心涌起一阵温暖，我行千里赴云间求学，考取博士，除我自己的努力外，原来我的母校——河南大学您在背后给了我无声的支持，我还在不知不觉中"沾"了任访秋、关爱和、王立群三位先生的光。

博士毕业后，我没有停止求学的步伐，2011年再次投入母校的怀抱，进入河南大学中国文学博士后流动站做博士后，师从王立群老师。2011年教师节，我去看望王老师，老师与我谈了两个多小时，最后说："慧琼，你入门了，这个学生我收下了。"我脱口说一句："老师，我给您磕个头吧。"王老师笑个不停，说："现在不兴这个喽。"

岁月荏苒，从我第一次踏进河南大学至今已有十九年之久，我也从一名古代文学的槛外人逐渐成长为在高校从事古代文学教学、科研的大学教师，我深深感受到母校赋予我的知识、能力、品格和学养在我的工作中发挥作用，再传于、影响了我的学生，我想应该有万千河大学子也正在像我这样做，河大精神生生不息！

作者简介：张慧琼，2002级硕士生。

十年，你总在我灵魂的某处

王晓阳

2005年我考上了河大文学院的研究生，跟从王立群教授学习古代文学。我本专业的入学成绩是第一名，这对于已经参加工作十年，远离学校的我来说来得异常艰辛。考上河大是我那时候的梦想，如果一生都不能和名校产生关系，我觉得是一大遗憾。这样的梦想，最终在这一年实现了，并因此再度改变了我的命运。

印象最深，也最难忘的，是当时到河大来教授课程的姚小鸥老师。他是长江学者，应邀到河大文学院来授课的。没有聆听到他的课程之前，就知道他因擅长"破案抓虱子"而自矜。第一堂课开讲，他果然津津乐道。一位学术修养很深的长江学者，和虱子这样建立起某种联系，有点令人忍俊不禁。正因为如此，我感觉他更容易亲近。姚小鸥老师并不擅长滔滔不绝，他的思路也是"抖发"式的，想起什么，突然一星半点，吐露出来。他讲《汉乐府》，偶尔提及《诗经》，都不系统，只是提及一些观点和争议。我后来毕业论文《以乐舞体系为中心谈汉乐府对诗经的继承和发展》，题目的渊源就来自他的课程。

提到《诗经》，不能不提到华锋老师，因为最初接触《诗经》，是去听他的课。那时候对《诗经》产生了一种探索式的好奇，但是因为课程很少，华锋老师当时身体也不好，所以留下了一些疑问。

人生匆匆，毕业以后我到苏州昆山从事文化工作，研究昆曲，再也没有回过河大，似乎也和河大形成了十年的隔膜。但是河大从来没有在我的世界里消失，相反，她始终占据着我灵魂的某个部落，并且深深影响着我未来的人生。

很多研究昆曲的人，都是"就昆曲而昆曲"，直接从元杂剧艺术出发，顶多推前到南宋杂剧滥觞的时代。可是因为我是学过《诗经》和《汉乐府》的，我很容易就从南宋杂剧的角度，再次往前面"诗乐舞"一体化的中国音乐文化源流去溯源，我能够看到的深度和广度，决定了我的视野总是与众不同。这个时候我总是想起姚小鸥，想起华锋，课堂上那零零星星的几句话，对我的思想产生了无法衡量的影响力。那是星星之火，在知识的暗夜里，因为存在几点熹微的星光，我的世界也不是黯然无光，总有着几分探寻的希望。这种知识的力量，让我对中国传统文化始终充满自信，对自己的知识构造和解读能力富有底气。没有河大文学院这三年的学习，我肯定没有这样的感悟，正因为有了这三年的学习，即使学到的知识是不系统的，也使我产生了这样的底气。这是河大中文系给我的知识之光。

毕业十年，我始终没有放弃学习文化知识，学习写作，探索经典。尤其是《诗经》，我投入了相当多的时间去学习。2018年，我和广东人民出版社签约，准备出版一套传统文化经典的解读，就包含《诗经》《乐府》和《昆曲》，这套书正在紧张地写作和筹备中，今后两年将陆续推出。这个系列丛书能够成功，当然和我个人十年的辛苦努力分不开。但是知识的源头，则直接来自河大文学院。写作的时候，总是不由自主想起那个有着红色斑驳的木质楼梯的文学院教室，想起青青的偶尔会走过的寂寞花径，具有苍凉感而肃穆沉着的民国风格大楼。它们似乎都和我远离了。现在出入校园的校友们，还有谁会知道：曾经有一个善感的灵魂，在他们走过的道路上驻足、沉思？可是，又觉得它们并不遥远，总在某一刻，敲打着我的心扉，让我知道：它们永远永远，留在我的心灵里了。

我在给我的书写《序言》的时候，不止一次想到姚小鸥老师。想到他已渐模糊的音容笑貌。他很消瘦，骨骼清奇，性格也很倨傲。他是那种"傲上悯下"型的，对上不屈，对下不欺，具有传统知识分子的人格风骨。其实很想见见他，可是，见与不见又有什么？他早已不知道我是谁了。人生就是这样，藏在记忆里，可能比见了更好。

在研一的时候，王立群导师给我们讲《选学》，那个时候他还没有到《百家讲坛》。一年的课程即将结束的时候，似乎是在春天，带着春寒的日子，他静静地坐在教室的一端。我们发现他的头发有一点点凌乱了，飘在额头上空。这是有点反常了，因为王立群老师一向很严谨，他的头发一丝不乱的。他略微抬头望天，叹了一口气，说："唉，又一年了。"

有个师妹不解，问道："老师，为什么这么说？"

王立群老师说："这堂课结束，我就不带你们了。我要带下一届学生。后面两年，你们就跟着别的老师听课了。对我来说，就算送你们到头了。唉，我也六十岁了。"

那一年，王立群老师刚刚六十岁，头上略有些银发。他的人生坎坷而努力，他发出了一声生命的慨叹。他自己也没有想到，人生从六十岁开始，会为他打开另一扇大门。当然我们也更没有想到。直到今天，我们都因为是王立群老师的学生，而备感骄傲。

说到文学院的印象，还有王宏林老师。他是北大博士，刚到学校的时候，正好王立群老师忙碌，他负责我们的毕业论文。我看到他那么辛苦在论文上面修改，电脑上全是红色、绿色的修改线条，不知道他费了多少心。他还不厌其烦告诉我们电脑的快捷键怎么使用。我惭愧又迷惑：偷偷想，需要这么认真吗？因为他是一位那么一丝不苟的人，而我们当时，出于就业的焦灼感，早已无心应付论文了。我很钦佩他的认真。我们只是在不恰当的时间相遇了，否则，我会是一位好学生。

去年纪念南社 110 周年活动及近现代文学论文交流会议在苏州

举行。我有幸也接到了邀请，听说当年我的老校长关爱和也参加了这个活动。集体拍照的时候，我早早抢到了他的位置后面，希望能够对他说一声：关校长，我是河大的学生。可惜关校长没有去照相，我只能望着那个写着他名字的椅子慨然长叹。只是一句话，我为什么急不可待要去说呢？说了又有什么意义吗？只是因为我心里始终有这样一个情结：我是河大文学院的人呵。河大母亲，我是你的深情款款的儿女呵。

在我毕业离开学校的那一刻，我忍不住回头看了一眼：长长的花径通向后面肃穆的大礼堂，在花径上面悬挂着一条红色的横幅——今天我因为河大自豪，明天河大将因我骄傲！这句话让我看到了这座百年老校的境界和修养，"明德新民，止于至善"。这是母校给我的最后一句话，为我注入了走向人生的精神力量。我应聘成功，站在苏州娄江上的时候，我就是这样说：今天因为这个故乡而自豪，明天让这个故乡因为我而骄傲。十年努力，人生的花树即将绽放，追溯人生进步的来处，就是河大文学院那宝贵的三年学习经历。看到河大文学院的征文，百感交集，将心中的感悟记录下来。我知道，有一天我会回去的，走向那个魂牵梦萦的地方。带着她的校训，庄严地回去。

作者简介：王晓阳，2005级硕士生。

故梦犹存地，求志达道所

苏 添

十年前，初至开封，河大东门那截秋色的城墙，为飞溅在松绿色葛布之上的点点酡红所荫蔽，那是夏季依旧在盛放的凌霄花，也是我梦中永难落幕的主色。

河大文学院，实在是一个适宜学习中文的地方。这里不甚喧嚣、尊师重道，正应了《论语·季氏》中"隐居以求其志，行义以达其道"之句。而既然说起古代典籍，不得不提的，是激发了我学习古代汉语热情的魏清源老师。彼时，我虽对中文有着模糊的喜爱，却唯独对古代汉语心存畏惧。但魏老师的课让我在不自觉间走入了那遥远但文雅的时代。我记得，魏老师上课时从不拿课本或教案，只一支粉笔，便信手写来铁画银钩般的篆书、甲骨文。而且，写完并不算结束，魏老师还会将这些文字的故事娓娓道来，令人钦佩不已。除此之外，魏老师的声音也是他的一大标志，那铿锵有力的语调在讲述《左传》中"庄公寤生"一则时，给我留下了极为深刻的印象，不必有索然无味的解释，只那一"惊"一"恶"的重读，便说尽了庄公复杂难言的一生。

如魏老师这般启人心智的老师，在文学院中不胜枚举。沈红芳老师的女性文学研究课程犹如一泓清泉滋养了我关注性别问题的种子；田锐生老师则以超凡的魅力陶染了我之后对于三毛、白先勇、席慕蓉等港台作家的喜爱。

还有一些个性鲜明的老师，同样令人难以忘怀：许卫东老师有点爱酒，有时面色绯红着来讲课，或是坐在文学院门前的台阶上高谈阔论，竟反而让我们更能领会他对于现代汉语研究的热情。刘军老师不苟言笑，但思想颇为深邃，可称为改变我世界观的一位老师，他的课排在本应困乏的下午，但文学欣赏导引课却总令我觉得时光飞逝，意犹未尽。王鹏老师讲课时总带些方言，但这丝毫不影响他的东方文学课所能够带给我的对于未知领域的思考与震撼。还有蔼然可亲、幽默风趣的许兆真老师，他的写作课安排在大礼堂前的阶梯教室，而那里常会传来我们听课时快乐的笑声。

如果说，在河大文学院这片净土之中，老师们用自身的学识帮助我在中文学习中求志达道，那么，老师们的无私付出则为我编织了一个没齿难忘的故梦。

那是一场文学院组织的文学讲座，主讲人是著名的刘思谦老师。那时，我处在人生受困、思想动荡之时，她的那本《"娜拉"言说：中国现代女作家心路纪程》我已读过多遍，于是，在一种莫名的情绪之中我递给了刘老师一封我提前写好的信，向她请教人生困惑。事后，我有些后悔，觉得自己用一些青年人的小情绪打扰了刘老师，但没承想，没过多久，我竟然收到了刘老师的回信！刘老师的回信全不像我措辞激烈，平淡的语句中流淌着她对于人生的理解与彻悟。其中有一句她是这样说的："要相信，你人生的每一秒、每一分、每一时都是独特的。学问，有时并非生活。"于彼时的人生困境中，我泪流满面，时至今日，我依旧受益匪浅。

那是一个凡常的下午，但夕阳极美。落日的余晖轻抚着河大的礼堂、贡院与斋楼。沈从文研究课后，我仍旧对一些问题心存困惑，于是，本应下班的老师，就推着他那辆已有些古旧的自行车，陪着我缓缓地走过了校园，并耐心地为我解答了困惑。其实，时至今日，我已然忘却那日的困惑是什么，但老师悠然自适的神情与诲人不倦的精神却始终铭刻在我的心里。当然，我也不会忘记，蔡玉芝老师不厌其烦地为我纠正平翘舌的读音问题，还亲自示范正确的读法，让我看清舌头与牙齿正确的发音位置，从而帮我改善尖音的问题。当然，我始终都会记得，张伟丽直到我毕业后仍旧在她建立的河南语文教师交流群中与我交流。

除此之外，河大文学院里也有很多可爱的青年教师，比如为我做了详尽人生规划、对我有知遇之恩的宋国庆老师，总是耐心帮我理清申请资料、为我们的升学就业提供帮助的周青老师，还有活力四射的赵思奇老师，可爱帅气的樊柯老师……

哎，在河大文学院的倏忽四载，怎是这只言片语能说尽的呢？它是我的故梦犹存地、求志达道所啊，怕是终生也难以忘怀了吧！

作者简介：苏添，2011级本科生。

却话方圆与短长

王少帅

我是 2012 年 9 月值百年校庆时入文学院学习汉语言文学（师范）专业的。对我而言，这是非常值得珍惜的读书时光。回忆起初中一年级差点辍学的经历，现如今能跌跌撞撞到大学，实属不易。初来乍到，却又不知道如何更好地规划与珍惜这四年的读书机会，因此在一定程度上还是延续了高中的学习状态，以尽可能多的时间保证学习到更多的知识，颇有些以量胜，非质胜智取的意味。

因为 2011 年 6 月，我第一次到河南大学明伦校区，所以 2012 年 9 月是第二次来，我对于坐落在大礼堂西侧的那栋红房子并不陌生。因此，开学第二天我就去十号楼一楼最东侧南边的教室自习了。虽然已经摆脱了刷题的恐惧，解放了手脚，可以涉猎更多的书了，但在潜意识中似乎是在以学习状态来安抚手足无措的开学状态。随着上课进入正轨，自己就摸索着去读书。虽然有老师在课堂上介绍过一些书单，但借阅的过程中并未引起很大的兴趣。加之我大学前两年没有电脑，手机也不智能，所以除在学习上手自笔录外，并没有太多检索查阅的机会和训练，更不要说和别的同学交流读书了。整天忙碌于图书馆、教室、餐厅、寝室这几个地方。

图书馆是我大学时几乎每天都要去的地方，至少图书馆的环境构成了我学习的充要条件之一。我在图书馆看书的过程中，曾到逸夫馆西馆一楼"人大期刊复印资料室"查看过期刊，有语言文字专版，有古代文学专版，无古典文献学专版，只能就着有专版的复印资料，翻看自己感兴趣的文章，看的时候是走马观花，不求甚解。也曾到东馆二楼"民国文献阅览室"翻看河上公注《老子》这部书，并比着书，用繁体字抄写，当然八十一章并未全部抄完。在阅览室的翟桂荣老师看我每天来抄书，热心地告诉我民国文献里面"四部丛刊""四部备要"的区别，并建议我去翻一下《民国时期总书目》这套书。翟老师说这套书并不在图书馆，而是在文学馆资料室。我第一反应就是"让本科生去吗？"翟老师说："怎么会不让呢？你去查就行。"我就试着去文学馆找这套书，在文学馆二楼碰见资料室值班的研究生陈梦远学姐，说明来意后，学姐让我在文学馆资料室的里间找，进里间小门迎面的书架上，从下往上数第三排即是这套书，分好多类，我感兴趣查阅的是《民国时期总书目·语言文字》。就这样在校图书馆之外，文学馆的资料室也成了我查书的一个地方。后来朱秀梅老师知道我在文学馆现当代资料室借书、看书，朱老师购买的《顾颉刚读书笔记》这套书也在资料室，于是朱老师交代陈学姐说，特许我看这套书。我当时既感激又兴奋，然而看得是糊里糊涂，似懂非懂。现在再看顾颉刚先生的文章，隐约能回忆出当时的味道。再后来毕业之前3月16日上午，朱秀梅老师又送我一套《史记》，我当时也是无比地激动，朱老师说她要买新的了。这套《史记》我带至南京，后又辗转回到濮阳，防疫居家至今，仍是阅读的必备书。

在大三下学期，因杨亮老师介绍，帮忙整理文学院资料室的还书，这成了我借书、看书的第三个地方。此间也见到了小部分清代刻本，其中手边的《春秋繁露》《文选》即是当时借出复印的。资料室周一至周五有老师值班，里面古代文学的著作等较为集中，所以大四下学期趁上班时间我也时常去文学院资料室。在院门口几次碰见孙彩霞老师，孙老师笑着说："资料室的书快被你看完了吧。"

我有点反应不过来，连连说"没有，没有，没……"大四约一年时间并没有太多课程，大家或是考研，或是找工作。我就跟杨亮老师的研究生一块儿上古典文献学的课，杨老师布置一些文献学作业，有意识地开设一些看论文、写论文的讨论课。我曾到杨老师家里去取中华书局出版的《文史》期刊翻看。杨老师上课时会拿一批书，将自己读到的内容分享给大家，或作一些分析，或鼓励大家讨论，在这种学习中增长了不少见识。后来，在杨老师的指导下完成《王恽〈玉堂嘉话〉与元代文人生活形态考》一文。

大学四年的课程中，印象最深刻的是张生汉老师的音韵学。这门课程对我有很大的吸引力，我就毫不犹豫地选了这门课。因为学习这门课，对古代汉语中的声韵系统以及形声字、右文说等产生了很大的兴趣，我还专门整理出一个档案袋存放方言音韵资料，如《怎样学习汉语音韵学》《汉语音韵学应记诵基础内容总览》《河南方言分区图》《豫北方言中的尖团音》《河南濮阳声韵调系统记略》《河南濮阳尖团音初探》，甚至还有一篇《论大平调的唱腔特点与表演风格》，现在想想都觉得不可思议。课堂上关于声韵字母的系联问题，形声字、通假字的问题，以之解决阅读古籍疑难的知识等，我当时就感到非常神奇，字与字之间，或从音，或从形，或从义，都可以上溯寻找两字之间的关系，考其本字，得其本义。最后，期末考核是开卷考试，允许带各种参考书，我当时就在同学的建议下和卢一志去张新俊老师家借了一本词典来准备考试。成绩出来后，张老师打了90分，我不免有些喜出望外。保研之后，有了更多的时间，从同学陈珊珊得知张老师在给研究生上音韵学课，我就去蹭课，陈姗姗都能听懂，并能跟上老师的思路，我则是一知半解，课间还不时地向陈姗姗请教，尤其是"等韵"方面的知识。慢慢地掉队了，就这样一个多月后，我就没再继续学下去，陈姗姗则坚持到最后，并将学到的音韵学知识在研究生学习中展现了出来，让周围的同学赞叹不已。我读研究生的室友殷旭东跟陈姗姗一个专业，经常说："陈姗姗是你同学吗？她好厉害！刘冠才老师讲的音韵学她都懂，我们都还蒙着的时候，她都能直接回答出是几等字，属于哪一摄。"我就回答说："姗姐是我同学啊，她很厉害，功底很扎实。"这或许就是她本科提前努力学习的结果吧。

我的同班同学卢一志是大学读书期间的益友。大学报到时，卢一志就排在我前面，认识他是以后的事了。除周末外，我们基本上就是一块儿学习，一块儿吃饭，有事就讨论一下，他绝大多数情况下都表现得很淡定，不像我感觉火烧眉毛似的。我和他去上课，大多数情况下是挨着坐在教室第一排，目的就是好好听课，尽量减少不必要的干扰。卢一志学习很勤奋，社团活动表现也出色。有一次期末备考时，他突患急性肠胃炎，去校医院打点滴，我去看他，他边打点滴，边复习古代汉语，口中念念有词。"记诵"功夫是本科考试必须具备的一项技能。当时我和卢一志趁吃饭时间见面时，各自准备写好的小纸条，上面是问答题目，边吃饭边提问，看一看上午的背诵情况如何，往往都是卢一志背诵得全面，而我常常背诵得磕磕绊绊。所以，卢一志以年级第一的成绩顺利保送至复旦大学读研，确实是名副其实。此外，丁喜霞老师在我读研假期回河大时，指导过我的学习。陈丽丽老师看到我去人大考博的短信后，介绍其在读师弟助我一臂之力。以上诸事，都是我在河大读中文时的经历。总之，师恩难忘，友谊长存。

《礼记·表记》说："庄敬日强，安肆日偷。"《史记·儒林列传》讲："务正学以言，无曲学以阿世！"《老子》云："知足不辱，知止不殆，可以长久。"《又答沈枫墀》曰："居布帛者，不必与知米粟；市陶冶者，不必愧无金珠。"信哉斯言！最后，让我以大三上学期"词学专题研究"课上的一篇习作结束这篇小文：

临江仙

观歌舞剧《孔子》而作

礼乐凭诗绽菁华,歌舞从来一家。厄陈凤歌楚狂笑。棠棣之华,问政游天下。绝笔西狩著《春秋》,显大道传三家。采薇舞雩传佳话。至圣无冕,永镌玉书匣。

作者简介:王少帅,2012级本科生。

那时我们有梦,关于文学的梦

张明月

我与文学院的缘分是自己争取来的。2014年,我入河南大学另一学院学习某理科专业,这大概是命运的捉弄。我自小不擅计算,对于语文、历史却有着极大的兴趣,长于想象,醉心文字。为了能够在热爱的领域发展,我与"高数""概率论"们"斗争"一年,以优异成绩获得转专业的资格,于大二伊始转入文学院学习汉语言文学专业。

记得我去文学院面试时,其中一个问题是:"你读过印象最深刻的一本书是什么?"当时我的脑海里最初闪过的是儿时读过的——路遥的《人生》。当时虽不能深入理解小说内核,但其广阔的视界、浓郁的情感,确实令我记忆犹新。面试老师与我就《人生》展开简要探讨,小说带给我的阅读体验霎时间穿越时空,再一次萦绕在我的心头。走出文学院大门时,我顿感:"这就是我钟爱的文学,这就是文学的力量。"

命运齿轮转动之下,本科毕业后,2019年我再次走进文院大门,并将在这里度过两年硕士生涯。于文院的这几年时光,正是"书生意气,挥斥方遒";那意气里有冥思、有师友、有书香,有日渐强大的自己。它们组成了不同镜头,以蒙太奇的手法缀连而成一部"我在河大读中文"的电影,成为我念兹在兹的珍贵记忆。

一　我的"地坛"：铁塔湖畔

文学院坐落于明伦校区铁塔湖的正南方向，与湖畔仅隔一条林荫路。文院学子凡上课或开会，总要经过铁塔湖，感受它带来的阵阵凉爽和片刻静谧。夏秋，你能看见许多"钓鱼人"静默坐于岸上；冬春，你会发现几位"游泳健儿"徜徉于湖水中央。你不由自主就被铁塔湖畔吸引，失意、迷茫时，论文陷入"瓶颈"时，想念家乡的味道时，你都会走近它。

于我，铁塔湖畔就是这样一个"地坛"似的地方。我坐在石凳上审视自己、放空灵魂之际，时常联想起史铁生和他的"地坛"。他在地坛里观察草木、治疗疼痛、怀念母亲，甚至思索宇宙与人生，在这片小天地里获得心灵无边的自由。铁塔湖畔的我，好似能与地坛里的史老形成交感，我追随于他，不忘在浮生里偷闲，于繁华中沉思。

犹记大二某日，我与朋友散步于铁塔湖畔。那时我们雄心壮志，高谈阔论；我们相信努力，相信凭借冲劲，定能闯出个光明的未来。考研复试结束后，我不自觉地来到铁塔湖。彼时，考研、工作、情感、自我价值等多个问题交织着向我袭来。我呆坐着，深刻认识到自身的不足及现实的艰难。从那刻起，我决心要更加扎实阅读，脚踏实地，切实提升自己。时光荏苒，研一某天，由于下午要去教研室讨论项目，我与编辑部伙伴趁着中午在湖边略坐了一会儿。此时心境自然又是不同，我已不再自信过头，不悲春伤秋，而是活在当下，踏实做事，坚持思考。未来固然不可掌控，但我已做好准备。那天的风很大，吹乱了我们的头发，但每个人都迎风含笑。

我想，人人都需要自己的"地坛"，人人都需要如"铁塔湖畔"似的"地坛"。

二 我的"灯塔":文院先生

文院老师们似乎都有种特别的气场,通文达艺、文质彬彬。他们是我辈求学路上的"火炬",是人生之海的"灯塔",带领我们,从"朦胧诗派"到"黑色幽默",从"音韵、训诂"到"方言、语法",从"文以载道"到"象征主义文论"……古今中外,任我们驰骋!

田锐生老师教授的台港文学(主要是台湾文学)对我影响很深。一个学期里,我从对台港文学完全不了解,到对台湾作家,台湾小说、诗歌产生浓厚兴趣,极大地拓宽了自身文学视野。田老师的授课方式自成一格。他没有指定的教学书目,课堂上仅以文学本体魅力和自身学识、口才就能吸引学生。他以漫谈式的方法向我们勾勒了台湾文学六十年的发展变迁,以专题的形式,带领学生走近那些与大陆不甚相同的作家、小说视野、文学文化风格。老师总能抓住作家、作品最内在、最具个性的特质传达给学生,并不时迸出几句或幽默或耐人寻味的话语,令人回味、深思。这门课无须考试,我的笔记却累积了厚厚一本。赖和、白先勇、纪弦、痖弦……我记得他们的名字,和那个陌生又奇幻的文学世界。

读本科时,我就修过许卫东老师的"现代汉语"课程。那时我经常撞见他骑一辆自行车,风风火火地穿梭于校园;如今在缘分的驱使下,我成了许老师的"弟子"。我的导师在学生中颇有人气。这大概是由于那半长的发型和不拘小节的性格,使得他像一位不羁的艺术家。然而我真正做了"弟子"后才明白,"艺术家"是表象,或者说是一种生活姿态,认真、严谨才是其内在特质。我某次作完一篇文章,将内容、结构,甚至标点多次检查,几经修改,才发给老师看。不久老师就回复并指出了一处明显缺陷。我修改后再次发给他,并激动地期待赞赏。第二天早上老师将稿子发了过来。在原稿上，他逐句逐段地将有问题的地方用红色标注出来，并写上了修改建议，包括字体格式的规范等。我当即认识到，老师是在以最严格的学术标准要求我，此后我当更加认真地对待学业，不放过一处细节。生活中潇洒自然，学术上精益求精，许老师给我上了最生动的一节课。

杨亮老师是学科教学（语文）专业的负责人，对于全系六十三人来说，他是"大家长"一般的存在。繁重的科研、教学压力之外，他还密切关注每一位同学在研究生学习期间的成长。本周轮到谁进行"同课异构"？编辑部怎样进行公众号建设？每一小组读哪一期刊，进度如何？小组内部应开展什么样的学术交流活动？"案例库"撰写情况如何？……杨老师总是有操不完的心，但永远精力充沛地出现在同学们面前。他带领我们创建并维护本专业"微信公众号"，并逐步使其成为学生向外展现自我的平台。学长学姐实习时，院领导和老师共同为他们联系重点学校，并将其送至相应实习地点。在杨老师的内心，早已为专业建设、学生成长规划了宏伟蓝图。学科语文全体教育硕士也将在杨老师的带领下，逐步充实自我，提升专业技能，力争"立足中原，做研究型教师"。

三 我的"江湖"："仁和"小酒馆

明伦校区仁和公寓，我已住了四年。它"冬冷夏热"，尤其是夏天，最热时真似一个大蒸笼。宿舍成为"蒸笼"的时候，往往是期末考、毕业季。我们就背着电脑，拿着书本资料，去图书馆，上冷饮店，一天的复习之后，再随便找个店坐下吃饭聊天、谈论文学，必得待至热气散去才好。"小酒馆"就在仁和公寓旁边的胡同里，店很小，招牌也不起眼，不仔细看还真难以发现。说是酒馆，其实是烤肉店，兼卖店主自酿的酒，像是"桂花酒""玫瑰露"等，度数很低，入口微甜。我和朋友只去过两次，它却成为我河大求学时印象最深刻、感受最独特的一家店。

店主很有仙风道骨，穿黑色袍子，性格仗义随和，和很多学生都成了朋友。他把店也装修成古代客栈的样子，令人们在这个"侠义江湖"里，片刻地抽离现实，自由地歌唱。第一次去，是本科毕业前夕，我与室友回忆着大学生活，畅饮几杯。那酒里，是对学校的不舍，是对现实的无奈，是对未来的迷茫，当然，更是战胜失败的决心。第二次是毕业后不久，我们一行六七个人，更闹腾、更畅快。此时我之心境自然又与毕业前不同，少了苦闷，添了勇气，更兼与朋友相聚，可卸下铠甲，快意恩仇。我只去过这儿两次，连店的名字都忘了，却时常记起那年烤肉吃酒、争论"京派""海派"的日子。

四　我的"原野"：明伦图书馆

河南大学明伦校区图书馆创建于 1912 年，时为河南留学欧美预备学校图书室。之后随着学校的发展壮大，几经改造扩建。1993 年，由香港邵逸夫先生和河南省教委、省计经委共同出资建立的"逸夫"图书馆建成投入使用，与老馆相连。经过岁月洗礼，同宽大明亮的金明校区图书馆相比，明伦图书馆稍显逼仄、暗淡，却独有一份历史的厚重感。每当借书时，我总是在二楼查询编号后，由二楼爬上一个"小阁楼"，楼梯是木地板，踩上会隐隐听见吱呀吱呀的响声，甚是有趣。经"小阁楼"进入三楼语言文学书库后，就是文学的殿堂了。在这里，我与鲁迅共忧愤，与沈从文同船返湘西，与海子一起眺望天空和大海，与三岛由纪夫一同矛盾、反抗。在这里，暖阳斜照在古朴的阅览室里，每一本书都散发着清香，每一粒尘埃都在跳舞。

大四备战考研时，图书馆成了我与室友最亲近的地方。每日清晨，我俩赶在自习室未开门时去排队；上午复习专业课，与"李白杜甫、陀思妥耶夫斯基"们相互较劲；中午去中心食堂吃饭；下午一套一套做英语卷子，每篇文章逐句翻译；晚上去学五食堂吃饭，然后回来复习政治。日子重复、单调却颇为充实、热血。于我而言，这座图书馆像是一望原野，承载着我奋斗、奔跑的年少记忆。至今，我再次走进它，依然能听到琅琅书声，依然能看到静寂书室，依然能闻到馆外飘来的阵阵桂花香。

在河大读中文的四年时间里，我所接受的文学及语言学的熏陶，写作及研究的训练，令我既具浪漫主义，又含理性思考；令我学会审视，提升境界，敞开心胸，收获成长。"那时我们有梦，关于文学"——谈论郭沫若的文学价值、北岛的诗歌取向、童话的教化性和悲剧美等问题，已是我与同学间的日常，并将成为我一生的事业、兴味与信仰。

又是一年春常在，铁塔湖畔渔翁赛。师谆友酌犹在耳，何时盼得桂花开？

2020 年 3 月 20 日

作者简介：张明月，2014 级本科生。

河大文院在我心

王丽云

提起笔，又放下，又提起，又放下……该怎么诉说我对你的情感呢？我的河大。

2013年9月，我来到了河南大学民生学院汉语言文学专业就读。虽然并不是真正的河大校园，但是和河大金明校区仅一路之隔，而且教我们的老师也都是河大的。我心想，这也算是在河大读书了，便心满意足。如今，四年本科时光已遥不可及，老师们的谆谆教诲却言犹在耳。

那时候，曹海涛老师教现代汉语课，他学识渊博，对我们非常严格。每次上课提问，我们都诚惶诚恐。有趣的是，有一次曹老师在一节课上连续提问了我两次。同学们都觉得那天我应该去买个彩票的。

张亚军老师的古代文学课，同学们都会早早去抢位，唯恐前排无座。老师每次都从商丘坐一个多小时车来给我们上课，问她累不累，老师的一句"为了爱情"让我们掌声雷动。亚军老师最爱魏晋南北朝文学，魏晋名士的风流气度让她在举手投足之间都散发着无穷魅力。不管是外表还是内在，张老师之于我们就是女神一般的存在。

郭伟老师的写作课，天马行空，无拘无束。郭老师上课很随性，不提要求也不设限。她教会我写作的秘诀：发自本心。虽然我现在也没写过什么优秀作品，但是我一直坚持原创，写内心所想。这也许就是郭老师赐予我的最好品质。

一想起田锐生老师，脑子里蹦出来的第一个词就是"儒雅"。因为喜爱，我们亲切地称他"老田"。老田的台港文学绝对是我们最爱的课程之一。老田上课胸有成竹，恣肆昂扬，颇有四两拨千斤的范儿。从对台港文学一无所知到主动去图书馆找台港作家的书来读，感谢老田带领我们走进了美丽的未知世界。

四年里，带给我们惊喜的文院老师太多太多了。在他们的"喂养"下，我努力汲取养分，茁壮成长，于2017年9月正式成为了河南大学文学院的一员。

我非常珍惜继续在文院学习的机会，也非常珍惜能得到老师们的指导。研究生这两年间，我又真切感受到了文院老师们的情怀与热爱。

张生汉老师的古代汉语课，最令我震撼。听同学说，老先生已退休，又被返聘到文院授课。每天早上，张老师准时骑着一辆老式自行车来给我们上课。他从不用课件，也从不看课本，就一支粉笔一块黑板。老先生高龄，却总是站着讲课，一讲起来滔滔不绝，浑身都在发光，象形、会意、形声……仿佛所有的字都刻在了他的心里，成为他身体的一部分。他用这种光芒照耀我们，教导我们好学、深思。

王宏林院长是我的导师，我和他有着很深的缘分。本科时候王老师教过我，研究生面试时也有王老师，现在他又成了我的"师父"。"师父"博览群书，治学严谨，对待学生严格要求。在我写论文期间，他悉心指导，不厌其烦，一丝不苟。他的古代文论课，也让我开阔了眼界，受益良多。

王鹏老师没有教过我们，但他的确是一位良师益友。王老师非常平易近人，以学生为本，总是在我迷茫的时候给我一些非常中肯的建议，为我指点迷津。他就是我的"伯乐"，总能看到我的闪光点并鼓励我。

王利锁老师的国学经典课，新意满满，无论是《论语》还是《老子》，王老师总能用自己的解读启发我们。他讲授的国学是联系当今社会的，是生动的可实践的。王老师已头发斑白，却很"潮"。与时俱进，和学生打成一片，非常可爱。

不知不觉间，河大文院已陪我度过六年时光。这六年里，我收获了三四个无话不说的闺蜜，一个懂得互相理解包容的伴侣，还有一个越来越好的自己。在文院喜迎百年华诞之际，向所有悉心教导我的恩师致以最诚挚的敬意。我会带着他们教会我的美好品质勇敢地走下去。最后，祝愿我们河大文院历久弥新，下个百年收获更多美好。

作者简介：王丽云，2017级硕士生。